KAREN SANDE]

Ik zie, ik zie...

Vertaald door Ans van der Graaff en David Orthel

Manteau

MEESTERS IN MISDAAD

Oorspronkelijke titel: *Ich sehe was, und das ist tot*
© 2015 Rowohlt Taschenbuch Verlag

© 2016 Nederlandse vertaling Uitgeverij Manteau / WPG Uitgevers
België nv, Mechelsesteenweg 203, B-2018 Antwerpen en
David Orthel & Ans van der Graaff
www.manteau.be
info@manteau.be

Vertegenwoordiging in Nederland
WPG Media
Wibautstraat 133 – 1097 DN Amsterdam
Postbus 1050 – 1000 BB Amsterdam

Vertaling: David Orthel en Ans van der Graaff

Omslagontwerp: Wil Immink
Omslagfoto: Wil Immink Design / iStock
Opmaak binnenwerk: Ready2Print

ISBN 978 90 223 3280 1
D/2016/0034/370
NUR 330

Maryland, VS, 1977

De auto parkeerde dicht bij de oever van de Potomac, ten zuiden van veerdienst White's Ferry, waar geen wegen waren, maar alleen paden, een paar verspreide boerderijen en eenzame bossen.

Het linkerportier werd opengeduwd en een jonge man sprong naar buiten. Hij droeg een bivakmuts, een spijkerbroek en versleten cowboylaarzen. Er stak een revolver achter de band van zijn broek. Ook aan de rechterkant stapte een man uit. In het donker was zijn gezicht slecht te zien, maar aan zijn moeizame manier van lopen en zijn licht gebogen houding was te zien dat hij duidelijk ouder was dan de bestuurder.

De jonge man deed de kofferbak open. De oude man liep naar hem toe en hielp hem er een langwerpig pak uit te tillen, een opgerold tapijt dat met een waslijn was dichtgebonden. Ze liepen een eindje, de jonge man achterstevoren met zijn gezicht naar de oude, kreunend onder het gewicht.

Opeens bleef de oude man staan. 'De tas!' zei hij. 'Daar moeten we ook van af.'

'Daar kan die kleine wel voor zorgen', antwoordde de jonge man. 'Hé, smeerpoets, kom eruit! We hebben je nodig!'

Niets bewoog.

'Hé, stuk verdriet!' riep hij nog luider. 'Actie! Hup, hup, hup!'

Aarzelend ging het linkerachterportier open. Een klein meisje klauterde van de achterbank. Ze was hooguit vier of vijf jaar

5

oud en droeg haar kastanjebruine haar in twee vlechten tot op haar schouders. Haar jurkje was vies en een mouw van haar rode regenjas was gescheurd.

'Pak die tas uit de kofferbak! Vooruit, schiet op!' beval de jonge man.

'Wat doen we met die kleine?' vroeg de oude man zacht. Zijn vingers klemden zich om het pak. Er stonden zweetdruppeltjes op zijn voorhoofd.

De ander haalde zijn schouders op. Hij kauwde op de tandenstoker in zijn mondhoek. 'We kunnen haar wel verkopen.'

'Ben je gek?' De oude man liet het pak bijna uit zijn handen vallen. Snel greep hij het vast.

'Kijk uit!' snauwde de jonge man.

Met onzekere stappen kwam het meisje naar de mannen toe. Ze hield de damestas van lichtbruin hertenleer tegen haar buik gedrukt.

'Vooruit maar weer', beval de man met de tandenstoker.

Ze liepen de helling af naar de oever. Beneden aangekomen legden de mannen het pak neer en lieten ze het meisje stenen verzamelen, zo groot en zwaar als ze maar kon dragen. Ze stopten de stenen aan twee kanten in de rol tapijt.

'Dat moet wel genoeg zijn', zei de oude man ten slotte en hij veegde zijn handen af aan zijn broek.

'Oké.' De jonge man trok zijn bivakmuts over zijn hoofd tot in zijn nek. Op dat moment kwam de maan vanachter een wolk tevoorschijn en verlichtte zijn gezicht. Een toevallige voorbijganger zou meteen de gelijkenis met de oude man zijn opgevallen. Maar er was in de wijde omtrek niemand die het had kunnen zien. 'Dan gooien we haar erin', bromde hij.

Ze propten de handtas onder de waslijn die om het tapijt was gewikkeld en tilden het pak weer op. Met een grote zwaai gooiden ze het in de rivier. Luchtbellen stegen op terwijl het tapijt langzaam wegzonk in het water.

Het meisje liep naar de oever en stak haar hand uit. 'Mama', fluisterde ze, zo zacht dat de mannen het niet konden horen. 'Mama.'

38 jaar later

Maandag 28 september, 00.17 uur

Georg Stadler sloeg het portier dicht en keek om zich heen. Hij was al een hele tijd niet meer in dit deel van de haven geweest. De straatverlichting produceerde meer schaduw dan licht, onderbroken door het blauwe zwaailicht van een enkele surveillanceauto. Het gebouwencomplex tekende zich vaag af tegen de nachtelijke hemel; je kon niet zien hoe groot het precies was. De papierfabriek was een paar jaar geleden opgedoekt en stond sindsdien leeg. Stadler probeerde zijn collega te ontdekken, maar alleen de ingeslagen ruiten van het uitgebrande administratiegebouw keken hem met dode ogen aan.

Verderop ratelde een trein voorbij. Stadler schudde een onbehaaglijk gevoel van zich af, pakte zijn Maglite stevig beet en marcheerde naar de surveillanceauto toe.

Het voertuig was leeg. Stadler deed de zaklamp aan en liep om de auto heen. Niets te zien. Waar zaten de agenten, voor den donder?

Er knerpte iets. Voetstappen. Stadler draaide zich om.

'Meneer Stadler?'

'Verdomme zeg! Moet je zo op me af komen sluipen?'

'Ik heb gekeken of de zijingang open was.' Zijn collega van de uniformdienst, een jonge kerel, was vaag zichtbaar in het donker. Stadler kende hem niet.

'En?'

'Nee.'

'Dat bedoel ik niet.' Stadler begon er spijt van te krijgen dat hij zich had laten overhalen om midden in de nacht naar een plaats delict te rijden, zonder dat hij wist waar het eigenlijk om ging. Hij had de zaak aan de uniformdienst over moeten laten. 'Wat doe ik hier? Waarom ben ik hierbij gehaald?'

'U kunt beter zelf even gaan kijken.' De agent wees met zijn zaklamp naar een half neergelaten roldeur. 'Daar kun je erin.' Hij dook onder het luik door en werd door de duisternis opgeslokt.

Stadler ging achter hem aan het gebouw binnen. De lichtkegel van de Maglite slaagde er niet in de reusachtige fabriekshal zelfs maar gedeeltelijk te verlichten. Terwijl Stadler de lamp heen en weer bewoog, doemde graffiti op die door het licht tot leven leek te worden gewekt. Een jakhals in de aanzet tot een sprong, een paar grijnzende blauw-gele hoofden, een Magere Hein. Ervoor op de grond lichtten spuitbussen, rollen elektriciteitskabel en pizzadozen op.

'Er lijken hier nogal wat mensen rond te hangen', mompelde Stadler. Zijn stem weerkaatste dof tegen de muren.

De jonge agent draaide zich naar hem om. 'In het begin wist niemand hiervan. De poort was dicht en de enige toegang was een kapot raam aan de achterkant bij de spoorbaan. Maar zo langzamerhand lijkt het hier wel een toeristische attractie. Er komen allerlei mensen op af. Ze maken foto's, draaien muziekfilmpjes of hangen gewoon rond. Zolang alles rustig blijft, tolereren we dat. Veel meer kunnen we niet doen.'

'Geen drugsoverlast?'

'Alleen bierblikjes, peuken en jointjes. Geen harddrugs. Voor junks is de haven een beetje te ver weg.'

Ze doorkruisten de hal tot in het midden en kwamen bij een stalen trap die leidde naar een bovenverdieping. Zijn collega lichtte hem bij. 'Boven moet u goed uitkijken. Er zitten gaten in de vloer.'

De trap dreunde onder hun voetstappen. Wie het licht nog niet had gezien, wist nu wel dat ze in aantocht waren. Toen Stadler een paar stappen op de bovenverdieping had gezet, verloor hij bijna zijn evenwicht. Een plank die iemand over een gat had gelegd, wipte op toen hij op het uiteinde stapte. Zwaaiend met zijn armen sprong hij naar achteren, de zaklamp schoot uit zijn hand en kletterde luidruchtig over het beton. In de zwaaiende lichtbundel verschenen roestige stalen pilaren en een geul met een donkere vloeistof erin. Gelukkig bleef de Maglite aan, zodat Stadler hem weer makkelijk terugvond.

Zijn collega was alweer een heel eind verder en alleen te herkennen aan de steeds kleiner wordende lichtbundel uit zijn zaklamp. Hij had blijkbaar niets gemerkt. Plotseling verdween het licht helemaal. Stadler versnelde zijn pas, maar hield al na een paar meter in en bleef onverhoeds staan. Had daar iets gekraakt, achter hem, bij die plank?

Stadler nam de lamp in zijn linkerhand, greep met zijn rechterhand naar zijn holster, draaide zich om en scheen met de lamp naar waar hij vandaan kwam. Niemand. Maar dat zei nog niets. Zijn achtervolger kon buiten de lichtbundel staan of zich verborgen hebben achter een van de pilaren.

Stadler luisterde ingespannen en geconcentreerd. Van de andere kant klonken voetstappen en een tweede lamp flikkerde op.

'Ah, u bent er al.' De agent scheen hem midden in zijn gezicht.

'Hé, weg met die lamp!'

De lichtbundel daalde neer.

'Is het gebouw eigenlijk afgegrendeld?' vroeg Stadler, terwijl hij langzaam zijn hand van zijn pistool nam. Zijn collega hoefde niet te denken dat hij hysterisch was.

'Nou ja, zo zou ik het niet willen zeggen. We zijn hier maar met twee wagens. De andere staat achter bij het spoor. Twee collega's bewaken de achterkant en mijn partner houdt de plaats delict boven in de gaten. We hebben even rondgekeken. Maar er zijn hier zo veel trappenhuizen en bijgebouwen, kokers en schachten. Dat is allemaal bij daglicht al nauwelijks te overzien. Laat staan in het donker.'

'Ik begrijp het.' Stadler scheen nog eens met zijn zaklamp naar het trappenhuis en het gedeelte van de hal rond de plank. Maar er was niemand. Misschien had hij een dier gehoord. Het wemelde hier ongetwijfeld van de ratten.

'Kunnen we verder?' vroeg de agent.

'Ja, natuurlijk.' Stadler gaf de man te kennen hem voor te gaan. Hoe sneller hij de plaats delict had gezien, hoe eerder hij weer naar huis kon.

Ze gingen nog een verdieping hoger, nu via een wankele houten ladder, en kwamen op een soort galerij. Toen Stadler weer vaste grond onder de voeten had, hoorde hij weer geluid achter zich. Hij luisterde. Ergens druppelde water. Juist toen hij weer in beweging wilde komen, zag hij vanuit zijn ooghoek op de verdieping onder hem een schaduw voorbijflitsen.

Bliksemsnel trok hij zijn wapen. 'Staan blijven!'

In de lichtbundel van de Maglite verscheen een gezicht met wijd opengesperde ogen.

'Politie! Geen beweging!'

De gestalte verroerde zich niet en op hetzelfde moment besefte Stadler dat hij naar graffiti stond te kijken van een man in een lange zwarte jas.

Maar er had toch iets bewogen! Stadler scheen met de lamp zo goed en zo kwaad als het ging over de benedenverdieping. Isolatiematten van glaswol, de geul met de troebele vloeistof waarin colablikjes en andere troep dreven. De stalen pilaren, die lange schaduwen wierpen.

Buiten adem kwam zijn collega naast hem staan. Ook hij had zijn wapen getrokken. 'Is daar iemand?'

'Ik zag iets bewegen. Alsof er iemand voorbijliep.'

De agent keek omlaag. 'Moeten we weer even terug naar beneden?'

Stadler aarzelde. 'Nee. Waarschijnlijk was het maar een zwerfhond.'

'Ja, dat zal het zijn geweest.' De man zag er opgelucht uit.

Ze liepen in westelijke richting de galerij af naar de zijkant van het gebouw, die aan het havenbekken grensde. Stadler spitste zijn oren, maar hij hoorde niets anders dan de voetstappen van zijn collega. Ten slotte kwamen ze door een verbindingsdeur in een volgende fabriekshal. In het schijnsel van de lamp zag Stadler dat een deel van de hal met kalkstenen muren was afgescheiden en een aparte ruimte vormde. Misschien een voormalige opslag. Of een kantine voor de medewerkers. Bij de ingang stond officier van dienst Tom Gerling. In één hand had hij een zaklamp, in de andere zijn smartphone, waarop hij met zijn duim iets stond in te tikken. Toen hij zijn collega's zag aankomen, stopte hij de telefoon in zijn zak.

Stadler waadde door een plas water naar hem toe. 'Nou Tom, ik hoop dat je er een goede reden voor hebt om me midden in de nacht op te laten draven.'

'Hoi Georg.' Gerling krabde zijn kale achterhoofd. 'Ik kan je niet zeggen wat hier precies aan de hand is. Om te beginnen hebben we dit hier.' Hij hield een doorzichtige plastic zak op en verlichtte die met zijn zaklamp. 'Een scheermes. En een grote hoeveelheid opgedroogde rode vloeistof. Niet alleen op het mes, ook op de vloer en de muur.' Hij wees achter zich de kamer in. 'Een anonieme beller heeft de vondst gemeld. Toen we aankwamen, was die plas nog vochtig. Uit de sneltest bleek dat het om bloed ging. Maar voor alle zekerheid moeten we eerst de experts met hun koffertjes laten komen. Hoe dan ook dacht ik dat je het zelf even zou willen zien. Als het een zaak voor KK 11 is, wil je de plaats delict vast zo onberoerd mogelijk zien.'

En dus had je dat scheermes moeten laten liggen. Stadler slikte het standje in dat hem op de tong lag. 'Laat maar eens zien dan.'

Hij stapte over de drempel de kleine ruimte binnen. Met de Maglite scheen hij overal rond. Door vijf grote ramen in de buitenmuur viel overdag vermoedelijk ruim voldoende licht naar binnen, maar nu was de ruimte even donker als de rest van de fabriek. Ook hier waren de muren voorzien van graffiti, maar vergeleken met wat Stadler onderweg naar boven had gezien was dit eerder geklieder dan kunst. Tegen de buitenmuur prijkte een enorme opgespoten rechthoek in zilververf die in tweeën was gedeeld en Stadler vaag deed denken aan de kast met schuifdeuren in zijn slaapkamer. Alleen zaten daar geen bloedspatten op, en hierop wel. Ook de vloer ervoor was met bloedspatten bezaaid. Midden in de ruimte was het bloed in een grote, opgedroogde plas bij elkaar gestroomd. Daarnaast lag een ronde spiegel, waarvan het glas gebarsten was.

'Een scheermes en een scheerspiegel', stelde Stadler vast. 'En graffiti van een kledingkast. Hebben jullie nog meer gevonden?'

'Van alles.' Gerling, die achter hem aan was gekomen, rolde met zijn ogen. 'Je hebt wel gezien wat er allemaal in dit gebouw rondzwerft. In een ruimte liggen zelfs nog ordners met opdrachten en rekeningen. Het is onmogelijk dat allemaal te schiften.' Hij zuchtte. 'Maar dit hier zou interessant kunnen zijn.' Hij wees naar een plank die schuin tegen de muur stond. 'Kijk daar eens achter.'

Stadler scheen met de Maglite achter de plank en kromp ineen. Het masker van een oude vrouw staarde hem aan. 'Dat is toch Margaret Thatcher?'

'Daar lijkt het wel op.'

'Wat denk jij dat hier gebeurd is?' Stadler liet zijn blik door de ruimte gaan.

Gerling haalde zijn schouders op. 'Ik kan me zo voorstellen: een paar zieke gasten hebben hier een satanistisch ritueel gehouden en een dier opengesneden, of iemand heeft een lugubere fotosessie gehouden...'

'...of een moordenaar met een Margaret Thatcher-masker op heeft hier zijn slachtoffer met een scheermes opengesneden.' Stadler pakte zijn mobieltje. 'Daar moet de technische recherche naar kijken. Meteen. Ze moeten het bloed onderzoeken. En het masker.'

Stadler belde Jürgen Tremmler wakker, chef technische recherche, en legde hem de situatie uit. 'Ga eerst met dat bloed aan de slag. Stel dan de andere sporen veilig.'

'In de hele fabriek?' De man was op slag klaarwakker. 'Dat duurt weken en kost kapitalen!'

'Nou klink je net als onze chef.' Stadler trok een grimas. 'Onderzoek eerst de ruimte boven. En eventueel nog de hal daarbuiten en de trap. Maar stop alleen dingen in zakjes die duidelijk kort geleden van buiten naar binnen zijn meegenomen. Spuitbussen, peuken, bierflessen. Meer is niet te behappen. Misschien kunnen jullie bepalen hoe oud de verf op de muur is. Vooral van de graffiti die er als een kast uitziet.'

Stadler maakte een einde aan het gesprek en draaide zich om, maar draaide weer terug omdat hij vanuit zijn ooghoeken iets had gezien. Nogmaals scheen hij met de Maglite over de muur. Bijna helemaal onderaan was iets op de zilververf van de kast gespoten. Stadler hurkte neer en ontcijferde de zwarte tekens: H78JC.

'Heb je iets gevonden?' vroeg Gerling.

'Mogelijk. Het zou een handtekening kunnen zijn.' Stadler pakte zijn mobieltje en nam een foto.

'Van de spuiter?'

'Geen idee.' Stadler hield de Maglite vlak voor de muur. 'Maar die tekens moeten welhaast iets te maken hebben met wat hier is gebeurd. Ze zijn over de bloedspatten heen gespoten.'

Maandag 28 september, 08.24 uur

De Ford Mustang draaide de parkeerplaats van het politiebureau op en gleed een leeg vak in. Alex Landorf deed onwillekeurig een stap naar achteren, hoewel het niet voor de hand lag dat zijn collega omhoogkeek en hem achter het raam zag staan. Georg Stadler keek nooit naar anderen op, maar altijd op ze neer.

Landorf sloeg zijn armen over elkaar. Hoogmoed komt voor de val, dacht hij. En Georg Stadler zou niet zomaar vallen, hij zou neerstorten in een bodemloze put. Hij zou alles verliezen. Niet alleen zijn baan. Ook zijn goede naam, het respect van zijn collega's en het vertrouwen van zijn vrienden. Zijn verdiende loon.

Tot nu toe had Stadler zijn hoofd steeds op tijd uit de strop getrokken. Met zijn reputatie van superspeurder had hij zich missers kunnen veroorloven die anderen de kop zouden hebben gekost. Al die verkeerde beslissingen, al die successen ten koste van anderen. Maar dat was binnenkort afgelopen. Stadler had zijn hand overspeeld.

Alex Landorf vertrok vol verachting zijn gezicht toen hij zag dat Stadler bij de ingang op zijn ex-partner Birgit Clarenberg stuitte en ter begroeting een hand op haar arm legde. Hij had nog niet besloten of hij Birgit samen met Stadler te gronde zou richten. Het lag er maar aan hoe ze reageerde als de val dichtklapte. Als ze aan Stadlers kant bleef staan, zou ze met hem ten onder gaan.

Clarenberg en Stadler verdwenen in het gebouw. Landorf liep naar zijn bureau en ging zitten. Hij tastte even aan zijn broekzak en voelde het kleine voorwerp dat Georg Stadlers lot zou bezegelen. Landorf wist nog niet wanneer en hoe hij de zaak aan het rollen zou brengen. Hij vertrouwde erop dat hij het goede moment vanzelf zou herkennen. Tot het zover was, zou hij zich op de vlakte houden. Dat kostte hem geen moeite. Zijn vader was jager geweest. Die had hem geleerd geduld te hebben en urenlang op de hoogzit te blijven zitten tot je het ree dan eindelijk voor de loop kreeg. De beloning was het verheven gevoel dat je niet alleen de prooi, maar ook jezelf had overwonnen.

Net als het ree zou ook Georg Stadler vroeg of laat zijn schootsveld binnenlopen. En als het zover was, zou hij zonder aarzelen doorladen en schieten.

Maandag 28 september, 10.23 uur

Birgit Clarenberg duwde het portier open. Tot voor kort had het nog wat gemiezerd, maar nu piepte de zon tussen de wolken door. Een meevaller. Ze stapte uit en keek om zich heen. Een paar bomen waren al kaal – het werk van de stormen van de afgelopen weken – maar de meeste hadden hun bladeren nog. Die lichtten rood, geel en oranje op. Het geurde naar vochtige aarde. Eigenlijk was het hier wel mooi.

Aan het andere einde van de parkeerplaats zag Birgit een vrouw van ongeveer vijftig en een oude man die op een stok steunde.

'Daar zul je ze hebben', zei ze tegen haar collega Miguel Rodríguez, die net het linkerportier dichtsloeg.

'Nou ben ik toch benieuwd.' Miguel zette zich in beweging.

Birgit liep achter hem aan. 'En anders ik wel.'

De vrouw had een half uur eerder de politie gebeld. Haar vader zou een moordaanslag hebben overleefd. Iemand had met een jachtgeweer op hem geschoten, zij het al drie dagen geleden. De oude man was blijkbaar zo in shock geweest, dat hij er zijn dochter pas vanochtend over had verteld. Nu zou hij Rodríguez en Clarenberg naar de veronderstelde plaats delict brengen, ergens aan de oever van de Unterbacher See. Birgit vroeg zich af wat de man, die duidelijk slecht ter been was, daar te zoeken had gehad. En vooral, wie er iemand als hij naar het leven zou staan.

Miguel legitimeerde zich en stelde Birgit en zichzelf voor.

'Ik ben Gisela Scherenschmidt', antwoordde de vrouw. 'En dit is mijn vader, Gustav Scherenschmidt.'

'U bent dus afgelopen vrijdag overvallen?' Miguel keek om zich heen.

De oude man knikte.

'Waar was dat precies?'

'Een eindje die kant op.' De man wees met zijn stok in de richting van een wandelpad.

'Kunt u ons ernaartoe brengen?' Birgit probeerde zich een idee te vormen van vader en dochter. Hij was netjes gekleed, in pak en das, maar zag eruit alsof de situatie te veel van hem vergde. De vrouw straalde vastberadenheid uit. Ze had een roomkleurig mantelpak aan en droeg haar grijze haar in een net pagekapsel. Ze deed Birgit aan iemand denken, een actrice of een zangeres, maar ze kon er niet op komen wie.

'Maar natuurlijk.' Gisela Scherenschmidt gaf haar vader een arm. 'Kom, wijs ons de weg maar!'

Een paar minuten later kwamen ze bij een bosje dat een eindje van het wandelpad af lag.

'Daarachter', zei de oude man met een klein stemmetje.

'Gaat u maar voor', zei Miguel uitnodigend.

De oude man bleef staan waar hij stond.

'Vader, wat is er dan? Is het vanwege Foxi?' Gisela Scherenschmidt keek naar het bosje en toen weer naar haar vader.

'Foxi? Wie is Foxi?' Birgit wisselde een blik met Miguel, die zijn schouders ophaalde.

'Foxi was de terriër van mijn vader. Die idioot heeft hem doodgeschoten.'

Miguel trok zijn wenkbrauwen op. 'De man die u bedreigd heeft, heeft op uw hond geschoten?'

De oude man knikte en zijn ogen werden vochtig. 'Hij was meteen dood.'

'Ligt die hond er misschien nog?' vroeg Birgit.

Scherenschmidt keek naar de grond en zei niets.

Miguel wendde zich tot de dochter. 'Wacht u hier alstublieft met uw vader. We gaan even kijken.' Hij hield de takken opzij zodat Birgit er tussendoor kon en kwam achter haar aan.

Onverwachts stonden ze aan de oever van het meer. Er was niet één boot op het water te zien. Het was weer begonnen te miezeren en een briesje rimpelde het grijsgroene wateroppervlak. De smalle reep kale aarde tussen de bosjes en de oever was platgetrapt. Onder een struik lagen witte plastic zakjes en twee in elkaar gedrukte bierblikjes. Blijkbaar was dit een geliefde picknickplaats. Onder een boom ontdekte Birgit een goudbruin vachtje. Ze liep er voorzichtig op af. Het kadaver was al aangevreten en het wemelde van de maden in de bloederige wonden, de ogen, neus en bek.

'Goed dat die oude man niet is komen kijken.' Ze draaide zich huiverend om.

'Wat denk jij van hem?'

'Ik weet het niet.' Birgit keek omhoog naar Miguel. Hij had zich deze morgen niet geschoren en de donkere haarlok die altijd over zijn voorhoofd viel krulde op in de vochtige lucht. Haar hart sloeg een slag over. Sinds hij haar een paar weken geleden het leven had gered, had ze de strijd tegen haar heimelijke aanbidding opgegeven. Ze mocht alleen niets laten merken. Op een moment als dit was dat nog niet zo simpel.

'Hij lijkt me niet getikt. In de war misschien. Maar niet gek.' Miguel wees naar het kadaver. 'En dat kan inderdaad een schotwond zijn. Hagel, denk ik.'

'Maar wie schiet er nou op een hond? Terwijl de baas er nota bene naast staat?'

'Een of andere doorgedraaide hondenhater? Een puber die het geweer van zijn vader wil uitproberen? Geen idee.'

'In elk geval moeten we die hond laten ophalen en onderzoeken.'

'Ga ik regelen.' Miguel draaide zich om, stokte in zijn beweging en bukte zich. 'Kijk, wat hebben we daar nou?' Hij pakte het voorwerp op met de mouw van zijn jasje en liet het voorzichtig in het plastic bewijszakje glijden dat Birgit hem aanreikte. Een huls. Van groot kaliber.

'Wat schat je? Twaalf millimeter?' vroeg ze.

'Dat zou goed kunnen kloppen.' Hij stak het zakje weg.

Ze liepen terug naar de vader en zijn dochter.

'Vertelt u ons alstublieft nog eens wat er gebeurd is.' Birgit sloeg haar notitieblok open.

De dochter begon te praten, maar Gustav Scherenschmidt maakte een gebaar en ze zweeg. 'Ik was uit wandelen met Foxi. Een eindje langs het meer en dan weer terug, zo deden we dat vaak. Hier gingen we altijd naar de waterkant en kon Foxi een beetje in het water rondspringen. Alles was net als altijd. Totdat die... tot die kerel opdook. Hij wilde geld. Mijn portefeuille.'

'Maar vader, dat heb je nog helemaal niet verteld!'

De oude man ging niet op de opmerking van zijn dochter in. 'Ik zei hem dat ik niets bij me had, alleen wat hondensnoepjes voor Foxi. Hij stond met dat geweer te zwaaien en zei dat hij de hond zou doodschieten als ik hem geen geld gaf. Ik heb hem staan smeken.' Weer sprongen de tranen hem in de ogen. 'En toen schoot hij. Zomaar. Foxi was meteen dood.'

Birgit slikte de woede in die in haar oplaaide. Wat een zinloos geweld. 'Wat ontzettend naar voor u', zei ze, zich met moeite beheersend.

Miguel wendde zich tot de man. 'Kunt u de schutter beschrijven?'

Gustav Scherenschmidt schudde zijn hoofd. Hij leek opeens niet meer te willen praten.

'Maar u moet toch iets gezien hebben? Was hij jong of oud? Had hij een jas aan? Een pet op? Praatte hij misschien met een accent?'

'Ik heb niets gezien.'

Birgit keek vragend de dochter aan. Opeens wist ze aan wie

de vrouw haar deed denken: Erika Pluhar. Haar moeder was een groot fan van deze Oostenrijkse actrice.

Gisela keek hulpeloos naar haar vader. 'Ik heb het ook al geprobeerd. Blijkbaar kan hij zich niets herinneren. De schok...'

'Kende u de schutter?' drong Miguel aan. 'Was het iemand die u al eens eerder hebt gezien?'

'Nee.' De oude man ontweek zijn blik.

Birgit voelde dat er iets was wat hij niet durfde te zeggen. Ze legde warmte in haar stem en zei: 'Vertel het ons alstublieft, meneer Scherenschmidt.'

'U zult me uitlachen.'

'Zeker niet. Dat beloven we.' Birgit klapte haar notitieblok dicht en stak het weg.

Het stemmetje van de oude man was nauwelijks te verstaan. 'Het was een astronaut.'

Maandag 28 september, 11.36 uur

'Wat voelde u toen u hen de keel dichtkneep?'

'Niets.'

'U voelde helemaal niets? Geen medelijden? Of misschien woede? Die vrouwen hebben vast geprobeerd zich te verdedigen. Geschreeuwd. Om zich heen geslagen.'

'Als er een om zich heen sloeg, kneep ik gewoon harder. Dan was het snel afgelopen.'

'Waarom deed u dat? Waarom bleef u knijpen tot het afgelopen was?'

'Weet ik niet. Ik wilde ze gewoon doodmaken.'

Liz Montario slikte. Het was beslist niet haar eerste gesprek met een seriemoordenaar. Tenslotte was het haar werk om in het gevoelsleven van zulke mensen te duiken. Maar dat betekende niet dat het mettertijd makkelijker werd. Ze bekeek Günther Scharnowski eens goed. De man had acht vrouwen overvallen, overweldigd en gewurgd. Het was hem niet aan te zien. Hij was zwaarlijvig, had een volle, grijzende baard en lang haar dat tegen zijn hoofd plakte. 'Wat gebeurde er daarna?'

'Dan trok ik de vrouwen de bosjes in en ging ik weg.'

'Waarom trok u ze de bosjes in?'

'Nou ja, ik wilde ze niet zomaar laten liggen.'

'Dacht u erover na hoe u uw slachtoffers neerlegde? Op hun buik? Op hun rug? Met hun armen en benen op een speciale manier?'

'Nee, dat kon me niet schelen. Het ging erom dat ze niet met-een gevonden werden.'

Liz wierp een blik op de bandrecorder om te verifiëren of die nog opnam. 'Het kon u dus niet schelen wat de persoon die het lijk ontdekte het eerst zag.'

'Nee.'

'En de politie? Wat moet die van u denken?'

'Dat interesseert me niet. Ik ben een schoft. Ik moet het doen. Als ik het een tijdje niet gedaan heb, word ik onrustig. Dan zit het de hele tijd in mijn hoofd. Dan loop ik door het bos of door het park tot ik er een tegenkom die in haar eentje onderweg is.'

Liz merkte op dat Scharnowski haar vraag niet had beant-woord. Althans niet direct. 'Wilt u dat de politie u zo ziet? Als een schoft?'

Scharnowski draaide het pakje sigaretten op tafel om en om. 'Het zit gewoon in me. Geloof me, doc. Ik kan niet anders. Als ze me hier lieten gaan, zou ik het weer doen.' Hij richtte zijn hoofd op en keek haar aan. 'Het is er altijd.' Hij tikte tegen zijn voorhoofd.

Liz probeerde er niet aan te denken dat Scharnowski mis-schien wel haar in gedachten misbruikte en wurgde. Onwille-keurig keek ze omhoog naar de camera in de hoek van de kamer. 'Hebt u ooit voorwerpen bij het lijk achtergelaten? Of iets zo neergelegd dat het als boodschap kon worden begrepen?'

'Waarom zou ik dat doen? Dat zou toch raar zijn?'

Liz ging niet op de tegenvraag in. 'Hebt u wel eens geprobeerd een dwaalspoor aan te leggen? Om de verdenking van u af te wenden?'

Hij haalde zijn hand door zijn sliertige haar. 'Nee, dat geloof ik niet. Ik heb eigenlijk helemaal nooit zo aan de politie gedacht. Aan sporen en zo. Ik maakte alleen dat ik wegkwam als ik klaar was.'

'Maar u nam wel maatregelen om niet gepakt te worden. Door de vrouw in de bosjes te verstoppen, bijvoorbeeld.'

Scharnowski pakte een sigaret uit het pakje, keek er even naar en stopte hem terug. 'Nee, daar stond ik niet bij stil. Het was meer een reflex. Het ging vanzelf: een vrouw zien, vastpakken, uitkleden, neuken, koud maken en wegwezen. Daar hoefde ik niet bij na te denken.'

Liz wierp snel een blik op haar aantekeningen. Scharnowski mocht niet zien hoezeer ze geschokt was door wat hij zei. Haar vingers waren klam en er zat een dikke prop in haar keel. Het was niet professioneel om zo emotioneel te reageren. Maar anderzijds was ze ervan overtuigd dat ze juist zo goed in haar vak was omdat ze haar gevoelens niet loskoppelde van haar werk. Ook al was dat soms buitengewoon pijnlijk. Ze keek op haar horloge, de tijd was bijna om. Ze stelde nog een paar laatste vragen en nam toen afscheid van Günther Scharnowski. Toen ze een kwartier later de deur van de kliniek achter zich dichtdeed, haalde ze diep adem. Nu pas merkte ze hoezeer ze tijdens het hele gesprek onder spanning had gestaan.

Haar chef, hoogleraar Burntisland van de Universiteit van Liverpool, had haar naar haar land van herkomst gestuurd om seriemoordenaars interviews af te nemen. Haar collega's deden hetzelfde in Engeland. Samen deden ze onderzoek naar daderboodschappen. Veel moordenaars communiceerden met de politie en lieten op de plaats delict bewust of onbewust berichten achter die hun daden moesten verklaren of rechtvaardigen. Sommigen richtten zich zelfs direct tot de rechercheurs. Maar er waren er ook zoals Günther Scharnowski, die gewoon hun driften volgden.

Tijdens de rit terug naar Düsseldorf zette Liz de muziek keihard aan en probeerde ze nergens aan te denken. Ze miste David, haar vriend. Hij slaagde er altijd weer in haar aan het lachen te brengen. Maar helaas zat hij ver weg in Chester. Het was herfstvakantie en hij paste op zijn zoon Sam, die anders bij zijn moeder in Londen woonde.

Liz had geluk en vond een parkeerplaats in de Poststraße, bijna vlak voor het gebouw waarin de universiteit een vakantie-appartement voor haar had gehuurd. Voor ze uitstapte, zette ze haar mobieltje weer aan. Geen bericht van David. Wel twee oproepen van Georg Stadler.

Ze had al weken niets van hem gehoord, afgezien van een kort, vrijblijvend sms'je dat hij haar had gestuurd nadat ze hem had meegedeeld dat ze iets in Düsseldorf te doen had. Net toen Liz hem wilde terugbellen, zag ze een man voor de deur staan die de naambordjes bestudeerde. Ze herkende Georg Stadler aan zijn postuur. Groot, breedgeschouderd, struis.

'Hé, zocht je mij misschien?'

Hij draaide zich snel om. 'O, hallo Liz. Fijn je te zien.' Hij boog zich voorover en kuste haar op haar wang. 'Ik heb geprobeerd je te bereiken.'

'Dat zag ik, ja.' Ze haalde de sleutel uit haar tas. 'Kom je even boven voor een kop koffie?'

'Sorry, geen tijd. Ik moet terug naar het bureau. Ik kwam alleen dit even in de bus gooien.' Hij gaf haar een envelop.

'Wat zit erin?'

'Foto's. Ik kon ze je niet mailen, omdat ik ze je officieel niet geven mag. Kijk er even naar en vertel me wat je ervan denkt.'

'Off the record. Begrepen.' En gratis, dacht ze, rollend met haar ogen. 'Nu meteen?'

'Zou dat kunnen?'

Ze stopte de sleutel weer in haar tas en scheurde de envelop open. 'Nou maak je me toch nieuwsgierig.'

'De foto's zijn vannacht genomen in een voormalige papierfabriek in de haven.'

Liz nam de stapel foto's door. Met graffiti ondergespoten muren, een masker van politica Margaret Thatcher. Een scheermes in een bewijszakje. Een plas bloed op de vloer met een kapotte spiegel ernaast. Een reeks cijfers en letters, net als de graffiti op de muur gespoten.

'Geen lijk?'

'Tot nu toe niet.'

Liz stopte de foto's terug in de envelop. 'Wat wil je weten?'

'Je eerste indruk.'

'Poeh.' Liz ging met haar hand door haar haar. 'Waar lag dat scheermes precies?'

'Vlak bij de plas bloed. Helaas heeft mijn collega het in een zakje gestopt zonder er eerst een foto van te maken.'

'Het lijkt wel geënsceneerd', zei Liz aarzelend. Ze wilde zich nergens op vastleggen zolang ze de zaak niet grondig had overdacht.

'Hoe bedoel je dat precies?'

'Dat weet ik niet. Je wilde een spontane indruk, geen kant-en-klaar uitgewerkte theorie.'

'Oké.' Hij stak zijn handen omhoog. 'Zou je nog even naar die code kunnen kijken? Het zou een boodschap kunnen zijn.'

Liz haalde haar schouders op. 'Ik kan het proberen. Maar dan heb ik alle details van de zaak nodig.'

'Er is niet veel meer dan wat je nu in handen hebt.' Hij keek op zijn horloge. 'Ik moet er weer vandoor.'

'Was dat het alweer?'

'Je hebt mijn verdenking bevestigd.'

'O? Wat voor verdenking dan?'

'Die is nog geheim.' Hij legde een vinger tegen zijn lippen. 'Ik heb dadelijk met iemand afgesproken.' Hij grijnsde breed, alsof hij een privéafspraakje had, geen zakelijk. 'Daaruit zal blijken of ik het bij het rechte eind heb.'

Maandag 28 september, 20.22 uur

Georg Stadler herkende de vrouw meteen toen ze het restaurant binnenkwam. In het echt zag Helene Weigand er zelfs nog beter uit dan op de foto's die hij op internet had gevonden. De antracietkleurige trenchcoat over de minirok benadrukte haar slanke vrouwelijke figuur. Haar bruine haar tot op de schouders liet haar fijne trekken goed uitkomen. Hij stond op en stak zijn hand op.

Ze glimlachte en kwam naar hem toe met een rolkoffertje achter zich aan. 'Meneer Stadler? Neem me niet kwalijk dat ik er nu pas ben. Mijn vliegtuig had vertraging.'

Ze gaf hem een hand en ging zitten.

'U komt net terug uit het buitenland? Dat wist ik niet.'

Helene Weigand had voorgesteld elkaar in dit restaurant in Flingern te ontmoeten omdat ze in de buurt woonde. Hij had geconcludeerd dat ze van huis zou komen.

'Geen probleem. Als ik van een intercontinentale vlucht kom, ben ik altijd vreselijk onrustig. Dan zit ik liever met u in het café dan thuis voor de tv. Ik begon er al naar uit te zien toen ik aan de andere kant van de Atlantische Oceaan uw berichtje kreeg.' De bediening kwam aan hun tafeltje en ze bestelde een chardonnay en een glas water.

Stadler bestelde nog een Alt. 'U hebt vast honger. Volgens mij kun je hier lekker eten. Mag ik u uitnodigen?'

'Nee, dank u. Ik heb in het vliegtuig al iets gehad.'

'Was u met vakantie?'

'Nee, ik was op het Westlake Film Festival in Californië.'

'Daar heb ik nog nooit van gehoord.'

'Het festival bestaat ook nog maar kort. Er heerst nog een echte pioniersgeest. Niet alles is even goed georganiseerd, maar de sfeer is te gek. In alles voel je het enthousiasme. Daar hou ik van.'

De drankjes werden gebracht. Ze proostten.

'Nou, vertel eens', nodigde Weigand hem uit, nadat ze van haar wijn had geproefd. 'Wat kan ik voor u doen? Waar gaat het om?'

'U bent niet erg van de koetjes en kalfjes, geloof ik?' vroeg hij met een fijn glimlachje. Helene Weigand beviel hem steeds beter.

'Uw mailtje had een dringende ondertoon. Bovendien zit u bij de moordbrigade. Ik geef toe dat ik daar nieuwsgierig van werd. Wat kan een hoofdinspecteur bij de recherche willen van een filmwetenschapper? Hoe kwam u eigenlijk bij mij terecht?'

'Ik heb op internet gekeken. Daar kwam ik al vrij snel uw naam tegen.' Hij nam een slok van zijn Alt en keek haar strak in haar grote groene ogen. 'Ik geef toe dat uw foto bij mijn besluit heeft geholpen.' *Shit, dat was pijnlijk. Zat hij te flirten?*

Haar glimlach werd breder. 'O ja?'

'Neem me niet kwalijk.' Hij schraapte zijn keel. 'Ik kan u maar het beste gewoon vertellen waar het om gaat. Ik geloof dat ik niet hoef te benadrukken dat deze informatie strikt vertrouwelijk is en u er met niemand over mag praten.'

'Dat is duidelijk.'

Stadler schoof zijn glas opzij. 'Vannacht zijn er in een leegstaande fabriek in de haven een paar vreemde voorwerpen gevonden. We hebben onder meer een scheermes, een gebroken scheerspiegel en een Margaret Thatcher-masker veiliggesteld. Op de muur stond graffiti die een soort kast voorstelde.'

'Wat ongewoon!' Ze keek even in haar glas, maar dronk niet. 'Maar ligt er in leegstaande gebouwen niet altijd allerhande troep?'

'Daar hebt u gelijk in. Er zou niets verontrustends aan zijn, als we bovendien niet ook een grote plas bloed hadden ontdekt. Menselijk bloed, zoals onderzoek heeft uitgewezen.'

'In dodelijke hoeveelheden?'

'Aanzienlijk veel. Het ziet er niet naar uit dat iemand zich alleen maar in zijn vingers heeft gesneden.'

'Juist ja. Er is geen lijk?'

'We hebben het hele gebouw doorzocht. Tot nu toe zonder succes. Maar dat zegt niets. Het terrein is enorm groot en onoverzichtelijk. Er zijn ventilatiekokers, gaten in de grond, hopen puin en geulen vol water en afval.'

'Hebt u al een spoor?'

'Daar heb ik u voor nodig. Het gebouw werd de laatste tijd vaak als decor gebruikt... voor fotoshoots, reclamefilms en muziekvideo's. Toen ik eerder die foto's nog eens bekeek, moest ik denken aan een scène uit een film. Vooral die spiegel kwam me bekend voor. Schiet u misschien iets te binnen?'

Helene Weigand fronste haar voorhoofd. 'Een kast, een scheerspiegel en een scheermes?'

'En het masker.'

'Margaret Thatcher. Nee, er gaat geen belletje rinkelen. Er zijn natuurlijk allerlei min of meer bekende filmmoorden met scheermessen gepleegd. *The Eye of the Beholder. Sweeney Todd.* En natuurlijk Buñuels *Un chien andalou.* Maar met een Margaret Thatcher-masker? Nee, daar schiet me niets te binnen. Als u wilt, kan ik het verder uitzoeken en eens informeren.'

'Heel graag.' Hij had niet veel van zijn idee verwacht, maar toch kon hij zijn teleurstelling niet helemaal verbergen.

'Het spijt me dat ik u niet kan helpen. Maar het is leuk u te leren kennen.' Ze nam haar glas op en keek hem in de ogen. 'Mag ik Georg zeggen?'

'Natuurlijk.' Misschien was de avond toch niet helemaal verloren. 'Helene dan.' Hij dronk zijn glas leeg en keek naar de bar om de aandacht van de bediening te trekken.

Verdomme! Was dat niet die...

Hij kneep zijn ogen tot spleetjes. Die lange zwarte manen, de goedkope kleding, de felle make-up. Ze was het beslist. Hoe heette ze ook alweer? Tatjana. Precies. Een paar weken geleden had hij Tatjana opgepikt in het café. Of liever, zij had hem opgepikt. Ze hadden samen de nacht doorgebracht, dat vermoedde hij althans, want hij herinnerde het zich niet. Toen hij de volgende morgen wakker werd, was Tatjana verdwenen, met zijn horloge, zijn tablet en zijn iPod.

'Is er iets?'

'Een ogenblik alsjeblieft, ik moet even iets rechtzetten.' Hij stond op. Al terwijl hij zich een weg naar de bar baande, vermoedde hij dat het een belachelijk idee was om Tatjana ter verantwoording te roepen. Desondanks liep hij recht op haar af.

'Wat een verrassing', fleemde hij.

Ze draaide zich om, er trok iets over haar gezicht. 'Kennen we elkaar?'

'Kennen is wat overdreven. Maar ik heb nog iets van je tegoed.'

'O ja?' Ze keek verveeld naar haar nagels. 'Kan het zijn dat je me met een ander verwart?'

'Problemen?' De barman boog zich over de bar. 'Valt die meneer u lastig?'

'Hou je erbuiten', snauwde Stadler.

'Moet ik de politie erbij halen?'

'Die is er al.' Stadler hield de man zijn legitimatie voor zijn neus. Toen sleurde hij Tatjana de gang naar de toiletten in. 'Je hebt me bestolen.'

Kalmpjes haalde ze een pakje Marlboro uit haar ruime handtas en peuterde er een sigaret uit. 'Kun je dat bewijzen?'

'Hou me niet voor de gek!' Hij pakte haar bij haar armen.

Ze bleef doodkalm. 'Hé zeg! Wat zal je nieuwe vriendinnetje niet van je denken als ze ziet hoe grof jij met vrouwen omgaat?'

Stadler bedacht zich en liet haar los. 'Ik zou je kunnen arresteren en naar het bureau kunnen brengen.'

'Waarom doe je dat dan niet?' Ze pakte een aansteker uit haar handtas.

Omdat al zijn collega's binnen een paar minuten zouden weten dat hij door een of ander trutje was opgelicht. Omdat hij er nog jaren flauwe grappen over zou moeten horen.

'Nou? Ga je me nog arresteren?'

'Je hoort nog van me!' stootte hij uit. 'Ik hou je in de gaten.'

Ze stak de sigaret aan en nam een diepe trek. 'Je vergist je, schatje. Ik hou jóú in de gaten.' Ze tikte met een lange wijsvinger tegen zijn borst. 'Jij hoort nog van mij. En dat ga je niet leuk vinden.'

Dinsdag 29 september, 16.12 uur

Birgit deed haar gordel om en leunde achterover. Ze dacht koorts-achtig na. Ze moest een uitweg vinden en ze had nog hooguit tien minuten de tijd.

Stadler gaf gas en stuurde de Mustang de parkeerplaats van het politiebureau af. 'Nou,' vroeg hij, 'hoe is het met de speur-tocht naar de buitenaardsen?'

'Astronauten', verbeterde Birgit.

'Astronauten dan. Wat je wilt.'

'Als de technische recherche niet zo'n dertig hagelkorrels uit dat hondenlijk had gepeuterd, zou ik zeggen dat de verbeelding met die oude man op de loop is gegaan', antwoordde Miguel vanaf de achterbank.

'Hadden jullie al bedacht dat hij ook zelf kan hebben gescho-ten? En dat nu niet wil toegeven?'

'Zeker. Daarom wilden we hem een kruitsporentest afnemen. Dan zouden we vast resten vinden. Misschien niet meer op zijn handen, maar zeker wel op zijn kleren. Maar dat gaat niet door. We zijn de zaak inmiddels kwijt.'

'O ja?' Stadler stopte voor rood licht op de Fürstenwall.

'De Grote Manitoe heeft besloten dat het geen zaak voor KK 11 is.' Miguel knikte in de richting van het politiebureau, in de diepte waarvan zich het kantoor van hun chef bevond. 'Het betreft een overtreding van de Wet op de dierenbescherming. En daarnaast hooguit verboden wapenbezit. Maar dat is niet ons terrein. De zaak is overgenomen door het bevoegde commissariaat.'

'De schutter had toch ook die oude man bedreigd?'

'Niet volgens de officiële verklaring die Gustav Scherenschmidt vanmorgen heeft getekend. Vermoedelijk was dat verhaal over die astronaut zo pijnlijk voor hem, dat hij alles wat hij ons had verteld weer terugnam. Naar het heet heeft hij alleen een schot gehoord en toen zijn dode hond gevonden.'

'Dus mogen jullie niet voor Scully en Mulder spelen. Wat een pech.' Stadler gaf gas en sloeg links af naar de haven. 'Maar waarom zou het jullie ook beter vergaan dan mij? Ik heb ook geen echte zaak. Tot nu toe tenminste niet. Zul je net zien dat jullie meteen iets ontdekken wat mij is ontgaan.'

Birgit begon te zweten. Nog vijf minuten. Dan zouden ze aankomen bij de oude papierfabriek. Ze kende het gebouw niet, maar in haar verbeelding zag het er precies zo uit als de leegstaande fabriekshal waarin ze bijna het loodje had gelegd. En waar ze iedere nacht weer in haar dromen naar terugkeerde. En in haar dromen was er geen Miguel die haar kwam redden. In haar dromen werd ze door de moordenaar levend in stukken gehakt.

'Er waren toch al een hoop collega's ter plaatse? Wat moeten wij dan nog vinden?' zei ze met gesmoorde stem. 'Deze actie is toch volkomen overbodig? Bovendien is er al een wapen en het bloed. Is dat niet voldoende?'

'De technische recherche heeft grote moeite met die plas bloed', verklaarde Stadler, en hij zette zijn richtingaanwijzer aan. 'Met name omdat volledig onduidelijk is hoeveel bloed er door de kleding van een mogelijk slachtoffer kan zijn opgezogen. En dat hangt weer af van de houding van het lichaam en de plaats waar de wond werd toegebracht.'

'Wijzen die spatten er niet op dat de halsslagader werd doorgesneden?' vroeg Miguel.

'Niet eenduidig.'

'En hoe zat het met die filmdame?' Miguel boog zich naar voren en keek Stadler van opzij aan.

Stadler keek terug en grijnsde. 'Helaas kon die me niet verder op weg helpen. En toch ben ik er nog steeds van overtuigd dat er een film is waarin die voorwerpen een rol spelen. Ik heb vannacht zelfs van die stomme spiegel gedroomd. Alles draait om die spiegel. Ik weet het honderd procent zeker.'

Birgit spitste haar oren. Ze was dus niet de enige die droomde van de zaken die ze onder handen hadden.

'Hoe kwam je er überhaupt op dat iemand daar een film heeft gedraaid?' vroeg Miguel.

'Vanwege die kast op de muur. Dat is geen gewoon onderwerp voor graffiti. Maar hij kan als decor hebben gediend.'

'Dat klinkt overtuigend.'

'Een snuffmovie, dus?' vroeg Birgit, en ze veegde haar kletsnatte handen af aan haar rok. 'Een moord voor de draaiende camera?'

'Precies. En dan niet zomaar een video, maar een nagespeelde scène uit een speelfilm.'

'En dat allemaal alleen maar vanwege die kast?' zei Birgit. 'Die graffiti hoeft toch niet van de dader te zijn.'

'Een dag eerder was hij er zeer zeker nog niet. Daar zijn getuigen van. Een paar jongeren die bijna dagelijks in die fabriek rondhangen.'

'En dan heb je bovendien die rekwisieten', zei Miguel van de achterbank. 'Het masker, het mes en de spiegel. En die code. Daar houdt Liz zich mee bezig, toch?'

'Ik mag het hopen.' Stadler nam gas terug.

Birgit waagde het een blik uit het raam te werpen, maar ze zag alles wazig. Haar handen begonnen te beven. *Shit. Shit.* Ze moest er vat op krijgen voor haar collega's er iets van merkten. Ze wilde beslist niet met verlof worden gestuurd. Of ongeschikt worden verklaard voor de buitendienst. Alleen nog binnen zitten en dossierwerk doen was de hel. Maar die verdomde fabriek was nog erger dan de hel.

De auto stopte. De motor sloeg af. Zenuwachtig tastte Birgit naar de portierkruk. Vaag drong tot haar door dat Georg en Miguel uitstapten.

Miguel deed het portier voor haar open. 'Je wilde je toch niet drukken, hè?'

Ze schoot in de lach, het klonk hysterisch. Alsof ze in trance was, zwaaide ze haar benen naar buiten. Ze was nog geen drie stappen ver of de grond viel weg onder haar voeten. Ze wankelde, struikelde en wist zich nog maar net aan de auto vast te klampen. Er schoot een stekende pijn door haar enkel.

Miguel stond meteen naast haar. 'Alles oké?'

'Het is maar hoe je het bekijkt.' Ze was van opluchting bijna in tranen uitgebarsten. 'Ik geloof dat ik mijn enkel heb verzwikt.'

'Ach, wat vervelend!'

'Wat is er aan de hand?' riep Stadler. Hij was al aan de overkant van de straat.

'Kun je staan?' vroeg Miguel.

Ze deed alsof ze het probeerde en trok een pijnlijk gezicht. 'Shit zeg. Alsof er spelden in zitten.'

'Misschien moest je maar even naar het ziekenhuis.'

'Ben je gek!' Dat nooit. 'Het is vast dadelijk over. Gaan jullie maar, ik wacht hier wel. Als het beter gaat, kom ik wel achter jullie aan. En anders moeten jullie me alles precies vertellen.'

'Weet je 't zeker?'

'Beslist.'

Ze keek hem na terwijl hij achter Stadler aan het fabrieksterrein op liep. Opgelucht deed ze haar ogen dicht terwijl ze door de poort liepen en uit het zicht verdwenen. Ze mocht alleen niet vergeten de rest van de dag te hinken.

Woensdag 30 september, 08.26 uur

Het hotel zat ingeklemd tussen een belwinkel en een kleermakerij, en zag eruit als een gewoon, al wat ouder huurhuis. Stadler liet zich de weg wijzen door een collega die voor het gebouw de wacht hield en nam samen met Birgit de lift naar de eerste verdieping. Zijn tweede plaats delict in drie dagen. Zij het deze keer met een lift en bij daglicht. En met een lijk.

Stadler was blij dat hij Birgit op de parkeerplaats had opgepikt en meegenomen. Ze waren jarenlang een team geweest en nog steeds goed op elkaar ingespeeld. Bij haar kon hij ervan op aan dat ze niets belangrijks over het hoofd zag. Daarom had hij haar de vorige dag ook meegenomen naar de oude fabriek. Erg jammer dat ze haar enkel had verzwikt en niet mee naar binnen was gegaan. Miguel en hij hadden niets nieuws ontdekt. Helaas. In elk geval hinkte Birgit vandaag niet meer. Het leek weer goed te gaan met haar voet.

Al in de gang rook het naar bloed en uitwerpselen. Stadler bekeek de inrichting terwijl ze naar kamer 16 liepen. Het versleten tapijt dempte hun voetstappen. De muren waren lichtgroen geverfd en een paar plafonnières waren stuk, waardoor de gang in het schemerdonker gedompeld was. Op een bijzettafeltje stond een bruine vaas met een bos stoffige droogbloemen.

De deur van kamer 16 stond open. Ze bleven op de drempel staan. De kamer was ingericht met kale houten meubelen uit de jaren vijftig. Er stonden een bed, een kast en een kaptafel. De kamer lag aan de binnenplaats aan de achterkant; het raam keek uit op een grijze blinde muur.

Op een witte slip na was het lijk naakt. Ze lag met haar benen in een hoek naast het bed. In haar doodsstrijd had ze blijkbaar het krukje meegesleurd dat voor de kaptafel had gestaan. Op het met witte lakens opgemaakte bed, het tapijt en het lichaam van de dode vrouw zaten rode spatten. In haar hals en op haar borst gaapten een paar steekwonden. Ook haar lange bruine haar was doordrenkt met bloed.

Dokter Marcus Schreiner klapte net zijn koffertje open en haalde er een thermometer uit.

'Het zal nog wel te vroeg zijn om iets te zeggen over het tijdstip van overlijden, hè?' zei Stadler.

De forensisch arts draaide zich om. 'Goedemorgen samen. De identificatiedienst heeft me nog maar net toegang verleend. Nog een paar minuten graag.' Hij schonk Birgit een scheef lachje.

Achter het bed dook een hoofd met een witte capuchon op. 'Hoi, Georg. Hoi, Birgit.'

'Morgen, Jürgen.' Stadler stak een hand op. 'Zijn er al sporen van het moordwapen?'

Zijn collega kwam overeind. 'Tot nu toe niet.'

'Wie heeft het lijk gevonden?'

'De schoonmaakster, voor zover ik weet.'

'Weten we toevallig wie ze is?'

'De schoonmaakster?'

Stadler rolde met zijn ogen. Hij deed een stap achteruit, de gang in, en wenkte de rechercheur even mee te komen.

Jürgen Tremmler liep om het bed heen en kwam bij hen op de gang staan. Hij trok de capuchon van zijn hoofd. 'Het is hier om te stikken.' Hij ging met een hand door zijn warrige haar, dat nog steeds blond was, al naderde hij net als Stadler de vijftig al. Sinds hij bovendien een volle baard liet staan, zag hij eruit als een Viking. Tenminste, zoals Hollywood zich een Viking voorstelde. 'We hebben geen persoonlijke bezittingen gevonden. Geen handtas, geen sleutels, niet eens haar kleren. En ik neem aan dat ze niet zo heeft ingecheckt.' Hij knikte naar de vrijwel naakte vrouw.

'Maar ze is hier wel gestorven?' vroeg Birgit.

'Aan de sporen te zien wel, ja.'

Stadler keek zijn collega aan. 'Kun jij even naar de receptie lopen en kijken op wiens naam de kamer werd geboekt? En kijk intussen even rustig om je heen. Ik zou graag willen weten wat voor etablissement dit hier is.'

Hij keek haar na. Bijna net als vroeger, schoot hem door het hoofd.

Terwijl ze in de lift verdween, pakte hij zijn mobieltje en koos Liz' nummer. 'Zou je me een plezier kunnen doen en even langs kunnen komen?' Hij gaf haar het adres. 'Ik zou graag je mening horen.'

Hij liet zich naar de schoonmaakster brengen, die met rode ogen van het huilen op een stoel in een andere kamer zat. Ze had hem niet veel te vertellen. Ze kon überhaupt weinig verstaanbaars uitbrengen, behalve 'weet niets' en 'niets zien'. Wat ze verder te zeggen had, zei ze in een taal die hij niet verstond. Hij gaf een collega opdracht een tolk te regelen, maar verwachtte er weinig van.

Toen hij even later terugkwam bij de plaats delict, stond er behalve de technisch rechercheur en de forensisch arts een derde figuur in een beschermende overall in de kamer, die hij pas na twee keer kijken herkende: het was Liz. 'Dat heb je snel gedaan.'

'Ik was nieuwsgierig.'

'En?'

'Het ziet eruit alsof het in scène is gezet.' Ze had hetzelfde gezegd over de foto's uit de fabriek. 'Heb je me er daarom bij gehaald?'

'Ik wilde weten of je het net zo ziet als ik.'

Liz wees naar het bed. 'Het is niet gebruikt. Het dekbed is niet omgewoeld, het is alleen opengeslagen om het er zo uit te laten zien. Bovendien is het lijk verschoven. In scène gezet. De manier waarop haar rechterhand op haar borst ligt is volkomen onnatuurlijk. Alsof ze poseert.'

Stadler wreef nadenkend over zijn kin. Er kwam een idee bij hem op; het was nog niet vastomlijnd, maar hij voelde dat het belangrijk was. 'Kunt u al iets zeggen over het tijdstip van overlijden?' vroeg hij de arts.

'Ergens tussen gisteravond rond een uur of tien en vanmorgen vroeg drie uur. Na de lijkschouwing kan ik een nauwkeuriger schatting doen.'

Liz schoof langs Stadler de kamer uit en trok haar pak uit. 'Deze dader had duidelijk een heel bijzondere fantasie. Alles moest er precies uitzien zoals hij het zich voorstelde.'

'En hij heeft haar voor ons achtergelaten als op een presenteerblaadje.' Stadler wierp een laatste blik op de dode vrouw. 'Waarschijnlijk geen spontane daad, dus.'

'En vermoedelijk ook niet de eerste.'

'Dat vrees ik ook.' Stadler keek op zijn telefoon. Birgit was al ruim een half uur weg. Waar bleef ze toch?

'Kan ze een prostituee zijn geweest?' vroeg Liz. 'Zulke daders kiezen vaker prostituees als slachtoffer. Die zijn makkelijk te krijgen.'

'Ik weet het niet goed.' Stadler stak zijn mobieltje weer in zijn zak. 'Als ze geen persoonlijke relatie met de moordenaar had, waarom deed hij dan zo veel moeite om alle aanwijzingen met betrekking tot haar identiteit te laten verdwijnen?'

Woensdag 30 september, 08.58 uur

Birgit keek op haar horloge. Stadler zou haar nu wel missen, maar ze had nog niet alles gezien. Ze liep de achterdeur uit en keek op de benauwde binnenplaats om zich heen. Twee vuilcontainers, drie oude tuinstoelen en een gammele tafel met een volle asbak erop. Het rokershoekje. Wat een fijn plekje. Brandnetels. Struikgewas. Een trap die naar de kelder leidde. Birgit legde haar hoofd in haar nek en keek naar boven. Van de loodgrijze hemel was niet meer dan een klein rechthoekje te zien. Alleen het hotel had aan deze kant ramen; de andere gebouwen keerden de binnenplaats hun naakte betonnen gevels toe. Als je er de brandtrappen bij dacht, kon het een binnenplaats in Brooklyn zijn.

Vastbesloten liep Birgit naar de twee containers toe. Halverwege stuitte ze op een leeg bierkrat. Resoluut nam ze het mee als opstapje. In de eerste container zat het gebruikelijke huishoudelijk afval. Wat moest er verder ook in zitten? Als dit hier inderdaad een binnenplaats in Brooklyn zou zijn en zijzelf de heldin uit een misdaadserie, zou ze nu de beslissende aanwijzing vinden. Het moordwapen, bijvoorbeeld. Maar er was niets. Tenminste niet op het eerste gezicht. En ze liet het ook liever aan de technici over om in de container te gaan graven. Waar hadden ze anders hun mooie witte pakken voor?

Zonder veel hoop zette Birgit het krat voor de tweede container en ging erbovenop staan. Eerst zag ze weer alleen maar broodkorsten, lege melkpakken en verlepte groente. Maar toen verstarde ze. O, *shit*.

Ze was bijna languit op de grond gevallen, zo snel sprong ze van het krat.

Bij de receptie stuitte ze op Georg en Liz.

'Ah, daar ben je', riep Stadler. 'Ik wilde je net als vermist opgeven. Heb je iets gevonden?'

'Dat kun je wel zeggen, ja.' Birgit omhelsde Liz ter begroeting. 'Fijn je weer te zien.' Ze wendde zich weer naar Stadler. 'Eerst heb ik bij de receptie gevraagd door wie de kamer was geboekt.'

'En?'

'Een zekere Johannes Zimmermann heeft hem per e-mail gereserveerd. Via een anoniem gmx-mailadres.'

'Zoiets verwachtte ik al.' Stadler trok een grimas.

'Of die Zimmermann alleen heeft ingecheckt of samen met iemand anders, weet alleen de nachtportier. Ik heb zijn nummer, maar hij neemt niet op.'

'Theoretisch zou het slachtoffer zelf de kamer onder een valse naam hebben kunnen boeken', zei Liz.

'Bedoel je dat ze zelf Johannes Zimmermann was?' Op dat idee was Birgit zelf nog niet gekomen. 'Maar bij het inchecken zou toch zijn opgevallen dat ze geen man is.'

'Dat zoeken we later wel uit', zei Stadler, haar onderbrekend. 'Daar kan die nachtportier vast meer over vertellen. Is er verder nog iets? Je hebt er toch geen half uur over gedaan om dat magere beetje informatie bij elkaar te scharrelen?'

Liz keek Stadler verbijsterd aan, maar Birgit grijnsde. Hij was zo bits omdat hij heel goed wist dat ze nog meer in petto had. Ze speelden een spelletje met elkaar. Tenslotte waren ze vroeger een verdomd goed team geweest. 'Ik heb alles met aandacht onderzocht. Dat moest toch? Ik heb zelfs de vuilcontainers op de binnenplaats kritisch bekeken.'

'En?'

'Wat krijg ik van je als ik een verband aantoon tussen deze moord en de plaats delict in de papierfabriek?' vroeg ze met over elkaar geslagen armen.

Er trilde een spiertje in Stadlers gezicht. 'Dan ga ik voor je op de knieën.'

'Je mag me mee uit eten nemen. Maar dan ook echt.'

Georg Stadler was wel geen Miguel, maar hij was wel een erg aantrekkelijke man. Eén keer in haar leven wilde ze wel eens genieten van de jaloerse blikken van andere vrouwen.

'Afgesproken.'

'Kom maar mee.'

Ze ging de anderen voor door de nauwe gang langs de keuken tot op de binnenplaats. Toen ze voor de achterste container stonden, liet ze zich door Stadler een wegwerphandschoen aangeven. Gelukkig was de container bijna vol, zodat ze er niet ver in hoefde te reiken. Vol triomf reikte ze Stadler haar vondst aan: een clownsmasker.

Woensdag 30 september, 13.17 uur

Toen hij terug was op het politiebureau, was het Stadlers eerste zorg om een moordbrigade samen te stellen. Daarna nam hij het voorlopige verslag van het sporenonderzoek door.

Er werd geklopt. 'Heb je een ogenblikje, Georg?' Het was Florian Schenk. Voor Stadler nog steeds 'die nieuwe', hoewel hij al bijna een jaar geleden naar KK 11 was overgeplaatst.

'Je zit in de moordbrigade. Ik heb je ingedeeld bij de ondervragingsteams. Was dat wat je wilde weten?'

'Eigenlijk niet.'

Stadler klapte zijn map dicht. 'Wat dan?'

'Ik heb daarnet even koffie gedronken met mijn oude team van KK 12. Daar hoorde ik iets interessants. Het ging over een vermiste vrouw.'

'Vertel.'

Schenk was vaak wat overijverig, maar ook hardnekkig en slim. Hij had talent voor de recherche.

De jonge collega haalde een briefje uit zijn broekzak. 'Tina Grandt. Drieëntwintig jaar. Droomt van een carrière als model. Sinds zondag spoorloos. Naar het schijnt had ze een afspraak voor een fotoshoot.'

Stadler keek op. 'In de fabriek?'

'Haar man weet niet waar die fotoshoot plaats moest vinden. Maar het zou toch kunnen? Zal ik met hem gaan praten?'

Stadler aarzelde. Het was een tamelijk vaag verhaal. Er werden immers wel meer mensen vermist. En eigenlijk had hij voor die hotelmoord iedereen nodig. Aan de andere kant was er een, zij het vergezochte, overeenkomst tussen de twee gevallen. Hij stond op en pakte zijn jasje. 'Ik ga zelf even met hem praten.'

Schenk gaf hem het briefje. Hij zag er teleurgesteld uit.

'En jij gaat mee. Twee horen meer dan een.'

Twintig minuten later stapten ze in Eller uit de Mustang. De straat bestond uit een rij eentonige twee-onder-een-kapwoningen. Het huis van Daniel en Tina Grandt verschilde slechts in kleinigheden van de andere. Zorgvuldig gesnoeide struikjes in de voortuin, een ouderwetse gong als deurbel.

De man die opendeed was stevig gebouwd, droeg een bril en had een volle baard. Hij paste wel bij het huis, maar niet bij de jonge vrouw die model wilde worden. Hij ging hen voor naar de woonkamer. Aan de muren hingen geen landschappen, zoals ze verwacht hadden, maar zwaarden en schilden. In de vensterbank pronkte een zilveren helm.

'Middeleeuws. Mijn hobby', zei Grandt met een verlegen lachje, toen hij de blikken van de twee rechercheurs opmerkte.

'Ook die van uw vrouw?' vroeg Stadler. Hij bekeek de zwaarden. Kunstig smeedwerk. Zeker niet goedkoop.

'Tina? Nee, die heeft daar niets mee. Ze gaat weleens mee naar een beurs of een festival.' Hij haalde zijn schouders op. 'Maar het is niet haar wereldje.'

'Haar wereldje is dus eerder de mode?' Florian Schenk liep naar de vensterbank en klopte op de helm.

'Voorzichtig, alstublieft! Die is erg kwetsbaar!' Daniel Grandt haalde met een onrustige beweging zijn hand door zijn haar. Hij was dan wel stevig, maar niet groot, hoogstens een meter vijfenzestig. Als zijn vrouw de maten van een model had, was ze een kop groter dan hij. 'Waarom denkt u dat Tina in mode is geïnteresseerd?'

Schenk draaide zich om. 'Ze wilde toch model worden?'

'O, juist. Ja.'

'Weet u niets van de plannen van uw vrouw?' Stadler sloeg de man nauwlettend gade.

'Het is haar hobby. Zoals ik de mijne heb.'

'Wat hebt u gemeen?'

'Wat bedoelt u?'

'Nou, uw vrouw en u zullen toch ook gemeenschappelijke interesses hebben?'

'Het was liefde op het eerste gezicht. Hoewel we sterk van elkaar verschillen. Ze is echt beeldschoon. Ziet u wel?' Hij pakte een ingelijste foto van de piano en gaf hem Stadler aan. Blond haar, grote, ver uit elkaar staande ogen, een wipneus. Een poppengezichtje. Knap. Ja, vast. 'Ik ben zelf daarentegen niet echt een knappe man. Bovendien ben ik tien jaar ouder. Maar dat heeft Tina nooit iets kunnen schelen.'

'Wilt u ons vertellen over die fotosessie?'

'Maar daar weet ik toch niets van!' Hij zag er oprecht wanhopig uit.

'Uw vrouw heeft u daar niets over verteld?'

'Geen details. Alleen dat een sterfotograaf in haar geïnteresseerd was en proeffoto's wilde maken.'

'Welke sterfotograaf? Hebt u zijn naam voor ons?'

'Dominic Parker.'

'De échte Dominic Parker?' Schenk, die de hele tijd naar de helm had staan kijken, draaide zich om naar Grandt. 'Meent u dat?'

'Dat heeft ze me verteld, ja. Mij zei die naam helemaal niets, totdat...'

'Totdat wat, meneer Grandt?' Stadler keek hem strak aan. Hij had de naam Dominic Parker nog nooit eerder gehoord. Goed dat hij dat groentje had meegenomen.

'Ik heb zijn contactgegevens op internet opgezocht en geprobeerd hem te spreken te krijgen. Maar hij belt niet terug. En e-mails beantwoordt hij niet.'

'Die van ons wel, hoor', zei Florian Schenk verlekkerd. Hij verheugde zich er beslist al op de blijkbaar beroemde man te ondervragen.

'U hebt uw vrouw sinds zondag niet gezien, meneer Grandt. Klopt dat?'

De man knikte.

'Ook verder geen teken van leven?'

'Nee.'

'En haar mobieltje?'

'Dat staat uit.'

'Heeft ze een computer?'

'Zo'n kleine, een netbook. Die had ze bij zich. Hij ligt in elk geval niet hier.' Opeens pakte Daniel Grandt hem bij de arm. 'Zorg alstublieft dat u Tina terugvindt! Beloof me dat u mijn vrouw vindt en heelhuids terugbrengt!'

Stadler herinnerde zich de donkere ruimte op het fabrieksterrein, de plas bloed op de grond, het bebloede scheermes. Hij gaf de man zijn kaartje. 'Als u nog iets te binnen schiet, bel ons dan.'

Ze stonden op het punt weer naar buiten te gaan toen Grandt hen terugriep. 'Wacht! De tas! Ze moest kleding meenemen. Die fotograaf had heel duidelijke ideeën over wat ze moest aantrekken.'

'En? Wat voor kleren waren dat?'

'Dat weet ik niet. Maar het leek om een soort rollenspel te gaan.'

Stadler keek op. 'Zou het ook een filmscène kunnen zijn geweest?'

Grandt haalde zijn schouders op. 'Misschien wel. Ik weet alleen dat ze een heel speciale rol moest spelen. Ze keek er erg naar uit. Ze zei dat het misschien wel de rol van haar leven kon zijn.'

Woensdag 30 september, 20.20 uur

'Wáár zijn jullie?' Liz drukte haar mobieltje tegen haar oor. De verbinding was zo slecht dat ze bijna alleen maar geruis en gekraak hoorde.

'In Málaga. Supermooi weer, ongelooflijk blauwe zee, waanzinnig lekker eten.'

'Ben je met Sam op vakantie gegaan?' Liz voelde opeens een steek in haar borst. 'Waarom heb je me daar niets over verteld?'

'Dat doe ik nu toch?' David klonk volkomen onbezorgd. Opeens werd de verbinding helder. Op de achtergrond waren stemmen te horen. Glasgerinkel. Iemand lachte. 'Het was een spontaan besluit. Sam wilde naar zee, maar dan ergens waar het lekker warm is, en toen heb ik gewoon de eerstvolgende vlucht geboekt.'

Liz wreef over haar voorhoofd. Ze hadden elkaar gisteren nog gebeld. David had haar gezegd dat hij haar erg miste en met geen woord iets gezegd over wat voor vakantieplannen ook.

'Gewoon zomaar?' Liz kon er met haar hoofd niet bij. Ze wist dat David graag spontaan dingen ondernam. Maar er was een ondertoon in zijn stem die haar de oren deed spitsen. Een slecht geweten? Er schoot haar iets te binnen. Was Davids ex-vrouw er misschien ook bij? Was het een soort familie-uitje? Ja, dan was zij natuurlijk de storende factor. 'Dat had je misschien eerst even met mij kunnen overleggen!' gooide ze eruit, en ze beet meteen op haar lip.

47

'Sinds wanneer moet ik jou vragen wanneer ik met mijn eigen zoon op pad mag?' kaatste David terug. Zijn toon werd scherper. 'Zijn jullie daar met zijn tweeën?' Een idiote vraag. Maar ze kon niet anders. 'Alleen jij en Sam?'

'O, waait de wind uit die hoek? Jezus, Liz, je ziet spoken. Echt. Je bent paranoïde.'

'Ben ik paranoïde? Ach ja, dat was ik vergeten. Ik ben het gekke zusje van een monster. Waanzin zit in de familie!'

'Liz, ik moet ophangen. Sam staat te wachten. Kunnen we verder praten als je tot rust bent gekomen?'

'Echt iets voor jou. Steeds als het serieus wordt, knijp jij ertussenuit! Waarom geef je niet gewoon antwoord op mijn vraag?'

In plaats van een antwoord hoorde ze een langgerekte pieptoon. Hij had opgehangen. Woedend gooide ze de telefoon op de bank. De stomme idioot.

Ze liep naar de keuken, schonk zich een glas wijn in en sloeg het in één keer achterover. Toen nog een. En nog een. Langzaam kwam ze tot rust. Gewoonlijk dronk ze niet zo veel, en bovendien had ze nog niet gegeten. Dan kwam het harder aan. Ze kreeg een wollig gevoel in haar hoofd. Ze had David niet nodig. Ze had helemaal niemand nodig. Ze had het haar hele leven al in haar eentje weten te redden.

Net toen ze zichzelf nog een glas wilde inschenken, werd er aangebeld. Ze aarzelde. Ze had geen zin in bezoek. En al helemaal niet in deze toestand. Weer werd er gebeld. Met knikkende knieën liep ze naar de overloop en drukte op de deuropener. Even later stond Georg Stadler voor haar.

Hij gaf haar een snelle kus en ging voor het raam staan, vanwaar je een sensationeel uitzicht had op de Spee'schen Graben. In het licht van de gaslampen zag de vijver met de knoestige oude bomen langs de oever eruit alsof hij terug in de tijd was gegaan. 'Mooi appartement. Ben je misschien weer naar Düsseldorf teruggekomen?'

Liz kwam naast hem staan. 'Nee. Ik woon nog steeds in mijn ouderwetse cottage aan de grens met Wales. Hoewel ik moet toegeven dat dit uitzicht ook zijn bekoring heeft.' Als je in aanmerking nam dat haar hoofd tolde, kwamen de woorden haar verbazingwekkend makkelijk over de lippen. Stadler merkte kennelijk niet eens hoe aangeschoten ze was.

'En zo'n huis wordt betaald door de universiteit?'

'We hebben een zeer gulle sponsor.'

'Niet verkeerd.' Stadler keerde zich van het venster af en liet zich op de lederen bank vallen. 'Hoe lang blijf je?'

'Voor de gesprekken zijn drie maanden uitgetrokken. Maar ik zit natuurlijk niet de hele tijd in Düsseldorf.'

'Ben je al verder gekomen met die code?'

De plotselinge verandering van onderwerp irriteerde haar. 'Niet echt. Ik zal er morgen eens goed naar kijken. Wil je een biertje?'

'Graag.'

Ze wankelde naar de keuken. Bij de gootsteen sprenkelde ze wat water in haar gezicht. Daarna schonk ze zichzelf nog een glas wijn in. Het deed er niet meer toe.

Ze maakten het zich gemakkelijk op de bank. Toen Stadler zijn tweede flesje bier had opengetrokken, vertelde ze hem over David. Ze had alleen de staande schemerlamp aangedaan, een zwak peertje met een rode kap dat net een hoek van de kamer verlichtte. In het halfdonker viel het praten haar gemakkelijker. 'Hij zit daar met een andere vrouw, dat weet ik zeker. En toen ik hem ernaar vroeg, zei hij dat ik paranoïde was.'

'Maar zijn zoon is er toch bij?'

'Dat beweert hij.'

'Ach, Liz toch.' Stadler keek haar aan. 'Misschien moet je hem gewoon vertrouwen.'

Ze sloeg haar ogen neer. 'Misschien ben ik niet in staat relaties aan te gaan. Dat kan niemand verbazen. In mijn familie...' Ze tilde haar hoofd op en keek hem aan, probeerde scherp te stellen.

'Ik heb in elk geval besloten dat ik hem niet nodig heb.'

Stadler zei niets en nam nog een slok van zijn bier.

'Ik heb niemand nodig, hoor je?' Ze was nog niet uitgesproken of de tranen sprongen haar in de ogen. *O god nee, geen waterlanders nu!* Onopvallend ging ze met de rug van haar hand over haar ogen. Maar het hielp niet. De tranen lieten zich niet tegenhouden.

Stadler zette zijn flesje op de vloer en legde een arm om haar heen. 'Het is al goed', mompelde hij. Hij maakte een onzekere indruk. Huilende vrouwen waren vermoedelijk niet zijn ding.

'Die idioot kan mijn rug op!' snikte Liz. Nu de dijk eenmaal doorgebroken was, kon niets haar meer schelen.

Stadler zei niets, hield haar vast en aaide haar troostend over haar rug.

Langzaam kwam ze tot rust. 'Georg, ik...' Ze wist niet wat ze moest zeggen.

'Ja?'

Zonder erbij na te denken, boog ze zich naar hem toe en kuste hem. Hij beantwoordde de kus, eerst voorzichtig, toen hartstochtelijk. Zijn handen gleden onder haar bloes. Ze werd weer duizelig, maar niet van de wijn. Alles draaide. Het voelde goed, ontzettend goed.

Maar opeens duwde hij haar van zich af en stond hij abrupt op. 'Dit kan zo niet, Liz.'

'Waarom niet?' Ze verstijfde. 'Wat is het probleem?'

'Je bent een vriendin van me. We werken samen. Daar moet het bij blijven.' Hij pakte zijn jasje. 'Welterusten, Liz. We zien elkaar morgen.'

Toen de deur dichtsloeg, deed ze haar ogen dicht en duwde met haar vuisten tegen haar voorhoofd. Verdomme, wat was er met haar aan de hand? Had ze net geprobeerd Georg Stadler te verleiden? En een blauwtje gelopen? Hoe diep kon je zinken?

Shit. Verdomme. Shit.

Ze rolde zich op op de bank en begroef haar gezicht in een kus-sen. Het was gebeurd. Ze zou Stadler nooit meer onder ogen durven komen. Ze was erin geslaagd om in één klap niet alleen haar werk voor de politie, maar ook een goede vriend kwijt te raken.

Woensdag 30 september, 21.12 uur

Georg Stadler trapte het gaspedaal helemaal in. De Mustang raasde door de lege, donkere stad. Niet nadenken, gewoon rijden.

Hij had geen doel, wilde alleen maar in beweging blijven. Verlichte ramen, bomen, eenzame gestalten en straatlantaarns suisden voorbij. Bij een rood verkeerslicht haalden zijn gedachten hem in. *Verdomme, hoe had dat kunnen gebeuren?*

Het had weinig gescheeld of hij was zwak geworden en had zich laten gebruiken. Zodat zij die David een lesje kon leren. Nou, en? Dat kon hem anders ook niets schelen. En ze was ook niet echt een collega. Dus vanwaar die paniek?

Achter hem werd geclaxonneerd. Het verkeerslicht stond al lang weer op groen. Met piepende banden keerde hij midden op de weg en reed hij terug naar het oude stadscentrum.

Er brandde nog licht bij haar. Hij parkeerde voor het huis, trommelde met zijn vingers op het stuur en tuurde naar boven, maar hij kon zich er niet toe brengen uit te stappen. Het voelde verkeerd. Op een gegeven moment werd het donker achter de ramen.

Hij startte de motor en reed rechtstreeks naar huis. Toen hij het autoportier dichtgooide, ging zijn mobieltje. Hij keek op het display. Een onbekend nummer.

'Ja?'

'Hallo, Georg. Ik hoop dat ik niet stoor?'

52

'O, Helene.'

'Ik wilde vragen of er nog nieuws is over je mysterieuze zaak. Of mag je daar niet over praten?'

Stadler leunde tegen zijn auto. 'Nou ja, je bent natuurlijk wel een externe deskundige die ik officieel bij het onderzoek betrokken heb.'

'Is dat zo?'

'We moeten alleen nog wat formaliteiten afhandelen.'

Ze lachte zacht. 'Hoe zien die eruit?'

'Een drankje op mijn kosten in een geschikt etablissement.'

'Zoiets vermoedde ik al. Maar ik heb een beter idee: kom naar mijn huis. Ik maak heel lekkere cocktails.'

Precies wat hij nodig had. 'Ik ben al onderweg.'

Donderdag 1 oktober, 10.16 uur

Zoë zag er weer eens onbeschoft goed uit. Olijfgroene cargobroek, kort gebreid truitje met zulke grote mazen dat het strakke topje eronder duidelijk zichtbaar was, cowboylaarzen. Birgit zuchtte. Voor zulke opvallende kleren moest je jong en aantrekkelijk zijn. Zijzelf zou er zelfs geen deel van kunnen dragen zonder zich belachelijk te maken.

'Alles oké?' De stagiaire keek Birgit vol medegevoel aan, deed de deur achter zich dicht en haalde haar vingers door haar Agnetha Fältskog-kapsel.

'Alleen een beetje moe.'

Ik dacht dat je met Georg naar het forensisch-medisch instituut was voor de sectie op dat vrouwenlijk.' Zoë ging op Birgits bureau zitten.

'Hij nam toch liever Miguel mee. De mannen willen zeker onder elkaar zijn, vanochtend.' Ze trok haar wenkbrauwen op.

'Misschien gaan ze wel om je duelleren.'

'Heel grappig.'

'Het was geen grapje.' Weer haalde ze haar hand door haar lange blonde haar. 'Stadler is vreselijk jaloers nu je Miguels partner bent. Hij wil je terug.'

De woorden deden haar goed, ook al was het baarlijke nonsens. Ze vermoedde eerder dat Stadler wilde opscheppen over zijn nieuwe verovering. Hij was vanmorgen het bureau binnen gekomen alsof hij met zijn hoofd in de wolken liep. Als ze hem niet beter kende, zou ze denken dat hij halsoverkop verliefd was geworden.

Birgit leunde achterover. 'Is er eigenlijk een aanleiding voor je bezoek?'

'Ik had behoefte aan afwisseling. Ik zit al sinds halfacht vanmorgen aan mijn bureau verslagen van ondervragingen uit te tikken.'

'Het zware dagelijkse leven van een rechercheur.' Birgit glimlachte.

'Niet voor de mannen.'

'Denk je nou echt dat het bij de forensisch-medische dienst leuker is?'

'In elk geval afwisselender.' Zoë sprong van het bureau. 'Oké, dan ga ik er maar weer eens vandoor.' Bij de deur bleef ze staan. 'Nog geen aanwijzingen over de identiteit van de dode in het hotel?'

'Niets.'

'Heb je een foto?'

'Denk je dat je haar kent?'

'Tuurlijk niet!' Zoë kwam weer een paar stappen dichter naar het bureau. 'Maar het kan me misschien motiveren als ik voor ogen heb waarom ik al die saaie getuigenissen moet typen.'

'Geen probleem.' Birgit sloeg een dossiermap open en schoof hem naar Zoë toe. Gefascineerd zag ze de uitdrukking van de jonge vrouw geleidelijk van ontzetting overgaan in belangstelling. Zoë was heel ongecompliceerd en direct. Alles wat ze dacht was haar van het gezicht af te lezen. Maar daarbij straalde ze zo veel zelfvertrouwen uit dat niemand het voor zwakte of domheid zou aanzien.

'Ik had me haar jonger voorgesteld', zei Zoë na een poosje.

Birgit wierp een blik op de foto. Daarop was het gezicht van de onbekende vrouw in close-up te zien. De stagiaire sloeg de spijker op de kop. De dode was heel aantrekkelijk en had fijne gelaatstrekken, maar was niet bepaald bloedjong. Waarschijnlijk boven de vijfendertig. Dus minstens tien jaar ouder dan het vermiste model dat Georg in verband bracht met de plaats delict in de papierfabriek.

'De kamer was door een man geboekt, nietwaar?' Zoë sloeg de dossiermap dicht.

'Per mail. Op naam van Johannes Zimmermann.'

Zoë staarde haar aan. Haar mond viel open.

'Wat heb je?'

'Zeg dat nog eens.'

Birgit fronste haar voorhoofd. 'Wat is er met die naam? Ken je iemand die zo heet?'

'Fuck!' Zoë schudde ongelovig met haar hoofd. 'En er lag een clownsmasker bij het vuilnis?'

'Ja, en?'

'Misschien heeft Georg toch gelijk met zijn filmtheorie. Jeetje, dan hebben we echt met een losgeslagen moordenaar te maken.'

'Het idee van die snuffmovie had met een andere plaats delict te maken, Zoë. Ook al hebben we beide keren een masker gevonden, dan nog is dat de enige aanwijzing dat er een verband zou kunnen bestaan. En waarom zou de dader het masker de ene keer op de plaats delict achterlaten en het bij de volgende moord in een vuilcontainer gooien?'

'Daar kom je nog van terug, wacht maar.'

'Ik ben benieuwd.'

'Ken je de film Halloween?'

'Ik heb ervan gehoord. Maar ik heb het niet zo op horror. Die maak ik hier dagelijks mee.'

Zoë liet zich niet van de wijs brengen. 'In de allereerste scène, die in de Halloweennacht van 1963 speelt, vermoordt een jongetje zijn oudere zus. Hij steekt haar neer terwijl ze in alleen een slipje voor de kaptafel zit en haar haren kamt. De jongen is als clown verkleed. Je ziet de moord vanuit zijn perspectief, door de kijkspleet van het masker.'

'O, shit.'

'Het wordt nog mooier: de regisseur van de film is een van de grootmeesters van de horror, John Carpenter. Gaat er al een belletje rinkelen?'

Shit. Shit. 'Johannes Zimmermann.'

Donderdag 1 oktober, 11.34 uur

Georg Stadler rende bijna de gang door. Hij had niet eens de tijd genomen zijn jas uit te trekken. Toen Birgit hem na zijn terugkeer van het forensisch-medisch instituut over Zoë's theorie met betrekking tot Johannes Zimmermann had verteld, was hij meteen op weg gegaan naar KK 42.

Hij wist nu zeker dat ze met een snuff-filmer te maken hadden, die binnen drie dagen twee keer had toegeslagen. Ze hadden geen tijd te verliezen.

Stadler duwde de op een kier staande deur verder open en keek naar binnen. 'Hoi, Timo, heb je even voor me?' Hij verbaasde zich er zoals elke keer weer over hoezeer de jonge collega beantwoordde aan het cliché van een computernerd: mager, bleek, bril en een kapsel dat geen kapsel genoemd kon worden.

Timo Durach keek op van zijn monitor. 'Waar gaat het over?'

Stadler stapte naar binnen en ging nonchalant op de vensterbank zitten. 'Stel dat ik een snuffmovie op internet wil zetten, hoe pak ik dat dan aan? En hoe vinden geïnteresseerden de film?'

'Wil je er geld mee verdienen?' Durach leek zich absoluut niet over Stadlers vraag te verbazen.

'Zou kunnen. Zou ik dat willen?' Bij die vraag had hij nog helemaal niet stilgestaan.

Durach stak zijn handen op. 'Hoe weet ik dat nou? Maar ik denk wel dat degenen die belangstelling voor het genre hebben er een hoop geld voor zouden neerleggen.'

'Oké. Andersom dan: wat weet je over snuffmovies op internet? Zijn ze er überhaupt? Of is dat maar een mythe?'

'Daar houden we ons hier bij KK 42 niet echt dagelijks mee bezig.' Durach krabde aan zijn hoofd. 'We hebben meer met uiteenlopende oplichtingspraktijken te maken. Gegevensdiefstal, creditcardbedrog, dat soort dingen. En natuurlijk met kindermisbruik. Op foto en film.' Hij dacht na. 'Het meeste daarvan vinden we op het gewone internet. Daar houden zich immers ook de meeste klanten op.'

'Het gewone internet?'

Durach keek hem aan. 'In tegenstelling tot het *deep web*, het ondergrondse internet. Heb je wel eens van Tor gehoord?'

'Daar kun je anoniem mee surfen.' Stadler was blij dat hij dat in elk geval wist en er niet als een volslagen nitwit bij stond.

'Klopt. Tor is een programma dat je zoektermen op internet via willekeurig gekozen andere computers omleidt, zodat je niet als zoeker terug te vinden bent. Maar dat is slechts de halve waarheid. Er zijn pagina's op internet die je alleen via Tor kunt bereiken. Zoals platforms waar je drugs en wapens kunt kopen. *Silk Road* is de bekendste. Die site is meerdere malen door de FBI dichtgegooid, maar was telkens meteen weer online. Kennelijk kun je op *Silk Road* ook moordenaars inhuren, maar dat zijn maar geruchten.'

'*Silk Road*, meen je dat nou? Vergelijken ze het met de zijderoute?'

'Ze bezien zichzelf waarschijnlijk in een lange traditie van handelaren.' Durach vertrok zijn gezicht in een ironische grijns. 'Van vrije handelaren, die de rechtsstaat aan hun laars lappen. Inmiddels gaat *Silk Road* echter onverbiddelijk zijn ondergang tegemoet. Er zijn nieuwe platforms voor in de plaats gekomen. Het *deep web* is net een hydra. Als je er één kop afhakt, komen er twee voor in de plaats.'

Stadler wreef over zijn voorhoofd. 'En denk je dat op een dergelijk platform snuffmovies te vinden zijn?'

'Het zou kunnen, maar ik heb er nog nooit een gezien. Zoals ik zei, is ons onderzoek op andere dingen gericht.'

'Zou je er eens wat voor me kunnen rondsnuffelen? Kijken of er zulke films op staan?' Stadler liep bij het raam weg en legde een stapel foto's op Durachs bureau. 'Dat zijn twee plaatsen delict. Het zou om nagespeelde moordscènes uit bekende films kunnen gaan, in het ene geval waarschijnlijk om Halloween.'

Durach wierp even een blik op de foto's. Hij leek nog steeds nauwelijks onder de indruk. 'Dat kan ik wel doen. Maar het is niet bepaald eenvoudig. Het Tor-netwerk werkt grotendeels op basis van connecties en vertrouwen. Je moet voorzichtig zijn om niet als politie-onderzoeker te worden herkend. Ik kan niet zomaar ergens iets posten als: "Luister eens, mensen, ik ben op zoek naar een echt geile snuffmovie. Hebben jullie toevallig een tip voor me?" Dan gaat overal meteen de deur dicht.'

'Hoe lang?'

Durach leunde achterover en sloeg zijn handen achter zijn hoofd in elkaar. 'Zo lang als nodig is. Een paar dagen, misschien wel weken.'

'Zo veel tijd heb ik niet.'

Durach liet zijn armen zakken. 'Meer heb ik je niet te bieden. Maar je kunt ook zelf gaan googelen. Het is goed mogelijk dat je filmfreak op het reguliere internet naar klantjes zoekt.'

'Als hij al bestaat.'

'Ja, als. Persoonlijk geloof ik er niet in. De echt grote jongens, zoals de beroepsmoordenaars, zijn supervoorzichtig en bovendien ouderwets. Die boek je niet via internet.'

Stadler klopte zijn jonge collega op de schouder. 'Ik zal het onthouden voor het geval ik ooit van iemand af wil.'

Hij was al bij de deur toen Durach hem terugriep. 'Als je moordenaar de films van de moorden inderdaad op het reguliere internet heeft gezet, zul je dat waarschijnlijk snel genoeg merken.'

'Hoezo?'

'Shit verspreidt zich op internet sneller dan het geluid.' Durach keek nu ernstig. 'Je weet toch wat dat betekent?'

Stadler trok een grimas. 'Publiciteit over de moord die het onderzoek belemmert. Honderden aanwijzingen en brieven met valse bekentenissen. Druk van de media en van boven. Ik kan het me wel zo'n beetje voorstellen.'

'Dat is jammer genoeg nog niet alles.'

Stadler trok zijn wenkbrauwen op.

'Bij zo'n gigantische verspreiding krijgen er onvermijdelijk ook mensen lucht van de zaak die daardoor op stomme ideeën worden gebracht. Je zou met copycats te maken kunnen krijgen.'

Donderdag 1 oktober, 12.12 uur

Liz gooide het lege doosje in de vuilnisemmer. Dit was al de vijfde hoofdpijntablet, en waarschijnlijk zou die ook niet helpen. Noch tegen de vreselijke kater, noch tegen de schaamte. Ze kon Georg Stadler nooit meer recht in de ogen kijken. Eén moment van zwakte en alles was tenietgedaan.

Nog erger dan de schaamte was de ontzetting. Over zichzelf. Ze had precies datgene gedaan wat ze David had verweten. Ze had hem bedrogen. Of beter gezegd, dat zou ze gedaan hebben als Stadler haar niet had afgewezen. Ze zou met de eerste de beste man het bed in gedoken zijn, alleen maar omdat ze kwaad was op David. En ook nog eens onterecht. David was met zijn zoon op vakantie gegaan. Nou, en? Dat was toch zijn goed recht? Natuurlijk had hij het met haar moeten bespreken. Anderzijds wist hij dat ze de komende weken voor haar werk in Duitsland zat. En hij had haar meteen na aankomst in Spanje gebeld.

Liz masseerde haar bonkende slapen. Wat was er met haar aan de hand? Waarom vertrouwde ze David niet?

Ze dacht dat ze het antwoord wel wist. Tot nu toe was haar vertrouwen in mannen telkens ernstig beschaamd. Vooral door de twee die haar het naast hadden gestaan: haar broer Hendrik en haar vader. Hendrik had haar het meest pijn gedaan. Hij had eerst haar vriendinnen en toen haar moeder vermoord. Uiteindelijk had hij geprobeerd haar mee te nemen in de dood. De wond die hij haar ziel had toegebracht zou nooit helemaal genezen.

Maar ook haar vader had haar misleid. Hij had jarenlang tegen haar gelogen, verzwegen waarom haar broer zo vol haat zat. Ze had tot nu toe alle schuchtere toenaderingspogingen van haar vader genegeerd. Ze wist dat hij met zijn nieuwe partner ergens in de buurt van Hamburg op het platteland woonde. Ze had echter al bijna een jaar geen woord met hem gesproken. Misschien werd het tijd dat ze hem vergaf.

Maar niet nu. Ze moest werken. Ze liep toch al achter.

Liz zette het dicteerapparaat weer aan en luisterde naar de stem van Günther Scharnowski. Ze was al uren bezig zijn uitlatingen in de tabel te verwerken die ze met haar collega's had ontworpen. Ze kon zich echter niet concentreren.

Haar mobieltje rinkelde. Ze stopte het dicteerapparaat. Als het David nou was? Zou hij merken dat ze een slecht geweten had? Dan nog liever Georg Stadler. Als hij over gisteravond begon, zou ze hem wijsmaken dat ze zich helemaal niets herinnerde. Hij had immers ervaring met lacunes in zijn geheugen door zware dronkenschap. Ze keek op het schermpje. Birgit.

'Ja?'

'Hallo, Liz, alles goed met je?'

Had Stadler haar misschien verteld wat er was gebeurd? 'Mijn hoofd bonkt. Ik heb gisteravond iets te diep in het wijnglaasje gekeken. Waarom vraag je dat?'

'Beleefde conversatie als inleiding op een verzoek.'

Liz moest onwillekeurig glimlachen. 'Kom maar op.'

'Georg is benieuwd naar de code. Hij wil weten of je al iets te binnen is geschoten.'

Hij liet het Birgit dus opknappen. Liz wreef over haar voorhoofd. 'Daar heb ik op het moment echt geen ruimte voor. De tijd die ik voor de interviews heb is vreselijk krap. Ik heb vanmiddag de volgende afspraak al en ik ben nog niet klaar met de evaluatie van het vorige gesprek.'

'Het is wel belangrijk.'

'Zelfs als ik tijd had, zou ik jullie waarschijnlijk niet kunnen helpen. Ik ben weliswaar gespecialiseerd in daderboodschappen, maar ik ben niet goed in ontcijferen.'

'Maar deze code is op een vermoedelijke plaats delict achtergelaten. Het ís een bericht van een dader.'

Liz stond op en begon heen en weer te lopen. 'Ik kan jullie er niet bij helpen.'

'Is dat je laatste woord?'

Liz merkte hoe teleurgesteld Birgit was, maar bleef volharden. 'Ja.' Zo won ze niet alleen tijd voor haar eigenlijke werk, maar kon ze ook de onvermijdelijke ontmoeting met Stadler uitstellen.

'Goed dan. Toch bedankt.' Birgit hing op.

Liz keek naar de telefoon. Een mooie gelegenheid om David te bellen. Maar wat kon ze tegen hem zeggen? Ze moest hem haar excuses aanbieden, dat was wel duidelijk. Maar via de telefoon? En met een hoofd dat aanvoelde alsof het elk moment kon ontploffen?

Ze keek op de klok. Verdorie. Hoog tijd om te stoppen. Over een uur had ze haar volgende gesprek in de kliniek. Haastig stopte ze het dicteerapparaat, het schrijfblok en haar mobieltje in haar tas.

De huurauto stond in de parkeergarage aan de Carlsplatz. Ze betaalde het peperdure kaartje en vertrok.

Bij een verkeerslicht in de Haroldstraße viel haar blik op een aanplakbiljet dat reclame maakte voor een populaire serie die op de vroege avond werd uitgezonden. Het licht was alweer groen en ze reed midden op het kruispunt toen het kwartje viel en ze op de rem trapte.

Achter haar piepten remmen. Iemand toeterde. Geschrokken gaf ze weer gas. Met bevende handen stuurde ze de auto een parkeervak in. Haar hart ging wild tekeer. Ze had bijna een ongeluk veroorzaakt. Waar zat ze met haar gedachten? Die verdraaide code! Die spookte sinds het gesprek met Birgit door haar hoofd. Natuurlijk zou ze het raadsel graag oplossen. Ook al had ze tegen Birgit gezegd van niet.

Ze haalde zich het aanplakbiljet weer voor de geest dat de oorzaak was geweest van haar levensgevaarlijke actie op het kruispunt. Ja, het zou best kunnen. Misschien had ze zojuist de sleutel ontdekt waarmee de code gekraakt kon worden.

Donderdag 1 oktober, 14.22 uur

De parkeerplaats was uitgestorven. Alex Landorf slenterde schijnbaar doelloos tussen de auto's door. Dag X was zo plotseling aan-
gebroken dat hij moest improviseren. Maar dat was niet erg. Hij
was voorbereid.

Hij vond het zelfs spannend dat hij zijn oorspronkelijke plan
moest aanpassen. Dat maakte de jacht nog aantrekkelijker. Hij
voelde zijn vingertoppen jeuken, alsof hij het jachtgeweer al in
zijn handen had. Alles was klaar voor het dodelijke schot.

Toen Landorf de Ford Mustang bereikte, haalde hij de kleine
gps-zender uit zijn jaszak. Die was magnetisch en had een bijna
onbeperkt bereik. De accu ging drie maanden mee. Hij had het
ding weken geleden al onder een valse naam via internet besteld.
Onvoorstelbaar wat je tegenwoordig allemaal kon kopen. Uit-
rusting waar agenten enkele decennia geleden nog niet eens van
hadden durven dromen, was nu gewoon voor iedereen vrij ver-
krijgbaar. James Bond-apparatuur voor elke idioot die voor geheim agent wilde spelen. Of voor mensen als hij, die een rekening met iemand te vereffenen hadden.

Landorf keek nog een keer onopvallend om zich heen, bukte
toen razendsnel en bevestigde de zender aan de binnenkant van
het spatbord.

Hij bleef nog even staan, stak een sigaret op en inhaleerde
diep. Toen slenterde hij rustig verder. Mocht iemand naar hem
kijken, dan moest die maar denken dat hij voor een rookpauze
naar buiten was gegaan.

Bij de oprit bleef hij staan, rookte in alle rust verder en keek vanuit de verte naar de auto. Vanaf nu kon Stadler nergens heen zonder dat hij het wist. Gelukkig was die idioot zo aan zijn kar gehecht dat hij die zelfs voor zijn werk gebruikte. Landorf zou op de hoogte zijn van elke stap die hij zette en op het juiste moment toeslaan.

Grinnikend gooide hij de peuk op de grond. Hij had nooit gedacht dat het lot hem al zo snel een gelegenheid op een presenteerblaadje zou aanreiken. Hij kon het nog steeds nauwelijks bevatten. Soms was het leven dus toch rechtvaardig.

Toen Landorf zich omdraaide, zag hij aan de andere kant van de weg een jonge vrouw. Ze droeg een spijkerjasje en had haar sluike blonde haar in een paardenstaart bijeengebonden. Zijn adem stokte. Linda!

Hij aarzelde, wist niet of hij naar haar toe moest lopen of moest kijken waar ze heen ging. Een fietser kwam de vrouw achterop en gaf een belsignaal. Ze keek om en stapte opzij. Landorf merkte zijn vergissing op. Natuurlijk was het Linda niet. Waarom ook? Linda zou nooit zo langs een politiebureau slenteren. Niet na alles wat er was gebeurd. Hij balde zijn handen tot vuisten.

Geduld, maande hij zichzelf. Denk aan de hoogzit, aan de jacht. Geduld is het belangrijkste. Hij ontspande zijn handen en stak ze in zijn broekzakken. Stadler zou boeten. Dat was het enige wat telde.

Op zijn gemak liep hij naar de ingang van het hoofdbureau. Toen hij langs de Mustang liep, weerstond hij de verleiding de bumper een tik te geven. Hij bedacht opeens iets: misschien kon hij de auto voor een habbekrats overnemen als Stadler hem niet meer nodig had. Dat zou de ultieme triomf zijn.

Donderdag 1 oktober, 15.05 uur

'Op zulke plekken verlang ik altijd naar verre landen.'

Birgit keek Miguel verrast aan. Het enige wat zij voelde als ze het stationsgebouw betrad, was een rotgevoel in haar maag. Dat had misschien te maken met het feit dat ze haar loopbaan bij de politie was begonnen als straatagent in de omgeving van het station. Ze had hier gewoon te veel vuiligheid, ellende en verdorvenheid gezien.

'Hou je van reizen?' vroeg ze.

Miguel sprak zelden over persoonlijke dingen. Hoewel ze elke dag met hem samenwerkte, wist ze nagenoeg niets over zijn privéleven.

'Het komt er niet vaak van. Maar een wereldreis lijkt me fantastisch. En ruim de tijd, natuurlijk. Ik zou er wel minstens een jaar voor nodig hebben.'

'Zou je alleen gaan?' *Mens, Birgit, wil je dat nou echt weten?*

'Ja, ik geloof dat zoiets het mooiste is als je helemaal op jezelf bent aangewezen.'

'Dus een soort zelfbewustwordingsreis?'

'Hmm. Misschien.' Hij wees naar de stationsrestauratie. 'Dat zou het moeten zijn.'

Ze stapten naar binnen en keken uit naar Wolf Bertram. De nachtportier van het hotel werkte hier overdag als kelner.

'Wil Georg er nu eigenlijk de analisten van de deelstaatrecherche bij halen?' vroeg hij terwijl hij om zich heen keek.

'Omdat Liz hem de kous op de kop heeft gegeven, bedoel je?'
Birgit dacht na. 'Ik denk het niet. Volgens mij is hij ervan overtuigd dat hij het Liz alleen nog eens persoonlijk moet vragen.'

'Denk jij er anders over?'

'Ze was aan de telefoon tamelijk vastberaden. Het klonk alsof ze kwaad was op Georg. Maar misschien is ze inderdaad gewoon erg gestrest door de ondervragingen. Het lijkt me behoorlijk belastend om met dat soort mensen te praten.'

'Ik zou het niet kunnen', zei Miguel. 'Maar zij heeft er zelf voor gekozen. Ik vind het wel vreemd dat ze opeens niet meer wil helpen.'

'Nou ja, ontcijferen is inderdaad niet haar vakgebied.' Birgit wist zelf niet waarom ze Liz nu verdedigde.

Op dat moment kwam de kelner naar hen toe. 'Kan ik u helpen?'

'Recherche.' Miguel liet zijn legitimatie zien. 'We willen graag de heer Bertram spreken.'

'Dat ben ik. Het gaat om die dode vrouw in het hotel, neem ik aan.' Hij keek even om zich heen. 'Komt u mee, dan gaan we daar zitten.'

Ze namen plaats aan een tafel in de hoek. Bertram begon meteen uit zichzelf te praten. 'Ik heb twee banen en nog niet genoeg geld. Mijn ex en mijn kinderen zuigen me uit.' Hij wreef in zijn vermoeide ogen. 'Nou ja, ik neem aan dat het mijn eigen schuld is. Ik heb me vertild. Financieel. Het wordt je ook allemaal zo gemakkelijk gemaakt. Hier een krediet, daar wat op de pof kopen. Het gaat bijna vanzelf. Tot op een dag de kraan wordt dichtgedraaid. Dan stapelen de rekeningen zich op en kun je die allemaal niet meer betalen.'

'Vertelt u ons alstublieft over de nacht van maandag op dinsdag', onderbrak Birgit zijn woordenstroom.

'U kunt u voorstellen dat ik 's avonds kapot ben als ik mijn dienst aan de receptie begin. Dan dut ik weleens in.'

'Maar voor de kamer waarin de vrouw is gestorven moet u toch iemand de sleutel hebben gegeven.'

Bertram wreef over zijn kin. 'Als het niet druk is, regel ik het soms anders. Ik leg de sleutels op de balie, plak er een notitiebriefje met de naam op en dan kunnen de gasten zichzelf bedienen. De meesten zijn blij dat het zo snel en onbureaucratisch gaat. Het is immers al laat in de avond wanneer ze aankomen en vaak moeten ze er weer vroeg uit om hun aansluiting niet te missen.'

'En hebt u het de desbetreffende nacht ook zo gedaan?' vroeg Miguel.

'Behalve die Zimmermann hadden alle gasten met een reservering al ingecheckt. Ik hoefde alleen die ene sleutel maar klaar te leggen.'

'En als er nog iemand zonder reservering binnen was gekomen?'

'Dan had die op de bel gedrukt en was ik uit de achterkamer naar voren gekomen.'

Birgit keek hem strak aan. 'Dus had iedereen die sleutel zomaar kunnen pakken.'

'Theoretisch ja, maar dat is nog nooit voorgekomen.'

'En u hebt niets gehoord of gezien?'

'Helaas niet.' Hij liet zijn schouders hangen. 'Ik kon toch niet weten dat... ik bedoel, wie houdt er nou met zoiets rekening?'

Miguel legde zijn handen voor zich op tafel. 'Ik neem aan dat u boos bent op uw vrouw?'

Bertram knipperde nerveus met zijn ogen. 'Waarom zou ik?'

'Omdat ze u uitzuigt.'

'En wat dan nog?'

'Misschien bent u over het algemeen niet zo goed over vrouwen te spreken?'

Bertrams adamsappel ging snel op en neer.

Birgit sloeg hem plotseling belangstellend gade. Tot dusver had ze de man alleen voor een slechte getuige aangezien.

'Waar bent u op uit?'

'Zo'n vrouw alleen in een hotelkamer. Dan kun je best eens op ideeën komen. Vooral als je ervan overtuigd bent dat je nog een rekening te vereffenen hebt.'

'Bent u nou helemaal gek?' Bertram trok aan zijn stropdas en maakte het bovenste knoopje van zijn overhemd open. 'Alleen omdat mijn ex een hebberig secreet is maak ik toch geen mensen van kant!'

'Ze is wel een hebberig secreet dat u uw laatste cent aftroggelt. U hebt vast wel eens gedacht dat het allemaal veel gemakkelijker zou zijn als ze er niet meer was.' Miguel bleef onbewogen terwijl hij het zei.

De kelner sprong op. 'Hier hoef ik niet naar te luisteren!'

Miguel stond ook op. 'U was op de plaats delict. U hebt geen alibi voor het tijdstip van de moord en u hebt verdomd veel woede in uw lijf. Dat maakt u tot een uitstekende verdachte. Ik wil graag dat u morgen naar het hoofdbureau komt voor een formele verklaring. En het is te hopen dat u dan iets meer te vertellen hebt. Anders zult u al snel terugverlangen naar de tijd dat schulden uw grootste probleem waren.'

Donderdag 1 oktober, 16.28 uur

Georg Stadler parkeerde de Mustang op een lege plek voor het hoofdbureau en zette de motor af. Hij had zich het uitstapje kunnen besparen. De carnavalswinkel aan de zuidrand van het centrum verkocht weliswaar een reusachtige keus aan kostuums, maar had slechts een bescheiden assortiment maskers. Daar was Margaret Thatcher niet bij. Het clownsmasker dat ze in de container van het hotel hadden gevonden echter wel. Er was onlangs zelfs een dergelijk masker verkocht, maar de koper had contant betaald en niemand kon zich hem herinneren. Het was trouwens toch onwaarschijnlijk dat een dader die zich zoveel moeite getroostte bij het ensceneren van de daad, de fout maakte zijn benodigdheden in de buurt te kopen.

Stadler wreef over zijn voorhoofd. Hij was moe. Weliswaar had hij gisteravond bij Helene maar één cocktail gedronken, maar veel slaap had hij evengoed niet gekregen. Helene was niet zoals de jonge meiden die hij gewoonlijk meenam. Ze was veeleisend geweest. Hij moest glimlachen nu hij eraan dacht. Wat een vrouw!

Hij trok de sleutel uit het contactslot en dacht aan Liz. Birgit had hem gebeld om te zeggen dat ze de code niet kon – of niet wilde – ontcijferen. Hij probeerde te bedenken waarom ze terugkrabbelde. Wat was er eigenlijk voorgevallen? Hij wist het niet meer precies, maar hij was ervan overtuigd dat hij zich correct had gedragen. Waarom kon Liz niet vergeten wat er was gebeurd? Soms was het beter om gewoon door te gaan waar je voorheen gebleven was. Ze waren allebei niet helemaal nuchter geweest. Die dingen gebeurden. Daar hoefde je toch niet meteen een punt van te maken.

Hij stapte uit. Liz zou wel weer kalmeren. En dan was alles weer als voorheen.

Voor de deur van Stadlers kantoor stond Alex Landorf, de ambitieuze jonge rechercheur die eruitzag als een profvoetballer. Stadler was nooit echt met hem bevriend geraakt, maar hij wist dat andere collega's hem graag mochten. Toen hij daarstraks naar de carnavalswinkel vertrok, was hij Landorf in de gang tegengekomen en had de laatste zelfingenomen naar hem staan grijnzen. Diezelfde idiote grijns had hij nu ook op zijn gezicht.

'Stond je op me te wachten, Landorf?'

'Wat denk je zelf?'

Stadler trok zijn wenkbrauwen op. 'Wat is er aan de hand?'

'Hubert wil je spreken.'

'Nu meteen?'

'Yep.'

Stadler stopte de sleutel terug in zijn zak. 'Vooruit dan maar.'

***

Hoofdinspecteur van de recherche Hubert Burghausen zat in zijn kantoor op hem te wachten. Zoals altijd droeg hij een pak en een stropdas. Het serieuze type. Hubert voerde moordonderzoeken heel anders uit dan hij, maar Stadler respecteerde hem. Hij was een van de goeden, dat stond wel vast.

'Hallo, Georg, fijn dat je gekomen bent.' Burghausen wees op de stoel voor zijn bureau. 'Ik heb een paar vragen aan je.'

'Waar gaat het om?' Stadler ging zitten en sloeg zijn benen over elkaar.

Burghausen legde zijn vinger op de opnametoets van de recorder. 'Je hebt toch geen bezwaar?'

Opeens gingen de alarmbellen bij Stadler af. 'Hé, wacht eens even! Wat denk jij dat je aan het doen bent?' Het was hem nog nooit overkomen dat een collega een gesprek met hem wilde opnemen. Stadler schoof de recorder opzij en liet zijn hand erop liggen.

'Je bent getuige in een zaak waar ik sinds vanmorgen aan werk. Ik heb je verklaring nodig. Je maakt het me gemakkelijker als we dit gesprek kunnen opnemen. Is dat een probleem?'

Stadler keek Burghausen indringend aan. Die zette zijn bril recht en beantwoordde Stadlers blik onbewogen. Er klopte iets niet. Stadler dacht koortsachtig na, maar hij had zich nergens schuldig aan gemaakt, dus wat had hij te vrezen? 'Vooruit maar. Ik ben benieuwd.'

Burghausen schakelde het apparaat in en noemde datum, tijdstip en de namen van de aanwezigen.

Alex Landorf liet zich met een krakend geluid op de derde stoel zakken. Had hij soms bij de deur de wacht staan houden?

Burghausen haalde een doorzichtige bewijszak onder een dossiermap vandaan en legde hem op de tafel. 'Meneer Stadler, herkent u dit apparaat?' vroeg hij formeel.

'Dat is een tablet.'

'Bekijkt u hem eens goed.'

Stadler begon een idee te krijgen waar de ondervraging op uitliep, maar liet niets merken. 'Die dingen zien er toch allemaal hetzelfde uit, wat wil je weten, Hubert?'

'Hebt u een tablet van hetzelfde merk?'

Tatjana! Was dit haar wraak? Dat had ze mooi bedacht! Maar hij was hier het slachtoffer, dus haar plannetje liep spaak. 'Die van mij is een paar weken geleden gestolen.'

Burghausen trok bijna onwaarneembaar zijn wenkbrauwen op. 'Hebt u aangifte van die diefstal gedaan?'

'Nee.'

'Waarom niet?'

'Dat ben ik toch niet verplicht, of wel?'

'Natuurlijk niet. Ik ben alleen verbaasd. U werkt bij de politie, dus u zit zowat aan de bron.'

'Luister eens, Hubert, toen dat ding gestolen werd, zat ik net tot over mijn oren in een heel gecompliceerde zaak. Dat weet je misschien nog wel. Trefwoord: martelpaal. Ik had echt wel wat dringenders aan mijn hoofd dan die stomme tablet!'

'En nu is het apparaat weer opgedoken.'

'Hoe weet je dat het van mij is?'

'Tja, de gegevens die erop staan laten daar geen twijfel over bestaan. Wilt u er een blik op werpen?'

Stadler maakte een afwijzend gebaar. 'Niet nodig.' Hij vroeg zich af of hij iets persoonlijks op de tablet had opgeslagen, intieme details die nu de ronde zouden doen op het hoofdbureau, maar hij kon niets bedenken. Hij was vooral benieuwd wat Tatjana hem met dat ding in de schoenen wilde schuiven. Wat het ook was, in geval van twijfel was het haar getuigenis tegen de zijne en hij was de rechercheur.

'Mooi.' Burghausen legde de tablet weg.

'Kom eindelijk ter zake, Hubert. We zitten hier niet bij gevonden voorwerpen. Waar gaat het over?'

'Kunt u me vertellen onder welke omstandigheden de tablet gestolen is?' vroeg Burghausen. De man liet zich kennelijk nergens door van zijn stuk brengen.

Stadler sloeg met de vlakke hand op het bureau. 'Klaar nu! Ik ben hier vrijwillig. En ik heb een hoop andere dingen te doen. Als je nu niet zegt waar dit over gaat, dan is dit gesprek voor mij ten einde.'

'Oké.' Burghausen haalde een handvol foto's uit een la en legde er eentje voor Stadler op het bureau.

'De vrouw heet Tatjana Zilke. Ze is vanmorgen gevonden,

maar vermoedelijk is ze al in de nacht van maandag op dinsdag gestorven. Ze lag in de struiken aan de Moskauer Straße. Dat is achter het centraal station, pal aan het spoor.'

Stadler tuurde naar de foto. Geen twijfel mogelijk, het was Tatjana, ook al had de dood haar gezicht veranderd. De nacht van maandag op dinsdag. Het begon hem te duizelen.

Shit.

Hij moest rustig blijven. Hij had de vrouw niet vermoord. Het zou allemaal wel opgehelderd worden.

Verdomme. Langzaam ademhalen. In. Uit. In. Uit.

Geleidelijk ging de schrik over in woede. Wat dacht zijn collega wel, dat hij hem zomaar als een verdachte kon behandelen?

Stadler zette de recorder uit. 'Zeg, Hubert, ben je wel lekker? Wat is dit voor onzin? Geloof je nou serieus dat ik die vrouw om het leven heb gebracht?'

'Toe nou, Georg, je weet heel goed dat ik...'

'Ik weet helemaal niets.' Hij stond op.

Landorf sprong overeind en stoof als een terriër naar de deur.

'Ga opzij, clown.'

Hubert Burghausen kwam naast hem staan. 'We hebben een speekselmonster van je nodig, Georg. Het spijt me. Je kent de procedure.'

Hij knikte naar Landorf, die een buisje uit zijn zak haalde.

'Jullie hebben je wel goed voorbereid.'

'Je kunt het vrijwillig doen of ik kan een gerechtelijk bevel aanvragen.'

'Vuile klootzak!' Stadler spoog vol verachting op het wattenstaafje dat Landorf hem toestak, stormde het vertrek uit en knalde de deur dicht.

In de gang zocht hij steun bij de muur. Het duurde een poos voor zijn polsslag langzamer werd. Opeens zag hij Tatjana voor zich. Haar felle ogen. Haar dreigement.

Jij hoort nog van mij. En dat ga je niet leuk vinden.

Dat kreng had gelijk gekregen. En toen schoot hem nog iets te binnen. Hij had haar vastgepakt. Kort voor haar dood. En Burghausen had een speekselmonster van hem.

Vrijdag 2 oktober, 11.07 uur

Birgit liep de trap op naar het forensisch-medisch instituut. Het was een kille herfstdag en er hingen mistslierten tussen de gebouwen; de zon was niet krachtig genoeg om ze te doen oplossen. Birgit was liever in haar warme kantoor gebleven. Temeer daar het haar een raadsel was wat Marcus Schreiner van haar wilde. De forensisch arts had twintig minuten geleden naar het hoofdbureau gebeld omdat hij nog iets had gevonden op het lijk uit het hotel. En hij had erop gestaan dat Birgit persoonlijk langskwam om ernaar te kijken.

'Hij heeft een zwak voor je', had Miguel spottend gezegd.

Birgit had hem voor gek verklaard.

Toen ze bijna boven was, kwam Hubert Burghausen haar tegemoet. Haar collega keek gespannen.

Birgit groette hem. 'Zo, ik heb gehoord dat je ook een vermoorde vrouw onder handen hebt.'

'Dat niet alleen.' Hij stak zijn handen in de zakken van zijn jas.

'Problemen?'

'Jij bent bevriend met Georg. Kun jij hem niet tot rede brengen?'

Birgit keek hem verbaasd aan. 'Waar heb je het over?'

'Heeft hij niets gezegd? Dacht ik het niet.' Burghausen haalde een pakje sigaretten uit zijn jaszak. 'Heb je bezwaar?'

'Als je mijn nieuwsgierigheid niet te lang op de proef stelt.'

Hij stak een sigaret op en nam een diepe haal. 'De zaak waar ik aan werk. Georgs tablet is in bezit van de dode aangetroffen.'

Birgit sloeg haar hand voor haar mond.

'Hij heeft verklaard dat de tablet een paar weken geleden gestolen is.'

'En jij gelooft dat niet?'

'Hij heeft me niet de hele waarheid verteld. Waar en onder welke omstandigheden vond die diefstal plaats? Hoe goed kende hij de vrouw? Ik hoef jou niet uit te leggen waar zoiets toe leiden kan. Er zijn namelijk overeenkomsten met jullie zaak.'

'De moord in het hotel?' Het duizelde Birgit. Wat was er aan de hand? En waarom had Georg hier niets over gezegd?

Burghausen knikte, gooide de half opgerookte peuk op de grond en trapte hem uit.

'Wat voor overeenkomsten?' vroeg Birgit.

'Beide slachtoffers hebben lang, donker haar en opvallend groene ogen en zijn erg aantrekkelijk. Ze zijn allebei door meerdere messteken in borst en hals gedood. De plaatsen delict liggen hemelsbreed maar tweehonderd meter uit elkaar.'

'We hebben mogelijk dus met dezelfde dader te maken', mompelde Birgit.

'We zouden eigenlijk een gezamenlijke moordbrigade moeten samenstellen.' Burghausen keek haar aan. 'Maar daar kan Georg dan niet aan deelnemen. Hij kan geen onderzoek doen in een zaak waar hij zelf bij betrokken is.'

'Hoezo is hij erbij betrokken, als zijn tablet weken geleden al gestolen is?' Ze keek hem woedend aan. Dit meende hij toch zeker niet serieus!

Hubert bleef rustig. 'Zijn DNA wordt momenteel vergeleken met het DNA dat we op het slachtoffer hebben aangetroffen. Als dat van hem is, heeft hij heel wat uit te leggen.'

Birgit aarzelde tussen woede en verbijstering. 'Kom op zeg, Hubert, ben je nou helemaal gek geworden! Georg Stadler als vrouwenmoordenaar? Hoor je eigenlijk zelf wel hoe krankzinnig dat klinkt?' Zonder nog iets te zeggen liep ze weg, de laatste paar treden op. Binnen bleef ze even staan om een paar keer diep in en uit te ademen. Haar handen trilden. Maar deze keer was het geen paniekaanval. Hoe haalde Hubert het in zijn hoofd een dergelijke verdenking uit te spreken? En hoe haalde Georg het in zijn hoofd haar daar niets over te vertellen? Wat was er aan de hand? Of lag het probleem misschien bij haar? Reageerde ze te heftig?

'Alles in orde?' vroeg een stem.

Birgit draaide zich geschrokken om. Voor haar stond Marcus Schreiner, die haar bezorgd aankeek. Ze had hem niet horen aankomen. 'Het gaat alweer.' Ze glimlachte krampachtig. 'Wat wilde u me laten zien?'

De schouwarts wenkte haar en ze liepen zijn kantoor binnen. 'O, ik dacht dat het over de dode vrouw ging?'

'Gaat u alstublieft zitten. Koffie?'

Had Miguel gelijk gehad? Dat ontbrak er nog maar aan! Birgit keek bedrukt toe terwijl de forensisch arts het koffiezetapparaat bediende. Zijn pak zat strak om zijn volslanke lijf. Te veel goed eten en te weinig beweging, vermoedde ze. Er was een wereld van verschil tussen Miguel en hem, in elk opzicht.

Schreiner zette een kopje voor haar neer en nam plaats achter zijn bureau. 'U kwam daarnet Hubert Burghausen tegen, neem ik aan? Ik was ervan uitgegaan dat hij al weg zou zijn als u kwam, maar hij bleef me met vragen bestoken.'

Ze nipte zonder antwoord te geven van haar koffie. Waar ging dit heen?

Schreiner legde zijn vingers tegen elkaar. 'Weet u, juffrouw Clarenberg, ik waardeer uw collega, de heer Stadler, heel erg. Maar bovenal waardeer ik u.' Hij liet een veelzeggende stilte vallen.

Birgit voelde een brok in haar keel die haar het slikken belemmerde.

'Daarom doe ik dit.'

'Wat?' wist ze uit te brengen.

'Ik vertel u iets wat ik eigenlijk meneer Burghausen had moeten vertellen. Hij krijgt het uiteraard ook nog te horen. Maar pas na het weekend, wanneer mijn verslag af is.' Schreiner zette zijn bril af, wreef over zijn neus en zette hem weer op. 'Ik was er toevallig bij toen die tablet werd gevonden. We stonden allemaal in de tent die boven de plaats delict was opgericht omdat er regen dreigde. Het was krap en ik kon alles horen. Iemand van de identificatiedienst zette het apparaat aan omdat hij hoopte een aanwijzing met betrekking tot de identiteit van de overledene te krijgen. Ze was op dat moment nog niet geïdentificeerd. Dus ik was er ook getuige van hoe het uw collega's duidelijk werd dat die tablet van Georg Stadler moest zijn. Iets over foto's van een feestje in de kelder van het hoofdbureau. Diverse aanwezigen herinnerden zich dat Stadler foto's had gemaakt met de tablet.'

Birgit verstarde. Kennelijk wist iedereen er al van. Iedereen behalve zij. 'Maar dat zal niet in uw verslag staan, of wel?'

'Nee, natuurlijk niet. Ik wilde alleen dat u wist dat Burghausen me dat niet heeft verteld.'

'Wat dan?'

'Ik heb beide lijken onderzocht, het lijk uit het hotel en het lijk dat in de struiken achter het station is gevonden. Ik heb de steekwonden opgemeten en geanalyseerd. Ik ben nog niet met alle onderzoeken klaar, daarom kan ik ook verantwoorden dat ik nog niets tegen meneer Burghausen heb gezegd. Ik wil het immers absoluut zeker weten. Maar er bestaat geen enkele twijfel over wat de uiteindelijke uitkomst zal zijn: de beide vrouwen zijn met hetzelfde wapen neergestoken.'

Vrijdag 2 oktober, 11.48 uur

'Zoë, ik wil dat je met Vanessa Friedrich gaat praten, de vriendin van Tina Grandt.' Georg Stadler nam snel zijn lijst met nog openstaande vragen door. 'Je bent ongeveer van dezelfde leeftijd als zij, dus tegen jou zal ze waarschijnlijk openhartiger zijn dan tegen mij. Misschien heeft Tina haar vriendin meer verteld over de afspraak met de fotograaf. Er zijn vast ook nog andere dingen waar haar man niets vanaf weet.'

'Bedoel je dat de fotoshoot maar een voorwendsel was en dat ze een afspraak met haar minnaar had?'

'Geen idee. Sta overal voor open en laat Vanessa Friedrich maar vertellen.'

Zoë stopte haar mobieltje, notitieblok en balpen in de grote leren buidel die ze als handtas gebruikte. 'Geloof je echt dat Tina Grandt in die oude fabriek om het leven is gebracht?'

Stadler keek haar aan. 'Iemand is daar om het leven gebracht. En Tina Grandt is de enige vermiste persoon in Düsseldorf bij wie plaats delict en omstandigheden plausibel lijken.' Er lag nog iets op het puntje van zijn tong, maar dat slikte hij weer in. Zijn chef had geen toestemming gegeven om het DNA van Tina Grandt te vergelijken met het bloed op het scheermes. Te weinig redenen tot verdenking om de kosten te rechtvaardigen.

'Zal ik die fotograaf aan de tand voelen?' vroeg Florian Schenk.

Stadler had eigenlijk een andere opdracht voor hem in gedachten, maar hij begreep waarom dit belangrijk was voor zijn jonge collega. Hij was Tina Grandt immers op het spoor gekomen. 'Doe dat maar. Laat je door de vliegmaatschappij bevestigen dat hij aan boord was en bel voor mijn part ook naar het hotel in New York.'

Dominic Parker had verklaard dat hij al tien dagen in de Verenigde Staten was om een fotoshoot voor te bereiden. De naam Tina Grandt had hij kennelijk nog nooit gehoord. Stadler twijfelde niet aan zijn verklaring. Maar die moest natuurlijk wel gecontroleerd worden.

'Ga ik meteen regelen.'

'En richt je daarna op...'

De deur werd opengeduwd en Birgit stormde Stadlers kantoor binnen. 'Ik moet je spreken. Nu meteen.'

'Wat is er?'

'Onder vier ogen.'

Waarschijnlijk ging het over Liz. Daar zat hij nou helemaal niet op te wachten. 'Birgit, ik ben net taken aan het verdelen.'

'Nu meteen.'

'Zeg, luister eens, wat...'

Zoë stond op. 'Kom mee, Flori, we kunnen papa en mama maar beter even alleen laten.'

'Flori? Dat heb ik vast niet goed gehoord.' Schenk stond grinnikend op.

Zoë haakte haar arm door de zijne. 'We melden ons wel als we iets te vertellen hebben', zei ze op weg naar de deur.

'Wacht, mijn jas!' Schenk liep terug naar zijn stoel. Hij knipoogde naar Stadler en volgde Zoë toen naar buiten. De deur viel achter de twee dicht.

Stadler sloeg zijn armen over elkaar. 'Wat had dat nou weer te betekenen?'

'Wanneer was je van plan me te vertellen dat je bij een moordzaak betrokken bent?'

'Betrokken? Wie zegt dat? Loopt Hubert dat rond te vertellen?'

'Ik heb maar één vraag: is het mogelijk dat jouw DNA op Tatjana's lijk is aangetroffen?'

'Ben je gek?'

Birgit kwam voor zijn bureau staan. 'Dat is geen antwoord. Is het mogelijk?'

Stadler had haar het liefst de deur uit gegooid. Vanwaar die toon? Sinds wanneer was hij haar rekenschap verschuldigd? Hij stond op en liep naar het raam. Een poosje keek hij zwijgend naar buiten, ademde diep in en uit. Toen draaide hij zich om naar Birgit. 'Ik ben haar maandag weer tegengekomen in een kroeg. Natuurlijk heb ik haar ter verantwoording geroepen. Ze had me immers bestolen.'

'Heb je haar aangeraakt?'

Stadler haalde zijn hand door zijn haar. 'Ik heb haar bij haar arm gepakt om haar mee te nemen naar een rustig hoekje, want ik wilde niet dat iedereen ons zou horen praten.'

'Waarom heb je haar niet naar het bureau gebracht?'

'Ik had geen zin om haar mijn avond te laten verpesten.'

'Had je wat met haar? Heeft ze toen je spullen gestolen?'

'Dat gaat je geen zak aan, Birgit!' Hij sloeg met zijn vlakke hand tegen de dossierkast.

Birgit schrok, maar week geen centimeter. 'Daar vergis je je in, Georg. Het gaat iedereen hier iets aan. Tatjana Zilke is vermoord. En wij zijn de moordbrigade! Was je dat vergeten?'

'Het is Huberts zaak, niet de jouwe!' Hij pakte zijn jas en stampte naar de deur. Hij had behoefte aan frisse lucht. 'Ik regel het wel met hem. Jij hebt er niets mee te maken, dus hou je erbuiten!'

Ze versperde hem de weg. 'Je zit er wéér naast. Schreiner van het forensisch-medisch instituut heeft me net onder vier ogen toevertrouwd dat in het geval van Tatjana Zilke en bij de hotelmoord waarschijnlijk hetzelfde wapen is gebruikt.'

Stadler wankelde. Een seconde lang voelde hij zich alsof een reusachtige golf over hem heen sloeg en hem meevoerde. Hij herstelde zich echter snel. Met tot spleetjes geknepen ogen keek hij Birgit woedend aan. 'O, dus die vrouw in het hotel heb ik ook vermoord?'

'Er zijn nog meer parallellen tussen de beide gevallen.' Ze pakte hem bij zijn arm. 'Je moet Hubert alles vertellen, anders maakt hij je nodeloos verdacht.'

'Dat is toch belachelijk! Ik heb zowat de meeste dienstjaren bij KK 11. Ik ben eerste hoofdrechercheur van de recherche en mijn percentage opgehelderde zaken is sensationeel. Niemand zal serieus geloven dat ik opeens een seriemoordenaar ben geworden.' Hij greep naar de klink van de deur.

Birgit zuchtte.

Hij bleef staan en draaide zich naar haar om.

Ze keek echt bezorgd.

Hij liep naar haar toe en keek haar strak aan. 'Je vertrouwt me toch, of niet?'

'Daar gaat het nu niet om.'

Hij week terug. 'O, nee?'

'Had je maandagavond geen afspraak met die Helene Weigand? Hoe lang waren jullie samen? Kan zij je geen alibi geven?'

'Je hebt mijn vraag niet beantwoord.'

'Jij de mijne ook niet.'

Stadler deed even zijn ogen dicht. 'We hebben niet de nacht met elkaar doorgebracht, als je daar soms op doelt. Ik duik niet met iedere vrouw het bed in met wie ik iets ben gaan drinken.'

Er werd aangeklopt voordat Birgit kon antwoorden. Florian Schenk stak zijn hoofd om de hoek van de deur. 'Ik zou liever niet storen, maar...'

'Nu niet!' gromde Stadler.

'Het is belangrijk.'

'Wat dan?'

'Je hebt vast wel gehoord dat Hubert Burghausen ook een

moord op een vrouw onderzoekt. Hij heeft vanmorgen bevolen de plaats delict nog eens met een grotere omtrek te bekijken. Raad eens wat ze daarbij gevonden hebben.'

'Het is geen quiz, Florian.'

'Dat weet ik.'

'Nou, wat dan?'

'Een masker.'

Zaterdag 3 oktober, 15.17 uur

Birgit raapte al haar moed bij elkaar en stapte uit. Het was warm in de zon en de hemel was smetteloos blauw. Toch rilde ze, maar ze was vastbesloten. Ze zou haar demonen onder ogen zien. Ze had daar nu immers een reden voor. Haar collega en vriend zat zwaar in de puree. Ze kon hem alleen maar helpen door de werkelijke dader te vinden. En daarvoor moest ze elk detail van de zaak kennen. En dus alle plaatsen delict.

Met opeengeklemde lippen keek ze naar de gebouwen. Het bakstenen administratiegebouw met ingegooide ruiten. Het dak was afgebrand. Het perceel was overwoekerd door struiken en onkruid. De roldeur die de ingang van de fabriek vormde was half omhooggetrokken. Erachter lagen diverse met elkaar verbonden ruimten. Het terrein was afgesloten door een grote ijzeren poort, maar die stond open. Geen politielint meer als afzetting. Iedereen die dat wilde, kon zo de fabriek binnenlopen.

Birgit keek op haar horloge. Liz was laat. Hopelijk kwam ze snel! Met elke minuut die Birgit moest wachten, zonk de moed haar verder in de schoenen. Maar ze zou niet op het laatste moment terugkrabbelen.

Birgit sloot haar ogen en hield haar gezicht in de zon. De warmte deed haar goed, maar bracht haar onregelmatige hartslag niet tot rust.

Er naderde een auto, maar die reed voorbij. Daarna kwam een crèmekleurige Mini, die langs de kant van de weg stopte. Liz stapte uit.

'Leuke kar', zei Birgit en ze trok aan haar bloes. Ze had het opeens niet meer koud, maar warm.

'Huurauto.' Liz gooide het portier dicht en keek om zich heen. 'Interessante ontmoetingsplek. Wat doen we hier?'

'Dit is de papierfabriek.'

Liz zette grote ogen op. 'Wat ben je van plan?'

'Binnen gaan kijken. Dinsdag was ik hier met Georg en Miguel, maar toen kon ik niet naar binnen.' Birgit stokte. Ze wist zelf niet waarom ze het ter sprake bracht. En dan nog wel bij Liz... Maar ze moest het gewoon kwijt. 'Ik had het gevoel in een dodelijke val te trappen. Ik kreeg vlekken voor mijn ogen, ik werd duizelig en benauwd. Gelukkig verzwikte ik mijn enkel en had ik een goed excuus, waardoor die twee niet merkten wat er met me aan de hand was.'

'Dat klinkt als een posttraumatische stressstoornis, Birgit. Daar valt niet mee te spotten.'

'Dat weet ik. Maar op de een of andere manier moet ik dat trauma toch overwinnen. Dit leek me een goede desensitisatiestrategie.'

Liz liep dichter naar haar toe. 'Ben je niet goed wijs? En als je daarbinnen nou weer een paniekaanval krijgt?'

'Daarvoor heb ik jou bij me.' Birgit glimlachte onzeker.

'Dat kan ik niet verantwoorden.'

Birgit zette haar handen in haar zij. 'Dat hoef je ook helemaal niet. Dat doe ik zelf wel. Ga je mee?'

'Nee.'

'Prima, dan ga ik wel alleen naar binnen.' Birgit ging op pad. Haar knieën waren zo slap dat ze het gevoel had op marshmallows te lopen, maar ze liep vastberaden door naar de half geopende roldeur.

Toen ze erdoorheen was en plotseling door het halfduister werd omringd, hield ze in. Haar ademhaling was snel en oppervlakkig en haar hart ging tekeer, maar ze was er.

Achter zich hoorde ze voetstappen. 'Je bent echt gek, Birgit.'

Met bevende vingers haalde Birgit een vel papier uit haar handtas en gaf het aan Liz. 'Dit is een plattegrond van het gebouw. Ik geloof dat het beter is dat jij de leiding neemt. Anders moeten we hier straks nog overnachten.' Ze grinnikte scheef.

Fronsend bestudeerde Liz de schets. 'Daarheen.' Ze wees naar het achterste deel van de hal. 'Daar zou ergens een trap moeten zijn.'

Ze liepen zwijgend naast elkaar. Toen er vlakbij een duif opfladderde, schreeuwde Birgit het uit. Daarna lachte ze. 'Lieve hemel, ik ben er echt erg aan toe.'

'Gaat het nog?' vroeg Liz. Ze zag er bezorgd uit. 'We kunnen stoppen wanneer je maar wilt. Het is al een hele prestatie dat je over de drempel bent gestapt.'

'Ik wil de plaats delict zien.'

'Oké. Verder dan maar. Misschien helpt het als je daarbij aan iets anders denkt. Vertel me wat voor nieuws er is.'

'O, dat weet je nog helemaal niet: Georg zit in de problemen.'

'Wat?' Liz keek haar aan. 'Hoezo dat?'

Zo beknopt mogelijk vertelde Birgit over Tatjana, de tablet en het vermoeden van de forensisch arts.

'Wat een ellende', zei Liz. 'Dat moet vreselijk voor hem zijn.'

'Ik weet het niet. Ik heb de indruk dat hij de zaak niet serieus genoeg neemt. Hij denkt dat hij onkwetsbaar is.'

'Ja, dat is net iets voor hem.'

Ze hadden de trap bereikt. De treden bestonden uit verroest metaal, dat er niet bepaald betrouwbaar uitzag.

Birgit tuurde bedrukt naar boven.

'Gaat het, denk je?' vroeg Liz.

'Tuurlijk.' Birgit klampte zich aan de leuning vast. Haar handen waren klam, maar ze zette dapper haar voet op de eerste tree.

'Sinds wanneer weet Georg ervan?' vroeg Liz achter haar.

'Voor zover ik weet sinds donderdag.'

'Niet al sinds woensdag?'

Birgit had het eind van de trap bereikt en zette voorzichtig haar voeten op de volgende verdieping. Voor haar lag een plank. Daar liep ze omheen. Haar collega's hadden verteld dat het hier vol gaten en verborgen holle ruimtes zat. Ze draaide zich naar Liz om. 'Het lijk van Tatjana Zilke is donderdag pas gevonden. Wat was er woensdag dan?'

'Niets.' Liz keek geconcentreerd op de plattegrond. 'We moeten links aanhouden. Aan het eind van deze verdieping is nog een trap naar boven.'

Birgit ging weer voorop. Het voelde goed om Liz achter zich te hebben. Langzaam werd haar hartslag rustiger. Ook het zweten werd minder. Het was veel eenvoudiger dan ze had gedacht!

Birgit bleef staan. 'Ruik jij dat ook?'

'Wat?'

'Iets heel zoets... als van verrotting.'

'Ik ruik niets', klonk het achter haar.

Birgit haalde haar schouders op en liep door. Ze begon geleidelijk van haar avontuur te genieten en nam zelfs de tijd de graffiti te bekijken, die overal op de muren prijkte. Sommige schilderingen waren heel goed. Ze bleef staan om twee levensgrote vissen te bewonderen die op reusachtige tanks gespoten waren. 'Die zijn klasse, vind je niet?' zei ze tegen Liz.

'Geweldig. Ik wou dat ik zoiets kon maken.'

Opnieuw snoof Birgit de smerige stank op, maar ze zei niets. Waarschijnlijk was het haar eigen angst die ze rook. Of er lag ergens in een donker hoekje een kadaver van een dier dat in ontbinding verkeerde. Ze zette zich weer in beweging.

'Die Hubert Burghausen gelooft toch niet serieus dat Georg een seriemoordenaar is?' vroeg Liz onverwachts.

'Natuurlijk niet. Nog niet. Maar wanneer hij hoort van het DNA dat op Tatjana's lijk is aangetroffen, ziet het er slecht uit. We hebben een daderprofiel nodig dat Georg vrijspreekt.'

'Ik kan geen daderprofiel uit mijn hoed toveren, Birgit. Al helemaal niet met het doel Georgs onschuld te bewijzen.'

'Natuurlijk niet met dat doel.'

'Ook niet zonder dat doel. Ik ken Georg en weet dat hij onder verdenking staat. Ik ben bevooroordeeld.'

'Het zal wel. Ik dacht ook alleen...' Op dat moment viel Birgits blik op een stalen balk. Op de muur erachter had iemand een man in een zwarte mantel gespoten, wiens gezicht met wijd opengesperde ogen er zo levensecht uitzag dat ze zich een ongeluk schrok. Ze dook een nis in, zakte op haar hurken en sloeg haar handen voor haar gezicht. Haar hele lichaam bibberde zo dat haar tanden ervan klapperden. *O god! Nee!*

Als door een waas merkte ze dat Liz naast haar kwam zitten en een arm om haar schouders sloeg.

'Het is oké', mompelde Liz. 'Ik ben bij je. Er kan je niets gebeuren. Alles is in orde.'

Birgit haalde langzaam haar handen voor haar gezicht weg. 'Ik schrok me rot. Wat idioot.' Ze wilde opstaan, maar haar benen gehoorzaamden niet. Ze probeerde het nog eens. Tevergeefs.

'Laten we eventjes uitrusten', stelde Liz voor.

'Het is hier niet bepaald gezellig.' Birgit keek in de nis om zich heen. In de hoek stond een roestig vat, op de grond lag een stuk kabel, op de muur tegenover hen had iemand geprobeerd een menselijk skelet te schilderen.

'Ach, ik vind het best leuk.' Liz grinnikte. 'In de tussentijd kun je me vertellen wat je over de moord op Tatjana Zilke weet. Ik kan de moorden en de plaatsen delict analyseren. Onofficieel. Om jullie te helpen de dader of daders te vinden. Daar kan Burghausen dan maar het beste niets van weten. Hij zou er beslist op tegen zijn. En met reden.'

Birgit keek naar haar benen, die haar zo schandalig in de steek hadden gelaten. 'Ik heb de dossiers nog niet gezien, maar gisteren heb ik Huberts partner Alex Landorf uitgehoord. Zilkes woning is doorzocht, maar de evaluatie duurt nog voort. Behalve het weefselmonster dat met Stadlers DNA wordt vergeleken is er op het lijk genetisch materiaal van een andere persoon aangetroffen, maar dat zijn slechts kleine, verontreinigde fragmenten die niet volstaan voor een vergelijking. Haar omgeving wordt natuurlijk ook doorgelicht, maar dat heeft nog geen concreet spoor opgeleverd.'

'Is er al iets bekend over het masker?'

'Het masker uit het hotel en dat hier uit de fabriek zijn van verschillende materialen. Het clownsmasker is een goedkoop plastic product, dat van Margaret Thatcher is van latex en kost in de winkel al gauw zo'n zestig euro.' Birgit bedacht opeens dat ze zelf af en toe ook wel een masker zou willen opzetten. Nu bijvoorbeeld, als bescherming tegen de verlammende angst. Ze probeerde wat gemakkelijker te gaan zitten, maar haar benen weigerden nog steeds dienst. Ze werd bevangen door paniek. Als deze toestand nou aanhield? Als ze haar hier nou naar buiten moesten dragen? Weer brak het angstzweet haar uit.

Liz legde een hand op haar arm. 'En het masker van de derde plaats delict?'

Birgit probeerde niet aan haar benen te denken, maar zich te herinneren wat ze wist. 'Daar wordt het ingewikkelder. Een simpel plastic masker dat bedoeld is om te worden beschilderd. Het werd pas gevonden toen de omgeving van de plaats delict een tweede keer werd uitgekamd. Er bestaat onenigheid over de vraag of het de eerste keer over het hoofd werd gezien of dat het er toen nog helemaal niet lag.' Ze merkte dat ze rustiger werd. Het deed haar goed over concrete zaken te praten.

'De moordenaar kan het er dus neer hebben gelegd nadat hij over de moord in het hotel had gehoord? Om de rechercheurs op een verkeerd spoor te brengen?'

Birgit knikte. 'Maar dat maakt het er voor Georg niet echt beter op. Integendeel zelfs. We hebben de pers namelijk niet over de vondst van het masker ingelicht.'

'Dus niemand behalve de politie en de dader wist daarvan.'

'Je zou kunnen redeneren dat Georg de vrouw in een moment van machteloze woede heeft gedood en toen gebruikmaakte van het feit dat het lijk niet meteen werd gevonden om naderhand de sporen te manipuleren. Niemand zal serieus geloven dat hij een seriemoordenaar is, maar iedereen is in staat tot doodslag in een opwelling.'

'Denk je echt dat het zo gegaan kan zijn?'

Birgit sloot haar ogen. Ook Georg Stadler droeg een masker. Tot dusver had ze gedacht dat ze het gezicht erachter kende, maar wat wist ze nou echt over hem? 'In principe acht ik iedereen ertoe in staat in uitzonderlijke situaties de controle te verliezen,' zei ze aarzelend, 'maar ik had gedacht dat Georg in zo'n geval niet zijn sporen zou wissen, maar zich zou aangeven.'

'Hij zou alles kwijtraken. Zijn baan. Zijn vrijheid. Zijn waardigheid.'

'Ik weet het.'

'Is er op de maskers genetisch materiaal aangetroffen?'

'Niet op het witte masker. Dat was volkomen schoon. Het clownsmasker lag in de vuilcontainer. Alles wat daarop wordt gevonden is per definitie verontreinigd en het Thatcher-masker zit zo vol materiaal dat het lastig wordt om alles te onderzoeken. Er is mogelijk sprake van eerdere eigenaren.'

'Hoe zit het met de anonieme beller die melding maakte van het geval in de fabriek?'

'Niet te vinden. Hij belde vanuit een telefooncel in Unterbilk.'

'En de code? Is iets dergelijks ook op de andere twee plaatsen delict gevonden?'

Daar had Birgit niet eens meer aan gedacht. 'Nee, die kun je waarschijnlijk wel vergeten. Die heeft niets met de moorden te maken. Ik vrees dat Georg het in de verkeerde richting zoekt.'

'Misschien toch niet.' Liz stond op en klopte het vuil van haar broek.

Birgit probeerde voorzichtig een voet te bewegen. Dat lukte! Met Liz' hulp stond ze op. Ze stond nog wat wankel op haar benen en haar voeten tintelden alsof ze op een speldenkussen was gaan staan, maar ze wist overeind te blijven. 'Hoe bedoel je, misschien toch niet?'

Liz had de plattegrond van de fabriek weer tevoorschijn gehaald en bestudeerde die. 'Ik heb daar een idee over', zei ze. 'Hm, ik geloof dat de houten ladder daar verderop ons volgende doel is.' Ze keek Birgit aan. 'Of was het zo wel genoeg voor vandaag?'

'Ik ben pas tevreden wanneer ik de plaats delict heb gezien. Maar verander nou niet van onderwerp. Wat voor idee?'

Ze liepen naar de ladder. Rechts ervan was een smalle geul, waarin misschien ooit een lopende band gestaan had. Er zat een stinkende vloeistof in.

'Nu ruik ik het ook', zei Liz, en ze keek in het troebele vocht. 'Walgelijk!'

'Moerasgas.' Birgit wreef over haar armen. Ze had het plotseling weer koud.

Net toen ze overwoog of ze niet toch beter kon omdraaien, ontdekte ze iets.

Liz zag het ook en gilde.

Zaterdag 3 oktober, 16.43 uur

Liz wierp Birgit een bezorgde blik toe. De rechercheur stond wat afzijdig met de forensisch arts te praten, Stadlers leren jack om haar schouders. Ze zag bleek, maar hield zich kranig.

De fabriekshal baadde in het licht. Technici hadden sterke schijnwerpers geplaatst, waardoor zelfs de kleinste details te zien waren. Minstens twee dozijn mannen in beschermende witte overalls stelden sporen veilig, maakten foto's en maten alles op. De bedoeling was duidelijk: ze wilden niet weer iets over het hoofd zien.

Helemaal aan het eind van de geul waren twee mannen bezig een pomp te installeren. Zodra de leider van de technische recherche zijn toestemming gaf, zou het water weggepompt worden.

Liz' maag kromp weer samen bij de gedachte aan het stinkende brouwsel. Ze zou de aanblik niet snel vergeten. De voet. De roodgelakte nagels. Het bot dat uit het vlees stak.

Tot dusver hadden de rechercheurs geen andere lichaamsdelen gevonden, maar het zou dagen duren voor elke kier, elk gat met water en elke pijp op het terrein grondig was afgezocht. Misschien zelfs weken.

Liz wendde zich af en liep naar Birgit en Marcus Schreiner. 'En?' vroeg ze de forensisch arts. 'Wat denkt u ervan?'

Hij wisselde een blik met Birgit, die hem toeknikte. 'De voet is van een vrouw, dat is waarschijnlijk geen nieuws voor u. Hij is

95

nog niet al te lang geleden geamputeerd, maar het zal moeilijk worden om het exacte tijdstip te bepalen. Daarvoor moet ik de temperatuur en samenstelling van het vocht weten.' Hij schoof zijn bril omhoog. 'Bovendien valt niet te zeggen of de voet direct na de amputatie in de geul gegooid is. Dat maakt het niet eenvoudiger.'

'Was de vrouw dood toen haar voet afgehakt werd?' vroeg Liz bedrukt.

'Daar ziet het wel naar uit.' De arts schraapte zijn keel. 'De dader is in elk geval niet erg vakkundig te werk gegaan. En hij had wellicht ook geen geschikt werktuig.'

'Hoe lang zal het duren om het DNA met dat van Tina Grandt te vergelijken?'

'Daar ga ik niet over.' Hij keek Birgit aan. 'Ik ben hier volgens mij niet meer nodig. En wat die andere zaak betreft...'

Birgit glimlachte krampachtig. 'Ik weet het. Bedankt.'

Toen hij weg was, vroeg Liz: 'Welke andere zaak?'

'Ach, hij gaat maar door over het wapen. Wat moet ik nou doen?'

'Je bent Georgs moeder niet.' Liz liet haar blik door de hal dwalen, tot ze Stadler ontdekte. Hoewel ook hij een beschermende overall droeg, was hij goed te herkennen. Hij was duidelijk de baas, het van energie bruisende middelpunt van het hele gebeuren. Niets wees erop dat de hem ten laste gelegde feiten hem dwarszaten.

'Als ik hem dinsdag niet geknepen had, was de voet toen al gevonden.'

'Geloof je dat echt?'

Birgit schudde haar hoofd.

'Kom, laten we even naar buiten gaan.'

Birgit aarzelde.

'De anderen nemen ook voortdurend rookpauzes.'

'Ik rook niet.'

'Nou en?'

Ze gingen voor het gebouw op een blok beton zitten en genoten van de herfstzon op hun gezicht.

'Je wilde me daarstraks iets vertellen', zei Birgit na een poosje.

'Klopt. Ik heb een theorie. Ik kwam op het idee toen ik een aanplakbiljet zag voor M.A.S.H., *the musical*.'

'Je maakt me nieuwsgierig.'

'Als de code hier in de fabriekshal nou eens de moord in het hotel aankondigde?'

Birgit draaide haar gezicht uit de zon en keek Liz aan. 'Hoe dat?'

'De code luidt H78JC. Dat zou een afkorting kunnen zijn van *Halloween*, 1978, John Carpenter.'

Maandag 5 oktober, 07.48 uur

Georg Stadler liep over de parkeerplaats naar de ingang van het hoofdbureau. Hoewel het maandagochtend was en hij een krankzinnig zware week voor de boeg had, zweefde hij bijna de trap op. Voor het eerst in jaren had hij een heel weekend met een vrouw doorgebracht en van elk moment genoten. Nadat hij zaterdag het onderzoek in de fabriek had gecoördineerd, een haarmonster van Tina Grandt had geregeld en de overige taken had verdeeld, was hij met Helene naar de bioscoop geweest en daarna uit eten gegaan. Ze was bij hem blijven slapen en ze hadden bijna de hele zondag in bed doorgebracht. Pas vandaag bij het eerste ochtendgloren was Helene naar huis gereden.

Als Stadler zijn ogen dichtdeed, rook hij nog de geur van haar haar en proefde hij nog de smaak van haar huid. Het was alsof hij Helene al jaren kende. Tegelijk was hij verliefd als een tiener.

De portier stond voor zijn hokje, met een beker koffie in zijn hand. 'Je chef hunkert naar je, Georg.'

'Zo vroeg al?'

'Je moet direct bij hem komen. Heb je wat uitgevreten?'

'Niets wat de leider van KK 11 aangaat.' Stadler dacht aan de afgelopen nacht en grijnsde breed.

Hij ging naar de tweede etage, klopte op de deur van Siegfried Sobotta's kantoor en stapte naar binnen.

Zijn chef was niet alleen en Stadlers humeur daalde razend-snel naar het nulpunt. Hubert Burghausen zat op een van de

98

twee stoelen voor bezoekers en Alex Landorf leunde tegen de vensterbank. Hij was naar de kapper geweest en had zijn haar kort laten scheren, wat zijn toch al grimmige uiterlijk onderstreepte.

Burghausen stond op, maar Stadler negeerde de hem toegestoken hand.

'Wat is er aan de hand?' vroeg hij kortaf.

'Ga zitten, alsjeblieft.' Sobotta wees naar de tweede stoel.

Met tegenzin nam Stadler plaats.

'Ik denk dat je wel weet waar het om gaat, Georg.'

'Ik heb die vrouw niets gedaan.'

'Dat geloof ik zelfs. Maar mijn persoonlijke mening is in dit geval niet relevant. Vanmorgen vroeg heeft de deelstaatrecherche me de resultaten gestuurd. Jouw DNA is op de dode vrouw aangetroffen.'

Stadler sloeg zijn benen over elkaar. Hij zou zich niet laten opjutten. 'Dat bewijst niks.'

'Je lijkt niet verbaasd.'

'Ben ik ook niet. Ik ben Tatjana de avond voordat ze stierf tegengekomen in de kroeg en heb haar ter verantwoording geroepen over mijn tablet.'

'O, en dat schiet je nu pas te binnen?' wierp Landorf ertussen.

Die kerel werkte hem op de zenuwen. 'Hou je klep, Alex. Heeft niemand je geleerd je mond te houden als grote mensen praten?'

'Hou zelf je klep!'

'Beheers je. Allebei!' Sobotta keek Stadler strak aan. 'Ik moet je van de zaak halen, dat snap je zeker wel.'

'Ik doe niet eens onderzoek naar die zaak.'

'Ik kan je aan geen van de drie zaken laten werken. Je eigen onderzoek hangt er veel te nauw mee samen.'

Daar had hij niet op gerekend. Sobotta kon hem toch niet zomaar uitrangeren! 'En wat moet ik in plaats daarvan dan doen? Rapporten schrijven over zelfmoord? Ik sta met plezier de leiding af. Laat Birgit het overnemen. Maar ik moet wel de mogelijkheid hebben de zaak op te helderen.'

'Birgit heeft de leiding al overgedragen gekregen, samen met Hubert. Dat is geregeld. Maar jij blijft erbuiten.'

'Oké, dat was het dan zeker wel.' Stadler stond op. Hij moest onmiddellijk weg. Als het gesprek nog langer duurde, zou hij dingen zeggen die definitief een eind aan zijn carrière zouden maken.

'Nog niet helemaal!' Sobotta's stem klonk onverwacht scherp. 'Ik vrees dat ik duidelijker moet zijn. Je bent geschorst, Georg. Je geeft me nu je legitimatie en je wapen en verlaat dan het bureau. Maar hou je beschikbaar.'

'En het beste nu meteen.' Hubert deed voor het eerst zijn mond open. 'We hebben een uitgebreide verklaring van je nodig.'

Het was alsof er een luik in de grond was opengeklapt. Er zat niets onder zijn voeten. Hij zweefde boven een zwart gat dat hem naar binnen dreigde te zuigen. Heel even was Stadler sprakeloos. Toen werd hij door machteloze woede overmand. 'Zijn jullie nou helemaal van de pot gerukt?' Hij haalde zijn wapen uit de holster en knalde het op Sobotta's bureau. Zijn legitimatie gooide hij ernaast. 'Jullie kunnen me wat! Doe jullie werk verdomme zelf maar!'

Dinsdag 6 oktober, 10.41 uur

Birgit keek op haar horloge. Er waren pas vijf minuten verstreken sinds ze voor het laatst had gekeken. Miguel was ruim een kwartier weg. Ze moest geduld oefenen. Ze was dolgraag met hem meegereden, maar ze begreep waarom hij alleen op pad was gegaan.

Sinds ze de vorige morgen hadden gehoord dat Stadler was geschorst, had een zekere onrust bezit van haar genomen, een vaag voorgevoel dat dit nog maar het begin was van iets veel ergers. En dat gevoel was sterker geworden nadat was uitgelekt dat Stadler was ondergedoken. Niemand wist waar hij zat, hij nam zijn telefoon niet op. Hij was gewoon verdwenen.

Birgit had de afgelopen nacht nauwelijks geslapen, maar bij uitzondering niet vanwege allerlei nachtmerries. Misschien had de oefening in de papierfabriek toch geholpen – ondanks de afgrijselijke vondst die ze er hadden gedaan. Of zelfs juist daarom. Want deze keer was ze geen slachtoffer geweest, maar rechercheur. Niet passief, maar actief.

In elk geval kon ze nu aan de leegstaande fabriek denken zonder dat de rillingen haar meteen over de rug liepen. In plaats daarvan hield Stadler haar uit haar slaap. Ze had de halve nacht nerveus liggen woelen en had geprobeerd te begrijpen wat er precies gebeurde.

Miguel bleef er daarentegen nogal koel onder. Volstrekt niet onder de indruk had hij de vorige dag na het schokkende nieuws eerst twee agenten naar hotelportier Wolf Bertram gestuurd. Die was nog steeds niet komen opdagen om op het bureau een verklaring af te leggen. Daarna had hij de verslagen van de forensisch arts bestudeerd. Zijn gelatenheid werkte Birgit op de zenuwen.

Maar vanmorgen was het met Miguels rust toch ook gedaan. 'Ik geloof dat ik eens met hem moet gaan praten', had hij gezegd, nadat hij een opsporingsbevel voor Wolf Bertram had uitgevaardigd. De man was al dagen bij geen van zijn baantjes komen opdagen en thuis zat hij ook niet.

'Met wie?' had Birgit verward gevraagd.

'Georg. Met dat verstoppertje spelen maakt hij het alleen maar erger.'

'Vertel mij wat. En hoe wilde je dat regelen? Niemand weet waar hij zit.'

'Laat dat maar aan mij over.' En met die cryptische woorden was Miguel verdwenen.

Er zat niets anders op dan af te wachten. Zuchtend trok Birgit het toetsenbord weer naar zich toe en tikte 'Halloween' en 'film' in. En na een korte aarzeling: 'lievelingsscène'.

Bijna 14.000 hits. Ze bekeek de eerste links. Eentje zag er interessant uit. Zo! Een voltreffer!

Opeens vloog de deur open. 'Klopt het dat er een opsporingsbevel voor Georg is uitgevaardigd?' vroeg Liz buiten adem.

Van schrik klikte Birgit met de muis en wisselde naar het intranet van de politie. 'Wie beweert dat?'

'Ik kwam Zoë net tegen. Maar vertel nou, is het waar?'

'Ja en nee.'

'Leg me dat eens uit.'

'Ga zitten. Wil je koffie?'

'Liever niet, ik heb vanmorgen al drie koppen gehad. Ik vrees dat mijn maag er niet nog meer kan verdragen.' Ze trok een stoel bij en ging naast Birgit zitten. 'Nou dan, wat is er aan de hand?'

'Georg is ondergedoken. Dat beweert Hubert Burghausen althans.'

'Ondergedoken? Echt waar? Waarom doet hij zoiets?'

'Wat dacht je? Je kent hem toch.' Birgit wreef haar voorhoofd. 'Hij werd gisteren geschorst omdat zijn DNA op het lijk van Tatjana Zilke werd aangetroffen. Sindsdien is hij weg. Eigenlijk hoort hij zich beschikbaar te houden voor verhoor.'

'Shit! Hebben jullie al geprobeerd hem te bellen?'

'We krijgen steeds zijn voicemail. En bij hem thuis doet niemand open.'

'Dat is niet oké.' Liz beet op haar onderlip.

'Zo zie ik het ook. Ik begrijp wel dat hij niet met Hubert wil praten. Maar dat hij niet opneemt als hij mijn nummer ziet, neem ik hem echt kwalijk.'

'Hopelijk is hij alleen maar pissig.'

'Hoe bedoel je?'

'Zijn verdwijning kan ook als schuldbekentenis worden opgevat.'

'Dat geloof ik niet. Georg is geen moordenaar. Maar hij is wel een stomme idioot. Miguel is net weg, hij wil proberen hem tot rede te brengen.'

'Weet hij dan waar Georg uithangt?'

'Blijkbaar heeft hij een vermoeden. Maar hij heeft het me niet verklapt.' Birgit haalde haar schouders op. 'De hele toestand was al ingewikkeld genoeg. We zaten er echt niet op te wachten dat Georg ook nog op de Bruce Willis-toer ging.'

'Is er nog nieuws, eigenlijk? Hoe zit het met die voet? Hebben ze de rest van het lijk al gevonden?'

'Tot nu toe niet. De technische recherche loopt nog steeds op het terrein rond. Al vier dagen werken die jongens zich door duizenden sporen heen. Zonder vermeldenswaardig resultaat.'

'En het DNA?'

'Ook geen resultaat. De feestneuzen van de deelstaatrecherche hebben er al hun energie aan verspild om Stadler iets in de schoenen te schuiven. Die sloven zich ook niet voor iedereen even hard uit.' Birgit trok een grimas. 'Grapje', liet ze er snel op volgen, toen ze Liz' gezicht zag. 'Hoop ik. Maar ik heb wel iets anders gevonden.' Ze ging opnieuw het internet op en draaide haar beeldscherm, zodat Liz mee kon kijken. 'Deze website heb ik net ontdekt. Filmmaniacs.de. Als ik het goed begrijp, worden hier nagespeelde films gepost. Of alleen maar favoriete scènes.'

'Dat klinkt wel spannend.' Liz leunde voorover. 'En zit Halloween er ook tussen?'

'Laten we kijken.' Birgit scrolde naar de letter H. 'Halloween, daar heb je 'm. Tjonge, drieëntwintig clips. Die lijkt behoorlijk geliefd te zijn.'

'Halloween is de slasher-klassieker bij uitstek. Dat verbaast me niet.'

'Slasher?' Birgit keek Liz met opgetrokken wenkbrauwen aan. 'Daar heb ik nog nooit van gehoord.'

'Het komt van "to slash", wat "opensnijden" betekent.'

'O, lekker dan.' Birgit schudde walgend haar hoofd en concentreerde zich weer op het scherm. 'Deze clip is van 30 september.' Ze klikte het filmpje aan.

De beeldkwaliteit was niet erg goed en er was ook maar weinig te zien. Want de camera filmde door twee ovale kijkgaten. Desondanks herkende Birgit de hotelkamer meteen. Naast haar slaakte Liz een kreet van schrik.

Er was geen geluid bij, maar de beelden spraken voor zich. De camera liet eerst het omgewoelde bed zien en daarna een vrouw die op de kruk voor de kaptafel zat en haar haar kamde. Ze zag er onzeker uit en probeerde blijkbaar op de persoon achter de camera in te praten. Er werd een lang mes voor de lens gehouden. De vrouw begreep duidelijk de ernst van de situatie en stond abrupt op. Maar nog voor ze recht overeind stond, drong het mes door in haar borst en keel, keer op keer. Ze viel op de grond.

Cut. Het lijk lag op het tapijt, precies in de houding waarin het later werd gevonden. Een code van cijfers en letters verscheen over het beeld heen en de video was afgelopen.

Birgit leunde achterover. Opeens was ze kotsmisselijk. 'Wat is dat voor zieke zooi?'

'Speel hem nog eens af.'

Birgit keek Liz aan, die er bleek, maar beheerst uitzag, en klikte weer op play.

Ze bekeken de video vijf keer. Toen wisten ze zeker dat er van de dader niets meer te zien was dan zijn gehandschoende hand.

Maar Birgit ontdekte wel iets anders. 'Hij bedreigt haar met een pistool. Daarom speelt ze het spel mee. Helemaal in het begin zie je heel even de loop in beeld.'

'Dat is me niet opgevallen.'

Birgit speelde de video nog eens af. 'Daar!' Ze zette het beeld stil.

Het beeld was onscherp, maar de loop was duidelijk te onderscheiden.

'Inderdaad, je hebt gelijk. Jij ziet ook echt alles.'

Birgit voelde iets kriebelen in haar nek. Dit kon de doorbraak zijn. 'Ik moet dit meteen de collega's van KK 42 laten zien. Die moeten de systeembeheerder van de site opsporen en het filmpje laten wissen. En de technische recherche moet de video analyseren. Er is vast nog meer in te vinden.'

'Het verbaast me zeer dat de dader uitgerekend deze vrouw heeft uitgekozen', zei Liz nadenkend. 'Als je nagaat hoe precies hij die filmset heeft uitgebeeld.'

'Waarom? Wat zit je dwars?'

'In de originele film is het slachtoffer een blonde tiener. Deze vrouw heeft bruin haar en is duidelijk over de dertig. Ik vraag me af waarom hij in dat opzicht zo sterk van het voorbeeld is afgeweken.'

Birgit haalde haar schouders op. Voor zulke psychologische

details had ze nu geen tijd. Ze hadden het eerste concrete spoor van de dader. Dat alleen was van belang. 'Er kunnen ontelbare redenen voor zijn', zei ze. 'Misschien was de vrouw die hij oorspronkelijk op het oog had opeens niet meer beschikbaar en moest hij zijn plannen bijstellen.'

'Hm. Ja, dat kan.' Liz keek geconcentreerd naar het beeldscherm. 'Die kerel noemt zichzelf I.E. Carr. Kijk eens of er onder diezelfde naam nog meer films online staan.'

'Goed idee.' Birgit tikte de naam in, maar de website spuugde alleen dit ene filmpje uit.

'Shit, ik had erop durven zweren dat de dader ook in de fabriek een filmpje had opgenomen. Laat die code nog eens zien?'

Birgit ging naar het einde van het filmpje. 'F72AH. Kondigt dat dan de volgende moord aan?'

'Vermoedelijk wel.' Liz' ogen straalden. 'Misschien wel die op Tatjana Zilke?'

'Zilke werd maandagnacht vermoord, maar deze clip stond pas woensdag online. Dat klopt niet.' Birgit beet op haar lippen. Het leek er steeds meer op dat de moordenaar van Tatjana Zilke een imitator was. Slecht nieuws voor Stadler.

'Dan zal de videokiller binnenkort weer iemand vermoorden.'

'Waarschijnlijk wel, ja.' Birgit schreef de code op. 'Zelfs als het ons lukt uit te zoeken om welke film het gaat, kunnen we de moord niet voorkomen. We weten weliswaar hoe, maar niet wanneer en waar de dader opnieuw zal toeslaan.'

'We moeten meer over hem te weten komen. Met dit filmpje geeft hij nogal veel prijs. En misschien vinden we zelfs nog meer informatie.' Liz bekeek de website. 'Kijk, je kunt de films ook sorteren op datum.'

'Dat had ik al gezien.' Birgit doorliep de lijst.

'Daar! Dressed to Kill.' Liz tikte op het scherm. 'Die is afgelopen zondag even voor middernacht online gezet.'

Birgit speelde het filmpje af.

De vinger van een vrouw, die een paar keer op een liftknop drukte. Cut. Een vrouw in close-up. Van schrik opengesperde ogen. Haar kapsel was ouderwets getoupeerd, maar Birgit herkende het gezicht van Tina Grandt. De camera ging naar achteren en er werd een muur zichtbaar.

'Shit! Die graffiti was geen kast maar een lift', mompelde Liz.

Weer een beeldwisseling. Een gezicht in een kleine, ronde spiegel. Margaret Thatcher met een zonnebril. Dan weer de vrouw. En Margaret Thatcher, die met het scheermes de weerloze vrouw te lijf ging. Steeds weer ging het lemmet langs haar hals. Bloed spatte tegen de muur. Weer een overgang naar Thatcher in de spiegel en nog een naar de code.

Met bevende vingers opende Birgit een tweede browservenster en zocht naar informatie over *Dressed to Kill*. De film was uit 1980. Regie: Brian De Palma. Michael Caine speelde een perverse moordenaar in vrouwenkleren. Niets met Margaret Thatcher van doen.

'Vermoedelijk heeft hij dat masker opgezet om niet herkend te worden.' Liz leek Birgits gedachten te hebben geraden.

'Of het is een ironische toespeling. Manwijf speelt vrouwelijke man.'

Birgit keek haar geïrriteerd aan.

'Ik probeer me in de dader te verplaatsen.'

Birgit ging terug naar de filmfansite. 'Deze video is geüpload onder de naam MMM.'

'Waarschijnlijk heeft de dader wel meer gebruikersnamen.'

'In elk geval is er van MMM nog een ander filmpje.' Birgit zuchtte. 'Misschien heeft hij de moord die hij met de code in *Halloween* aankondigde al gepleegd.' Ze keek Liz aan. 'Ben je er klaar voor?'

De psychologe zei niets en knikte.

Het filmpje heette *Red*. Birgits adem stokte toen ze het eerste beeld zag.

'Ik zou je een alibi kunnen bezorgen.' Helene kwam naast Stadler op de bank zitten.

'Wat?' Verstrooid keek hij op van zijn mobieltje. Vier oproepen van Birgit, drie van Miguel en twee van een onbekend nummer, waarschijnlijk Hubert Burghausen.

Na zijn overhaaste aftocht van gisteren had hij urenlang door de stad gereden. Hij had geprobeerd een plan op te stellen, een strategie om zijn hoofd uit de strop te trekken. Maar hij had zijn gedachten niet op een rijtje gekregen. Integendeel. Om de paar minuten had hij in de spiegel gekeken omdat hij dacht dat hij werd gevolgd. Een keer had hij zich daadwerkelijk wijsgemaakt het domme smoel van Alex Landorf in de auto achter zich te herkennen. Maar dat moest een streek van zijn eigen fantasie zijn geweest.

Ten slotte had hij een paar boodschappen gedaan, was hij met een omweg naar Helene gereden en had haar met bonzend hart alles uit de doeken gedaan. Ze had er geen twijfel over laten bestaan dat ze hem als onschuldig beschouwde en aan zijn kant stond. Haar woorden hadden hem zo ontroerd dat hij bijna in tranen was uitgebarsten. Maar ze hadden niet kunnen voorkomen dat hij de halve nacht had liggen malen.

'Ik zei dat ik je een alibi zou kunnen bezorgen.'

'Ik heb geen alibi nodig', zei hij, barser dan hij had bedoeld. Hij was woedend op zichzelf.

'Zeker weten?'

Hij stak zijn mobieltje in zijn broekzak en keek naar de vloer. 'Misschien moet ik maar naar het hoofdbureau rijden en met Hubert gaan praten.'

'Wat wil je tegen hem zeggen?' Ze greep zijn hand en hield die vast.

'De waarheid.' Als hij zich die maar wist te herinneren! Zoals vaker de laatste tijd wist hij niet meer hoe hij thuisgekomen was. Als hij Tatjana had vermoord, had er bloed aan zijn handen moeten zitten. En op zijn kleren. Het bleef een rotgevoel.

'Echt?' vroeg Helene.

Hij schudde de doffe onzekerheid van zich af. 'Het was vreselijk stom dat ik hem niet meteen vertelde dat ik Tatjana maandag weer tegen het lijf was gelopen. Maar dat gelooft nu niemand meer.'

'Maar daar was ik zelf getuige van.'

'Je zei dat je niets had gezien omdat een of andere gast tegen je aan begon te kletsen terwijl ik met Tatjana bij de bar stond.'

'Ja, en?'

Hij aarzelde. De verleiding was groot. Helene zou beslist een perfecte getuige zijn. Al zijn problemen zouden zijn opgelost. De schorsing zou ongedaan worden gemaakt. Hij zou zijn leven weer terugkrijgen. 'Ik weet het niet.'

'We zouden nu meteen naar het bureau kunnen rijden. Ik getuig dat ik gezien heb dat je met die vrouw aan de bar hebt staan praten. Daarna heb ik je versierd en je de hele nacht beziggehouden. Wie zou daar nou aan twijfelen?'

'Ik wil niet dat je voor mij liegt.'

'Maar ik wil je helpen.' Ze kneep in zijn hand.

Stadler probeerde zich voor te stellen wat er zou gebeuren. Als het goed ging, zou hij voor altijd met de laffe bijsmaak van het bedrog moeten leven. Als het niet goed ging en de leugen uitkwam, zou hij definitief te gronde gaan. En Helene ook. Dat kon hij haar niet aandoen.

'Dat is ontzettend lief van je, maar ik kan je aanbod niet aannemen.' Hij boog zich naar haar toe en kuste haar, hield haar gezicht tussen zijn handen. 'Als het je ernst is, help me dan de moordenaar te vinden.'

'Je wilt op eigen houtje gaan zoeken?'

'Ik vrees dat dat mijn enige kans is. Ik moet bewijzen dat ik niets met die moorden te maken heb.' Hij liet zijn armen zakken.

Weer pakte ze zijn hand. 'Bel tenminste je collega, die Birgit. Zij kan je van de onderzoeken op de hoogte houden.'

'Dat was ik al van plan.' Stadler maakte zich van haar los en stond op. 'Maar niet met mijn eigen mobiel.' Hij ging voor het raam staan en keek naar de straat beneden hem. Alles zag er vredig uit, maar schijn kon bedriegen.

'Denk je dat ze hier komen opduiken?'

'Dat zal niet lang meer duren. Bij mij thuis zijn ze zeker al langs geweest.'

Hij pakte de plastic tas die hij had meegebracht van de vloer. Zijn boodschappen. Vijf goedkope mobieltjes met prepaidkaart. Hij gaf er Helene een. 'Ik neem contact met je op. Bel er zelf niemand mee. Oké?'

'Nou, dat klinkt ernstig.' Ze staarde naar de telefoon in haar hand alsof die een gevaarlijk insect was.

Hij pakte haar bij haar kin en keek haar in de ogen. 'Dit is je laatste kans om ertussenuit te knijpen. Even goeie vrienden. We kennen elkaar pas een paar dagen.'

Ze stopte de telefoon weg en sloeg haar armen om hem heen. 'Jij bent het beste dat me in jaren is overkomen, Georg Stadler. Zo makkelijk laat ik je niet lopen.'

'Ik jou ook niet', mompelde hij, en hij hield haar vast.

Er werd aangebeld.

Stadler deed een stap naar achteren. 'Verwacht jij iemand?'

Ze schudde haar hoofd.

'Shit! Ze zijn sneller dan ik dacht.'

Er werd weer aangebeld en op de deur geklopt. 'Doe open, Georg, ik weet dat je daar bent. Je patserwagen staat voor de deur.' Miguel.

Stadler liep de gang in. 'Ben je alleen?'

'Wat dacht je nou van me?'

Stadler deed de deur op een kier open en trok zijn collega de woning in.

'Kalm aan. Alles is oké.' Miguel keek hem hoofdschuddend aan en liep langs hem heen de woonkamer in, een enorme ruimte over twee niveaus. Zijn blik viel op Helene. 'U bent vast Helene Weigand. Ik heet Miguel Rodríguez. Ik ben een collega van Georg.'

Ze glimlachte. 'Hij heeft me over u verteld, ja.'

Miguel draaide zich om naar Stadler. 'Hubert verwacht je voor een verhoor. Het lijkt me het beste als je gewoon met me meegaat.'

'Zodat hij me daar meteen kan houden?'

'Waarom zou hij?'

'Onder de gegeven omstandigheden zou hij zonder enig probleem een arrestatiebevel krijgen.'

'Dat heb je jezelf op de hals gehaald.' Miguel keek om zich heen en toen weer naar Stadler. 'Als je nu vrijwillig meegaat, vallen de gevolgen waarschijnlijk nog mee. Maar als je collega's je moeten komen aanhouden, hebben ze geen andere keus dan je daar vast te zetten. Dat hoef ik je vast niet uit te leggen, Georg.'

Stadler dacht na. Hij wilde in geen geval het risico nemen in voorlopige hechtenis te worden genomen. Dan zou hij geen enkele kans meer hebben om zijn onschuld aan te tonen. 'Bedoel je dat er met Hubert te praten valt?'

'Natuurlijk.' Miguel zag er opgelucht uit. 'Hij heeft je hoog zitten, dat weet ik. Als je meewerkt heb je niets te vrezen.'

'Oké, ik pak mijn jasje.' Stadler keek Helene aan, liep naar de slaapkamer en deed de deur achter zich dicht. Snel liep hij naar het raam en deed het open. Derde verdieping. Geluidloos sloop hij terug, nam de sleutel uit het slot en ging naast de deur staan wachten.

Het duurde niet lang voor er werd geklopt. 'Georg? Ben je daar nog?'

Hij zei niets.

Meteen werd de deur opengestoten en Miguel stormde de kamer binnen. Hij zag het open raam en rende eropaf.

Zonder aarzelen sprong Stadler de gang op, trok de deur dicht en deed hem op slot.

'Dat slot houdt niet lang', zei hij tegen Helene. 'Ik betaal natuurlijk voor de deur.'

Ze maakte een afwerend gebaar. 'Dat doet er toch helemaal niet toe.'

Miguel rammelde aan de deur. 'Georg! Doe die klotedeur open of ik trap hem in!'

'Ik moet ervandoor.' Stadler greep de plastic tas met mobieltjes, kuste Helene en dook het trappenhuis in.

Miguel zou niet lang wachten voor hij zijn woord gestand deed. En Helene zou hem niet kunnen tegenhouden. Waarschijnlijk had hij een voorsprong van minder dan een minuut.

Dinsdag 6 oktober, 11.07 uur

Alex Landorf tuitte zijn lippen toen hij Georg Stadler het huis uit zag stormen. Herrie dus. Of de Spanjaard had Stadler gewaarschuwd.

Nadenkend wreef Landorf over zijn neus terwijl zo'n twintig meter verderop de Mustang de weg op reed. Die prooi hoefde hij niet te volgen. De peilzender deed zijn werk wel.

Op dat moment werd de voordeur nogmaals opengerukt. Miguel Rodríguez sprong naar buiten en keek gejaagd links en rechts de straat af. Dat lulletje had hem toch niet zien zitten, wel? Pal voor zijn auto bleef Miguel staan, pakte zijn mobieltje en koos een nummer.

Shit.

Landorf boog voorover en rommelde in de ruimte onder het stuur. Zo kon de Spanjaard zijn gezicht niet zien. Maar dat wilde natuurlijk niet zeggen dat hij de dienstauto niet herkende. Als die idioot hem hier zag zitten, kon hij alleen maar beweren dat hij Miguel was gevolgd in de veronderstelling dat die hem naar Stadler zou brengen. Wat zelfs waar was. En toen had de auto het begeven. Heel eenvoudig. Daarom had hij Stadler niet achterna kunnen rijden. Eigenlijk wel een goed verhaal. Maar het zou de Spanjaard tegen hem in het harnas jagen. En daar was het nog te vroeg voor.

Aan de verandering van het licht merkte Landorf dat Miguel van de auto weg was gelopen. Hij richtte zich langzaam op en

113

zag zijn collega aan de overkant in zijn auto stappen en wegrijden.

Mazzel.

Landorf keek op zijn horloge en besloot eerst maar eens terug te rijden naar het bureau. Dadelijk was er vergadering en het zou opvallen als hij afwezig was. In je eentje op pad gaan zonder sluitende verklaring was altijd een risico. En Burghausen was een adelaar. Die zag vrijwel alles.

Landorf startte de motor met een prikkelend gevoel van voorpret in zijn buik. Georg Stadlers ondergang was aanstaande. Niets kon dat nog tegenhouden.

Dinsdag 6 oktober, 11.34 uur

Liz liep achter Birgit aan naar de vergaderruimte. Ze was voorbereid op irritatie en twijfelde eraan of Birgits strategie om Hubert Burghausen voor voldongen feiten te plaatsen wel zou werken. De deur stond open, de ruimte was stampvol en aan het geroezemoes was te horen dat de vergadering nog niet was begonnen.

Alex Landorf was bezig kopieën uit te delen. Hubert Burghausen zat over een dossier gebogen.

Toen Birgit en Liz binnenkwamen werd het meteen stil. Het was niet moeilijk te raden waar hun collega's het over hadden gehad.

Burghausen keck op. Hij keek Liz aan. 'Wie bent u?'

'Dit is hoogleraar Elisabeth Montario', zei Birgit snel. 'Ze adviseert ons in deze zaak.'

'Sinds wanneer?'

'We hebben haar meteen in verband met de eerste plaats delict om haar oordeel gevraagd. Vanwege de codes op de muur. We hebben al vaker met Liz samengewerkt, veel collega's kennen haar. Ze is goed in haar vak.'

'Dat heb ik gehoord.' Burghausen stond op en kwam naar hen toe. Met een armbeweging gaf hij aan dat hij buiten met hen wilde praten.

Liz nam aan dat hij de kwestie niet in aanwezigheid van de voltallige moordbrigade wilde bespreken. Ze liepen de gang op. Alex Landorf sloot zich bij hen aan en deed de deur dicht.

115

'Neemt u me niet kwalijk, mevrouw Montario, maar u kunt hier niet bij aanwezig zijn', verklaarde Burghausen zonder veel omhaal.

'Waarom niet?' vroeg Birgit, nog voor Liz iets had kunnen zeggen.

'Dat ligt toch voor de hand. Ze is met Georg bevriend en dus bevooroordeeld.'

'Dat geldt voor mij ook. Als je dat als reden aanvoert, moet je de halve brigade naar huis sturen. Minstens.'

'Ze heeft gelijk, Hubert', zei Landorf.

Liz keek hem verrast aan. Van die kant had ze geen steun verwacht, Alex Landorf stond niet bekend als Stadlers beste vriend.

'Mooi is dat!' riep Burghausen geërgerd uit. 'Val jíj me nu in de rug aan?'

'Bekijk het eens zo,' zei Landorf verzoenend, 'mevrouw Montario zal zich hoe dan ook bezighouden met de opheldering van de zaak. Juist omdat ze met Georg bevriend is. Als ze dat officieel doet, kunnen we haar in de gaten houden.'

'Heel charmant', zei Liz scherp. 'Wilt u mijn waakhond zijn?'

Hij grijnsde. 'Alleen als ik op het matje naast uw bed mag slapen.'

Liz rolde met haar ogen.

Burghausen keek besluiteloos van de een naar de ander. 'Dit bevalt me niets. Ik wil in geen geval dat wie dan ook ons onderzoek kan aanvechten. De zaak is al precair genoeg.'

'Ik lever geen rapporten op verzoek', maakte Liz duidelijk. 'Voor niemand.'

Burghausen schoof zijn bril omhoog. 'Wanneer hebt u Georg Stadler voor het laatst gesproken?'

'Afgelopen woensdag', antwoordde ze naar waarheid.

Hij keek haar langdurig aan zonder iets te zeggen. 'Voor mijn part dan. Maar ik wil per omgaande van al uw theorieën en conclusies op de hoogte worden gebracht. En als ik ook maar enigszins twijfel aan uw loyaliteit, kunt u vertrekken.'

Birgit glimlachte triomfantelijk naar Liz. Dit punt was voor haar. Maar de race was nog lang niet gelopen.

Dinsdag 6 oktober, 12.43 uur

Georg Stadler zette zijn richtingaanwijzer uit en draaide het terrein van de autowerkplaats op. Alles hier zag er nog net zo uit als toen hij Kostas Xanthopoulos voor het eerst had ontmoet, jaren geleden nu. Hij had destijds een oogje dichtgeknepen omdat de auto's van vage herkomst op het terrein niets met zijn zaak te maken hadden gehad en de man verder een betrouwbare getuige was gebleken.

De Griek kwam zijn werkplaats uit gerend. 'Hé, Stadler, lang niet gezien. Wat doen je hier?' Hij liep opgewonden om de auto heen. 'Geen problemen, hoop ik. Ik schoon. Auto's schoon.' Hij maakte een vage handbeweging die sloeg op alle voertuigen die kriskras op het enorme terrein geparkeerd stonden.

'Hallo, Kostas.' Stadler pakte zijn rommel uit de auto, maar liet de sleutel erin zitten. 'Ik heb je hulp nodig. En laat dat domme accent maar achterwege. Ik weet dat je in Wuppertal op school hebt gezeten.'

Kostas grijnsde verlegen. 'Nou, hoe kan ik de grote Georg Stadler van dienst zijn?'

'Ik heb een schone auto nodig. 't Is maar voor een paar dagen. En de Mustang moet zolang verdwijnen.'

Kostas vertrok geen spier. 'Verdomd mooie bak.' Hij ging met zijn hand over de motorkap.

'Ik wil hem terug. Zonder een krasje.'

'Maar Stadler, ik zal erover waken als over mijn eigen kind.

Ik heb er al een mooi plaatsje voor. In de oude spuitruimte is al jaren niemand meer geweest.'

'Als hij maar niet roze gespoten is wanneer ik hem weer kom ophalen', bromde Stadler.

'Dat zou er vast te gek uitzien.'

'Ik waarschuw je!' Stadler stak een vinger op. 'Nou? Heb je een vervangende auto voor me?'

'Ik heb precies wat je zoekt. Kom mee!' De man ging hem voor naar een hoek waar een lichtblauwe Ford Sierra stond. 'Geen raceauto, maar nog best fel. En nog een jaar apk.'

'Wie was de vorige eigenaar?'

'Een oude man die hem hier achterliet voor een controlebeurt. Hij overleed voor hij hem kon komen ophalen. Zijn erven wonen in Zuid-Afrika en zijn pas eind van de maand in de gelegenheid hiernaartoe te komen en zich met alles bezig te houden. Niemand heeft me gezegd dat ik de auto moest afmelden. De sleutel zit erin, de papieren zitten in het dashboardkastje.'

'Ik sta bij je in het krijt, Kostas.' Hij gaf de Griek een schouderklopje. 'Mocht er iemand komen vragen: ik ben hier 's nachts langsgekomen, heb de Mustang verstopt en die Sierra gepikt.'

'Ben je overgelopen naar de andere kant, Stadler? Ik heb altijd gedacht dat je met hart en ziel smeris was.'

'Nee, ik ben niet overgelopen naar de andere kant. Integendeel.' Hij boog zich voorover. 'Ik mag er niet over praten, dat zul je begrijpen.'

'Ben je undercover?'

'Geen commentaar. O ja, nog iets anders: het zou kunnen dat je de komende tijd wat lelijke dingen over me hoort vertellen. Daar moet je niet te veel van geloven.'

'Begrepen. Dat hoort bij de vermomming.' De garagist knipoogde samenzweerderig. 'Wegwezen dan, grijp die schoften bij de kladden!'

Stadler reed het terrein af en zette koers naar het noorden.

Tijd voor zijn volgende afspraak. Die zou bepaald niet zo vlot verlopen als de ontmoeting met Kostas.

Hij zette de radio aan. Weliswaar was het onwaarschijnlijk dat Hubert Burghausen hem zou laten opsporen, maar het kon geen kwaad om van het laatste nieuws op de hoogte te zijn. In plaats van de radio begon een cd te spelen: een of andere jazzversie van 'Over the Rainbow'. Hoewel hij volstrekt niet sentimenteel was ingesteld, ontroerde het nummer hem en kon hij het niet over zijn hart verkrijgen het af te breken.

De Golf van Susanne stond op de parkeerplaats van de Mediamarkt, zoals ze hadden afgesproken. Hij stopte bij de ingang en sloeg de parkeerplaats een tijdje gade. Geen verdachte personen, geen auto's waarin iemand zat die deed alsof hij zich niet voor de omgeving interesseerde.

Toen Stadler er zeker van was dat er geen collega's op de loer lagen, stapte hij uit en slenterde hij bedaard naar de Golf toe. Na een snelle blik op de binnenkant van de auto deed hij het rechterportier open en liet zich op de stoel vallen.

'Jezus, Georg, wat kun jij een mens laten schrikken!'

'Heb je iemand over onze afspraak verteld?'

Ze keek hem verontwaardigd aan. 'Natuurlijk niet. Maar ik had het moeten doen. Weet je eigenlijk wel wat er op het bureau aan de hand is?'

'Ik kan het me wel voorstellen.' Stadler bekeek zijn ex-vrouw. Ze zag er nog steeds verdomd goed uit. Slank, blond, perfect gestyled. En hij had zich niet in haar vergist. Ondanks hun scheiding liet ze hem niet in de steek. 'Hoe is het met je? Wat doen de valsemunters?' Susanne werkte bij de afdeling Oplichting.

'Je bent nooit goed geweest in koetjes en kalfjes, Georg.'

'Laat ik dan maar meteen ter zake komen. Ik heb geld nodig.'

'Pardon?'

'Je krijgt het terug zodra de zaak is opgelost.'

'De "zaak" is een moordonderzoek. Naar jou.'

'Geloof je soms dat ik die vrouw heb vermoord?'

Susanne keek hem aan. 'Nee, Georg. Je bent tot veel in staat. Je kunt een ontzettende klootzak zijn. Maar je bent geen moordenaar. Geef jezelf aan, verdomme! Op deze manier maak je het alleen maar erger.'

'Ik kan mezelf niet aangeven. Nog niet.'

'Wat ben je van plan?'

'Hoe minder je weet, hoe beter.'

'Ik ben dus het domme blondje dat niks mag weten, maar wel moet dokken.' Ze schudde geërgerd haar hoofd, zodat haar blonde lokken heen en weer vlogen. 'Ik begin me vaag te herinneren waarom we zo'n klotehuwelijk hadden.'

Stadler deed zijn best om niet op de provocatie in te gaan. 'Ik kan mijn pasje niet gebruiken. En het is ook te riskant om geld uit de automaat te halen.'

'Heeft Hubert dan een opsporingsbevel uitgegeven?'

'Niet dan?'

Ze sloeg haar ogen neer. 'Waarschijnlijk wel. In zijn plaats had ik dat in elk geval gedaan.'

Hij keek haar vol verwachting aan. 'En?'

'Over wat voor bedrag hebben we het?'

'Ik moet bewegingsvrijheid hebben. Onderzoek kunnen doen.'

'Je wilt dus niet naar het buitenland?'

'Ik wil de echte dader te pakken krijgen.'

'Denk je dat je collega's daar niet toe in staat zijn?'

'Die zitten nu achter mij aan. Je weet vast wel wat er gebeurt als het onderzoek bevooroordeeld wordt uitgevoerd.'

Ze tastte naar de sleutel in het contactslot en speelde ermee. 'Vooruit dan. Tienduizend. Dat is alles wat ik zonder moeite vrij kan maken. En vooral, zonder dat het opvalt. Ik wil er verder niet bij betrokken worden, Georg. Ik hou van mijn baan en ik wil hem niet kwijt.'

Hij gaf haar een kus op haar wang. 'Ik wist dat ik op je kon rekenen.'

'Je bent een eikel, Georg.'

Hij keek haar na terwijl ze wegreed in haar knalrode Golf. Nu had hij nog maar één probleem. Een probleem waarvoor hij nog geen oplossing had. Hij moest een veilig onderkomen zien te vinden.

Woensdag 7 oktober, 08.22 uur

Birgit liep achter haar collega's aan de woning in. Ze voelde zich beroerd. Het was volstrekt taboe in Georg Stadlers privésfeer binnen te dringen. Dat ze nog nooit van haar leven zo woedend op hem was geweest als nu veranderde daar niets aan. Maar ze moest erbij zijn. Alleen zo kon ze garanderen dat haar collega's zich fatsoenlijk gedroegen en niet meer overhoophaalden dan beslist noodzakelijk.

In korte bewoordingen gaf Burghausen aanwijzingen en kwam toen naar haar toe. 'Ik doe dit met evenveel tegenzin als jij, Birgit. Maar Georg geeft ons geen keus. Kun jij niet nog eens proberen hem tot rede te brengen? Gewoonlijk luistert hij toch wel naar jou?'

'Wie zegt dat?'

'Iedereen.'

'Ik heb geen idee waar hij zit.'

'Dat geloof ik niet, Birgit.'

Twee collega's kwamen de woonkamer uit. 'Niets opvallends, behalve dat er een hoop peperduur spul staat', zei een van de twee. 'Alleen dat soundsystem al...'

'Dat doet volstrekt niet ter zake', schoot Birgit uit haar slof.

De collega haalde zijn schouders op. 'Ik wilde alleen maar zeggen dat ik me zoiets niet kan veroorloven.'

'Georg heeft geen gezin en zit twee salarisschalen boven jou', verklaarde Burghausen. 'Kom dus niet op het idee daar verkeerde conclusies uit te trekken.'

'Ik mag toch wel jaloers op hem zijn.' De collega droop af.

'Hij heeft geërfd', zei Birgit, zonder Burghausen aan te kijken. 'Al jaren geleden. Een aanzienlijk vermogen en een huis in Nürnberg. Uitsluitend ter informatie.'

'Begrepen.'

'Hé, Hubert, kom even kijken!' klonk een stem uit de keuken. Alex Landorf. Birgit kon geen hoogte van die kerel krijgen, maar ze had zich voorgenomen hem in de gaten te houden. Ze vertrouwde hem niet.

Ze liep achter Burghausen aan de keuken in. Landorf hield de deur van de koelkast open. 'Dat is wel een hoop bier voor een eenpersoonshuishouden.'

'O, vind je?' vroeg Birgit scherp, hoewel de aanblik van de tientallen flesjes ook haar tot nadenken stemde. Ze keek eens goed. Vier rekken vol Alt. Verder lag er niets in. Geen boter, geen worst, geen groenten, niet eens een doosje eieren.

'En dan hebben we nog dit hier.' Landorf deed het gootsteenkastje open. Twee kratten met lege flesjes.

Burghausen schraapte zijn keel. 'Kan het zijn dat Georg een drankprobleem heeft?'

'Niet meer dan willekeurig welke andere agent die ik ken.' Veel van haar collega's dronken 's avonds na werktijd een paar glazen wijn of bier om de dag van zich af te laten glijden. Geen wonder, met zulk werk. Op de een of andere manier moest je de beelden weer uit je hoofd zien te krijgen.

'Het is nogal een hoeveelheid', zei Burghausen. 'Misschien was Georg beneveld en heeft hij zijn zelfbeheersing verloren.'

'Georg verliest nooit zijn zelfbeheersing. En hij heeft beslist niemand vermoord.' Birgit deed haar best een energieke indruk te maken, zodat Hubert niet zou merken hoe onzeker ze was.

'Maar al die flesjes...'

'Ben jij wel eens een probleemdrinker tegengekomen die genoegen nam met bier?'

'Nee.' Burghausen keek Landorf aan. 'Alleen maar bier?'
'Voor zover ik kan zien wel.'

Birgits mobieltje ging over. Nummer geblokkeerd. Ze liep een eindje van de anderen vandaan. 'Ja?'

'Kun je vrijuit spreken?'

'O hallo, papa. Sorry, het schikt niet zo. Ik ben aan het werk.'

'Papa? Heel grappig. Ik moet je spreken, Birgit. Dringend.'

'Ja, papa, dat weet ik.' Birgit keek naar Burghausen, die haar een wantrouwende blik toewierp. 'Kun je me over een uurtje terugbellen? Het komt nu echt heel slecht uit. Ik zit midden in een huiszoeking.' Ze verbrak de verbinding. Toen ze haar mobieltje in haar zak stopte, merkte ze dat haar handen nat waren van het zweet.

'Familieproblemen?' vroeg Burghausen.

'Een kroonjaar', loog ze.

'O, juist.' Hij keek haar nog eens scherp aan en liep de gang in. Birgit liep achter hem aan, maar draaide zich op de drempel om, net op tijd om te zien dat Alex Landorf een usb-stick uit een lade viste en in een bewijszakje deed.

Hij keek haar met een verlegen glimlachje aan. 'Sorry, maar die moet ik meenemen.'

Birgit slikte. Er stonden vast alleen maar onschadelijke dingen op de stick. Muziek. Of vakantiefoto's. Maar heel zeker was ze er niet van. Ze dacht aan de bierflesjes. Hoe goed kende ze Georg nou werkelijk?

Op de gang nam Burghausen haar even apart. 'Ik heb nog een paar gevoelige zaken te vragen', fluisterde hij, en duwde haar de badkamer binnen.

'Wat is er aan de hand?'

Burghausen deed de deur dicht. 'Dat hoeft niet iedereen te horen.'

'Wat dan?' Birgit liet de spoelbeker vollopen en dronk hem leeg. Haar mond was opeens kurkdroog.

'Georg en Miguel. Hebben die iets?'

Birgit spuugde het water in een boog tegen de spiegel. 'Pardon?'

'Dat had toch gekund', zei Burghausen verdedigend. 'Miguel kwam daarstraks veel te laat op de vergadering en was opvallend stil. Ik had de indruk dat hij ons iets verzweeg.'

'Neem je me nou in de maling?'

'Het was maar een vermoeden, Birgit. En niet helemaal zonder reden: Georg vestigt regelmatig de aandacht op zijn vrouwelijke veroveringen. Als de geruchten kloppen, ligt hij elk weekend met een ander in bed. Van zoiets word ik altijd wantrouwend. En Miguels voorkeuren zijn genoegzaam bekend.'

Woensdag 7 oktober, 11.12 uur

Georg Stadler reed drie rondjes om het blok, voor hij er enigszins zeker van was dat er niemand op hem stond te wachten. Hij parkeerde in een zijstraat. Nadrukkelijk nonchalant slenterde hij naar het huis toe, terwijl zijn ogen onrustig heen en weer dwaalden. Hij geloofde niet dat Birgit hem zou verklikken. Maar wat als iemand zijn collega stiekem schaduwde?

De afgelopen nacht had Stadler doorgebracht op de achterbank van de Sierra naast een wegrestaurant aan de A57. Slapende automobilisten waren daar geen ongewoon verschijnsel. Het was er koud en krap geweest en hij was met rugpijn en een zwaar hoofd wakker geworden. Nog zo'n nacht was geen optie. Maar een andere oplossing had hij nog niet bedacht.

De oude Fiesta van Birgit kwam de hoek om toen hij bij de voordeur aankwam. Ze stak haar hand op en reed voorbij, op zoek naar een parkeerplaats. Hij bekeek het huis. Twee verdiepingen. Chique gerenoveerde oudbouw. Waarschijnlijk veel te dure woningen. Zoals bijna overal in Oberkassel. Wat een merkwaardige ontmoetingsplaats.

De melodie van 'Over the Rainbow' bleef door zijn hoofd spoken terwijl hij onrustig van de ene voet op de andere wipte. Sinds hij in de Sierra reed, achtervolgde het liedje hem overal.

Birgit kwam met gehaaste passen naar hem toe. Zonder een groet liep ze naar de voordeur, deed die open en verdween naar binnen. Het lukte hem nog net om achter haar aan te lopen voor de deur weer dichtviel. Zonder iets te zeggen liepen ze de trap op naar de eerste verdieping. Birgit deed de deur open en gaf hem de sleutel.

'Wat is dat nou?' vroeg hij geïrriteerd.

Ze trok hem de woning in en deed de deur dicht. 'Groeten van Miguel. Hij laat zeggen dat je ten minste dit wel van hem kunt aannemen, nu je ons al het werk alleen laat opknappen. Het huis is van een vriend van hem. Die zit een paar maanden in de VS. Iemand moet de planten water geven.'

Stadler keek naar de sleutel in zijn hand. Een probleem minder. 'Is die vriend op de hoogte?'

'Nee. Miguel vond het te precair om de zaak tegenover hem uit de doeken te doen. Je weet nooit wie er met je meeleest, en als het opsporingsbevel al is uitgevaardigd, houden ze waarschijnlijk ook onze mobieltjes in de gaten.'

Stadler stak de sleutel in zijn zak. 'Zouden jullie niet van een opsporingsbevel op de hoogte worden gebracht?'

'Zouden ze ons überhaupt op de hoogte houden?'

'Waarschijnlijk niet, nee.'

'Heb je er een idee van hoeveel moeite het Miguel heeft gekost om je te helpen? Na dat kunstje dat je hem hebt geflikt? Waarom vertrouw je ons niet?'

Stadler begreep dat Birgit de pest inhad. Maar als ze hem niet wilde helpen, hoefde ze het maar te laten. Hij had er geen zin in zich voortdurend te rechtvaardigen.

'Waarom vertrouw je ons niet?' herhaalde ze.

Hij keek haar aan. Ze was bleek en haar ogen blonken vochtig, alsof ze elk ogenblik in tranen kon uitbarsten. Opeens begreep hij hoe diep ze gekrenkt was. 'Ik wilde jullie hier niet in betrekken. Als mijn leven naar de verdommenis gaat, wil ik jullie daar niet in meeslepen.'

'Je bent een stomme idioot, Stadler. Weet je dat?'

'Desondanks ben je hierheen gekomen. Dank je wel.' Hij streelde haar arm. 'Kom, laten we gaan kijken of hier ergens koffie is. We hebben wat te bespreken.'

Ze liepen door een kralengordijn de woonkamer binnen. Stadler keek om zich heen en slikte. Miguels vriend had een opmerkelijke smaak wat de inrichting betrof. Alle meubelen waren wit gelakt, op elk vrij oppervlak stond een vaas, een engeltje of een ander decoratief object dat goud- of zilverkleurig was gelakt. De kussens op de bank waren met roze hartjes geborduurd. Boven de bank hingen twee zwart-witfoto's van mannelijke naakten.

'Hij heeft interessante vrienden, onze Miguel.' Stadler keek Birgit met opgetrokken wenkbrauwen aan. 'Ik ben benieuwd naar de slaapkamer.'

Birgit zag er ineens bleekjes uit. 'Ik ga koffie zetten.' Ze verdween door een ander kralengordijn naar de aangrenzende keuken.

Toen ze met twee dampende mokken terugkwam, had Stadler het zich aan de eettafel gemakkelijk gemaakt met de laptop die hij had gekocht. 'Jullie hebben mijn huis doorzocht. Dat was toch waar je het aan de telefoon over had?'

'Je bracht me behoorlijk in verlegenheid. Hubert stond pal naast me.'

'Je reactie was alert. "Papa". Dat heeft nog nooit iemand tegen me gezegd.'

'Ook niet een van je vele bedgenoten?' vroeg ze scherp.

Die kwam aan. Hij keek haar sprakeloos aan.

'Neem me niet kwalijk.' Ze ging zitten en keek onrustig van de ene hoek naar de andere. 'Ik ben op van de zenuwen. En ik word gek van al die pluche troep hier.'

'Dat kan ik me voorstellen', zei hij gesmoord. 'Wat is het laatste nieuws over de onderzoeken?'

'Ik dacht dat jij mij iets belangrijks te vertellen had. Je wilt me dus alleen maar uitpersen, hè?' Ze lachte zenuwachtig.

'Nee. Ik dacht dat we informatie konden uitwisselen. Ik heb

daadwerkelijk iets gevonden. Maar ik moet ook weten hoever jullie zijn.'

Birgit nam een slokje van haar koffie. 'Jij eerst.'

'Je bent een verdomd harde onderhandelaar.'

'Ik zet hier mijn baan op het spel, ja?'

'Fijn dat je me daar steeds weer aan herinnert.' Hij wreef over zijn voorhoofd. 'Sorry. Ik ben blij dat je er bent. Serieus. Vooruit dan.' Hij draaide de laptop naar haar toe. 'Dit is een lijst van alle cafés binnen een straal van zo'n vijfhonderd meter van het station. Ik denk dat dat Tatjana's jachtterrein was.'

'Waar ze mannen oppikte en bestal?'

'Ook.'

'En verder?'

'Ik ben met haar foto rondgegaan. Veel stamgasten herkennen Tatjana. Maar niemand wist iets van haar. Zeggen ze. Tot er uiteindelijk toch een kletste. Ze heeft een keer gezeten. Bedreiging, afpersing of iets in die geest.'

'Dat zijn we nagegaan. Ze is niet eerder gestraft.'

'Ik weet zeker dat deze getuige het niet zelf verzint. Misschien zat ze in het buitenland in de gevangenis. Of ze was minderjarig en de straf is uit het systeem gewist.'

'Oké. Ik zal kijken of ik iets kan vinden. Maar wat moet dat met die moord te maken hebben?'

'Ik denk dat datgene waarvoor ze destijds moest zitten nu nog steeds haar methode is. Een of andere vorm van afpersing. En dat is het motief voor de moord.'

Birgit keek hem aan. Ze zag er niet erg overtuigd uit. Maar ze maakte niet meer zo'n gestreste indruk als aan het begin van het gesprek.

'Vertrouw me maar. Mijn instinct zegt me dat ik op het goede spoor ben. En dat heeft er niets mee te maken dat ik me aan elke strohalm vastklamp om mijn onschuld te bewijzen.'

'Je denkt dus ook dat er bij Tatjana een imitator in het spel is.'

'Is dat jullie huidige theorie?'

Birgit vertelde hem over de websites en de video's die intussen van de server waren gewist. De systeembeheerder had zich coöperatief opgesteld. Alleen de gegevens van de gebruikers wilde hij niet zonder gerechtelijk bevel overleggen.

'Ik zat dus goed met mijn gevoel over de plaats delict in de oude fabriek. Het was een filmset. Ik herinner me de liftmoord in Dressed to Kill zelfs. Die zat de hele tijd in mijn hoofd, maar ik kwam er maar niet op.' Hoewel die zaak op dit moment het minste van zijn problemen was, was Stadler trots op deze kleine overwinning. Zijn speurneus werkte nog.

'Ja, je had het goed. En vanwege het masker en de verkeerde interpretatie van de muurschildering herkende je filmexpert de rekwisieten niet.'

Zijn filmexpert. Ze was veel meer dan dat. Maar hier en nu was geen geschikte gelegenheid dat Birgit aan de neus te hangen. 'Er was geen video van de moord op Tatjana?' Nee, natuurlijk niet, dat zou ze hem meteen hebben verteld.

'Tot nu toe niet. Op die website staan honderden filmpjes. Een paar collega's nemen ze nu door. Liz houdt zich er ook mee bezig. Ze werkt aan een daderprofiel.'

'Ze helpt jullie?'

'Ze laat je net zo min bungelen als Miguel en ik.'

Stadler voelde de steek onder water. Birgit stond onder grote druk. Hij had haar in een onmogelijke positie gebracht. En dan had hij niet eens iets verwerpelijks gedaan. Zijn ergste vergrijp was dat hij met de verkeerde vrouw naar bed was gegaan. Hij keek zijn collega aan en het werd hem duidelijk dat dat niet klopte. In Birgits ogen was zijn ergste vergrijp dat hij haar niet vanaf het begin onvoorwaardelijk had vertrouwd.

'Tot nu toe hebben jullie dus twee filmpjes gevonden', vatte hij samen. 'Plus de aankondiging van een volgende moord via de code.'

'Niet helemaal. Strikt genomen zijn het drie filmpjes. En drie moorden.'

'Is er nog een dode?'

'Weet je nog dat verhaal over die hond die zogenaamd door een astronaut werd doodgeschoten?'

'Ja, natuurlijk.'

'Die video hebben we ook gevonden. Hij stelt de eerste scène voor uit de film Red, een nogal heftige wraakthriller. In die film wordt een hond door een jongen doodgeschoten, ook aan het water, waar zijn baasje wil gaan vissen. Liz denkt dat de moord op het hondje de eerste daad van onze moordenaar was. Om uit te proberen hoe zelfverzekerd hij is.'

'Dat is toch gestoord.'

'Alleen de astronaut konden we niet verklaren. In de film zien de drie jongens die de oude man overvallen er heel normaal uit. En in de nagespeelde video zie je de schutter niet.'

'Had de moordenaar tot nu toe niet steeds een masker op? Ook als dat in de oorspronkelijke film niet zo was?'

'Klopt. Daar hebben we ook al aan gedacht. Het Thatcher-masker heeft weliswaar niets met de film Dressed to Kill te maken, maar het past wel in het hele concept als je bedenkt dat de moordenaar een travestiet wil verbeelden en tegelijkertijd onherkenbaar wil blijven. Maar hoe een astronaut bij de film Red moet passen hebben we tot nu toe niet kunnen bedenken.'

'Ik begrijp het.' Hij dacht na. 'Er is nog een mogelijke verklaring.'

'Welke dan?'

'Als het inderdaad om een enkele dader gaat, moest hij tegelijkertijd de moord plegen en filmen. Voor een doelgericht schot met een geweer heb je twee handen nodig. De dader zou een helmcamera kunnen hebben gebruikt, zoals bijvoorbeeld sporters gebruiken. En om zijn gezicht te verbergen had de helm een vizier. Voor een oude man die misschien niet meer zo goed ziet, kan hij eruit hebben gezien als een astronaut.'

Woensdag 7 oktober, 12.46 uur

Birgit haastte zich terug naar het bureau. Ze werd verscheurd door enerzijds opluchting, omdat het gesprek met Georg beter was verlopen dan ze had durven hopen, en anderzijds ontzetting vanwege de inrichting van het huis van Miguels vriend. De gekleurde kralengordijnen tikten nog na in haar hoofd. Dat geluid zou haar tot in haar dromen achtervolgen.

Toen Birgit de gang van KK 11 op liep, hoorde ze Miguel tekeergaan. Geschrokken versnelde ze haar pas en duwde de deur van zijn kantoor open.

Op een stoel zat de ineengedoken gestalte van Wolf Bertram. Miguel stond wijdbeens voor hem; Florian Schenk zat met grote ogen op de vensterbank te kijken, eveneens in elkaar gedoken.

'Het kan me geen ruk schelen wat u dacht!' snauwde Miguel. 'U hebt het onderzoek belemmerd. Daar kunt u de cel voor krijgen. Is dat duidelijk?'

De hotelportier kromp nog verder ineen.

'Wat is er aan de hand?'

Miguel draaide zich naar haar om. 'Die kerel zat zich te verschuilen bij zijn ex-vrouw. En die heeft hem nog gedekt ook.' Hij ging met zijn hand door zijn haar.

'Nou, hij is nu toch hier?' Birgit glimlachte sussend tegen Miguel. Dat juist hij zijn zelfbeheersing verloor, weerspiegelde hoe de zaak hen allemaal raakte.

Ze gingen zitten.

133

Miguel zette de bandrecorder aan. 'We hebben u vorige week al ondervraagd', zei hij met duidelijk kalmere stem. 'En toen hebt u verklaard dat u sliep toen de sleutel werd opgehaald van de kamer waarin de vrouw stierf. U hebt bovendien laten doorschemeren dat u dat vaker doet, de sleutel klaarleggen en een tukje doen. Klopt dat?'

Bertram knikte zonder iets te zeggen.

Miguel wees op de bandrecorder.

'Ja, dat klopt.'

'Hebt u aan die verklaring nog iets toe te voegen?'

'Nee.'

'Waarom bent u ondergedoken?'

'Dat ben ik niet! Ik heb mijn vrouw en kinderen opgezocht.'

'Uw ex-vrouw, over wie u hebt gezegd dat ze u uitzuigt.'

De portier sloeg zijn ogen neer.

Birgit leunde naar voren. 'U bent niet naar uw werk gegaan en hebt uw baan op het spel gezet. Alleen maar omdat u naar uw vrouw en kinderen verlangde?'

Bertram zei niets.

Birgit keek Miguel aan. Die knikte en leunde achterover.

'Wat is er die nacht werkelijk gebeurd, meneer Bertram?' vroeg ze met zachte stem.

'Dat heb ik toch al gezegd?'

Iemand snoof in de vensterbank.

Birgit wierp Florian een felle blik toe. Toen wendde ze zich weer tot de portier. 'U moet ons de waarheid vertellen, meneer Bertram. U kunt zich niet blijven verschuilen en doen alsof er niets is gebeurd.'

Hij keek op. 'Ik heb haar gezien.'

'De vrouw die vermoord werd?'

Hij haalde zijn schouders op. 'Ik weet niet of zij het was. In elk geval werd de sleutel opgehaald door een vrouw.'

'Waarom hebt u dat niet meteen gezegd?' schoot Miguel tegen hem uit.

'Omdat ik geen ruzie wilde. De kamer was op naam van een man geboekt. Een eenpersoonskamer, begrijpt u? Ik had de vrouw erop moeten aanspreken. Maar ik was doodmoe en het kon me geen barst schelen. En nu is ze dood. Als ik er iets over had gezegd, zou ze nu misschien nog leven.'

'Hoe zag die vrouw eruit?' vroeg Birgit.

'Ik heb niet echt goed gekeken. Donker. Rond de veertig.'

Miguel viste een close-up van de dode vrouw uit de map. 'Is dat haar?'

'O god!' Wolf Bertram drukte de rug van zijn hand tegen zijn mond.

'Is dat de vrouw die de sleutel kwam halen?' herhaalde Miguel.

'Ik geloof het wel. Maar zeker ben ik er niet van. Ik heb haar immers maar heel even gezien.'

Miguel zette de bandrecorder uit en knikte naar Florian. Hij zou ervoor zorgen dat Wolf Bertram een uitgeprinte versie van zijn verklaring ondertekende.

'Alles oké?' vroeg Birgit toen die twee het kantoor hadden verlaten.

'Die toestand met Georg werkt me op de zenuwen', gaf Miguel toe.

'Heb je er spijt van dat je hem geholpen hebt?'

'Nog niet. Moet dat?'

Het kralengordijn tikte in Birgits oren. 'Nee, natuurlijk niet', bracht ze met enige moeite uit.

Miguel wreef over zijn voorhoofd en keek toen peinzend naar de lege stoel waarop Wolf Bertram net nog had gezeten. 'Het slachtoffer heeft dus zelf ingecheckt.'

'Dat betekent misschien dat de vrouw met haar moordenaar had afgesproken.'

'Net als Tina Grandt.'

'Heeft hij haar ook gelokt met een fotoshoot?'

'Ja, natuurlijk!' Miguel sloeg op tafel. 'Dat zou zijn trucje kunnen zijn!'

135

Woensdag 7 oktober, 13.16 uur

Het terrein was enorm. Ontelbare voertuigen stonden dicht tegen elkaar aan gepropt. Sommige zagen er nog rijklaar uit, andere waren niet meer dan karkassen. Alex Landorf wierp een blik op zijn smartphone. Het signaal kwam duidelijk uit de grote hal. Kip, ik heb je!

Hij stak zijn handen in zijn zakken en slenterde tussen de autowrakken naar de hal toe waarin waarschijnlijk de werkplaats was ondergebracht. Een autowerkplaats, laat me niet lachen! Er zat een vreselijk stinkend luchtje aan de tent. Interessant, die contacten waarover Stadler beschikte. Nog een nagel aan zijn doodskist.

Er kwam een man de werkplaats uit en naar hem toe. 'Kan ik u helpen?'

Landorf reageerde niet meteen, maar liet zijn blik langzaam over het terrein met auto's gaan. 'Ik zoek een auto. Een Ford Mustang.'

Er trok een spiertje in het gezicht van de man, heel even maar, nauwelijks merkbaar. Maar voor Landorf was het genoeg. Niet dat hij bevestiging nodig had. Maar de reactie versterkte zijn verdenking dat de eigenaar van de werkplaats op de hoogte was. 'Ik niet verkopen', zei hij. 'Hier werkplaats.'

'Dat zie ik.'

'Auto's hier voor onderdelen.'

Landorf draaide zich om en keek de man recht in de ogen. 'En u bent?'

'Kostas Xanthopoulos. En met wie heb ik eer?'

Landorf ging niet op de vraag in. 'Ik zou mijn collega's op kunnen roepen en de hele boel ondersteboven laten keren. U weet beter dan ik wat daarbij boven water zou komen.'

Hij liet de bedreiging een paar tellen op de man inwerken voor hij verder praatte. 'Maar ik zou ook met u de werkplaats in kunnen lopen en een blik op de Mustang kunnen werpen. Ik wil hem alleen maar even van dichtbij bekijken.'

'Ik niet begrijpen.'

'U begrijpt me heel goed, meneer...'

'Xanthopoulos.'

'Meneer Xanthopoulos.' Landorf beklemtoonde elke lettergreep.

'Ik... ik weet niet hoe die kar hier terecht is gekomen. Op een morgen stond die Mustang in spuitruimte. Zomaar. Moet vergissing zijn. Maar wat kan ik doen?'

'Wat vervelend.'

'Komt u, ik u laten zien.' De garagehouder ging hem voor. Opeens leek hij nauwelijks te kunnen wachten om zijn bezoeker de auto te presenteren.

Ze kwamen door een hal waarin een Volvo op de brug stond; een man scharrelde eromheen.

'Hup, schiet op, Gerd. Auto vanavond klaar', zei Xanthopoulos in het voorbijgaan.

Voor een van de hal afgescheiden ruimte bleef hij staan. 'Hier auto. Ik niet weten hoe hier gekomen. Echt.'

'En ik niet weten hoe Kerstman cadeautjes brengen', antwoordde Landorf. 'Laat me een ogenblikje met dit pronkstuk alleen.'

Dat leek de man helemaal niet te bevallen. 'Wat zijn u van plan?'

'Ik wil alleen maar even kijken. Dat zei ik toch.'

De Griek scheen hem niet te geloven, maar hij trok zich terug, bleef bij zijn collega staan en deed alsof hij diens werk bekeek.

Landorf trok zich verder niets van hem aan. Hij ging de spuit-ruimte binnen en bekeek de Mustang. Zijn toekomstige auto. Met zijn vingertoppen ging hij over de lak, alvorens onder het spatbord te tasten. Snel liet hij de zender in zijn jaszak verdwij-nen.

Er kwamen voetstappen dichterbij. 'Alles oké?'

'Alles in orde.' Landorf liefkoosde de auto. 'Past u er maar goed op. Collega Stadler is er zeer op gesteld.'

Xanthopoulos zei niets.

'Nu wil ik nog één ding weten: wat hebt u hem voor auto in ruil gegeven?'

'Maar ik zei toch...'

'Geen spelletjes meer!' Dreigend haalde Landorf zijn mobiel-tje uit zijn broekzak.

De Griek sloeg zijn ogen neer. 'Ford Sierra.'

'Kenteken?'

'Op mijn kantoor. Kom mee.'

Vijf minuten later slenterde Alex Landorf het terrein af. Nu moest hij die Sierra nog zien op te sporen, zonder dat zijn col-lega's daar iets van merkten. Maar hij zou wel wat bedenken.

Woensdag 7 oktober, 15.26 uur

Liz rekte zich uit en geeuwde. Gelukt! Ze hadden alle filmpjes bekeken. Geen verdere moorden. En definitief geen video waarin Tatjana Zilke opdook. Ze vroeg zich af of dat Georg vrijsprak of juist dieper in de afgrond stootte.

Ze pakte haar mobieltje uit haar tas en keek op het display. Nog steeds geen nieuws van David. In het weekend had ze hem een sms'je gestuurd met een verontschuldiging en Sam en David een fijne vakantie gewenst. Tot nu toe had hij daar niet op gereageerd.

Gefrustreerd stopte ze haar mobieltje terug in haar tas en nam een laatste slokje koffie. Die was ijskoud. Ze huiverde. Birgit had haar over Georgs theorie van de helmcamera verteld. Dat was een interessant idee. Misschien had de dader ook in het hotel zo'n helm gedragen. De technische recherche was er inmiddels achter gekomen dat de spleet, die de toeschouwer het idee gaf de moord door de ogen van de dader gade te slaan, achteraf met een beeldbewerkingsprogramma was aangebracht.

Er werd geklopt en Zoë kwam binnen. 'En, voel je je thuis in Stadlers kantoor?'

Liz haalde haar schouders op. 'Onder deze omstandigheden vind ik het heel vreemd om hier te zitten.'

'Kan ik me voorstellen. Domme vraag.' Zoë zette een mok voor Liz neer. 'Voor de verandering.'

Liz keek in de beker. 'Kruidenthee?'

'Yogi-thee. Die is goed voor de concentratie.'

Liz nipte er voorzichtig aan. 'Het smaakt erg... gezond.'

Zoë lachte en ging zitten. 'Nou, wat moet je van me?'

'Jij weet toch wat van films, hè? Er heeft nog niemand nagedacht over de volgende code.'

'Hoe luidt die?'

'F72AH. Als de dader zijn systeem niet veranderd heeft, moet de eerste letter voor de film staan, de cijfers voor het jaar van productie en de laatste letters voor de initialen van de regisseur.'

'Een filmtitel van één woord dat met een F begint. Dat kan niet al te moeilijk zijn', zei Zoë, en ze fronste haar voorhoofd.

'Dat dacht ik ook. Maar ik wist niet waar ik moest beginnen met zoeken. En zomaar op een filmforum een oproep posten vond ik te riskant. Je weet niet waar de dader zoal rondzwerft. En hij mag natuurlijk niet te weten komen hoever de politie met haar onderzoek is.'

'Laat me even denken...' Zoë wond peinzend een blonde haarlok om haar wijsvinger. 'De eerste die me spontaan te binnen schiet is *Fargo*. Geniale thriller. Maar die is uit de jaren negentig.'

'Misschien komen we erop via de naam van de regisseur. Bij de initialen AH denk ik natuurlijk meteen aan Alfred Hitchcock. Heeft die ook geen films gemaakt waarvan de titel uit één woord bestaat? *Psycho* bijvoorbeeld. Of *Marnie*.'

'Ja, en *Frenzy* natuurlijk! Kijk even van wanneer die is!'

Liz zocht de film op bij de IMDb, de grootste filmdatabase op internet. '1972. Dat is hem! Weet jij waar die film over gaat?'

'Ik dacht over een seriemoordenaar die zijn slachtoffers wurgt met een stropdas.'

Ze zaten even beteuterd naar elkaar te kijken.

'Op deze website is definitief geen video met een stropdasmoord te vinden', zei Liz ten slotte.

'De dader heeft intussen door dat zijn video's gewist worden', gaf Zoë in overweging. 'Vermoedelijk heeft hij een ander forum gezocht. Of hij is naar het *deep web* overgestapt.'

'Waar hij anoniem kan surfen?'

'Ja. Ik heb eerder zitten praten met Timo Durach van KK 42. Het is praktisch onmogelijk om hem daar op te sporen.'

'Dan was het misschien niet zo'n goed idee die video's te laten wissen.' Met tegenzin nam ze nog een slokje thee. Dat smaakte lang niet zo bitter als het eerste slokje. 'Ze vormden een verbinding met de dader die nu verbroken is.'

'Dat zou kunnen. Maar Timo denkt dat het waarschijnlijker is dat die filmpjes elders op het gewone internet weer boven water komen. Want met Tor is het niet mogelijk anoniem een video te uploaden. Bovendien wil hij duidelijk fans zien te krijgen en op het reguliere internet zijn er daarvan aanzienlijk meer te vinden.'

'Veel aandacht heeft hij gelukkig tot nu toe niet gekregen. We hebben verdomd veel geluk gehad dat de meeste gebruikers niet hebben gezien dat het bij de *Halloween*- en *Dressed to Kill*-filmpjes om echte moorden gaat. Anders was er nu een enorme hype ontstaan en stonden er ontelbare kopieën op het net die we nooit allemaal zouden kunnen vinden.'

'Denk je dat de dader daarover de pest inheeft?'

'Dat weet ik niet. Ik ben nog bezig een profiel samen te stellen. Maar dat lijkt me zeker mogelijk.'

'Dat vergroot de kans dat hij het volgende filmpje weer op het gewone internet uploadt, in de hoop dat hij deze keer meer aandacht trekt.'

'Desondanks moeten we van voren af aan beginnen met zoeken.' Liz bekeek het affiche van *Frenzy*. 'Als we pech hebben, staat de volgende video al online. Duizenden gebruikers zitten ernaar te kijken en sturen de link door. En wij tasten in het duister.'

Donderdag 8 oktober, 11.14 uur

Birgit keek vanuit het rechterportierraam naar de fabriek terwijl Miguel langs het hek reed. Nog steeds was het hele terrein afgesloten, nog steeds werden er sporen veiliggesteld. Maar een deel van het team was een uur geleden naar een nieuwe vindplaats getogen.

Miguel en zij kwamen net uit Unterbach, waar ze Gustav Scherenschmidt een paar foto's van mannen met helmcamera's hadden laten zien. De oude man had Stadlers vermoeden bevestigd. Dat raadsel was in elk geval opgelost.

Onderweg terug naar het hoofdbureau hadden ze over de radio gehoord dat duikers een lijk uit de haven hadden gevist. Hubert Burghausen had opdracht gegeven daar te zoeken nadat er in de fabriek verder geen lichaamsdelen waren gevonden.

Miguel parkeerde vlak voor het politielint. Er stonden al een paar surveillanceauto's, het busje van de technische recherche en een lijkwagen. De media hadden blijkbaar meegeluisterd naar de radio; camera's flitsten en een man met een microfoon in zijn hand probeerde een agent, die de afzetting bewaakte, een quote te ontlokken. Dezelfde middag nog op zijn laatst zou er een persconferentie zijn en zou de reeks moorden op straat liggen. Geen probleem, zolang de snuffmovies maar niet uitlekten.

Een paar belangstellenden stonden bij de afzetting en hielden hun smartphones eroverheen, hoewel van daaraf volstrekt niets te zien was.

'Idioten', mompelde Birgit terwijl ze over het rood-witte lint stapte.

Miguel sprak een collega aan. 'Hebben jullie ze om hun legitimatie gevraagd?' Hij wees naar de amateurfilmers. 'Onze dader zou daar ook bij kunnen zijn.'

'Ja, natuurlijk.'

Miguel stak zijn duim op.

'Waar moeten we zijn?' vroeg Birgit, terwijl ze probeerde haar gezicht buiten beeld van de smartphones te houden.

Hun collega wees de Hamburger Straße uit. 'De brug over, waar die laadkraan staat.'

Burghausen knikte naar hen toen ze bij de vindplaats aankwamen, een strook gras met aan de ene kant water en aan de andere spoorrails. 'De dader heeft het lijk verzwaard met een stuk schroot dat hij aan haar been heeft vastgemaakt.' Hij deed een stap opzij, zodat ze een blik op de dode vrouw konden werpen.

Birgit ademde snel in. Het smerige, opgezwollen lichaam deed nog maar zeer in de verte denken aan de foto van de knappe blonde vrouw die op het prikbord van de grote vergaderruimte van KK 11 hing. Ze had dezelfde jas aan als in de video. Die was opengevallen en eronder was ze naakt.

Birgit liet haar blik langs haar benen gaan. Hoewel ze erop was voorbereid, schrok ze toch toen ze de gehavende stomp opmerkte. Hier kon je nog beter zien hoe bruut de dader de voet van het lichaam had gezaagd. Het vlees hing er in flarden aan en een stuk bot stak schuin uit de wond.

Birgit wankelde door een hevige duizeling. Het duurde maar een fractie van een seconde, maar Miguel moest het hebben gemerkt. Ze voelde zijn hand op haar rug. Het liefst had ze zich in zijn armen laten vallen. In plaats daarvan dwong ze zichzelf het lijk nauwkeuriger te bekijken.

Ze begon bij de blauw-rode striemen op de nog intacte enkel

waaraan het gewicht moest zijn vastgemaakt, en liet haar blik over het naakte lichaam naar boven dwalen tot in haar hals, waar een paar diepe sneden te zien waren. 'Heeft de arts daar al naar gekeken?'

'Hij wilde zich nergens op vastleggen vóór de autopsie', antwoordde Burghausen. 'Maar ik twijfel er niet aan dat ze is doodgebloed.'

'Toen ze eenmaal dood was, heeft die kerel geprobeerd het lijk in stukken te zagen om zich er makkelijker van te kunnen ontdoen', vulde Miguel aan. 'Maar dat bleek een te zware opgave.'

'Precies.' Burghausen kwam overeind. 'Omdat hij niet het goede gereedschap had.'

'Dat is toch vreemd', zei Birgit, en ze stopte huiverend haar handen in haar jaszakken. 'Terwijl hij de moord zo minutieus voorbereidt: hij lokt Tina Grandt onder valse voorwendselen naar de fabriek, spuit het decor op de muur, heeft het masker gekocht. Dat moet hem een hoop tijd en energie hebben gekost. Maar hij heeft er blijkbaar niet bij stilgestaan hoe hij zich van het lijk moest ontdoen.'

'We zouden Liz moeten vragen wat ze ervan denkt.' Miguel deed een stap opzij en spuwde in het water.

Birgit zag aan Burghausens gezicht dat hem dat niet beviel. Maar hij zei er niets van.

Op dat ogenblik hoorde Birgit achter zich iemand gillen. Twee agenten die in de buurt van de hijskraan bezig waren met afzettape, lieten alles uit hun handen vallen en begonnen te rennen.

Birgit draaide zich om en geloofde haar ogen niet. Over de brug kwam een ridder op hen afrennen. Zijn borstpantser en zijn helm glommen onwerkelijk in het bleke licht.

'O, shit', mompelde Miguel.

Toen begreep ze het. 'Het is Daniel Grandt.' Ze rende hem tegemoet.

De twee agenten hadden Grandt al in de houdgreep genomen toen Birgit bij hem aankwam. Hij huilde en gilde.

'Meneer Grandt, kalmte alstublieft!' Birgit wist niet of hij
haar eigenlijk wel hoorde.

'Ik wil naar mijn vrouw! Laat me los! Ik wil haar zien!'

Ze wilde haar hand op zijn schouder leggen, maar hij kron-
kelde als een paling. 'Alstublieft, meneer Grandt, blijf kalm!'
riep ze zo hard als ze kon.

En inderdaad, hij kwam enigszins tot rust.

'U kunt nu nog niet bij haar', ging ze met zachte stem verder.
'Laat ons alstublieft ons werk doen.'

Bij die woorden zakte hij snikkend op de grond in elkaar.

Birgit gebaarde haar collega's dat ze hem los konden laten.
Dat deden ze, maar ze bleven naast hem staan.

Birgit hurkte naast Grandt neer. 'Ik zal ervoor zorgen dat ze
wordt thuisgebracht.'

Hij hield op met huilen en nam de helm van zijn hoofd. Zijn
gezicht was rood en het zweet glom op zijn voorhoofd. 'U zult
wel denken dat ik gek ben.'

'U hebt verdriet om uw vrouw. Dat is volkomen normaal.'

'Ik ben maar een miserabel verzekeringsagentje dat zijn vrouw
niet kon beschermen.'

Birgit stak haar hand uit en hielp hem opstaan. 'Komt u mee.'

Zonder verder te protesteren liep hij met haar mee naar de
agenten in uniform, die hem thuis zouden brengen. Birgit keek
toe terwijl hij in de auto stapte. Toen draaide ze zich om naar
Burghausen en Miguel.

'Was dat haar man?' vroeg Burghausen toen ze weer bij hen
stond. Hij fronste zijn voorhoofd. 'Waren we niet op zoek naar
een gek die zich graag verkleedt?'

'Daniel Grandt?' Miguel keek om naar de surveillanceauto die
langzaam wegreed, toen naar het lijk. Hij schudde zijn hoofd.

'Hij draagt geen masker, maar een helm.' Birgit trok haar jas recht. 'En hij is geen filmfan. Hij is er zo een die denkt dat in de middeleeuwen alles eenvoudiger was.'

'Hm.' Burghausen leek niet overtuigd.

Birgit sloeg haar armen over elkaar en keek in de richting van de fabriek. Die was van hieraf niet te zien en ging schuil achter andere gebouwen. 'Georg had vanaf het begin gelijk.'

Burghausen keek haar scherp aan. 'Heb jij nog contact met hem?'

'Waarom vraag je dat?' De woede die meteen in haar opborrelde gold eerder Stadler zelf dan Burghausen. Maar Stadler was er niet.

'Heb je je al afgevraagd waarom hij zo snel op het idee kwam dat het om een filmfan kon gaan? Geen van ons zou bij de situatie in de fabriek aan zoiets gedacht hebben.'

'Misschien is hij gewoon beter dan wij.'

'Of hij wist er meer van.'

'Ik dacht dat je hem alleen in de zaak-Tatjana Zilke verdacht. Of is hij voor jou opeens een seriemoordenaar?'

Burghausen stak zijn handen in zijn zakken en zei niets.

'Krijg ik nog antwoord?'

'Hou erover op, Birgit.' Miguel legde een hand op haar arm.

Burghausen keek van de een naar de ander. 'Tot nu toe was ik ervan overtuigd dat Georg onschuldig is. Dat hij Tatjana Zilke misschien, maar dan ook heel misschien, in een opwelling gedood zou kunnen hebben, maar definitief niets met de andere moorden te maken had.'

'En denk je daar nu anders over?' vroeg Birgit met een schorre stem. Haar woede was verdwenen. Angst kroop langs haar nek omhoog. Hubert Burghausen was een bedachtzaam onderzoeker die niet zomaar in een opwelling van mening veranderde.

'Bij de moord op Tatjana Zilke en de vrouw in het hotel werd hetzelfde mes gebruikt. Zoals je weet.' Hij liet een veelzeggende stilte vallen. 'Maar dat is niet alles. Bij de huiszoeking van Georgs woning is een usb-stick boven water gekomen.'

Birgit kromp in elkaar. Verdomme! Ze had er Georg naar willen vragen, maar het was haar volledig door het hoofd geschoten.

'Wat staat erop?' vroeg Miguel.

'De stick ligt bij Timo Durach van KK 42. Ga zelf maar kijken.'

Donderdag 8 oktober, 11.33 uur

Georg Stadler liep met snelle passen door het stationsgebouw. Vlak voor de uitgang bleef hij abrupt staan. Net buiten de glazen deuren stonden twee geüniformeerde collega's met elkaar te praten. De ene kende hij vaag. Hij wist dat de jonge man pas getrouwd was en dat zijn vrouw een tweeling verwachtte.

Nu keken de twee in zijn richting. Stadler draaide zich snel om. Na een paar passen begon hij te rennen. Hij drong tussen de reizigers door en zigzagde door de hal van het stationsgebouw.

Achter zich hoorde hij iemand hard roepen. Hij wist niet of het voor hem bedoeld was en deed geen poging daar achter te komen. Hij sprong over een tas heen en verdween een gang in. Hij bereikte hijgend de zij-uitgang en haastte zich met gebogen hoofd naar buiten. Pas toen hij in de auto zat, daalde zijn hartslag.

Dat was op het nippertje geweest. Hij zou in het openbaar nog beter moeten oppassen. Vooral op plekken als het station, waar het wemelde van de collega's.

Hij had in elk geval weer een interessante aanwijzing. Tatjana Zilkes stiefmoeder was na de dood van haar man vanuit de Eifel terug verhuisd naar Düsseldorf. Stadler had zelfs haar adres. De kennis van Tatjana, die in de krantenkiosk werkte, was erg spraakzaam geweest.

Hij reed naar Derendorf en zette de Sierra in de parkeergarage aan de Nordstraße. Petra Zilke woonde daar om de hoek. Bijna direct nadat hij op de bel had gedrukt, zoemde de deuropener. Tatjana's stiefmoeder wachtte hem op de tweede verdieping voor de deur van haar appartement op. Ze was geblondeerd, zwaar opgemaakt en gekleed alsof ze op het punt stond uit te gaan.

'Mijn naam is Georg Stadler', begon hij.

'Bent u van de politie?'

Dat ging gemakkelijker dan hij had durven hopen. 'Ja.'

'Komt u binnen.'

'Ik heb wat informatie nodig over uw stiefdochter', begon Stadler toen ze aan de keukentafel zaten.

'Ja, dat zei u aan de telefoon al.'

Een van zijn collega's had zijn bezoek aangekondigd. Misschien Hubert Burghausen zelf wel. Stadler moest zich haasten.

'Dan weet u dus waar het om gaat.'

Ze knikte en stak een sigaret op. 'Het oude verhaal.' Ze hield Stadler het pakje voor.

Hij schudde het hoofd en keek haar vragend aan. Daarbij kwam de gedachte bij hem op dat ze zich puur voor het bezoek van de politie zo opgedoft moest hebben.

'Ik ben met Tatjana's vader getrouwd toen zij twaalf was. Een moeilijke leeftijd om je moeder te verliezen.' Ze nam een trekje en keek naar haar nagels. 'Ik bedoel, het is natuurlijk altijd vervelend als je moeder sterft, maar zo vlak voor de puberteit... In elk geval liep het met Tatjana helemaal uit de hand, en zonder dat wij iets in de gaten hadden. Thuis was alles normaal. Tot aan de gebruikelijke discussies over kleding en uitgaan toe. Maar op school schijnt ze behoorlijk onhandelbaar te zijn geweest. En toen kwam dat gedoe met die leraar er nog bij.'

'Wat voor gedoe?' Stadler wist zijn onrust slechts met moeite te bedwingen. Het liefst was hij opgestaan en had hij uit het raam gekeken. Dat zou het verhaal van Petra Zilke echter onderbreken.

'Ze perste hem af, dreigde aangifte van aanranding tegen hem te doen als hij haar geen hoger cijfer gaf. Ze liep gevaar te blijven zitten, het was echt op het randje.'

'En?'

Zilke drukte de half opgerookte sigaret uit. 'Hij liet zich niet afpersen, dus voerde ze haar dreigement uit. Toen ze tijdens haar verklaring tegenover de politie zichzelf echter tegensprak, probeerde ze dezelfde streek uit te halen bij de agent die haar ondervroeg. Daardoor liep ze tegen de lamp.'

'Wat gebeurde er toen?'

'Het lukte haar vader de zaak te sussen. Hij liet een psychologisch rapport opstellen waaruit bleek dat ze ernstig getraumatiseerd was door de dood van haar moeder. Maar ze werd evengoed van school gestuurd.'

Stadler knikte. 'En toen?'

'Kort daarna is ze het huis uit gegaan. Ze zei dat ze het niet meer uithield in ons kleinburgerlijke nest. Ze woonde eerst nog een poosje bij mijn broer hier in Düsseldorf, maar dat ging niet lang goed.'

'Heeft ze zoiets als die afpersing later nog eens geprobeerd?'

Zilke trok haar schouders op. 'Ik weet het niet. We hadden nauwelijks nog contact met haar nadat ze naar Düsseldorf was vertrokken. En na de dood van haar vader heb ik haar alleen nog een paar keer aan de telefoon gehad. Maar ik zie haar er wel voor aan.'

Er werd gebeld. Stadler sprong overeind en stootte daarbij zijn stoel om.

'Lieve hemel, voor een politieagent bent u behoorlijk schrikachtig.' Zilke duwde haar kapsel in de plooi, liep naar de deur en pakte de hoorn van de intercom. 'Ja? Wie is daar?' Terwijl ze luisterde, keek ze fronsend naar Stadler. 'Aha.' Ze verbrak de verbinding, hing de hoorn op en zette haar handen op haar heupen. 'Hoe zei u ook weer dat u heette?'

Shit. 'Hoofdinspecteur Georg Stadler van de recherche.'

'Mag ik uw legitimatie even zien?'

'Ik moet er nu vandoor.' Hij stak zijn hand uit naar de klink.

'U bent helemaal niet van de politie, is het wel?' vroeg ze met schelle stem. 'Wat denkt u wel niet!'

'Jawel, ik ben wel van de politie. Vraagt u het maar aan mijn collega's als u wilt.' Hij rukte de deur open en liep de gang naar het trappenhuis in. Op de trap klonken voetstappen. Hij waagde een blik over de leuning. Landorfs gemillimeterde kapsel en het blonde haar van de stagiaire.

Stadler dook de lift in. Niet de beste vluchtweg, maar het was de enige. Net toen de deuren dichtschoven, hadden zijn twee collega's het eind van de trap bereikt. Landorf was met het schermpje van zijn mobieltje in de weer, maar Zoë zag hem. Ze sperde haar ogen open.

Stadler telde de seconden terwijl de lift langzaam naar beneden ging. Toen hij op de begane grond uitstapte, hoorde hij Petra Zilke zeggen: 'Hij beweerde dat hij een collega van u was. De brutaliteit!'

'Welke naam noemde hij?' Dat was Landorf.

'Stanker of Stattler of iets dergelijks.'

Stadler wachtte niet af wat er verder gebeurde, maar rende de straat op.

Donderdag 8 oktober, 12.47 uur

Birgit wendde zich van het beeldscherm af en sloeg haar handen voor haar gezicht. 'Het kan niet waar zijn, dat geloof ik gewoon niet.'

'Natuurlijk is het niet waar.'

Birgit keek Miguel aan. 'Hoe weet je dat zo zeker?'

'Ik ken Georg al meer dan tien jaar. Hij doet zoiets niet.'

Birgit wou dat ze net zo overtuigd was van Georgs onschuld als Miguel, maar dat was ze niet. Niet nadat ze had gezien wat er op de stick stond die Alex Landorf in Georgs keukenla had gevonden. Timo Durach had de data naar een andere stick gekopieerd en die aan hen gegeven. De eerste foto was meteen al een stomp in haar maag geweest. Een jong meisje, bijna nog een kind, dertien of veertien jaar oud misschien. Naakt. Vastgebonden. Gekneveld. En in die stijl ging het verder. Verschillende meisjes. Diverse manieren van vastbinden. Vernederende lichaamshoudingen. Sporen van geweld.

De foto's waren duidelijk door een amateur gemaakt. Volgens de tijdcode een paar weken geleden, precies op de dagen waarop Georg Stadler naar hij had gezegd wegens familieomstandigheden in Nürnberg was geweest. Maar ook al had hij de foto's misschien niet zelf gemaakt, dan nog kon Birgit geen bevredigende verklaring bedenken voor het feit dat Georg een usb-stick met kinderporno erop in zijn keuken had liggen.

'Ik stel voor dat we de foto's nog eens rustig bekijken', opperde Miguel. 'Misschien valt ons iets op.'

'Ik kan het niet meer aanzien.' Birgit wreef over haar bovenarmen.

'Je gelooft toch zeker niet dat Georg die foto's heeft gemaakt?'

'Ik weet niet meer wat ik moet geloven', gaf ze toe. 'Als iemand de stick stiekem heeft achtergelaten, moet hij toegang hebben gehad tot Georgs appartement.'

'Tijdens de huiszoeking hadden een hoop mensen toegang tot zijn appartement.'

'Ja, collega's.'

Miguel trok zijn schouders op.

Birgit keek naar de vloer. 'Ik heb zelf gezien dat Alex Landorf hem in de keukenla ontdekte.'

Miguel leunde achterover op zijn stoel. 'Het is echt niet zo moeilijk om in Stadlers appartement binnen te komen. Zeker niet voor een aantrekkelijke vrouw.'

'Bedoel je dat een van zijn scharrels erachter zit?'

'Dat is maar een van een heleboel mogelijkheden. Als die Tatjana iets kon wegnemen, kan ze ook iets achtergelaten hebben.' Miguel trok de stick uit zijn computer. 'Maar ik kan me voorstellen dat het te veel voor je is. Ik kijk straks nog wel een keer of me iets opvalt.'

Nog maar twee dagen geleden zou Birgit bij die woorden misschien gevreesd hebben dat dergelijke beelden Miguel zouden bevallen, omdat hij zo bereidwillig was er nog eens naar te kijken. Nu vreesde ze het tegendeel. Wat had Hubert gezegd? Dat Miguels voorkeuren genoegzaam bekend waren? Ze dacht aan de woning van Miguels vermeende vriend. Was hij dat? Een vriend? Of was hij Miguels minnaar?

'Je ziet er niet goed uit. Misschien moet je de rest van de dag vrij nemen.'

'Ik voel me prima.' Ze stond op en deed alsof ze in de dossierkast naar een ordner zocht. Ze had wel andere zorgen dan Miguels seksuele geaardheid. Of hij nu op mannen of vrouwen viel, voor haar zou hij in elk geval nooit belangstelling hebben. Dus wat deed het ertoe?

Miguel was naast haar komen staan, maar voor hij iets kon zeggen vloog de deur open.

'Goed dat ik jullie alleen tref.' Zoë glipte de kamer binnen. Haar gezicht zag rood.

'Wat is er aan de hand?' vroeg Birgit, wier maag begon te rommelen.

'Ik was net met Alex Landorf bij Tatjana Zilkes stiefmoeder. Raad eens wie daar ook was!' Ze liet zich op een stoel vallen.

'Georg?' vroeg Miguel.

Birgit keek hem ontzet aan.

'Ja, precies!'

'Hebben jullie hem opgepakt?'

'Nee. Hij is ontsnapt.' Zoë's ogen lichtten op alsof ze het over een geslaagde grap had.

'Wat is er precies gebeurd?' vroeg Birgit.

'Hij verdween in de lift toen wij de trap op kwamen. Alex zag hem helemaal niet. Maar die Zilke zei meteen dat er net nog iemand van de politie was geweest om haar verklaring op te nemen. Alex stelde eerst nog een hoop vragen voor hij op het idee kwam achter Georg aan te gaan. Ik dacht aanvankelijk dat hij gewoon traag van begrip was. Maar nu...'

'Nu, wat?' vroeg Miguel fel.

'Nou ja, ik heb er nog eens over nagedacht. Je zou het ook zo kunnen interpreteren dat hij Georg met opzet een voorsprong heeft gegeven.'

Donderdag 8 oktober, 21.56 uur

Het water druppelde warm en zacht op hen neer. Georg Stadler stond in de douche en hield Helene tegen zich aan gedrukt. Hij neuriede zacht. Een moment van volstrekte nabijheid.

'Weet je eigenlijk wel wat je neuriet?' mompelde Helene. Haar stem klonk schor, alsof ze nog buiten adem was door de hartstochtelijke seks.

Nu viel het hem ook op. 'Over the Rainbow'. 'Ik krijg dat stomme liedje maar niet uit mijn hoofd.'

'Heb je de film ooit gezien?'

'Welke film?'

'*The Wizard of Oz*. Dat liedje komt uit die film. Hij gaat over een klein meisje dat in een sprookjesland terechtkomt, en eigenlijk maar één ding wil: terug naar huis.'

Hij antwoordde niet. Wat zou hij moeten zeggen? Hij hield Helene nog wat steviger tegen zich aan en dacht aan zijn appartement, dat binnenstebuiten was gekeerd door collega's die hij nauwelijks kende. Zijn cd-verzameling door vreemde handen bepoteld, zijn kasten leeggehaald, zijn wasgoed doorzocht. 'Ik ben ontzettend blij dat ik jou gevonden heb. Jij bent mijn thuis.'

Ze keek naar hem op. 'Er zijn tijden geweest dat ik niet dacht dat ooit te zullen horen.'

'Dat geloof ik niet.'

'Ik was een lelijke tiener. Vreselijk verlegen, met een bril en tien kilo overgewicht. Geen enkele jongen had belangstelling voor me.'

Stadler hield haar iets bij hem vandaan en keek haar aan. Het water drupte op haar gezicht. Met zijn vinger ging hij over haar jukbeenderen, haar neus, haar lippen. 'Idioten', mompelde hij.

'Eentje heeft me vreselijk gekwetst', zei ze zacht. 'Ik was hopeloos verliefd op hem en hij deed alsof hij hetzelfde voor mij voelde. Hij ontfutselde me een bekentenis en vernederde me vervolgens ten overstaan van de hele school.'

'Hoe?'

'Hij had opgenomen wat ik zei en speelde dat via de luidsprekerinstallatie op school af.'

'O mijn god!' Hij nam haar in zijn armen.

Een schrille beltoon onderbrak haar zachte gehuil.

'Vervloekt, wat is dat?' vroeg Stadler geïrriteerd.

'Er is iemand aan de deur.'

'Maar niemand weet dat we hier zijn.'

'Behalve je collega's.'

Stadler draaide de kraan dicht, stapte uit de douche en sloeg een handdoek om zich heen. Op zijn tenen sloop hij door de slaapkamer naar de woonkamer. Het kralengordijn rinkelde zacht. Hij schrok op toen er weer werd gebeld.

Helene volgde hem naar de woonkamer. Ze had een badjas aangetrokken. Voorzichtig liep ze naar het raam en keek ze de door gaslantaarns verlichte straat op. 'Een vrouw. Midden dertig, schouderlang donkerblond haar. Type schoolsecretaresse.'

'Birgit.' Stadler liep de gang in en drukte op de knop om de deur te openen. Als zijn collega zo laat nog opdook, moest er iets aan de hand zijn. Misschien was er voor de afwisseling eens goed nieuws, erger kon het immers niet worden, eigenlijk.

Hij haastte zich terug naar de slaapkamer, stapte in zijn spijkerbroek en trok snel het T-shirt aan dat nog op de grond lag.

Net toen hij weer de woonkamer binnenkwam, stapte Birgit naar binnen. Ze duwde het kralengordijn met haar arm opzij, liep Stadler voorbij zonder iets te zeggen en bleef midden in de kamer staan.

'Ik zie dat jullie het je gemakkelijk hebben gemaakt', stelde ze vast.

'Hallo, ik ben Helene. U bent Birgit, Georgs collega?'

Birgit negeerde de uitgestoken hand. 'Ik moet Georg onder vier ogen spreken.'

Stadler sloeg zijn armen over elkaar. Wat was dit voor theater? 'Ik heb geen geheimen voor Helene. Je kunt openlijk spreken.'

'Wat jij wilt.' Ze haalde een usb-stick uit de zak van haar jas. 'Weet je wat hierop staat?'

Hij spreidde zijn armen. 'Geen idee.'

'Naaktfoto's van minderjarige meisjes. Ze zijn vastgebonden, mishandeld en geslagen. Een gruwelkabinet.'

'Waar komen die foto's vandaan?' vroeg hij.

'Uit jouw keukenla.'

Zijn maag kromp samen. Achter zich hoorde hij Helene zacht kreunen.

Hij liep naar Birgit toe. 'Hebben jullie die stick in mijn keuken gevonden?'

'Niet deze. Die stick ligt in de bewijskamer. Maar alle data die op jouw stick stonden, zijn naar deze gekopieerd. De hele afschuwelijke horrorshow.'

'Je gelooft toch niet serieus dat ik die foto's heb gemaakt?'

'Wie anders? Ik was erbij toen de stick gevonden werd. Ik heb gezien dat een collega hem in jouw keukenla vond. Kun jij me uitleggen hoe hij daar gekomen is?'

Stadler sloeg zijn armen over elkaar. 'Nee. Dat kan ik niet.' Hij keek naar Helene. Ze zag bleek, maar glimlachte naar hem.

'Als je me niet de hele waarheid vertelt, kan ik je niet helpen, Georg. Hebben die foto's misschien iets met een onderzoek te maken? Is er een of andere verklaring voor?'

'Nee! Ik zei toch dat ik er niets van weet! Maar jij gelooft me toch al niet. Ik heb seks met verschillende vrouwen, dus ben ik ook dol op hardcoreporno met minderjarigen. En daarom ben ik waarschijnlijk ook een perverse seriemoordenaar. Dat denk je toch, niet dan?'

'Shit, Stadler.' Ze schudde haar hoofd.

'Eruit.'

'Je bent zeker niet goed bij je hoofd!'

'Eruit, zei ik! Verdwijn!'

'Weet je nog wel wie je dit appartement bezorgd heeft?'

'Hoe zou ik dat kunnen vergeten.' Hij trok een grimas. 'Maak je geen zorgen. Ik zal niet langer misbruik maken van jullie hulp-vaardigheid. Ik pak mijn spullen en ben hier over vijf minuten weg.'

Hij liep naar de gang, trok de sleutel uit het slot en kwam terug naar de woonkamer. Het kralengordijn kletterde. 'Daar!' Hij gooide haar de sleutel voor de voeten. 'Ik wil je niet meer zien. Nooit meer, begrepen?'

Zonder haar antwoord af te wachten stapte hij de slaapkamer in, gooide zijn weekendtas op het bed en begon zijn weinige spullen in te pakken. Enkele seconden later hoorde hij de deur dichtknallen. Het geluid ging als een kogel door zijn lichaam heen. Onwillekeurig greep hij naar zijn borst. Er was echter geen bloed, alleen een oneindig leeg gevoel.

Donderdag 8 oktober, 22.26 uur

Birgit kon door het waas van tranen nauwelijks iets zien. Toch rende ze gewoon verder tot ze aan het eind van de straat bij haar auto kwam. Ze opende met bevende vingers het portier en liet zich op de bestuurdersstoel vallen. Wat een stomme idioot! Ze riskeerde haar baan voor hem en dan bedankte hij haar zo?

Ze legde haar hoofd op het stuur en huilde tot ze geen tranen meer overhad. Pas toen richtte ze zich op. Vanuit de auto kon ze het huis zien. In de woonkamer brandde nog steeds licht.

Ze frummelde een zakdoek uit haar handtas, droogde haar gezicht en snoot haar neus. Oké, ze had het beter kunnen aanpakken. Ze had het hem kunnen vragen zonder dat het meteen zo beschuldigend klonk. Maar had hij daar niet om gevraagd? Hij had haar de afgelopen dagen zo veel leugens en halve waarheden opgedist dat ze gewoonweg niet meer wist wat ze moest geloven. En dan dat verdraaide appartement. Miguel en zijn zogenaamde vriend. Verdomme! Het groeide haar allemaal boven het hoofd.

Misschien moest ze teruggaan? Haar excuses aanbieden? Ze legde haar hand op de portierkruk. Maar wat moest ze dan zeggen?

Het licht in de woonkamer ging uit. Morgen dan maar. Ze stak de sleutel in het contactslot. Op dat moment ging het licht in het trappenhuis aan. Hij bracht zijn dreigement dus inderdaad ten uitvoer en verliet het appartement. Natuurlijk. Hij moest er rekening mee houden dat ze zo kwaad op hem was dat ze hem zou verlinken. Ze was niet eens op het idee gekomen het hem op zo'n verachtelijke manier betaald te zetten.

De buitendeur ging open en Stadler kwam samen met Helene naar buiten. Hij droeg een weekendtas en een plastic tasje, zij had alleen haar handtas bij zich. Ze liepen Birgits kant op. Helene had haar arm door die van Stadler gehaakt. Ze stond dus nog steeds achter hem. Birgit klemde haar lippen op elkaar.

Bij een rode cabriolet bleven ze staan en kusten ze elkaar. Helene stapte in.

Even later stond Stadler alleen op straat. Dit was haar kans! Maar net toen Birgit wilde uitstappen, zag ze een schim in het donker achter Stadler. Birgit hield haar adem in. Verdorie! Had de opsporingsdienst hem nu al gevonden? Waren de collega's haar gevolgd? Had ze hem onbedoeld verraden?

Stadler liep een paar passen verder en stapte in een auto. Een ouder model. Birgit probeerde het nummerbord te lezen, maar het was te donker en de kentekenverlichting werkte niet.

De motor werd gestart en de auto kwam in beweging, reed een stuk in haar richting en sloeg toen een zijstraat in. Stadler werd niet aangehouden. Ze had zich dus vergist.

Ze startte ook de motor. Het kon geen kwaad om uit te zoeken waar Stadler de nacht doorbracht. Net toen ze het licht aan wilde doen, lichtten aan het eind van de straat twee koplampen op en kwam een andere auto in beweging.

Snel liet Birgit zich omlaag zakken, zodat de bestuurder haar niet kon zien. Aan het geluid van de motor hoorde ze dat de auto dezelfde weg nam als Stadler twintig seconden eerder.

Birgit ging weer rechtop zitten, deed haar koplampen aan en reed achter de twee aan. Toen ze de zijstraat in boog, zag ze nog net dat Stadlers achtervolger met zijn busje rechts afsloeg. Ze gaf gas. Bij de volgende kruising kwamen ze op de Luegallee. Daar reden meer auto's, dus kon Birgit het risico nemen dichter aan te sluiten. Het busje reed twee auto's voor haar op de Oberkasseler Brücke af. Iets verder naar voren meende ze de oude auto van Stadler te herkennen.

Birgit trapte het gaspedaal verder in. Ze mocht die twee in geen geval uit het oog verliezen. Zeker niet zolang ze niet wist wat Stadlers schaduw in zijn schild voerde.

Vrijdag 9 oktober, 08.32 uur

De sfeer in de vergaderruimte had iets samenzweerderigs. Ze zaten er met een kleine groep: alleen Liz, Birgit, Miguel, Zoë, Hubert Burghausen en Alex Landorf. De overige leden van de moordbrigade liepen belangrijker sporen na, zoals Burghausen het had uitgedrukt. Liz wist wel wat hij bedoelde: belangrijker dan een daderprofiel dat was opgesteld door iemand die de hoofdverdachte zo na stond dat ze niet te vertrouwen was.

Landorf had Liz geen tel uit het oog verloren sinds ze de vergaderruimte binnen was gekomen. Er trilde iets rond zijn mondhoeken en ze wist niet of het een glimlach of een verachtelijke grijns was. Deed hij zich alleen maar belangrijker voor dan hij was? Of moest ze voor hem oppassen?

'Nou dan,' zei Burghausen, en hij legde zijn balpen voor zich op tafel, 'aan u het woord, Liz.'

Liz stond op en liep naar het whiteboard. Ze keek de rechercheurs een voor een aan. Zoë leek de enige te zijn die Liz haar onverdeelde aandacht schonk. Burghausen zag eruit alsof hij bij de tandarts zat. Landorf leek zich meer voor haar decolleté te interesseren dan voor haar uiteenzettingen. Ze weerstond de aandrang het bovenste knoopje van haar bloes dicht te doen en keek naar Birgit en Miguel. De twee zaten erbij met over elkaar geslagen armen en gespannen blikken. Toen ze hen daarnet in de gang had ontmoet, had Liz al gemerkt dat er iets aan de hand was. Ze nam zich voor Birgit er straks naar te vragen.

'Zoals altijd', begon ze, 'is dat wat nu volgt mijn eerste, voor-lopige inschatting. Het definitieve daderprofiel komt in mijn verslag te staan. Maar daar heb ik nog een paar dagen voor nodig. Mijn profiel is gebaseerd op de analyse van de plaatsen delict en de vermoedelijke toedracht. Ik hou rekening met de moorden aan de oever van het meer, in het hotel en in de papierfabriek. De moord op Tatjana Zilke laat ik buiten beschouwing, omdat het daarbij om een copycat zou kunnen gaan. De voornaamste reden waarom ik daarvan uitga, is dat we van die moord geen film hebben gevonden.'

Liz zweeg even. Ze hield rekening met protesten of vragen, maar niemand zei iets. Zoë had ijverig aantekeningen gemaakt. De anderen luisterden alleen maar.

'De dader is waarschijnlijk een man', vervolgde ze. Het spre-ken voor deze muur van stilzwijgen maakte haar onzeker. Daar-om concentreerde ze zich bij haar volgende woorden op Zoë. 'En waarschijnlijk ruim boven de dertig. Daar duidt onder andere de keuze van de films op. Als je *Frenzy* meetelt, de film waarbij nog geen moord is gepleegd, zijn drie van de vier films gemaakt tussen 1970 en 1980. Alleen *Red*, de rolprent met de hond, is uit 2008. Die doding valt sowieso buiten de reeks. Het slachtoffer is een dier en werd in het bijzijn van zijn baasje doodgeschoten. Ik ga er daarom van uit dat het om een soort bewijs van moed van de dader ging. Waarschijnlijk om die reden bevat die clip geen code. Daarom laat ik hem er voorlopig buiten. De overeen-komsten tussen de overige twee moorden zijn opvallend: beide slachtoffers werden met een mes om het leven gebracht en zijn met slechts een enkel kledingstuk aan hun lijf achtergelaten. In beide gevallen droeg de dader een masker. De vrouwen zijn wel heel verschillende types, zowel in leeftijd als in uiterlijk, maar er is sprake van een interessante parallel tussen de slachtoffers in de desbetreffende films. Zowel in *Halloween* als in *Dressed To Kill* werden de vrouwen vermoord nadat ze ondanks een verbod seks hadden gehad.'

Dat wekte eindelijk een reactie op. Landorfs mond viel open en Hubert Burghausen pakte zijn balpen om een aantekening te maken.

'Of er wat dat betreft overeenstemming bestaat met het leven van de slachtoffers is nog niet vastgesteld. De vrouw uit het hotel is nog niet geïdentificeerd, dus weten we niets over haar levenswandel. Tina Grandt was duidelijk jonger dan haar man, ze was aantrekkelijk en wilde model worden. Maar of ze een verhouding had, hebben we tot dusver niet kunnen vaststellen, of wel?' Liz wierp een vragende blik op Zoë, die Tina's vriendin Vanessa Friedrich had ondervraagd.

'Als ze al vreemdging, verzweeg ze dat zelfs voor haar beste vriendin', zei Zoë. 'Mijn indruk is dat Tina Grandt en haar man op hun eigen manier heel gelukkig met elkaar waren. Maar dat zegt natuurlijk niets.'

'Dank je, Zoë. Interessant in dit verband is dat de slachtoffers niet verkracht zijn. Hoewel de moorden een sterk seksueel element hebben en beide slachtoffers ontkleed zijn gevonden, heeft de moordenaar zich niet aan hen vergrepen.'

'Misschien krijgt hij hem niet overeind en gebruikt hij de films later om erbij te masturberen.' Landorf legde zijn voeten op tafel en zijn handen achter zijn hoofd.

'Dat is een mogelijkheid', antwoordde Liz, zonder zich door zijn provocerende houding van de wijs te laten brengen. 'De films, of laat ik het anders zeggen, het filmen speelt in elk geval een centrale rol. De dader heeft zijn clips met een bepaalde bedoeling geüpload naar een website voor filmfans. Niet naar een pornoplatform of een ander portaal met een grotere reikwijdte, zoals YouTube. Ik geloof echter niet dat hij zelf een geweldig cineast is. De films aan de hand van welke hij moordt, zijn niet bepaald buitenissig. Bovendien vindt hij het kennelijk niet belangrijk dat elk detail in overeenstemming is met het voorbeeld. Hij gebruikt de films eerder als inspiratie. Toch lijkt hij wel op de hoogte te zijn. Misschien heeft hij ooit iets in de filmwereld willen doen, als acteur of regisseur, maar is dat op niets uitgelopen.'

'Mislukte filmsterren zijn er meer dan genoeg', merkte Landorf op.

Liz keek hem niet eens aan. 'Ik ga ervan uit dat hij met de moorden fantasieën omzet in daden, en dat hij daartoe geïnspireerd wordt door het bekijken van de oorspronkelijke films. Het draait om macht. Om manipulatie en om controle. En hij heeft publiek nodig voor de demonstratie van die macht. Hij wil fans. Vandaar die codes. Die zijn voor een filmliefhebber niet zo moeilijk te ontcijferen. Ze zijn niet bedoeld om iets te verbergen, maar veeleer om de verwachtingen te verhogen. De dader wil zijn publiek aan zich binden.'

'Waarom denk je dat het een man is?' vroeg Birgit. 'Zou het niet evengoed een vrouw kunnen zijn?'

Liz aarzelde. 'Theoretisch zouden de moorden ook gepleegd kunnen zijn door een vrouw, maar dat is onwaarschijnlijk. De seksuele component duidt eerder op een mannelijke dader. Net als de gruwelijkheid. En daar komen praktische dingen bij. De moordenaar moest Tina Grandt van de tweede verdieping van de fabriek naar het havenbekken slepen. Daar is kracht voor nodig.'

'Hij kan haar toch uit het raam hebben gegooid?'

'Niet vanuit dat vertrek. Daar zijn alleen glazen bouwstenen, geen ruiten. Hij moest haar dus in elk geval over langere afstand verplaatsen. Bovendien hebben we haar voet in een heel ander deel van de fabriek gevonden.'

Birgit gaf niet op. 'Kunnen het ook twee daders zijn? De een filmt, de ander moordt?'

'Nee, dat geloof ik niet. Er zijn op de plaatsen delict geen aanwijzingen die op meerdere personen wijzen. Integendeel, de filmclips duiden juist op een enkele dader. Het perspectief van waaruit ze zijn opgenomen is gelijk aan het daderperspectief.

Ook de man die de hond heeft doodgeschoten, was volgens de getuigenverklaring in zijn eentje.'

'Als de dader al dertig of veertig is, kan hij eerder veroordeeld geweest zijn, nietwaar?' vroeg Miguel.

'Hij heeft beslist al eerder geweldsmisdrijven gepleegd. Die hadden waarschijnlijk ook met macht en controle te maken. Maar het is mogelijk dat hij voor die eerdere daden nooit ter verantwoording is geroepen.' Liz aarzelde. 'De extreem korte tijdspanne tussen de moorden is hoogst ongebruikelijk. De dader staat onder enorme druk. Ik vermoed dat er sprake is van een trauma dat jaren- of zelfs decennialang is verdrongen. Misschien was de dader het zelfs helemaal vergeten. Tot de herinnering door een of andere gebeurtenis werd getriggerd.'

'Als hij in dit tempo blijft moorden, maakt hij beslist gauw een fout', zei Zoë.

'Dat zou kunnen. Anderzijds heeft hij zich razendsnel ontwikkeld. Toen hij de hond bij het meer doodschoot, was dat heel spontaan en ongeorganiseerd. In de fabriek was hij beter voorbereid, maar had hij geen plan voor het opruimen van het lijk. In het hotel heeft hij de dode voor iedereen zichtbaar laten liggen. Hij wilde dat ze gevonden werd. Hij wordt met elke moord zelfbewuster en is volstrekt gewetenloos.'

'Dan moeten we hem zo snel mogelijk te pakken zien te krijgen.' Zoë klapte haar notitieblok dicht.

'Verder nog iets?' vroeg Burghausen. Hij keek op zijn horloge.

'Hij heeft behoefte aan publiek, hij wil bewonderd worden om zijn daden. Dat is hem tot dusver niet gelukt. Wellicht heeft hij daarom de tweede dode niet laten verdwijnen. Hij zal een nieuw platform op internet zoeken. Bovendien ga ik ervan uit dat hij trofeeën van de moorden bewaart. Hij steelt de kleding en handtas van de slachtoffers. Een deel daarvan gooit hij waarschijnlijk weg, maar niet alles.'

'Mooi.' Hubert keek de tafel rond en toen naar Liz. 'Was dat het?'

Liz keek snel haar aantekeningen door. 'Ik geloof van wel, ja.'

'Dan weer aan het werk!' Hij stond op. Met Alex Landorf in zijn kielzog verliet hij de kamer.

Liz keek hem verbijsterd na. Hij deed niet eens moeite te verbergen hoe weinig haar ideeën hem interesseerden. Ze pakte haar papieren bij elkaar en liep naar Birgit en Miguel.

Zoë kwam bij hen staan. 'Goed gedaan, Liz.'

'Dank je.'

Zoë keek de anderen aan, zweeg, fronste. 'Oké, ik ben al weg.' Bij de deur draaide ze zich nog een keer om. 'Doe hem de groeten van me als jullie hem zien.'

'Gek kind', zei Miguel zacht.

'Is er nieuws?' vroeg Liz. 'Jullie staan te kijken alsof er iets gebeurd is.'

'Ik heb er een zootje van gemaakt', zei Birgit. 'Heel erg.'

'Wat dan, in vredesnaam?' vroeg Liz.

'Niet hier.' Miguel keek op zijn mobieltje en stak het weg. 'Over tien minuten buiten op de parkeerplaats.'

Vrijdag 9 oktober, 09.21 uur

Alex Landorf draaide de kraan open en liet koud water over zijn onderarmen lopen. Het hielp zijn snelle polsslag te vertragen. In elk geval een beetje.

Het besef was plotseling tot hem doorgedrongen. Het was bij hem ingeslagen als de bliksem. Stadler moest niet alleen worden opgepakt. De gevangenis was nog veel te goed voor hem.

Georg Stadler hoorde in de hel thuis.

En hij had ook al een plan. Liz Montario, de elegante super-psychologe, zou zijn werktuig worden, het aas waaraan Stadler geen weerstand zou kunnen bieden.

Landorf ontblootte zijn tanden en bekeek zichzelf in de spiegel. Liz beeldde zich waarschijnlijk in dat ze hem doorzag. Dat had ze mooi mis. Hijzelf had wel behoorlijk goed door wat er in haar mooie hoofdje omging. Hij had scherp geobserveerd hoe ze bij de vergadering op hem reageerde. Uiterlijk was ze kalm gebleven, maar vanbinnen had het flink geborreld. Hij had ook haar onzekerheid opgemerkt toen zijn collega's haar met vragen bestookten. En vooral toen Hubert zonder enig commentaar was weggelopen. Geen spoor van superioriteit. Ze was allesbehalve zeker van haar zaak.

Wat kon hij daaruit opmaken? Ze verlangde ernaar dat iemand de verantwoording van haar overnam. Ze had behoefte aan een sterke schouder. Iemand die ze kon vertrouwen, die haar serieus nam. Zo iemand kon ze krijgen.

Hij draaide de kraan dicht en trok twee papieren handdoekjes uit de dispenser. Hij moest het juiste moment afwachten en haar er voorzichtig van overtuigen dat er onder zijn ruwe bolster een blanke pit zat. Vrouwen hielden van mannen die vanbuiten hard en vanbinnen zacht waren.

De vooruitzichten waren gunstig. Er leek iets te wringen tussen Liz, Birgit en Miguel, het gezworen trio rondom Georg Stadler. Dat was zijn kans om een wig tussen de drie te drijven en Liz aan zijn kant te krijgen. Hij had zelfs de woorden al bedacht waarmee hij haar voor zich zou winnen. Ze zou als was in zijn handen zijn. Een gewillig werktuig.

Landorf duwde de deur open en stapte de gang in. Hij verheugde zich al op Stadlers gezicht wanneer hem duidelijk werd dat uitgerekend Liz hem had verraden. Hij zou de waarheid beseffen en op datzelfde moment begrijpen dat het voorbij was. De gifbeker, hem aangereikt door degene die hij het meest vertrouwde. Was er een bitterder pil denkbaar?

Vrijdag 9 oktober, 09.35 uur

Toen Liz bij het hoofdbureau naar buiten stapte, begon het te regenen. Lekker dan, ze had geen paraplu bij zich. Waarom moesten ze per se buiten met elkaar praten? Was het kantoor van Birgit en Miguel niet goed genoeg? Of dachten die twee dat ze door hun collega's werden afgeluisterd?

Huiverend zette Liz de kraag van haar spijkerjasje op. Ze droeg er alleen een dun bloesje onder, met een rok en laarzen erbij. Niet de juiste kleding voor dit vieze weer.

Op de trap achter haar klonken voetstappen. Liz draaide zich om. Gelukkig hadden Birgit en Miguel wel paraplu's bij zich.

'Kom, laten we een stukje lopen', zei Miguel. 'Je kunt wel onder mijn paraplu.'

Hij reikte haar zijn arm en ze haakte de hare erdoor. Ze liepen zwijgend de parkeerplaats over en een stuk de straat door, tot ze een verlaten tramhalte bereikten.

'We hebben geen contact meer met Georg', zei Birgit, terwijl ze haar paraplu dichtklapte, 'en geen idee waar hij zit.'

'Ik dacht dat hij in dat appartement zat?' Liz keek Miguel vragend aan.

Die schudde slechts het hoofd.

'Ik heb het verprutst.' Birgit prikte met de punt van haar paraplu in de voegen tussen de straatstenen. 'Ik heb hem gisteravond met de foto's op de stick geconfronteerd. Ik was woedend. Verbijsterd. Ik wist gewoon niet...'

'Is je eigenlijk wel duidelijk wat je daarmee insinueerde?' kafferde Miguel haar uit.

Liz keek hem verbaasd aan. Hij verloor zelden zijn kalmte. En ze had hem nog nooit op zo scherpe toon tegen Birgit horen praten.

Birgit boog het hoofd.

'Wat is er gebeurd?' vroeg Liz.

'We hebben ruziegemaakt, hij is weggegaan uit het appartement en ondergedoken. Misschien weet die Helene waar hij zit, maar Miguel wil geen contact met haar opnemen.'

'Helene?'

'Helene Weigand. De filmexpert. En sinds kort zijn vriendin.'

Liz voelde een steek. 'Zijn vriendin?'

'Ze was in elk geval gisteravond bij hem. En ze hadden allebei niet veel aan.'

Liz verbeet haar gekwetste trots en greep naar haar voorhoofd. Ze had de naam van die filmexpert al eens eerder gehoord. 'Helene Weigand? Is die niet nogal bekend?'

'Zou best kunnen. Ik ben niet zo'n filmfreak.'

Liz wendde zich tot Miguel. 'Waarom wil je geen contact met haar opnemen?'

'Omdat ik onze collega's niet op haar spoor wil zetten. Als die eenmaal weten dat Helene contact heeft met Georg, zullen ze haar dag en nacht in de gaten houden. En vroeg of laat zal ze hen naar hem toe leiden. Ze is geen politieagente, ze heeft geen benul hoe ze zich aan observatie kan onttrekken. Ze zou er niet eens iets van merken.'

'Ik begrijp het.' Liz beet op haar onderlip.

'Dat is nog niet alles', zei Birgit.

'Wat dan nog?'

'Nadat ik naar buiten was gegaan, was ik nog een poosje in mijn auto blijven zitten. Ik zag Georg naar buiten komen en dacht dat het geen kwaad kon achter hem aan te rijden. Alleen was ik niet de enige die op dat idee kwam.'

'Werd hij gevolgd? Door wie?'

'Geen idee. Collega's waren het in elk geval niet, anders was hij allang gearresteerd.'

'Maar als jij achter hem aan bent gereden, zou je toch moeten weten waar hij zit.'

'Ja, dat zou wel moeten.' Birgit duwde de paraplu zo hard in een voeg dat de punt afbrak. 'Maar ik heb me laten misleiden. Ik reed achter Georgs achtervolger aan. Die moet me opgemerkt hebben. Hij reed een woonwijk in en schudde me af in een wir-war van eenrichtingswegen. Ik weet niet eens zeker waar we Georg zijn kwijtgeraakt. Ik was te zeer op de andere auto geconcentreerd.'

'Is het niet vreemd dat de achtervolger het belangrijker vond jou kwijt te raken dan Georg in het oog te houden?'

'Niet als hij in geen geval herkend wilde worden.'

'En het kenteken?'

'Heb ik al gecontroleerd. Gestolen.'

Vrijdag 9 oktober, 10.44 uur

Georg Stadler leunde achterover en rekte zijn armen uit. Zijn nek en schouders deden pijn. Hij had de afgelopen nacht geen oog dichtgedaan. Niet alleen omdat het bed in de goedkope hotelkamer in het Bergische Land veel te zacht was, maar vooral omdat hij die usb-stick niet uit zijn gedachten kon zetten. Birgit had hem op tafel gegooid voordat ze snuivend van woede het appartement uit was gestormd. En natuurlijk had hij de foto's bekeken. Hoe kon Birgit ook maar een seconde geloven dat hij plezier beleefde aan zulke foto's? Dat hij ze misschien zelfs persoonlijk had genomen?

Het zoeken ging door. Stadler had een van de foto's, waarop het gezicht van het meisje heel scherp was afgebeeld, geüpload in een programma dat het internet afspeurde naar dat gezicht. Het kon wel even duren voor het resultaten opleverde.

Buiten kletterde de regen tegen de ruiten. De wolken hingen zo laag dat Stadler maar net tot de andere kant van de weg kon kijken. De heuvels van het Bergische Land gingen schuil achter witte sluiers.

Het was riskant geweest om een hotelkamer te nemen, zelfs onder een valse naam. Maar hij had een bed en fatsoenlijke voorzieningen nodig om te kunnen werken. Een tafel, internet, de rust om na te kunnen denken.

Gisteravond na zijn overhaaste vertrek uit het appartement had hij het gevoel gehad dat hij werd gevolgd. Van Oberkassel tot aan de oóstkant van de stad had hij continu een paar koplampen in zijn spiegels gezien. Omdat zijn collega's hem niet lang zouden achtervolgen, maar bij de eerste gelegenheid zouden arresteren, had hij op Birgit gegokt. Om haar af te schudden, was hij op een kruising op het laatste moment afgeslagen, had hij de Sierra op een donkere oprit gezet en zijn koplampen uitgedaan. In zijn binnenspiegel had hij meer dan tien auto's voorbij zien rijden, maar de straatverlichting was niet helder genoeg geweest om met zekerheid Birgits Fiesta te kunnen herkennen. In elk geval was hij vanaf daar niet meer gevolgd.

Stadler keek op het schermpje van zijn nieuwe telefoon. Zes telefoontjes van het goedkope prepaid toestel dat hij Birgit woensdag had gegeven. Geen van Helene. Ze hield zich aan hun afspraak alleen contact op te nemen in geval van nood en verder op bericht van hem te wachten. Hij had haar alleen laten weten dat hij een kamer voor de nacht had gevonden. Vandaag had hij haar nog niet gesproken. Ze had de hele dag afspraken. Een workshop, een interview en vanavond een première in Berlijn. Ze had de vlucht willen annuleren, maar hij had erop gestaan dat ze gewoon doorging met haar leven. Als de speurders van hun relatie op de hoogte waren, zou dat hen mooi bezighouden.

De computer gaf een seintje. Hij had iets gevonden! Ja, hoor. Hetzelfde gezicht. Hij opende de website waarop de foto was geplaatst. Een gymnasium in Praag. Het meisje was lid van de theatergroep. De website was in het Tsjechisch en hij begreep er geen woord van. Er stond echter wel een naam bij de foto: Aneta Kalvachová. En een e-mailadres.

Stadler maakte een nieuw e-mailaccount aan en stelde toen een bericht op voor het meisje. Het kostte hem bijna een uur voor hij een tekst in het Engels had geformuleerd die niet te dringend klonk en toch duidelijk maakte dat hij haar absoluut moest spreken. Toen hij de e-mail nog eens doorlas, vond hij die veel te ingewikkeld. Vastbesloten wiste hij alles weer en schreef hij simpelweg:

Beste Aneta Kalvachová,
Ik ben een politieagent uit Duitsland. Het kan zijn dat je
een belangrijke getuige bent, daarom wil ik graag met je
praten. Ben je bereid me te ontmoeten?
Jij mag de plaats bepalen.

Hartelijke groet, Miguel Rodríguez.

Vrijdag 9 oktober, 18.36 uur

Het regende nog steeds toen de collega's uit Dortmund de twee verdachten Lars Beck en Janine Hartwig op het hoofdbureau afleverden. Lars Beck was MMM, de gebruiker die de clips bij *Dressed to Kill* en *Red* geüpload had. Zijn vriendin Janine, die met hem samenwoonde, was actrice. Ze had althans een paar rollen in kleinere tv-producties gespeeld tot een auto-ongeluk een abrupt einde aan haar carrière had gemaakt.

Helaas was er geen bewijs dat Lars Beck ook I.E. Carr was. Alle persoonsgebonden informatie van dat account was vals. Burghausen vermoedde dat Beck na het uploaden van de tweede video had beseft hoe riskant het was dat onder zijn eigen naam te doen zonder zijn identiteit te verhullen en dat hij daarom een anoniem account had geopend. Het account van I.E. Carr was aangemaakt op de dag nadat de video uit de fabriek was geüpload.

Burghausen stond erop de verdachte zelf te verhoren. Birgit en Miguel moesten de vriendin onder handen nemen. Birgit had hem er niet op gewezen dat ze gezamenlijk leiding gaven aan de moordbrigade en zij evenveel recht had bij het verhoor van de hoofdverdachte aanwezig te zijn als hij. Integendeel, ze was er blij om. Een korte blik op de jongelui had haar verteld dat Janine de labielste van de twee was. De kansen dat ze haar zouden breken waren goed. En dan had zij het succes van de eerste bekentenis.

176

Met hun koffiebekers in de aanslag stapten ze de verhoorkamer binnen.

'We ondervragen u op dit moment slechts als getuige', vertelde Birgit haar, nadat ze de datum en de namen van de aanwezige personen op de recorder had ingesproken. 'Maar het staat u natuurlijk vrij een advocaat om advies te vragen.'

'Heb ik die dan nodig?' vroeg Janine, haar armen over elkaar geslagen. Ze was aantrekkelijk, zij het op een speciale manier. Ze had geen snoezig wipneusgezicht, maar een markant profiel en grote, uitdrukkingsvolle ogen. Ze was pas eenentwintig, had Birgit in het dossier gezien, maar leek een paar jaar ouder en rijper. Misschien was ze toch niet zo makkelijk aan het twijfelen te brengen als Birgit op het eerste gezicht had gedacht.

'Die vraag kunt u zelf het beste beantwoorden.'

'Ik heb niets gedaan wat niet mag.'

'Goed dan. Kent u een website genaamd Filmmaniacs.de?'

'Nooit van gehoord.'

'Maar u bent toch actrice?'

Janine Hartwig vertrok haar gezicht. 'Dat is verleden tijd. Niemand boekt een actrice die mank loopt en een lelijk groot litteken op haar been heeft.'

'U hebt een ongeluk gehad. Wanneer was dat?'

'Ongeveer een jaar geleden.'

'En sindsdien hebt u geen rollen meer gekregen?'

'Niet een. Daarom ben ik geswitcht. Ik studeer germanistiek.'

'En die website kent u dus niet.'

'Dat zeg ik toch net.'

Birgit keek naar Miguel, die tot nu toe zwijgend had geluisterd. Hij knikte haar toe.

'Maar uw vriend is daar wel aangemeld.'

'En?'

'Heeft hij u daar niets over verteld?'

Ze schudde het hoofd.

'Hoe lang bent u al samen?'

'Sinds de bovenbouw. Wat moet dat nou allemaal?'

'Ik neem aan dat uw vriend achter uw carrière stond. Hij was vast net zo ontzet als u toen de filmbranche u na dat ongeluk aan de kant zette.'

'Hij was behoorlijk pissig. Maar inmiddels is hij er wel overheen.'

'Is dat zo?'

'Mens, wat verwijt u hem eigenlijk? Is er soms ergens op een filmset een bom ontploft?'

'Op de website Filmmaniacs.de plaatsen gebruikers clips met nagespeelde filmscènes.'

'O, ja?'

Miguel boog naar voren. 'Wat zijn uw lievelingsfilms? Is er een film waarin u graag meegespeeld zou hebben?'

Janine keek hem geïrriteerd aan. 'Waar bent u op uit?'

'Geef nou maar gewoon antwoord.'

'Ik hou van kostuumfilms. Literatuurverfilmingen. Als ik het voor het kiezen had, zou ik graag in een Britse productie meespelen. Een verfilming van Jane Austen. Of iets van dien aard. Dat is pas echt film, als je het mij vraagt.'

Birgit keek de jonge vrouw verbaasd aan. Ze had iets anders, iets minder braafs verwacht. Filmgenres waar ze niets mee kon aanvangen. Namen van regisseurs van wie ze nog nooit had gehoord. Of maakte Janine hun maar wat wijs? Ze was tenslotte actrice.

'Hoe zit het met thrillers?' vroeg Miguel door. 'Dressed to Kill, bijvoorbeeld? Kent u die?'

'Is dat niet zo'n oude film uit de jaren zeventig?'

'Bijna. 1980.'

'Ik heb het niet zo op al dat geweld.' Janine omvatte haar koffiebeker. 'Dat wil natuurlijk niet zeggen dat ik een rol in een dergelijke film zou afwijzen als ik die aangeboden kreeg.'

Miguel knikte Birgit toe.

Ze draaide de laptop naar Janine toe. 'Ik wil graag dat u hier naar kijkt.' Ze startte de video uit de papierfabriek.

Janine werd bleek.

'Herkent u dat?'

Ze schudde haar hoofd.

'Er is een beroemde moordscène in *Dressed to Kill*. Dit hier is de nagespeelde versie ervan, die we op de website *Filmmaniacs.de* hebben gevonden.'

'Was dat echt?' fluisterde Janine. Ze was oprecht geschokt. Was het mogelijk dat ze inderdaad geen flauw idee had van de kwalijke praktijken van haar vriend? Of liet ze hier een staaltje van haar talent zien?

'Het is echt. De vrouw in de film is dood', zei Birgit. 'En de video is via het account van uw vriend geüpload.'

'Nee.' Janines stem klonk zo zacht dat Birgit haar nauwelijks kon verstaan. Ze zag plotseling lijkbleek en haar adem ging met stoten. Ze greep met bevende vingers naar haar hals. Toen zakte ze voorover en klapte ze met haar hoofd op het tafelblad.

Vrijdag 9 oktober, 20.22 uur

Liz stond onder de bogen voor de ingang van het hoofdbureau, rekte haar hals en keek naar de hemel. Moest ze toch een taxi bellen? Vanmorgen was ze te voet gekomen. Van de Poststraße naar de Jürgensplatz was het maar een paar minuten. Maar toen regende het nog niet.

Opeens stond Alex Landorf naast haar. 'Wat een kloteweer, hè?'

Ze antwoordde niet. Zijn aanwezigheid verontrustte haar en ze deed onwillekeurig de bovenste knoop van haar jack dicht.

'Kan ik je misschien een lift geven?'

'Nee, dank je. Ik red me wel.'

'Oké.' Hij drong niet verder aan, maar verroerde zich niet.

Er bleef haar niets anders over dan de regen in te stappen. Al na een paar passen was ze drijfnat. Met gebogen hoofd liep ze naar de Kavalleriestraße. Het was maar goed dat ze haar papieren in Stadlers kantoor had laten liggen! Thuis zou ze eerst maar eens uitgebreid warm douchen. Kort na de oprit naar de Kniebrücke stopte een auto naast haar. Het rechterportier werd opengeduwd.

'Stap in. Zo vat je nog kou!' zei Landorf.

'Ik hoef niet ver.'

'Schiet nou maar op. Je bent kleddernat.'

Ze stapte tandenknarsend in de auto en mompelde een bedankje.

'Niets te danken. Puur egoïsme. Je mag niet ziek worden. We hebben je nodig bij ons onderzoek.'

'Daar schijnt je partner niet van overtuigd te zijn.'

'Vergis je niet, hij laat het alleen niet merken. Je weet toch hoe wij mannen zijn.' Hij schonk haar een scheve glimlach.

'Ik vermoed eerder dat hij denkt dat ik niet neutraal ben.'

'Niemand van ons is neutraal. We willen allemaal dat Stadler er ongeschonden uit komt.' Landorf zette zijn richtingaanwijzer aan en reed weg. 'Waar moeten we eigenlijk heen?'

'Poststraße, hier meteen links.'

Hij sloeg af en liet zich door Liz het juiste pand aanwijzen. In plaats van gewoon op straat te stoppen, reed hij een parkeervak in dat net was vrijgekomen. 'Geluk gehad.'

Liz voelde gerommel in haar buik. Die kerel dacht toch zeker niet dat hij nog mee naar boven kon komen? Ze maakte snel de gordel los. 'Bedankt voor het brengen.'

'Ik moet wat met je bespreken.' Hij keek plotseling serieus.

'Wat dan?'

'Niet hier in de auto. Je hebt een warme douche en droge kleren nodig.'

'Wat ik vooral niet nodig heb is een oppas.'

Hij grinnikte. 'De boodschap is overgekomen. Toch moet ik met je praten.'

Liz dacht na. Het was in elk geval een kans om erachter te komen aan welke kant Alex Landorf werkelijk stond. 'Vooruit dan maar.'

Twintig minuten later had Liz gedoucht en namen ze plaats op de bank. Landorf had thee gezet.

Ze pakte de mok aan. 'Nou, waar wil je het over hebben?'

'Ik maak me zorgen.' Hij schoof dichter naar haar toe. 'Om Georg.'

'We maken ons allemaal zorgen. Dat is niets nieuws.' Ze schoof een stuk bij hem vandaan. De situatie bracht onplezierige herinneringen bij haar boven aan haar pijnlijke poging Stadler te verleiden.

'Dat bedoel ik niet. Hubert heeft de opsporingsdienst op de zaak gezet. Ik weet niet of je begrijpt wat dat betekent.'

'Wat wil je nou zeggen?'

'De mensen van de opsporingsdienst zijn bloedhonden. Die krijgen hun man altijd te pakken. Maar dat is niet het probleem. Zodra ze Georg hebben opgespoord, zal zijn schuilplaats worden bestormd door de Bijzondere Bijstandseenheid. En die jongens hebben de vinger heel losjes aan de trekker. Eén verkeerde beweging en ze schieten. Snap je wat dat inhoudt?'

Liz greep onwillekeurig naar haar hals. 'Bedoel je dat Georg in levensgevaar is?'

'Ik vrees van wel. En het feit dat hij van de politie is, zou het juist nog erger kunnen maken. Niet iedereen gelooft in zijn onschuld. Voor sommige collega's is hij een afvallige, een verrader.'

Liz tuurde in haar thee. 'Waarom vertel je me dat?'

'Je bent toch psychologe.'

'En?'

'Misschien kun jij met hem praten.'

Liz zette haar mok neer. Uit die hoek waaide de wind dus! 'Hij zal zich niet aangeven.'

Landorf hief zijn handen. 'Ja, dat weet ik. Maar misschien is er een andere mogelijkheid om hier zonder bloedvergieten een eind aan te maken.' Hij boog voorover en legde zijn hand op haar knie. 'Je hebt toch contact met hem?'

Liz stond abrupt op. 'Ik wil dat je nu gaat.'

Hij stond ook op. 'Ik hoop dat je me niet verkeerd hebt begrepen. Ik wil echt alleen maar helpen.'

'Ga alsjeblieft weg.'

'Zoals je wilt.' Hij haalde een kaartje uit zijn zak. 'Mijn mobiele nummer. Voor het geval je van gedachten verandert. Je kunt me altijd bellen, dag en nacht.' Bij de deur bleef hij nog even staan en pakte hij haar handen vast. 'Denk erover na. Alsjeblieft!'

Ze trok zich los. 'Eruit nu.' Het klonk minder vastbesloten dan ze bedoeld had. Ze beet op haar onderlip.

Hij streek met zijn vingers over haar wang. 'Dag en nacht', fluisterde hij en glipte toen naar buiten.

Toen hij weg was, ging Liz weer op de bank zitten en pakte ze haar theemok. Ze dronk langzaam terwijl ze nadacht. Zou het inderdaad niet beter zijn als Georg niet meer vrij rondliep? Zelfs als dat betekende dat hij in voorlopige hechtenis moest? Dan was hij in elk geval wel veilig. Daarbuiten was hij vogelvrij.

Zaterdag 10 oktober, 09.28 uur

Birgit keek naar de wolken die buiten langs de hemel joegen. Ergens in de loop van de nacht was het opgehouden te regenen. Daar was wind voor in de plaats gekomen. Ze dacht aan Janine Hartwig, die gisteren naar het ziekenhuis was gebracht. De artsen hadden weliswaar niets kunnen vaststellen, maar haar voor de zekerheid toch een nacht daar gehouden. Birgit had niet kunnen zeggen of het meisje ernstig geschokt was of een buitengewoon begaafde simulante.

Ze draaide zich om naar Miguel, die aan zijn computer zat en ergens in verdiept was. Zelf slaagde ze er niet in zich op haar werk te concentreren. Ze had weer nauwelijks geslapen. Ze had nog steeds niets van Georg gehoord en kon de geheimzinnige achtervolger niet uit haar gedachten zetten.

Ze moest er met Miguel over praten. 'Volgens mij probeert iemand Georg erin te luizen.'

'Hm.'

'Miguel? Heb je me gehoord? Ik denk dat iemand doelbewust bezig is Georg al die dingen in de schoenen te schuiven. De moord. De naaktfoto's van de minderjarige meisjes. Iemand wil Georg kapotmaken.'

'Ja.'

'Ja? Is dat alles? Zeg, Miguel, luister je eigenlijk wel?'

Hij keek op. 'Ik heb iets gevonden waar je even naar moet kijken.'

'Heb je gehoord wat ik zei?'

'Maar met een half oor.' Hij keek haar berouwvol aan.

Birgits knieën knikten. Klootzak. 'Wat is er dan zo belangrijk?'

'Een nieuwe video.'

'Wat? Maar ik dacht dat de exploitant van de website voortaan elke clip zou controleren vóór die door een gebruiker kan worden geplaatst?' Birgit ging naast Miguel zitten en keek vol ongeloof naar het beeldscherm.

'Dit is niet de website *Filmmaniacs.de*. Kijk maar naar de domeinnaam.'

'Maar hij ziet er precies hetzelfde uit.'

'Het moet een kopie zijn. En ik vrees dat die op een server in het buitenland staat, waar wij niet bij kunnen.'

'O nee!'

'En hier is de video waar we op zaten te wachten. *Frenzy*. Ben je er klaar voor?'

Ze wreef met haar handen door haar gezicht. De video was bijna exact een dag geleden geüpload. Enkele uren voordat Lars Beck was opgepakt.

Miguel legde een hand op haar schouder. 'Alles oké?'

Zijn aanraking deed haar huid tintelen. 'Ik had gehoopt dat we die klootzak op tijd hadden gearresteerd.'

'Als hij het al was.'

'Lars Beck moet de dader zijn. Het klopt allemaal.'

'Daar ben ik nog niet zo zeker van.' Miguel legde zijn handen in zijn schoot en tuurde naar zijn vingers. 'Het klopt allemaal te goed. Het lijkt mij net zo geënsceneerd als de moorden zelf.'

'Twee van de video's zijn via zijn account geüpload.'

'Klopt. Maar dat is dan ook het enige wat we tegen hem kunnen aanvoeren. De huiszoeking heeft niets opgeleverd.'

'Wat hadden we dan moeten vinden? Nog meer maskers? Een bebloed mes? Als hij die spullen al ergens bewaart, dan beslist niet thuis. Beck heeft voor geen van de moorden een goed alibi.'

Hij was naar eigen zeggen elke keer met zijn vriendin Janine samen. Dat stinkt een uur in de wind.'

'Ik zou het ook fijn vinden als we de juiste man te pakken hadden', reageerde Miguel. 'Maar waarschijnlijk passen die twee jongelui gewoon niet in mijn clichébeeld van een stelletje doorgedraaide moordenaars.'

'Nou, vooruit. Speel dat filmpje maar af.'

Op het beeldscherm verscheen een blonde vrouw in een ouderwetse kokerjurk. Ze zat op een stoel en zag er bang uit. Op de achtergrond waren kantoormeubelen zichtbaar. Een dossierkast, een bureau. Allemaal van hout. Een man liep naar de vrouw toe. Hij was alleen van achteren te zien. Roodblond kroeshaar dat over de oren en de nek hing, een lichtbruin pak. Nu maakte hij zijn stropdas los. Verdomme, waarom stond die vrouw niet op? Waarom verzette ze zich niet? De man stortte zich op de vrouw, legde de stropdas om haar hals en trok hem strak. De vrouw trilde. Haar ogen werden groot van ontzetting. Na korte tijd verslapte het lichaam. Cut. Nu was de vrouw in close-up te zien. Haar ogen waren wijd opengesperd, haar tong hing opzij uit haar mond. Het beeldscherm werd zwart, met in wit een code: S96WC.

Birgit sloeg haar hand voor haar mond. Getuige zijn van een doodsstrijd was heel iets anders dan een lijk zien op een plaats delict. De aanblik van moordslachtoffers was ze wel gewend. Ze had geleerd ze als deel van een puzzel te beschouwen die in elkaar moest worden gelegd om de dader op het spoor te komen. Maar deze vrouw stierf voor haar ogen en zij kon alleen maar hulpeloos toekijken. Het hielp ook niet echt dat wat ze zojuist had gezien tamelijk precies overeenkwam met wat ze had verwacht. Integendeel: het feit dat ze al dagen had geweten dat er ergens in de stad een vrouw op deze manier zou sterven, zonder dat zij de kans zou krijgen het misdrijf te voorkomen, maakte het bijna ondraaglijk. Zelden had haar werk haar zo zinloos geleken.

'Deze keer draagt hij geen masker', zei Miguel met schorre stem. 'Ik heb er althans geen gezien. Maar hij was ook alleen van achteren zichtbaar.'

Birgit was blij dat hij haar aandacht op de feiten vestigde. 'En de camera is ergens vast opgesteld. Er wordt maar één keer van beeld gewisseld, voor de close-up nadat hij haar heeft vermoord.'

'Precies.' Miguel keek haar aan. 'Ben je klaar om er nog een keer naar te kijken? Er is me iets opgevallen.'

Ze knikte.

Miguel speelde het filmpje opnieuw af. Deze keer probeerde Birgit zich niet te concentreren op het lijden van de vrouw, maar op de details om haar heen.

'Het slachtoffer moet vastgebonden zijn', zei ze toen de video eindigde met de code.

'Dat denk ik ook. Hij heeft de camera zo neergezet dat je dat niet ziet. Maar als hij op het laatst de stropdas om haar hals legt, zou ze haar handen hebben uitgestoken en zich hebben verzet. En dat deed ze niet.'

'Daarom hangen haar armen zo onnatuurlijk stijf langs haar lichaam. Speel het alsjeblieft nog eens af.'

Deze keer viel haar iets anders op. 'Stop! Zet hem stil!'

Miguel drukte op pauze, maar wat ze had gezien, was alweer voorbij.

'Een stukje terug, alsjeblieft.'

'Heb je iets ontdekt?'

'Ik geloof dat zijn gezicht te zien is. Een seconde maar. Het wordt weerspiegeld in de glazen deur van de dossierkast.'

Bij de plek aangekomen, zette Miguel de video op pauze. Inderdaad. Het gezicht was duidelijk te herkennen. De moordenaar leek via zijn spiegelbeeld recht in de camera te kijken.

'Hij ziet er nog ouder uit dan Liz hem had geschat', zei Birgit en ze boog voorover om het nog beter te kunnen zien. 'Duidelijk boven de veertig, zou ik zeggen.'

'Dat bestaat niet!' Miguel schudde zijn hoofd.

'Wat bestaat niet?'

'Het bestaat gewoon niet, het is onmogelijk.'

'Lieve hemel, wat dan, Miguel?'

Hij blies zijn adem uit en opende toen een ander tabblad in de browser. Als zoekbegrip voerde hij 'Barry Foster' in.

'Wie is dat?' vroeg Birgit.

'Een Britse acteur. In Hitchcocks originele versie van *Frenzy* speelt hij de stropdasmoordenaar.'

De zoekmachine spuugde meer dan honderdvijftigduizend hits uit. Miguel klikte op 'Afbeeldingen' en opende een foto van de acteur in close-up. Birgit sperde vol ongeloof haar ogen open. Het was het gezicht dat hen via de glazen deur van de kast aankeek.

Zaterdag 10 oktober, 11.46 uur

Hoe dichter hij bij de grens kwam, hoe nerveuzer Stadler werd. Bij het laatste wegrestaurant had hij een snelwegvignet voor Tsjechië gekocht en het volgens de aanwijzingen op de voorruit van de Sierra geplakt. Vooral niet opvallen, dat was het belangrijkste.

Officieel was er geen controle bij de grens, want de Tsjechische Republiek was een Schengenland, maar wat wilde dat nou zeggen? Als Birgit hem donderdag gevolgd was, had ze zijn kenteken. Misschien werd er al naar de auto gezocht. De grens overgaan was sowieso riskant als je onder de radar van de politie probeerde te blijven.

Dat risico moest hij echter nemen. Aneta Kalvachová had erin toegestemd hem te ontmoeten. Ze hadden die middag een afspraak in een café in Praag. Het meisje sprak goed Duits. Dat zou de communicatie makkelijker maken. Tot zijn verbazing had ze hem niet gevraagd waar het precies om ging. Of ze geloofde zijn verhaal, of hij liep in de val. Hij zou het café en de omgeving voor hun ontmoeting grondig onder de loep nemen.

Een bord kondigde de grensovergang aan. Links lag bos. Voor hem de kaarsrechte snelweg. Een volgend bord herinnerde aan het verplichte vignet. Stadler passeerde een wegrestaurant. Het landschap gleed aan hem voorbij. De borden langs de weg waren nu groen. Met elke kilometer werd zijn hartslag rustiger, maar pas toen hij Pilsen achter zich had gelaten, voelde hij zich veilig.

Een goed uur later parkeerde hij de Sierra op een woonerf in het twaalfde district van Praag. Parkeergarages vertrouwde hij niet. Bovendien was hij hiervandaan in vijf minuten weer op de snelweg. Hij stapte uit en keek om zich heen. Als hij het goed had gezien, was er een tramlijn naar de oude binnenstad. Hij zag de halte, zette de kraag van zijn leren jack op om zich tegen de koude wind te beschermen en liep erheen.

Hij bereikte zonder incidenten de oude binnenstad en vond het café. Hij had nog een half uur tot de afspraak. Een blik door het raam vertelde hem dat Aneta er nog niet was. Hij slenterde een keer de straat heen en weer en stapte toen een souvenirwinkel recht tegenover het café binnen. Terwijl hij deed alsof hij ansichtkaarten zocht, hield hij de andere kant van de weg in de gaten.

Een stelletje kwam het café uit. Duidelijk toeristen. Niet veel later gingen er drie mannen naar binnen. Stadler zag dat ze een plattegrond op hun tafeltje uitspreidden en discussieerden en besloot dat het ook toeristen moesten zijn. Hij kon niet precies zien hoeveel tafeltjes in het café bezet waren. Vanuit zijn observatiepost was alleen het voorste gedeelte te zien.

Opeens verscheen er een jonge vrouw in zijn gezichtsveld. Hij herkende haar meteen. Aneta keek een keer naar links en naar rechts en duwde toen de deur van het café open. Niemand volgde haar. Niemand bleef voor het raam staan. Ze leek echt alleen te zijn gekomen.

Stadler stopte de ansichtkaarten terug in het rek en stak de straat over. Het was luidruchtiger en benauwder in het café dan hij had verwacht. Op weg naar Aneta's tafeltje trok hij zijn jas uit.

'Hallo', zei hij. 'Ik ben blij dat u gekomen bent.' Hij ging zitten. 'Mag ik Aneta zeggen?'

Ze knikte. 'Natuurlijk. U heet Miguel. Dat is toch een Spaanse naam?'

Stadler begon te zweten. 'Ja', mompelde hij. 'Maar in Duitsland geboren en getogen.'

De serveerster kwam en ze bestelden koffie.

'U bent hier vanwege de foto's', zei Aneta toen ze weer alleen waren. 'Klopt dat?'

Stadler keek haar verrast aan. 'Welke foto's bedoel je?'

'Die die man gemaakt heeft. Georg.'

'Georg?' Hij riep de naam zo hard dat de drie mannen aan het aangrenzende tafeltje hem nieuwsgierig aankeken.

'Ja, die man uit Duitsland die ze heeft gemaakt, noemde zichzelf Georg.'

De vuile smeerlap! Stadler ademde diep in en haalde een paar afdrukken uit zijn zak. Hij had de onschuldigste uitgekozen. 'Deze foto's?'

Ze knikte en sloeg haar ogen neer.

De koffie werd gebracht, wat Stadler de tijd gaf om over zijn volgende vraag na te denken.

'Hoe heeft die Georg contact met je opgenomen, Aneta?'

'Ik had foto's van mezelf op internet gezet', legde ze uit. 'Op een website voor meisjes die graag model willen worden. Ik dacht dat ik daar misschien ontdekt zou worden...'

'En toen nam die Georg contact met je op.'

Weer een knikje.

'Hoe oud ben je, Aneta?'

'Achttien.'

Hij keek haar vol ongeloof aan. Ze zag er niet ouder uit dan zestien.

Ze opende haar handtas, rommelde er even in rond en legde toen haar identiteitsbewijs op tafel. 'Niemand gelooft me.'

Stadler rekende uit. Als haar ID echt was, was ze in mei achttien geworden.

'Ik geloof dat hij ons daarom heeft uitgezocht. Ik bedoel mij en de twee andere meisjes. Die zagen er ook veel jonger uit dan ze waren. Maar hij wilde niets met minderjarigen.'

'Ik begrijp het. Kende je de andere twee meisjes?'

'Nee. Die had ik daarvoor nog nooit gezien.'

'En je hebt de foto's vrijwillig laten maken?'

Ze beet op haar lip. Haar koffie was nog onaangeroerd. 'Hij zei dat we nooit echte modellen zouden worden als we ons aanstelden. Maar op een gegeven moment werd het me te veel.'

'En toen?'

'Hij liet Jana en mij gaan. Maar het andere meisje, Tereza, wilde per se blijven. Ik weet niet wat hij met haar heeft gedaan.' Ze had plotseling tranen in haar ogen. 'Ik doe zoiets nooit meer. Ik heb al mijn foto's van de website verwijderd.'

'Dat is heel verstandig.'

'Hebt u Tereza gevonden? Gaat het goed met haar?'

'Dat weet ik niet', gaf hij toe. 'Ik heb alleen jou gevonden, Aneta. Ik probeer de man op te sporen die de foto's heeft gemaakt. Hij heeft mogelijk nog ernstigere misdrijven begaan.'

Ze sloeg haar hand voor haar mond.

'Kun je hem beschrijven?'

Ze schokschouderde. 'Hij zag er heel normaal uit. Een gewone Duitser. Eigenlijk best leuk. Iets jonger dan u.'

'Kleur haar, kleur ogen?'

'Ik geloof dat hij licht haar had.' Ze dacht na. 'Of toch niet?' Weer kreeg ze tranen in haar ogen. 'Ik kan het me niet herinneren. Ik heb mijn best gedaan het allemaal te vergeten. Bovendien had hij de hele tijd een pet op. Zo eentje met een grote klep, weet u?'

Stadler dwong zichzelf rustig te blijven. Hij schoot er niets mee op als hij het meisje onder druk zette. 'En waar heeft hij de foto's gemaakt?'

'In een camper. Hij haalde ons op in de Chodovská. Dat is een straat vlak bij het station. Hij reed een half uur met ons rond. Naar een bos. Ik weet niet waar het was. Wij zaten achterin en konden niets zien.'

Stadler vloekte inwendig. 'En toen hij Jana en jou had laten gaan?'

'Toen bracht hij ons terug naar de Chodovská en reed met Tereza verder. Ik weet niet waarheen.'

Stadler wees naar de foto's. 'Wie van hen is Tereza?'

Ze schoof een foto naar hem toe. Het meisje dat erop stond leek een jaar of dertien. Was zij ook al meerderjarig? Hij kon het zich nauwelijks voorstellen. Hij had al gevreesd dat zij Tereza was. Haar gezicht stond diep in zijn geheugen gegrift. Haar verwondingen waren gewelddadiger, haar poses vernederender dan die van de andere meisjes. Een geluk dat Aneta niet wist wat Tereza had moeten doorstaan nadat Jana en zijzelf aan hun kwelgeest waren ontsnapt.

'Kun je me nog iets anders vertellen wat me kan helpen die man te vinden? Hoe zit het met de camper? Hoe zag die eruit?'

'Een beetje smerig', zei ze. 'Een ouder model. Hebt u een pen?'

Hij gaf haar zijn balpen en ze schreef drie letters op een stukje papier. ME-D.

'Wat is dat?'

'Nummerbord. De eerste letters. De rest weet ik jammer genoeg niet.'

Het was meer dan hij had durven hopen. Hij pakte het briefje van haar aan. 'Dat is heel nuttig. Dank je, Aneta.'

Ze sloeg haar blik neer en pakte toen haar handtas.

Stadler dacht dat ze zou opstaan en weglopen, maar in plaats daarvan rommelde ze weer in haar handtas en legde toen een aansteker op de tafel. 'Heb ik meegenomen. Hij lag in de camper. Er is een monogram in gegraveerd, ziet u?'

Hij boog voorover. L.F. De letters zeiden hem niets. Met behulp van de balpen schoof hij de aansteker in een plastic zakje. 'Het was dapper van je met me te komen praten, Aneta. Ik beloof je dat ik niet zal rusten voordat ik die smeerlap te pakken heb.'

Toen Stadler tien minuten later over de Starom stské nám stí naar de tramhalte liep, had hij voor het eerst sinds dagen het gevoel weer een beetje macht over zijn leven terug te hebben veroverd. Zijn onzichtbare tegenstander had contouren gekregen. Een gezicht. Nu lag dat nog in het duister, maar daar zou ook al snel verandering in komen.

Zaterdag 10 oktober, 17.16 uur

Birgit keek naar buiten terwijl Miguel de smalle eenrichtingsstraten van de woonwijk in reed. Aan de rechterkant stond een
rij huizen met eind negentiende-eeuwse gevels. Links lag een
reusachtig bouwterrein. De machinerie stond stil, want in het
weekend werd er niet gewerkt.

Nadat ze Hubert Burghausen over hun ontdekking hadden
verteld, had hij Lars Beck meteen weer laten ondervragen terwijl
Birgit en Miguel in het ziekenhuis een bezoek aan Janine hadden afgelegd. Zonder resultaat.

'Wil je me nou eindelijk vertellen waar we heen gaan?'

'Ik zei toch dat ik een theorie wilde toetsen.'

'Waar Hubert niets van mag weten.'

Miguel wierp haar een blik toe. 'Die trekt alles naar zich toe.
Dat bevalt me niet.'

Birgit wist niet of Miguel zich ergerde aan Burghausen vanwege haar of omdat hijzelf niet als aanvoerder van de moordbrigade was aangewezen.

Miguel parkeerde de dienstwagen en ze stapten uit.

'Zie je die kraan daar?' Miguel wees naar het bouwterrein.

'Wat is daarmee?'

'Zie je dat blauwe stuk dekzeil of plastic dat onder de cabine
is vastgeraakt?'

'Ja, ik zie het.'

'Die kraan viel me op toen ik hier een paar dagen geleden met de auto voorbijkwam. En in de video, in het shot waarin je het gezicht van de dader in de glazen deur ziet, zag ik op de achtergrond precies dat deel van de kraan met dat blauwe stuk zeil.'

'Bedoel je dat het filmpje ergens hier is opgenomen?' Birgit nam de rij gevels tegenover het bouwterrein in ogenschouw.

'Dat lijkt mij goed mogelijk.'

'Dat zijn een hoop woningen die we na moeten trekken.'

'Misschien ook niet.' Miguel haalde zijn smartphone uit zijn broekzak. 'Ik heb een screenshot van dat beeld genomen.' Hij hield haar het apparaat voor. 'Als het goed is, moeten we aan de hand van de opnamehoek het aantal mogelijkheden kunnen beperken.'

Birgit boog zich over de telefoon. De glazen deur met het gezicht en de kraan op de achtergrond waren bijna niet te zien. 'Het stuk plastic en het raam van de woning zijn bijna op dezelfde hoogte.'

'Volgens mij ook. En praktisch recht tegenover elkaar.' Hij wees naar twee huizen. 'Een van die twee moet het zijn. Bij de andere huizen wordt het uitzicht op het bouwterrein belemmerd door de bomen.'

'Dan kan het alleen het linkerhuis zijn.' Birgit kreeg kramp in haar maag. Een mengsel van jachtkoorts en benauwdheid. 'Vanwege de vorm van het raam.'

Ze liepen naar het gebouw toe. Op goed geluk drukten ze op de bovenste bel. De deuropener zoemde. Ze liepen de trap op.

Op de overloop stond een vrouw met een gebloemd huishoudschort en krulspelden in haar haar. 'Moet u bij mij zijn?'

'Recherche', zei Miguel. 'Ik hoop dat u ons even kunt helpen.'

'Nee zeg, politie? Wat is er dan gebeurd?'

'Maakt u zich geen zorgen, mevrouw...' Hij keek op het naambordje. '...mevrouw Mittner. We hebben alleen wat informatie nodig.' Hij tikte iets in op zijn smartphone. 'We zijn op zoek naar deze woning.'

Birgit keek mee over zijn schouder. Op de telefoon was een beeld te zien uit de video met de vrouw in de stoel, toen nog in leven, waarop ook de inrichting van het kantoor goed te zien was.

Mevrouw Mittner bekeek het beeld. 'Dat is hiernaast. De werkkamer van meneer Bahrens. Maar die is er nu helemaal niet. Hij volgt een kuur en is pas volgende week terug. En die vrouw ken ik niet. Meneer Bahrens woont alleen.'

Birgit wierp Miguel een snelle blik toe. In de roos! 'We zouden graag even binnen kijken. Het is erg belangrijk. U weet vast ook wel wie er een sleutel heeft.'

De vrouw zag er onzeker uit. 'Ik heb een sleutel. Maar ik kan u toch niet zomaar...'

Miguel glimlachte tegen haar. 'We zouden het u niet vragen als het niet belangrijk was. Gelooft u me, alstublieft.'

Ze aarzelde, draaide zich zuchtend om en liep haar appartement in. Ze kwam terug met een sleutel in haar hand. 'U maakt toch geen rommel, hè? Meneer Bahrens is erg netjes.'

'Maakt u zich geen zorgen, mevrouw Mittner. We zullen nergens aankomen.'

Ze wachtten tot de vrouw zich met tegenzin in haar woning had teruggetrokken en deden toen de tegenoverliggende deur open. Nog voor ze over de drempel stapten, wisten ze dat ze de plaats delict gevonden hadden. Het rook er scherp naar bloed, urine en beginnende verrotting.

Hoewel ze niet verwachtten dat de dader nog in de woning zou zijn, trokken ze hun wapens. Voorzichtig liepen ze de gang in. De vloerplanken kraakten onder hun voetstappen. Bij de eerste deur links bleven ze staan. De kamer daarachter moest uitzien op de straat en dus ook op het bouwterrein.

Met zijn elleboog drukte Miguel de klink naar beneden en duwde hij de deur open.

Birgit hapte geschrokken naar adem.

Alles zag er precies zo uit als in de video. Het bureau, de archiefkast met de glazen deur, de stoel met de dode vrouw. Ze was alleen helemaal naakt, op haar schoenen na. Weer had de moordenaar haar maar één kledingstuk aan laten houden. Haar gezicht was in zo vergevorderde staat van ontbinding dat haar gelaatstrekken nauwelijks nog te onderscheiden waren. Ze moest al minstens een week dood zijn.

Zaterdag 10 oktober, 18.09 uur

Stadler had met de gedachte gespeeld in Praag te blijven en naar Jana en Tereza op zoek te gaan, maar had er uiteindelijk van afgezien. De man die de foto's had gemaakt, was allang weer in Duitsland. Hem moesten ze op zien te sporen.

Deze keer maakte hij zich geen zorgen over de grensovergang. In het geval dat zijn collega's echt naar de auto op zoek waren, zouden ze die zeker niet zoeken tussen de auto's die Duitsland binnenkwamen. Vandaar dat hij er ook niets achter zocht toen hij even voorbij Waidhaus werd ingehaald door een surveillanceauto. Pas toen de auto voor hem ging rijden en achterop het display POLITIE – VOLGEN oplichtte, brak het zweet hem uit.

Koortsachtig overwoog hij de auto in te halen. Met de Mustang zou hij een kans hebben gehad de surveillanceauto te lozen. Maar met deze oude Sierra zou hij niet ver komen. Dit was het dan. Birgit had hem inderdaad verraden.

De surveillanceauto reed een parkeerplaats op.

Stadler stopte erachter en draaide het raam open.

Een agent in uniform kwam bij het linkerportier staan, zijn collega betrok de stellingen aan de rechterkant. 'Rijbewijs en papieren alstublieft.'

Met een versteend gezicht gaf hij de agent de gevraagde bescheiden. Wat was dat voor show? Ze hadden hem te pakken. Waarom hielden ze hem niet gewoon aan?

'Dit is niet uw auto, meneer Stadler.'

'Hij is van een kennis van me.'

'Hebt u drank bij u? Sigaretten?'

'Nee.'

'Wilt u alstublieft de kofferbak openmaken?'

Een routinecontrole. Stadler kon zijn geluk niet op.

De twee agenten wierpen een kritische blik in de kofferbak. Gelukkig was de eigenaar van de auto een zeer ordelijke man geweest, zo bleek. Alles lag netjes op zijn plaats: gevarendriehoek, verbanddoos en zelfs veiligheidsvesten.

'Uw linkerachterlicht is kapot', zei de agent en hij gaf hem de papieren terug.

'Ik zal er snel iets aan doen.'

'Goede reis dan verder.'

De twee stapten in hun auto en reden weg.

Stadler ging weer achter het stuur zitten. Het kostte hem een paar minuten voor zijn hartslag weer zodanig tot rust was gekomen dat hij verder durfde te rijden.

Zaterdag 10 oktober, 18.26 uur

Birgit trok haar mondkapje naar beneden. Ze liep te zweten in de witte overall van de technische recherche en de stank maakte de hitte niet bepaald draaglijker. 'Kunt u al iets zeggen over het tijdstip van overlijden?' vroeg ze de forensisch arts.

Marcus Schreiner keek op. 'Officieel? Nee. Officieus gok ik op zes tot acht dagen. Vooropgesteld dat de temperatuur in de woning constant was.'

'Dan is ze maar een paar dagen na het vorige slachtoffer vermoord. Wat is de doodsoorzaak?'

'Verstikking. Precies als in jullie video.'

'Waarmee?'

'Met iets wat verdwenen is. De kleding van het slachtoffer is ook weg. Maar de wurgsporen stemmen overeen met een stropdas.'

'Geen wapen, geen spoor van de dader. Hij pleegt voor onze ogen een moord, maakt er zelfs een video van en laat desondanks geen bruikbare aanwijzingen voor zijn identiteit achter. Dat kan toch niet waar zijn!' Birgit keek Miguel aan, die net zo warm ingepakt was als zij.

'Er moeten aanwijzingen zijn, dat weet ik zeker', antwoordde hij. Zijn stem werd gedempt door het mondkapje. 'Iedere dader maakt fouten, iedere dader laat sporen achter op de plaats delict. We moeten ze alleen vinden en correct interpreteren.'

'Maar we zijn te laat! Die vrouw is al meer dan een week geleden vermoord.'

'Wat betekent dat het volgende slachtoffer ook al dood zou kunnen zijn.' Miguel knikte peinzend. 'Heeft iemand zich al met de nieuwste code beziggehouden?'

Birgit liep de kamer uit en rukte de capuchon van haar hoofd. 'Nog niet echt, geloof ik. We kennen hem pas sinds vanmorgen. En de code heeft geen prioriteit omdat die ons niet helpt de dader te vinden. Of de daden te verhinderen. Als we wisten wanneer of waar hij zijn volgende moord pleegt, zouden we er iets aan hebben. Maar hoe? Wat hebben we eraan?' Ze haalde haar hand door haar haar, dat nat was van het zweet.

'Het kan toch niet zo zijn dat niemand hem heeft gezien!' Miguel was achter haar aan de gang op gelopen en stroopte zijn overall af.

'In elk geval hebben de ondervragingen hier in huis nog niets opgeleverd.'

Miguel draaide zich om naar Jürgen Tremmler, die de woning onderzocht op vingerafdrukken. 'Heb je al een idee hoe hij binnen is gekomen?'

Tremmler hield op met wat hij aan het doen was. 'Gewoon door de deur? Eitje. Hij heeft niet eens iets kapot hoeven te maken.'

Miguel ging door de knieën om het slot te bekijken. 'Maar hoe wist hij dat er in deze woning een kamer is die er precies zo uitziet als het decor dat hij nodig had?' Hij kwam overeind. 'En dat de bewoner voor langere tijd afwezig zou zijn?'

Birgit keek hem aan. Ook hij had vochtig haar en zweetdruppels op zijn voorhoofd, en het stond hem verdomd goed.

'We zouden moeten proberen die Bahrens te ondervragen.'

'Per telefoon?'

'Heb je een beter idee, dan?'

Ze vroegen de buurvrouw van Bahrens om diens telefoonnummer. De oude vrouw maakte een verlegen indruk.

'Hebt u al met uw buurman gebeld?' vroeg Miguel.

'Iemand moest hem toch vertellen wat er in zijn huis is gebeurd? Niet dat ik het wist. U hebt me ook niet veel verteld. Maar ik weet hoe een lijkwagen eruitziet, en die staat echt niet zomaar voor de deur.'

Op dat moment kwam Hubert Burghausen hijgend de trap op. 'Is hier geen lift, verdorie?'

'Straks zegt er nog iemand dat we een ongezond vak hebben', zei Miguel terug. 'Dank u wel, mevrouw Mittner. Wacht u alstublieft in uw woning. Het kan zijn dat we u straks nog iets willen vragen.' Hij draaide zich weer om naar Burghausen. 'Is er nog nieuws?'

'We hebben het slachtoffer geïdentificeerd. Een studente die Clara Bachmann heet. Het is nog niet officieel, maar op de foto die we hebben ziet ze er precies zo uit als de vrouw in het filmpje. Hebben jullie nog iets?'

'We wilden net de huurder bellen. Op de een of andere manier moet de dader deze woning hebben gevonden.'

'Goed, handel dat af. Ik ga even op de plaats delict kijken en ga daarna met de ouders van Clara Bachmann praten.' Hij liep de woning binnen.

'Hij is er nog niet helemaal achter dat jij deze moordbrigade samen met hem leidt.' Miguel trok zijn wenkbrauwen op.

Birgit haalde haar schouders op. Hubert Burghausens ego was op dit moment wel haar kleinste probleem. Ze tikte het nummer van Gerd Bahrens in. 'U spreekt met Clarenberg van de recherche in Düsseldorf. Ik...'

'Is het waar dat u in mijn woning een lijk hebt gevonden?' zei Bahrens, haar onderbrekend. Hij maakte eerder een zenuwachtige dan een geschokte indruk. Alsof het om een gesprongen waterleiding ging. 'En wie dan? Een dode inbreker?'

'Onze collega's ter plaatse zullen u beter kunnen inlichten, meneer Bahrens. Het zou ons helpen als u nu al een paar vragen kon beantwoorden.'

'Het is dus waar.'

'Wie heeft er een sleutel van uw woning, behalve de buurvrouw?' Birgit zette haar mobieltje op de luidspreker, zodat Miguel kon meeluisteren.

'Mijn dochter.'

'En verder niemand?'

'Nee.'

'Hebt u de laatste tijd nog mensen leren kennen?'

'Hoe bedoelt u?'

'Heeft iemand telefonisch of per e-mail contact met u opgenomen? Heeft iemand u thuis opgezocht? Misschien om u iets te verkopen?'

'Nee.'

Birgit zuchtte. 'Zou een vreemde kunnen weten hoe uw werkkamer eruitziet? Hebt u daarvan foto's op internet gezet?' vroeg ze zonder veel hoop.

'Mijn werkkamer? Waarom? Wat is er met mijn werkkamer?' Opeens klonk Gerd Bahrens opgewonden.

'Geeft u alstublieft antwoord op mijn vraag.'

'De meubels zijn toch niet beschadigd of zoiets?'

Miguel snoof. 'Waar maak je je druk om', mompelde hij.

'Zijn die meubels belangrijk voor u?' vroeg Birgit.

'Jazeker. De hele werkkamer is verkocht. Maar vanwege mijn kuur worden de meubels pas over twee weken opgehaald.'

'Hoe hebt u de meubels verkocht?'

'Via internet.'

Kijk eens aan! 'Met een foto erbij?'

'Ja, natuurlijk.'

'Ik heb alle gegevens van de verkoop nodig', zei Birgit. Miguel stond al klaar met pen en notitieblok.

Birgit hield haar mobieltje naar hem toe gericht, zodat hij beter kon verstaan wat Bahrens zei. Wellicht was de dader een van de belangstellenden geweest. Of zelfs de koper. Dan zou ook duidelijk zijn hoe hij kon weten dat de woning een tijdje leeg zou zijn. Ze hadden het er net nog over gehad dat iedere dader fouten maakt. Misschien had de videokiller net zijn eerste uitglijder gemaakt.

Zondag 11 oktober, 17.17 uur

Alex Landorf parkeerde zijn auto voor de supermarkt en liep het laatste stuk naar het huis. Opgelucht haalde hij adem toen hij zag dat de camper op de oprit stond. Waarschijnlijk maakte hij zich te veel zorgen, maar hij kon zich geen fouten veroorloven.

Goed dat hij Stadlers nieuwe auto op tijd gevonden had om er een peilzender op aan te brengen. Zo wist hij niet alleen waar zijn tegenstander de nacht doorbracht, maar ook dat hij in Praag was geweest. Dat kon geen toeval zijn. Hij moest erachter zijn gekomen waar de foto's waren gemaakt. Maar hoe? Had hij een van de meisjes weten op te sporen? Tereza in elk geval niet. Maar een van de twee anderen? Wat hadden ze hem verteld?

Landorf stak een sigaret op. Het had niet mogen gebeuren. Als Stadler in staat was de meisjes op te sporen, zouden de collega's van de moordbrigade vroeg of laat op hetzelfde spoor stuiten. Landorf nam een diepe trek en probeerde zichzelf te kalmeren. Hij mocht zich niet gek laten maken. Het zou weken duren voor iemand op het bureau er de tijd voor had zich grondig met die usb-stick bezig te houden. Tot nu toe was die stick alleen een extra aanwijzing dat Stadler iets te verbergen had. Bij KK 11 zochten ze naar een snuff-filmer, niet naar een fotograaf.

Landorf tikte de as van zijn sigaret en liep om de camper heen. Alles zag er precies zo uit als hij het had achtergelaten. Hij kreeg kippenvel als hij eraan dacht wat er in het voertuig was gebeurd. In het begin had hij niet zo veel gevoeld. De fotosessie was een middel geweest; het ging erom Stadler te gronde te richten. Maar later, toen hij met Tereza alleen was geweest, had hij er ineens plezier in gekregen. Bij het zien van haar angst had hij een weergaloze opwinding gevoeld. Nog nooit van zijn leven had hij zo'n euforie meegemaakt.

Landorf schudde de herinnering van zich af. Vervelend dat hij niet wist of Stadler in Praag eigenlijk iets te weten was gekomen. Maar hij mocht geen risico nemen. Voorzichtig sloop hij terug naar het trottoir, trok de bivakmuts dieper over zijn gezicht en keek om zich heen. Niemand te zien.

Geluidloos deed Landorf de garagedeur open. De jerrycan met benzine voor de grasmaaier stond op de gewone plaats, bijna vol. Landorf trok de tuinhandschoenen aan en draaide de schroefdop open. Hij goot de hele jerrycan leeg, zette hem terug en deed de garage dicht. Toen nam hij de peuk uit zijn mond, gooide die op de motorkap en rende de oprit af.

Een paar huizen verder bleef hij staan onder een boom en keek om. De camper was achter de heg niet te zien, maar een flakkerend schijnsel verried dat hij in lichterlaaie stond.

Hier zou niemand meer sporen van de uit de hand gelopen fotosessie vinden. Geen sporen van de meisjes. Geen sporen van de fotograaf.

Zondag 11 oktober, 19.24 uur

De wind had verse regen meegebracht. Het was nauwelijks meer dan een fijne nevel die overal op neersloeg. Georg Stadler liet de ruitenwissers van de Sierra een keer heen en weer gaan en tuurde naar buiten. In het appartement op de tweede verdieping was alles donker; Liz leek niet thuis te zijn. Hij aarzelde even, peuterde toen een nieuwe simkaart uit de verpakking en schoof die in zijn mobieltje. Hij had hulp nodig, een contact bij de politie dat hij kon vertrouwen. Birgit viel af en van Miguel wist hij niet zeker bij wie zijn loyaliteit lag.

Ook Liz zou nog wel nijdig zijn. Maar zij was niet van de politie. Zij hoefde niet bang te zijn haar baan kwijt te raken als ze met hem praatte.

Hij activeerde de simkaart en tikte Liz' nummer in.

'Liz? Kun je rustig praten?'

'O. Ja, een ogenblik.' Er sloeg een deur dicht. 'Oké, ga je gang.'

'Alles in orde daar?'

'Zo zou ik het niet willen zeggen.'

Hij had het gevoel daar een verwijt in te horen. Vanwege die rare kwestie? Wat zou ze verwachten? Uitleg? Een verontschuldiging? 'Liz, wat vorige week betreft, je weet wel. Ik wilde niet, ik bedoel...'

'Laat maar, Georg', onderbrak ze hem kortaf. 'Ik was dronken. Dacht je serieus dat ik me aan je vergrepen had als ik nuchter was geweest?'

Hij slikte. Zo zat het dus. 'Goed, dan is dat helder.'

'Absoluut.'

Dat kreeg je ervan als hij probeerde zich meevoelend op te stellen. Hij kon maar beter meteen ter zake komen. 'Ik heb je hulp nodig. Ik heb informatie over de foto's op de usb-stick, maar zonder toegang tot een politiecomputer kom ik niet verder.'

'Wat voor informatie?' Ze klonk argwanend.

'Ik heb een van die meisjes opgespoord.'

'Waar?'

'In Praag.'

'Hoe heb je...'

'Dat doet er nu niet toe. De kerel die die foto's maakte, zei dat hij Georg heette. Iemand probeert me te naaien.'

'Ja, en hij heet Georg Stadler.'

Hij sloeg met zijn vuist op het stuur. Het liefst had hij haar meteen weggeklikt. Maar Liz was zijn laatste lijntje met het hoofdbureau. Zijn enige kans om aan informatie te komen waar alleen de politie bij kon.

'Sorry, Georg, dat was niet fair', zei ze. 'Maar ik denk echt dat het beter zou zijn als je jezelf aangaf.'

'Ik denk daar anders over.'

Ze zuchtte.

'Wil je me desondanks helpen?'

'Hoe?'

'Ik heb een deel van een kenteken. Het is van een camper. Geregistreerd in district Mettmann: ME streep D. De rest ontbreekt helaas. En een gegraveerde aansteker met monogram: L punt F punt. De aansteker moet worden onderzocht op vingerafdrukken. Daarmee kunnen we de dader opsporen. Niet alleen is hij waarschijnlijk de fotograaf, maar hij heeft ook op een andere manier met de hele zaak te maken. Het hangt allemaal samen.'

'Jij denkt dat iemand in Praag foto's maakt van minderjarigen, in Düsseldorf vrouwen vermoordt en er filmpjes van uploadt op internet – alleen om jou een loer te draaien? Lijkt je dat niet een beetje omslachtig? Het zou toch al volstaan om wat cocaïne in je auto achter te laten?'

Hij had geen zin om daar aan de telefoon op in te gaan. Ze moest maar denken wat ze wilde. Zolang ze hem maar hielp. 'Laten we het daar niet over hebben. Waar kunnen we afspreken? Ik sta nu voor je huis.'

'Het duurt nog wel even voor ik naar huis kom. We gaan dadelijk naar de Italiaan. Je weet wel, waar we altijd naartoe gaan. Kom daar maar langs.'

'Ja, ja. Heel grappig.'

'Ja, je moet natuurlijk niet binnenkomen. Bel me als je in de buurt bent, dan loop ik even naar buiten. Ik zeg gewoon dat ik David aan de telefoon heb.'

Hij had haar graag willen vragen of ze het met David had bijgelegd, maar na de terechtwijzing van zonet liet hij dat heikele onderwerp liever rusten.

Een half uur later parkeerde hij op de Bilker Allee en liep hij naar de Lorettostraße. Hij kreeg een kriebelend gevoel in zijn nek. Aan het einde van de straat, bijna in het zicht, lag het hoofdbureau. Hoe dichter hij bij het gebouw kwam, hoe sterker het gevoel werd. Zo moest een misdadiger zich voelen als hij terugkeerde naar de plaats delict.

Toen hij bij het restaurant aankwam, haalde hij het mobieltje uit zijn zak en ging voor het raam staan. Hij zag Liz, Birgit en Miguel aan hun favoriete tafeltje zitten, enigszins afzijdig, zodat de andere gasten hen niet konden verstaan. Ze hadden wijn besteld en proostten. Stadlers adem stokte. In de hoek, half achter een plant, op de plaats waar hij zelf eigenlijk hoorde te zitten, zat nog iemand: Hubert Burghausen. Stadler liet zijn hand met het mobieltje erin zakken. Wat had dat te betekenen? Waarom spraken zijn vrienden af met de man die hem beentje wilde lichten?

Hij balde zijn hand tot een vuist en drukte die tegen het raam. Als een van de vier nu zijn kant op keek, zou die hem zien. Maar dat kon hem niet schelen. Het liefste was hij het restaurant binnengestormd en had hij zijn zogenaamde vrienden ter verantwoording geroepen. Uitgerekend Burghausen! Als die nieuwe erbij had gezeten, of de stagiaire, dan had hem dat niets uitgemaakt. Maar Hubert Burghausen!

Hij sloeg de vier gade. Ze schenen zich prima te amuseren. Nu lachten ze zelfs.

Stadler draaide zich om. Hij had genoeg gezien.

In elk geval was er nog iemand die wel om hem gaf. Hij koos het nummer van Helene. Toen ze eindelijk opnam, klonk ze buiten adem.

'Ja?'

'Met mij.'

'O, Georg.' Op de achtergrond klonk gefluister.

'Ben je al terug?' vroeg hij. 'Ik zou je graag even willen zien.'

'Het spijt me, ik vlieg pas morgen. Ik dacht dat je nog in Praag zat.' Weer dat gefluister. Duidelijk een mannenstem.

Helene dus ook al.

'Georg? Ben je daar nog?'

'O, ja. Het beste.' Hij drukte haar weg en stak het mobieltje in zijn zak.

Nu wist hij tenminste hoe het ervoor stond. Hij was alleen. Maar dat gaf niet. Hij had niemand nodig. Hij zou zijn onschuld bewijzen. Ook zonder hulp.

Zondag 11 oktober, 20.49 uur

Liz keek op haar mobieltje en stopte het weer weg. Al bijna negen uur en nog geen bericht van Georg. Waarom liet hij niet van zich horen? Had hij haar verkeerd begrepen?

'Wat is er?' vroeg Birgit. 'Je zit steeds op je horloge te kijken.'

'Ik moet morgen vroeg op. Ik loop achter met mijn interviews. Mijn chef heeft me wel een extra week in Düsseldorf toegestaan, maar het wordt toch krap.' Liz keek Birgit niet aan. Ze had een hekel aan liegen, maar ze wilde niet vertellen dat Georg haar had gebeld. Niet zolang Hubert Burghausen aan tafel zat. Hij had zich aan hen opgedrongen. Ze waren al op weg naar buiten geweest toen hij opeens in de gang stond en vroeg of hij mee mocht. Wat hadden ze moeten zeggen?

De ringtoon van Liz' mobieltje overstemde Birgits reactie. Met een heftige beweging griste ze het apparaatje uit haar tas. David. David? Ze was zo verrast dat ze bijna op het verkeerde knopje drukte.

'Hallo David.' Ze drong langs de anderen naar de deur en ging buiten staan.

'Hi Liz. Je hebt me niet terug ge-sms't. Is alles goed met je?'

'Hé zeg, jíj hebt míj niet terug ge-sms't.'

'Is dat zo?'

'Ik heb sorry gezegd.'

'Ja, dat berichtje heb ik gekregen. En ik heb je meteen terug ge-sms't.'

Liz slaakte een zucht van verlichting. 'Ik heb niets gekregen. Maar het doet er niet toe. Hoofdzaak is dat alles weer oké is. Het is toch oké, hè?'

Ze hoorde hem lachen. Dat deed haar oneindig veel goed. 'Hier in elk geval wel. We zitten overigens weer in Good Old England. Al sinds woensdag. We waren maar een weekje weg.'

'Hebben jullie het fijn gehad?'

'Sam was niet uit het water te krijgen. En ik was 's avonds zo doodop dat ik tegelijk met hem in bed kroop. Geen tijd om uit te gaan en temperamentvolle Spaanse schonen te versieren.'

Liz deed haar mond open.

'Grapje!'

'Ik mis je, David. Hier is de hel losgebroken en ik zit er middenin.'

'Wat voor hel? Ik dacht dat je met je seriemoordenaars zat te praten.'

'Het zijn niet "mijn" seriemoordenaars, David. En bovendien heb ik daar nu geen tijd voor. Georg Stadler, de rechercheur met wie ik al vaker heb samengewerkt, wordt van moord verdacht en is ondergedoken. Vanavond had hij me eigenlijk willen ontmoeten, maar hij is niet op komen dagen. Ik weet niet of ik zijn collega's moet inwijden. Ik weet hoe dan ook niet meer wat ik moet doen.'

'Arme ziel. Ik lig nietsvermoedend op het strand en jij zit in de knoei. Denk je dat hij het gedaan heeft?'

'Ik denk dat hij een fatsoenlijke man is.'

'Dat is geen antwoord.'

'Hij heeft een drankprobleem. En een motief.'

'Je gelooft dus dat hij het heeft gedaan?'

'Nee!' Liz wreef over haar voorhoofd. 'Ik weet het niet. In elk geval zou ik het een beter idee vinden als hij zich aangaf. Op deze manier maakt hij het alleen maar erger.'

'Wat ben je nu dan van plan?'

'Geen idee. Ik weet niet eens of hij weer contact met me zal opnemen.'

'Je zult doen wat goed is.'

'Ach, David.'

'Je bent sterker dan je denkt, Liz.'

Toen ze weer aan tafel kwam zitten, keken de anderen haar vol verwachting aan.

'Is er iets?'

'Alles oké met David?' vroeg Birgit.

'O, ja hoor.' Ze glimlachte en een ogenblik lang waren alle problemen klein en onbelangrijk. 'Alles oké.'

'We hebben overigens hard gewerkt terwijl jij buiten plezier stond te maken', zei Miguel, en hij zwaaide met een papiertje.

'We hebben de code uit de *Frenzy*-video gekraakt', vulde Burghausen aan. Hij zag er tevreden uit. De hele avond al maakte hij een ontspannen indruk, hij had zelfs een fles wijn besteld en met hen geklonken op de prettige samenwerking. Wat dacht hij eigenlijk? Dat hij de plaats van Georg Stadler hier kon innemen?

'O ja? En wat is de volgende film?' Ze hoopte dat het een film was die ze niet kende, zodat ze niet meteen allerlei beelden voor ogen kreeg.

'De code is S96WC', zei Burghausen. 'Dat staat voor *Scream*, 1996, Wes Craven.'

Liz deed haar ogen dicht. Ze had *Scream* in de bioscoop gezien. Toentertijd zat ze nog op school en ze was de voorstelling, waarvoor ze nog te jong was, binnengeglipt in een vreemde stad, onder een andere naam, die haar familie had aangenomen om het verleden achter zich te laten. De nacht daarna had ze geen oog dichtgedaan. De film had allerlei verdrongen herinneringen bij haar opgeroepen. Aan de meisjes die haar broer had vermoord. Ze had de lijken nooit gezien. Ze had zich er nooit een beeld van kunnen vormen hoe haar klasgenootjes er na hun dood uit hadden gezien. Nu hadden ze opeens een gezicht gekregen. Dat van Drew Barrymore, die overdekt met bloed aan een boom in de tuin hing.

Maandag 12 oktober, 11.37 uur

Birgit onderdrukte een geeuw terwijl ze de parkeerplaats aan de Unterbacher See opreden, waar ze twee weken geleden met Gustav Scherenschmidt en zijn dochter hadden afgesproken. Toen was er nog geen vuiltje aan de lucht geweest. Geen verdenkingen van moord tegen Georg, geen ruzie met Georg. En geen hatelijke opmerkingen over Miguel. Birgit betrapte zich erop dat ze al zijn bewegingen stiekem analyseerde. Was de manier waarop hij het stuur vasthield niet een beetje onmannelijk? Of het gebaar waarmee hij het haar van zijn voorhoofd streek? Flauwekul! Waar was dat goed voor? Ze had helemaal geen tijd voor die onzin!

'Hebben jullie iets van Stadler gehoord?' vroeg Liz vanaf de achterbank.

'Ik in elk geval niet.'

Miguel trok de sleutel uit het contactslot. 'Bij mij heeft hij zich ook niet gemeld. Waarom vraag je dat?'

'Zomaar.'

Birgit draaide zich naar haar om. Ze geloofde de psychologe niet. Aan haar gezicht was af te zien dat ze iets op haar lever had. 'Wat is er? Zeg het dan!'

Liz antwoordde niet, maar gaf haar een briefje. Er stonden maar drie letters op: ME-D. 'Zou jij dit kenteken na kunnen trekken? Ik weet dat het niet volledig is, maar misschien zijn de eerste letters genoeg. Het zou om een camper gaan, daar zijn er niet zo veel van.'

'Wat is er dan met die camper?'

Liz aarzelde.

'Komt het van Georg? Vertel dan!' Birgit wierp Miguel een blik toe. Hij zat met een frons op zijn voorhoofd naar het briefje te staren. Het was moeilijk te zien wat hij ervan vond. En van haar aanvaring met Georg. Daar had hij maar weinig over gezegd. Ze had gemerkt dat hij kwaad was, maar hij had haar niets verweten. Ze vroeg zich nog steeds af waarom de situatie in de woning zo uit de hand was gelopen. Waarom ze zich zo agressief tegen Stadler had gedragen. Het moest iets met de sfeer daar te maken hebben gehad. Al het pluche, de blote engeltjes en de naaktfoto's. En het vervelende idee dat Miguel daar in en uit liep. Erger nog: dat zijn eigen huis misschien wel net zo was ingericht.

'Ja, het komt van Georg', gaf Liz toe. 'Die camper zou iets met de foto's op de usb-stick te maken moeten hebben.'

Birgit schudde ongelovig haar hoofd. 'Hoe dan?'

'Die camper diende als mobiele fotostudio, als ik het goed heb begrepen.'

Was Stadler wel goed bij zijn hoofd? Of was dit inderdaad een spoor? Birgit stak het briefje in haar tas. 'Oké. Ik zal het natrekken zodra we de vindplaats hebben gezien.'

Op dat moment ging Miguels mobieltje over. Hij nam het gesprek aan en luisterde even. 'Wacht even, Timo, dan zet ik je op luidspreker. Dan kunnen Birgit en Liz meeluisteren.' Hij tikte op het touchscreen en legde de telefoon op zijn dijbeen. 'Goed, wat was er met Lars' computer?'

'Hij werd gehackt', antwoordde een blikkerige stem uit het mobieltje.

'Wat wil dat zeggen?'

'Nou ja, iemand heeft hem een e-mail met een Trojaans paard gestuurd, hij heeft de bijlage geopend en hop... toen stond er een programma op zijn harde schijf dat de afzender volledige toegang tot zijn computer verschafte.'

'En die onbekende afzender?'

'Daar houdt het spoor op. Het staat wel vast dat er via dat Trojaans paard een account met de gebruikersnaam MMM werd aangemaakt op de website *Filmmaniacs.de*.'

'Ogenblikje', kwam Birgit ertussen. 'Betekent dat dat iemand waar dan ook ter wereld via internet op Lars Becks computer inlogde en van daaruit die video's uploadde?'

'Exact.'

'En het is niet mogelijk te achterhalen waar die mail vandaan kwam?'

'Hij zit niet meer in de inbox. Ik neem aan dat hij zo was geprogrammeerd dat hij zichzelf na een bepaalde tijd zou wissen.'

'Shit.'

'Hebben jullie Burghausen al op de hoogte gebracht?' vroeg Miguel. 'Ik vrees dat we de verdachte dan meteen moeten vrijlaten.'

'Dat is al gebeurd, voor zover ik weet.'

'Oké. Dank je wel, Timo.' Miguel verbrak de verbinding.

'Wat een sof', mompelde Birgit. 'En het had zo mooi gepast. De vriendin-actrice met het ongeluk. De wraak op de filmbusiness. Nu zijn we terug bij af.'

'Lars Beck paste hoe dan ook niet in mijn daderprofiel', meldde Liz van achteren. 'Te jong, met een uitgebreid sociaal netwerk. Onze moordenaar heeft geen vriendin.'

'Te gek. Dan zijn jullie het met elkaar eens.' Birgit deed het portier open en stapte uit. Haar humeur was tot een dieptepunt gedaald. Het regende weer en ze had de paraplu met de afgebroken punt weggegooid.

Een collega van de uniformdienst kwam op de auto aflopen. Iemand had het geweer gevonden waarmee de hond vermoedelijk was doodgeschoten. Blijkbaar had de dader het gewoon in het ondiepe water gegooid. Maar gezien de pech die ze op het ogenblik hadden, zou dit spoor waarschijnlijk ook doodlopen.

Hun collega nam hen mee naar de vindplaats. Ze waadden door de blubber tot het meer in zicht kwam.

'Het wapen lag daar', zei de agent en hij wees naar een man in beschermend pak die tot zijn dijen in het water stond en er met een stok in pookte.

'Is er behalve het wapen nog meer gevonden?'

'Tot nu toe niet.' Zijn mobieltje begon te piepen en hij liep van hen weg.

Liz keek naar links en naar rechts langs de oever. 'Waar is die hond doodgeschoten?'

Miguel wees haar de plaats, geen vijftig meter verderop. Hij had een paraplu opengeklapt en hield die boven haar hoofd. Birgit moest genoegen nemen met haar capuchon. Haar verdiende loon.

Liz beet op haar onderlip. 'Ik ben er intussen tamelijk zeker van dat hij deze daad spontaan heeft verricht en pas daarna begon de reeks moorden te plannen.'

'Erg lang is hij in elk geval niet met de planning bezig geweest.' Miguel hield de paraplu boven Liz' hoofd terwijl ze een stap opzij deed om beter zicht te hebben. 'Twee dagen na de hond heeft hij Tina Grandt in de oude fabriek vermoord. En vanaf dat moment was er geen houden meer aan.'

De agent kwam naar hen toegelopen, de telefoon nog in zijn hand. 'We hebben de eigenaar van het geweer opgespoord aan de hand van het serienummer', zei hij hijgend. 'Het wapen was volgens de voorschriften geregistreerd.'

'Is het gestolen?' vroeg Miguel.

'Nee. Maar de man, een zekere...' De man hield zijn mobieltje aan zijn oor. 'Klaus Bischoff heette de eigenaar toch? Ja, dank je!' Hij verbrak de verbinding en liet zijn arm zakken. 'Die Bischoff is een paar weken geleden gestorven. Op zijn adres staat sindsdien een Ferris Bischoff ingeschreven. Het zou zijn zoon kunnen zijn. Of zijn broer.'

Birgit schoof haar capuchon naar achteren, opeens wakker uit haar lethargie. 'Die gaan we opzoeken. Nu meteen.'

Weer in de dienstauto vroeg Miguel over de radio na wat er over Ferris Bischoff bekend was. De man was negenentwintig, woonde alleen en was eerder gestraft wegens aanranding.

Maandag 12 oktober, 12.05 uur

Het lag vast aan de regen. Er hing een zindering van gejaagdheid boven de stad. Bestuurders toeterden ongeduldig. Mensen haastten zich over het trottoir, botsten met hun paraplu's tegen elkaar en voor een snackbar stonden twee mannen te ruziën.

Georg Stadler had best met hen willen ruilen. Wat betekende dat beetje stress en frustratie, vergeleken met het duistere vooruitzicht alles te verliezen waar je om gaf en de komende twintig jaar in de cel te zitten?

Als hij zich nu tenminste maar herinnerde hoe hij die vervloekte avond thuis was gekomen! Misschien was hij op weg naar huis iemand tegengekomen. Of had hij een taxi genomen. Misschien waren er ergens mensen die konden bevestigen dat hij op het tijdstip van de moord niet op de plaats delict was geweest. Maar zolang hij zich niets herinnerde, kwam hij niet verder.

Gefrustreerd duwde Stadler de deur van hetzelfde restaurantje open waar hij eerder met Helene had afgesproken. Omdat hij in de zaak rond de foto's voorlopig niet verder kwam, had hij besloten het spoor van Tatjana verder te volgen. Op de een of andere manier kwamen alle draden toch ergens samen. Dat wist hij zeker. Het deed er dus niet toe op welk punt hij begon de knoop te ontwarren.

Hij had geluk, het café was bijna leeg. Achter de bar stond dezelfde kerel die Tatjana tegen hem had willen beschermen.

De man was bezig glazen op te wrijven. Hij had vuurrood haar en zijn huid was zo bleek dat het leek alsof hij nooit een voet buiten zijn restaurant zette.

'Hoi', zei Stadler, en hij ging op een kruk zitten.

'Wat kan ik voor u doen?'

'Weet u nog wie ik ben?'

De man zette het glas weg en keek hem aan. 'Ach verdorie, jij was die gast die stond te ruziën met die vrouw die later werd vermoord.'

Nu kwam het erop aan: wist die rooie dat Stadler werd verdacht? Dat er een opsporingsbevel was uitgevaardigd? 'Ik neem aan dat mijn collega's al zijn langsgekomen en u hebben ondervraagd?'

'Uw collega's? Bent u echt van de politie?'

'Hebben ze dat dan niet gezegd?'

De roodharige man pakte het volgende glas en poetste een denkbeeldige vlek weg. 'Wat wilt u van me?'

Stadler stootte opgelucht de adem uit die hij onwillekeurig had vastgehouden. 'Hebt u gezien wanneer die vrouw hier is weggegaan?'

'Kort nadat u wegging, dat heb ik uw collega's ook al verteld. U ging samen met die andere dame weg en een minuut later ging ze achter u aan naar buiten.'

Stadler probeerde deze nieuwe informatie in te passen. 'Had u de indruk dat ze ons volgde?'

'Kan zijn.'

'Kende u de vrouw? Was ze hier al eerder geweest?'

'Ze was me niet opgevallen. En iemand als zij merk je wel op. Ik denk niet dat ze hier al eerder was geweest.' Hij pakte het volgende glas en hield het tegen het licht. 'Ze was hier vanwege u. Ze stond naar u te kijken.'

'Nadat ik met haar had staan praten?'

'Nee, daarvoor al. Ze stond de hele tijd aan de bar naar u te kij-

221

ken. Ik dacht eerst nog dat ze uw vrouw was en dat ze u betrapt had met een ander.'

'Weet u nog wanneer ze hier binnenkwam?'

'Nee. Ze moet bij mijn collega besteld hebben. Ik weet alleen dat ze me opviel omdat ze opeens aan de bar stond en naar u keek. Ze had een smartphone in haar hand. Het kan zijn dat ze zelfs foto's van u heeft gemaakt.'

Stadler drong aan, maar veel meer kreeg hij er niet uit. Toen hij weer het café uit liep, was het net even droog. Hij pakte zijn mobieltje uit zijn zak. Nog steeds geen bericht van Helene. Hij klemde zijn lippen op elkaar, dacht aan de stem die hij de vorige avond op de achtergrond had gehoord, aan het belabberde gevoel door iedereen die hij vertrouwde in de steek gelaten te worden. En wat dan nog. Hij zou niet achter haar aan blijven bellen.

Hij had de auto in een zijstraat geparkeerd, vlak bij de Hermannplatz. Toen hij het portier opendeed, prikte er iets in zijn rug.

'Geen verkeerde beweging!' klonk het dreigend. 'Laat de sleutel vallen, stap opzij en steek langzaam je handen in de lucht.'

Maandag 12 oktober, 12.28 uur

Ferris Bischoff woonde in het stadsdeel Unterbach in een dood-lopende straat. Het huis ging schuil achter een overwoekerde voortuin. Links grensde het aan een garage, rechts werd het zicht belemmerd door een groepje thuja's.

Liz stelde zich voor hoe de jonge man achter deze groene muur voor een buitenmaats beeldscherm zat en zijn video's keer op keer afspeelde.

'Moeten we op versterking wachten?' vroeg Miguel met een blik op het onoverzichtelijke perceel.

'We willen hem toch alleen maar een paar vragen over dat geweer stellen.' Birgit stond al bij de tuindeur. Ze draaide zich om naar Liz. 'Je kunt beter achter ons blijven.'

Na de derde keer aanbellen ging de deur op een kiertje open. Een jong, smal gezicht. Omzoomd met roodblond, warrig haar. Haar dat Liz al eens eerder had gezien. Bij de moord in de Frenzy-video. Haar polsslag versnelde.

'Ja?' vroeg de man met wantrouwend samengeknepen ogen.

'Goedendag meneer Bischoff', zei Birgit op afstandelijke toon. 'Neem me niet kwalijk dat we u storen. We zijn van de politie en we hebben een paar vragen over Klaus Bischoff.'

De man ontspande zichtbaar. 'Die is dood.'

'Dat weten we, ja. Het gaat om zijn geweer. Dat is gevonden in de Unterbacher See.'

'Een geweer?' vroeg Bischoff met een verrast gezicht. 'Ik wist niet eens dat hij dat had.'

'Mogen we even binnenkomen en erover praten?'

Een korte aarzeling en de deur ging open.

Binnen rook het muf. Bischoff zette blijkbaar zelden een raam open. Hij ging hen voor naar een soort eetkamer, een kleine, langgerekte ruimte met een eettafel van mahoniehout. Door het raam waren de thuja's te zien. Ze stonden tegen de ruiten aan en lieten nauwelijks licht door.

'Hebt u het huis geërfd?' vroeg Miguel.

'Klaus Bischoff was mijn oom. Ik heb hem nauwelijks gekend. Maar hij had verder geen familie.'

Liz was bij de deur blijven staan. 'Zou ik even naar de wc mogen?'

Birgit wierp haar een waarschuwende blik toe, die ze negeerde.

Bischoff keek haar wantrouwend aan. Hij wilde haar niet alleen door het huis laten wandelen, dat was duidelijk. Maar hij kon geen reden bedenken om haar verzoek te weigeren. 'Aan het eind van de gang', zei hij. 'De deur aan de linkerkant.'

Terwijl Liz over het versleten tapijt liep, hoorde ze Miguel weer terugkomen op de reden van hun bezoek. 'U hebt het geweer van uw oom dus nooit zelf gezien?'

Liz deed de deur van de wc open. Groene tegels, bruine plavuizen. De ruimte was niet meer gerenoveerd sinds de jaren zeventig. Alleen een wc en een fonteintje. Er moest dus ergens in huis nog een badkamer zijn. Met een klap sloeg Liz de deur dicht – van buiten. Toen liep ze door een boog van rode baksteen de woonkamer in.

Ramen over de volle breedte van de kamer boden uitzicht op de tuin, die even verwilderd was als het gazon voor het huis. Lederen meubelen. Kastenwand. Tegenover de bank een scherm. Aan het plafond een videoprojector. Allebei pas onlangs gemonteerd. Elektrische rolluiken waarmee je de buitenwereld buiten kon sluiten. Een mooi thuisbioscoopje.

Liz hoorde een stoel over de vloer schrapen. Was het gesprek met Bischoff alweer afgelopen? Ze rende terug de gang in, schoot de wc in en bediende de spoeling.

Toen ze weer de wc uit kwam, stond Ferris Bischoff haar voor de deur aan te gapen. 'Alles in orde?' vroeg hij met over elkaar geslagen armen.

Ze slikte moeizaam. Er was iets in zijn blik. Iets loerends.

'Ja, dank u', stamelde ze.

Hij liep met haar mee naar de eetkamer.

'Meneer Bischoff was bezorgd dat je de wc niet kon vinden', zei Birgit. Er lag een vraag in haar ogen.

Liz knikte nauwelijks merkbaar.

'Nog even over dat geweer', zei Miguel. 'U wist dus helemaal niet dat dat er was?'

'Nee. Maar ik herinner me wel iets anders.' Bischoff praatte met opvallende nadruk, alsof hij een tekst opzegde die hij uit zijn hoofd had geleerd. 'Er is hier ingebroken, kort nadat mijn oom stierf. Daar heb ik natuurlijk aangifte van gedaan. Maar omdat ik niet wist van dat geweer, heb ik het ook niet als gestolen opgegeven. Ik dacht dat er niets was ontvreemd. Dat hoor ik nu pas.'

'Wat doet u voor de kost?'

'Ik werk soms hier, dan weer daar. Helaas heb ik mijn studie niet af kunnen maken. Informatica. Vlak voor mijn afstuderen moest ik ermee ophouden. Nogal een vervelende geschiedenis.' Hij klemde zijn lippen op elkaar, er trok een spiertje bij zijn linkeroog.

'Bedoelt u die eerdere veroordeling wegens aanranding?' Miguel haalde zijn smartphone tevoorschijn en keek op het display, alsof de personalia van Ferris Bischoff in het toestel waren opgeslagen.

Het trekken werd heviger. 'Wat heeft dat met het geweer te maken?' Hij begon met zijn vingers op tafel te trommelen.

'Met het geweer van uw oom is een hond doodgeschoten.' Miguel stak zijn telefoon weer in zijn zak.

'En aanranders schieten ook op honden, zeker?' Bischoff boog zich naar voren en wierp Birgit een felle blik toe, hoewel ze nog helemaal niets had gezegd. 'Als u zo goed op de hoogte bent, weet u ook dat dat trutje intussen in een inrichting zit. Ze had ze toen al niet allemaal op een rijtje. Wilde gewichtig doen. Ze had het allemaal verzonnen.'

Birgit week terug. 'Meneer Bischoff, het gaat ons in de eerste plaats om het geweer.'

Liz ging op haar handen zitten. Ze was er graag op ingegaan. Als het over vrouwen ging, leek Bischoff onstuitbaar. Het was zijn trigger. Maar ze moest aanvaarden dat de twee rechercheurs een andere strategie volgden.

'U komt met drie man vanwege een dood hondje?' snauwde Bischoff.

'Nee. Het gaat om een reeks moorden. In de afgelopen twee weken zijn er drie...' Ze stokte even, '...en misschien zelfs vier moorden gepleegd die samenhangen met het doodschieten van de hond.'

Zijn verrassing leek oprecht. 'Vier moorden? Wat voor moorden dan?'

Miguel schoof zijn stoel aan. 'Kent u Clara Bachmann?'

'Nee.'

'Tina Grandt?'

'Nee.' Bischoff tikte niet langer met zijn vingers. 'Hoezo? Denkt u soms dat ik die heb vermoord?'

'Waar was u op 25 september? Dat was een vrijdag.'

'Geen idee. Dat zou ik moeten nakijken.' Het trommelen begon weer.

'En twee dagen later, op zondagavond?'

Het zenuwtrekken bij Bischoffs ogen begon weer. 'Weet ik niet meer.'

'En nog eens twee dagen later, op dinsdag?'

'Geen idee.' Hij kreeg een heldere blik in zijn ogen. 'Wacht.

Ja. Dinsdag twee weken geleden? Toen was ik in München. Ik krijg soms programmeeropdrachten. De bedrijfsleider van een bedrijf daar wilde persoonlijk kennismaken. Ik ben dinsdagochtend met de trein weggegaan en pas woensdagavond teruggekomen.'

'Kan dat bedrijf dat bevestigen?' Birgit zag er gefrustreerd uit.

'Natuurlijk. Voor mijn part belt u ze nu meteen op.' Hij stak zijn hand in zijn broekzak, maar stokte toen Birgit en Miguel naar hun wapens grepen. 'Ik pak alleen mijn mobieltje. Voor het telefoonnummer.'

''t Is al goed. Ga uw gang.' Miguel nam zijn hand langzaam van zijn holster.

Liz zat te kijken hoe Birgit het nummer in München belde en zich liet doorverbinden met de bedrijfsleider. Aan haar gezicht was te zien dat die geen goed nieuws voor haar had. Ferris Bischoff was dus inderdaad in München geweest in de nacht toen de vrouw, die nog steeds niet was geïdentificeerd, in het hotel werd vermoord. Als dat klopte, kon hij de dader niet zijn.

Liz wreef haar handen. Bischoff moest iets met de moorden te maken hebben. Het klopte te goed. De thuisbioscoop. Kennis van computers. Het roodblonde haar. Het geweer. De veroordeling wegens aanranding. Zijn merkwaardig zenuwachtige gedrag. Maar hoe kon hij dan voor ten minste één moord een alibi hebben? Was er dan toch een medeplichtige in het spel? Zoals Birgit vanaf het begin had vermoed? De feiten pasten niet bij wat Liz van daderkoppels wist. Kon ze zich echt zo vergissen?

Maandag 12 oktober, 12.49 uur

'Verdomme, Kostas, ben je helemaal gek geworden? Wat is dat voor rotstreek?'

De Griek stak zijn handen op. 'Jeetje, Stadler, het was maar een grapje.'

'Een grapje? Ik schrok me kapot. Ik dacht dat je me een pistool in mijn rug duwde.' Stadler veegde zijn bezwete handen af aan zijn broek. Een ogenblik lang had hij gedacht dat alles voorbij was. Zijn hart ging nog steeds tekeer als een pneumatische hamer.

'Sorry, Stadler. Dat was echt niet de bedoeling.' Kostas sloeg berouwvol zijn ogen neer.

'Wat doe je hier eigenlijk? Heb je staan luisteren? Hoe heb je me gevonden?'

'Ik heb je niet afgeluisterd. Mijn zus woont daar verderop.' Hij wees naar een huis aan de overkant.

'Oké. Doe dat nooit meer, ja?'

'Oké.'

'Hoe is het met de Mustang?'

'Prima in orde.' De garagehouder zag er ineens zenuwachtig uit. 'Echt. Helemaal in orde.'

'Waarom kijk je me dan niet aan?'

'Met de auto is echt alles in orde.'

'Wat wil je me dan niet zeggen?'

Kostas draaide eromheen. 'Er was iemand.'

'Wat voor iemand? Verdomme, Kostas, het is belangrijk!'

'Een kerel. Blond en iets jonger dan jij. Hij wilde de auto zien. Ik wist niet of hij bij jou hoorde of bij de foute jongens. Hij zag eruit alsof hij van de politie was, maar eigenlijk een beetje vreemd. In elk geval heeft hij de Mustang niet aangeraakt!'

Stadler keek onrustig om zich heen. 'Er is iemand bij je langs geweest die mijn auto wilde zien?'

'Ja. Hij wist dat de Mustang in de hal stond. En hij kende je naam zelfs.'

Stadler had niemand erover verteld. 'Ik wil de auto zien. Meteen.'

'Maar ik moet naar mijn zus.'

'Niet nu.'

Tien minuten later reden ze het terrein van de werkplaats op. Stadler liet de Sierra in de buurt van de toegang staan. Kostas reed met zijn auto tot voor de hal. Samen liepen ze naar binnen. Er was niemand, de brug lag er verlaten bij.

'Waar is je personeel?' vroeg Stadler.

'Middagpauze.' Kostas ging hem voor naar de spuitkamer.

'Laat me hier even alleen', vroeg Stadler en stak zijn hand uit voor de sleutel.

Hij maakte de auto open. Alles zag er precies zo uit als hij het had achtergelaten. Voor de rechterstoel lag nog de lege koffiebeker die hij er zelf had neergegooid. Hij stapte uit en maakte de kofferbak open. Alles zag er opgeruimd en schoon uit. Hij tilde het tapijt op.

Fuck!

Geschrokken deinsde hij achteruit. Hij wreef zijn ogen uit, deed een stap naar voren en keek opnieuw onder het tapijt.

Een bebloed mes.

'Kostas!'

'Ja, wat is er?' De Griek kwam aanrennen.

Stadler liet het tapijt zakken. 'Heb je die man met de auto alleen gelaten?'

'Nee. Ja. Nou ja, niet echt.'

'Wat bedoel je, verdomme? Was hij alleen met de auto? Kan hij iets in de kofferbak hebben gelegd?'

'Nee, onmogelijk. Hij was even alleen, maar ik had hem praktisch de hele tijd in de gaten. Hij heeft alleen een beetje aan de carrosserie gefrummeld. Meer had hij ook niet kunnen doen. Hij had de sleutel niet en de auto was op slot.'

Stadler stuurde de Griek met een handgebaar weg. 'Dank je, Kostas, dat is alles wat ik wilde weten.'

Toen hij alleen was, drukte Stadler zijn voorhoofd tegen de muur van de spuitkamer. Hoe kwam dat mes in de kofferbak? Wiens bloed kleefde eraan? Kon het zijn dat hij een moord had gepleegd en het zich niet herinnerde?

Maandag 12 oktober, 16.28 uur

Birgit leunde achterover in haar stoel en masseerde haar nek. De spieren waren zo hard als beton. Geen wonder ook.

Ze pakte het briefje dat Liz haar had gegeven en nam de hoorn van de telefoon.

'Met Clarenberg van KK 11', zei ze toen ze een collega aan de lijn kreeg. 'Ik wil graag een kenteken natrekken. Maar ik heb er maar drie letters van.'

'Dat wordt dan een flinke lijst', zei de man aan het andere eind.

'Ik weet het, maar het gaat om een camper. Dat zou de lijst aanmerkelijk moeten verkorten. Het kenteken is uitgegeven in district Mettmann. Ik zal je doorgeven wat ik heb.'

'Hé, een ogenblikje. Er gaat hier een belletje rinkelen.' Birgit hoorde getik op een toetsenbord. 'Ja, daar heb je hem. Dat dacht ik al. In Mettmann is gisteren een camper uitgebrand. De collega's ter plaatse gaan uit van brandstichting. Er waren sporen van brandbare stoffen. Het voertuig stond op de oprit van een eengezinswoning. De eigenaars zijn op vakantie.'

Birgits adem stokte. Dat kon geen toeval zijn. 'Het kenteken begint niet toevallig met ME streep D?'

'Toevallig wel.' Haar collega gaf haar het hele kenteken, de naam en de adresgegevens van de eigenaar. 'Maar vertel eens, waarom interesseert KK 11 zich voor die auto?'

'Dat is een erg lang en erg ingewikkeld verhaal.' Birgit bedankte hem en hing op. Ze viste de prepaidtelefoon die Stadler haar had gegeven uit haar handtas en bekeek hem. Nog steeds geen antwoord. Ze had het intussen wel twintig keer geprobeerd. Zou hij nog zitten mokken? Of kon hij haar niet bellen? Wat een puinhoop! Als die camper een spoor was, moest ze er meer over te weten komen.

Ze pakte haar gewone telefoon en belde Liz.

'Ik heb die camper opgespoord', zei ze toen Liz opnam.

'Zo, wat fantastisch. Met een beetje geluk vinden jullie in die wagen ook sporen van de fotosessie. En van de fotograaf.'

Birgit schudde haar hoofd, al kon Liz dat niet zien. 'Waarschijnlijk vinden we helemaal niets meer. Het ding is in brand gestoken.'

'Verdorie! Maar dat bewijst wel dat er iets belangrijks te verbranden was. Hoe zit het met de eigenaar?'

'Op vakantie. Ik vrees dat onze dader de camper zonder zijn medeweten heeft geleend.'

'Weer een dood spoor dus?' Liz klonk teleurgesteld.

'Dat valt nog te bezien. Ik moet meer van de hele zaak weten. Zou jij met Georg kunnen praten? Als ik hem bel, neemt hij niet op.'

'Ik heb het al geprobeerd. Met mij wil hij geloof ik ook niet praten.'

'Stomme idioot!' Birgit stond op en gooide daarbij bijna haar koffiebekertje om.

'Soms heb ik het idee dat we hem tegen zichzelf in bescherming moeten nemen.'

'Hoe bedoel je dat?' Birgit spitste haar oren. Er klonk iets door in Liz' stem.

'O, niets. Laat maar zitten. Hoe zit het met die Ferris Bischoff? Hebben jullie daar nog iets uit losgekregen?'

'Alleen dat zijn alibi voor de moord op de vrouw in het hotel absoluut waterdicht is. Dat maakt het moeilijk een huiszoekingsbevel te krijgen. Vooral omdat er in je voorlopige verslag eenduidig sprake is van een enkele dader.' Birgit was zich ervan bewust dat het klonk als een verwijt, maar zo lagen de zaken nu eenmaal. Met háár gemoedstoestand hield ook niemand rekening. 'In elk geval hebben we voor elkaar gekregen dat hij in de gaten wordt gehouden.'

'Ik heb nog eens nagedacht over je theorie dat het een duo zou zijn', zei Liz.

'En?'

'Het lijkt me nog steeds onwaarschijnlijk.'

'Nou, fijn.'

'...maar ik heb wel een ander idee. Er zijn immers wel meer varianten met twee daders.'

'Een imitator?'

'Nee, dat zou niet kunnen. De code kondigt immers altijd de volgende moord aan. Een imitator zou niet kunnen weten welke filmmoord zijn voorbeeld zal gaan naspelen.'

'Dus moeten ze wel samenwerken.'

'Niet per se.'

'Hoe kan het anders gaan?'

'Ik begrijp dat de zaak je op de zenuwen werkt, Birgit. Maar geef me alsjeblieft nog een dag de tijd om mijn theorie met de feiten te vergelijken. Afgesproken?'

Had ze echt zo bot geklonken? 'Hebben we daar dan de tijd voor?' vroeg Birgit terug. 'Ik wil niet weer te laat komen.'

Liz gaf geen antwoord. Dat hoefde ook niet. Birgit wist zelf wel hoe onwaarschijnlijk het was dat ze de dader voor de volgende moord zouden vinden. Vooral nu ze het lijk van Clara Bachmann twee dagen geleden hadden gevonden en wisten hoe lang ze al dood was geweest. Birgits enige hoop was het internet. Op de kopie van de filmfansite die Miguel op het net had gevonden, was nog geen video van *Scream* geüpload.

Maandag 12 oktober, 21.44 uur

'Hou je van horrorfilms?'

Liz drukte de telefoon tegen haar oor en leunde tegen de tegelwand in haar badkamer. Ze was net begonnen haar tanden te poetsen toen ze werd gebeld. 'Nee.'

'Fout antwoord. Je moet ja zeggen en me vertellen wat je lievelingsfilm is.'

Nee. Nee. 'Met wie spreek ik?' vroeg ze schor.

'Dat weet je toch wel. Of wilde je beweren dat je *Scream* nog nooit hebt gezien?'

Hang op! Hang op, Liz. Die kerel is gestoord.

'Wat wilt u van me?'

'Ik wil zien hoe je er vanbinnen uitziet.'

Liz verbrak de verbinding, gooide de telefoon op de wastafel en rende de badkamer uit. Ze gooide de deur dicht en wankelde naar het raam. Haar knieën knikten. Het kon geen toeval zijn. De seriemoordenaar had aangekondigd dat hij zijn volgende slachtoffer net als in *Scream* zou vermoorden, en nu belde er iemand op die de moordenaar uit diezelfde film speelde. De beller had de eerste scène nagespeeld. Met haar als hoofdrolspeelster. Ze was zojuist onvrijwillig deel van zijn enscenering geworden. Voorzichtig waagde Liz een blik naar buiten. Beneden op de Poststraße zag alles eruit zoals altijd. Niemand stond ergens naar boven te staren. Maar in het donker van het plantsoen aan de overkant zou zich een monster met negen koppen kunnen verbergen zonder dat ze het zag.

Ze deed haar ogen dicht en masseerde haar slapen. *Denk na!* Ze moest hulp zien te krijgen. Birgit. Die zou ze niet veel hoeven uitleggen. Maar als ze Birgit wilde bellen, had ze haar telefoon nodig. In deze vakantiewoning was geen vaste telefoon. Terug naar de badkamer dus.

Al in de deuropening zag ze dat ze in de tussentijd een sms'je had gekregen. Met bevende vingers viste ze het mobieltje uit de wastafel. Nummer onbekend.

Hoi Liz. Ik heb dringend je hulp nodig. Kom naar het Schirrmacherhof bij Altenberg. Alsjeblieft alleen. Het is erg belangrijk, ik reken op je! Georg

Liz las het bericht. Was het een val? Had het berichtje iets met het gesprek van daarnet te maken? Of zat Stadler inderdaad in moeilijkheden? Shit, shit, shit. Wat moest ze doen?

Ze liep naar het bureau, waar haar laptop stond, en tikte het adres in. Een eenzaam huis aan de rand van een bos, op zo'n vijftig kilometer van Düsseldorf. In de film stond de moordenaar met een masker op in een tuin te loeren.

Doe niets ondoordachts!

Liz stopte het mobieltje in haar broekzak, trok haar gymschoenen aan en pakte haar sleutels. Ze wist wat ze ging doen. En ze hoopte dat het het juiste was.

Maandag 12 oktober, 21.53 uur

Birgit pakte het glas wijn en maakte het zich gemakkelijk op de bank. Ze had een dvd klaargelegd die ze een paar jaar geleden in een opwelling had gekocht. *The Wizard of Oz*. Als kind had ze de film al eens gezien en de magische wereld van Oz had een zeer troostrijke indruk op haar gemaakt. Ze hoopte dat de film nog steeds dezelfde uitwerking had. Ze had zich namelijk voorgenomen de rest van de avond noch aan Miguel, noch aan Georg, noch aan de zaak te denken. Misschien zou het haar zo lukken vannacht zonder nachtmerries door te slapen.

Toen ze naar de afstandsbediening greep, ging haar mobieltje over. Verdorie! Ze had het zacht moeten zetten. Besluiteloos luisterde ze naar de ringtone. Toen de stilte weer inviel, drukte ze op de startknop. Ze nipte van haar wijn, maar het lukte haar niet zich op de film te concentreren. Stel dat het belangrijk was?

Op dat moment ging het mobieltje weer over. Birgit sprong zo plotseling overeind dat ze wijn over haar broek morste. Ook dat nog! Ze zette het glas weg en holde naar de keuken. Haar handtas stond op een stoel. Ze viste haar mobieltje eruit. Liz.

'Ja, wat is er?'

'Ik kreeg een vreemd telefoontje. En daarna nog een sms'je. Ik ben op weg naar Altenberg. Ik heb ondersteuning nodig, want ik weet niet of het een val is.'

'Ogenblik, ik versta er geen woord van. Wie heeft je gebeld? Waar ben je?'

'Ik weet niet wie er heeft gebeld. Een of andere gek die deed alsof hij de moordenaar uit *Scream* was.'

'Pardon?'

'En daarna kreeg ik een berichtje van Georg. Hij wil me spreken. Op de Schirrmacherhof bij Altenberg.'

Nu pas begreep Birgit wat Liz precies vertelde. 'Begrijp ik dat nou goed? Ben je van plan op een afgelegen plaats iemand te ontmoeten die zegt dat hij Georg is?'

'Ja.'

'Dat stinkt, Liz. Doe geen gekke dingen.'

'Waarom denk je dat ik je bel?'

'Shit! Ik laat versterking komen.'

'En als dat berichtje toch van Georg was?'

'Oké. Ik ben al onderweg.'

Birgit nam haar telefoon in haar linkerhand en greep met de rechter naar de holster die nog op de keukentafel lag. 'Ga er niet alleen op af, Liz. Wacht op een veilige afstand in je auto op mij, hoor je me?'

Er kwam geen antwoord. Liz had al opgehangen.

Maandag 12 oktober, 22.38 uur

Liz minderde vaart. Verdomme, wat was het hier donker! Er was niet eens straatverlichting. Rechts doemde een parkeerplaats op. Ze zette haar knipperlicht aan en sloeg van de provinciale weg af. Terwijl de Mini langzaam verder reed, tuurde ze naar buiten. Voorbij de parkeerplaats lagen akkers of weiden, ze kon het niet precies zien, omzoomd met beboste hellingen. Een eind achter de parkeerplaats was een splitsing en liep er een landweg van de provinciale weg naar een huis dat zo'n tweehonderd meter verderop stond.

Liz remde en kneep haar ogen tot spleetjes. De omtrekken van het huis waren op deze afstand maar vaag te onderscheiden. Er brandde nergens licht en ze kon niet eens zien of er eigenlijk wel ramen waren. Was dit Stadlers schuilplaats?

Ze pakte haar mobieltje. Geen verdere berichten. Ook niet van Birgit. Hopelijk schoot die een beetje op!

Liz zette de motor af en stapte uit. Nu zag ze dat er door veelvuldig gebruik een paadje was ontstaan van de parkeerplaats tot ongeveer halverwege de landweg naar het huis. Ze trok de rits van haar jasje dicht, sloot de Mini af en liep voorzichtig naar het paadje. Het kon geen kwaad om het huis van een veilige afstand te bekijken voor Birgit aankwam. Na een paar stappen knapte er een takje onder haar voeten. Ze slaakte bijna een luide kreet van schrik. Met bonzend hart sloop ze verder.

Op de provinciale weg klonk het geluid van een auto en er

naderden twee koplampen. Liz draaide zich om, maar de auto reed de parkeerplaats voorbij, zonder zelfs maar vaart te minderen. Langzaam liep Liz verder naar het huis. Ze spitste haar oren, lette op elk geluid. De wind ruiste door de bladeren, er ritselde iets in het kreupelhout en in de verte blafte een vos. Maar rond het huis was alles stil.

Ze had nog zo'n vijftig meter te gaan. Dichterbij moest ze maar niet komen. Weer hoorde ze op de provinciale weg het geluid van een auto. Hopelijk was het Birgit!

Juist toen Liz terug wilde lopen, ging voor het huis het licht aan. In één klap was de hele tuin fel verlicht. Hoewel Liz buiten de lichtkegel stond, dook ze snel weg achter een bosje. Ze hoorde het gepiep van een deur; een gelijkmatig heen en weer gaand geluid. Alsof iemand de deur niet goed had dichtgedaan, waardoor de wind er vrij spel mee had.

Liz waagde een blik over het bosje. Ze zag een verwilderde voortuin. Tegels die naar een glazen terrasdeur leidden. Boven het terras een ouderwetse lamp die melkachtig licht op de stenen platen en het gazon wierp. Binnen in het huis absolute duisternis. Had Stadler de lamp aangedaan zodat ze de ingang beter zou kunnen vinden? Maar waarom liet hij zich dan niet zien? Vertrouwde hij haar niet en wilde hij eerst zien of ze werkelijk alleen was?

Liz wreef zenuwachtig over haar gezicht. Het liefst was ze terug naar de parkeerplaats gerend, maar elke snelle beweging zou haar kunnen verraden.

Het geluid van de auto was verstomd. Liz had niet opgemerkt of de auto de parkeerplaats op was gekomen of er voorbij was gereden. Verdorie! Wat moest ze nu doen? Ze luisterde. Geen voetstappen op het pad. In elk geval zou Birgit ervoor zorgen zo min mogelijk geluid te maken. Misschien was ze al vlak achter haar.

Opnieuw ritselde het gebladerte, door een windvlaag gegrepen. Ook het gepiep begon weer. Het kon de terrasdeur niet zijn. Liz kon die deur goed zien. Ze bekeek de gevel van links naar rechts. Geen open luiken.

Ze kwam zo stil als ze kon achter het bosje vandaan en sloop een eindje verder naar het huis. Nu kon ze ook in de tuin aan de zijkant kijken. Het gepiep kwam van een soort schommel, die aan een boom hing. Liz liep nog iets dichterbij.

Het was geen schommel.

O god, nee!

Maandag 12 oktober, 23.47 uur

Georg Stadler schrok op toen zijn mobieltje rinkelde. Hij was met zijn hoofd op tafel ingedut en moest zich eerst even oriënteren. De hotelkamer. Voor hem op tafel de laptop, ernaast het goedkope prepaidmobieltje, dat met elke rinkel iets dichter bij de rand van de tafel kwam te liggen.

Hij wreef over zijn gezicht en keek op het display. Helene. Er ging een steek door zijn borst. Wat moest hij tegen haar zeggen?

'Ja?'

'Heb ik je wakker gemaakt?' Ze klonk opgewonden.

'Hm.'

'O, dat spijt me. Ik ben net geland en ik wil je ontzettend graag zien.'

'Je meent het.'

'Hé, wat is er aan de hand? Is er slecht nieuws?' Ze klonk plotseling ongerust en leek zich oprecht zorgen om hem te maken.

'Niets nieuws', loog hij. 'Alles is nog net zo klote als voor je vertrek.'

'Wil je me over Praag vertellen? Ik kan wel naar je toe komen.'

'Dat is geen goed idee.' Hij leunde achterover in zijn stoel. Hij zou haar graag zien. Heel graag zelfs. Ze was zijn enige lichtpuntje in een duistere nacht.

'Maak je geen zorgen. Ik ben niet gevolgd.'

Hij ging met een ruk rechtop zitten. 'Waar ben je? Ik dacht dat je net geland was.'

'Een half uurtje geleden. Ik sta op een parkeerplaats langs de A52. Als je me vertelt waar je hotel is, ben ik over twintig minuten bij je.'

Stadler deed zijn ogen dicht. Het was te riskant. 'Als de opsporingsdienst je achtervolgde, zou je dat niet eens merken.'

'Wil dat zeggen dat ik vannacht alleen moet slapen?'

'Heb je afgelopen nacht alleen geslapen?' Hij beet op zijn onderlip. Dat was er zomaar uit gefloept.

'Wat zeg je?'

'Laat maar zitten.'

'Georg, praat met me!'

Hij balde zijn hand tot een vuist. 'Toen ik je gisteravond belde, was er iemand bij je...'

'O, shit!' Ze lachte. 'Ik stond bij de receptie van het hotel. Je hoorde de nachtportier. Ik stond net in te checken. Daarom probeerde ik later nog een keer te bellen, maar je had je telefoon uitgezet.'

Hij duwde zijn vuist tegen zijn kin.

'Georg?' vroeg ze zacht. 'Je gelooft me toch wel?'

Hij bromde iets waarvan hij hoopte dat het bevestigend klonk. 'Ik wil je heel graag zien. Ik heb je gemist. Berlijn was koud en lelijk zonder jou. Elke stad is koud en lelijk zonder jou.'

Zijn hart sloeg over. 'Ik wil jou ook zien', zei hij met een schorre stem. 'Morgen, oké? Ik bedenk wel iets.'

'Afgesproken. Slaap lekker.'

'Jij ook.' Hij gooide het mobieltje terug op tafel.

Hij bleef een poosje zo zitten, heen en weer geslingerd tussen blijdschap en wanhoop. Toen stond hij op, liep naar het bed en pakte het voorwerp dat er – in een papieren zakdoek gewikkeld – op lag. Voorzichtig sloeg hij de zakdoek open. Het glimmende lemmet. Het bloed. Maar nog steeds geen herinnering.

Maandag 12 oktober, 23.59 uur

Birgit keek toe terwijl twee collega's de dode vrouw van het touw sneden. Hun witte beschermende overalls leken licht te geven. Ze hadden erover gediscussieerd of ze de knoop moesten losmaken of het touw moesten doorsnijden. In beide gevallen konden er sporen verloren gaan. Uiteindelijk waren ze het erover eens geweest dat het belangrijker was de knoop te behouden dan de hele lengte van het touw.

Behoedzaam legden de mannen de dode vrouw op de grond. Marcus Schreiner ging meteen aan het werk. Tien minuten geleden was er een forensisch arts uit Keulen opgedoken, omdat de plaats delict eigenlijk onder jurisdictie van de recherche van Keulen viel. Birgit had hem er echter van weten te overtuigen dat het zinvoller was om op Schreiner te wachten. Ze hadden met een reeks moorden te maken en de arts uit Düsseldorf zou eventuele overeenkomsten met de andere moorden of afwijkingen in het handschrift van de dader meteen herkennen.

De collega's van de recherche van Keulen hadden zich iets minder bereidwillig teruggetrokken. Hubert Burghausen was nu in een discussie verwikkeld met een agent die ze bij wijze van verbindingsofficier hadden achtergelaten.

Birgit onderdrukte een zucht. Ze konden best wat versterking gebruiken. Maar dan wel zonder geruzie over wederzijdse competenties. Ze liep naar Schreiner en de dode vrouw toe. De vrouw was met ontelbare messteken verminkt en haar kleren waren helemaal aan flarden. Ze had in elk geval nog iets aan. Een interessant verschil met de andere slachtoffers.

'Te oordelen naar de lichaamstemperatuur is ze hooguit drie uur dood', zei Schreiner. 'Ik kan het tijdstip van de dood pas preciezer bepalen na verder onderzoek.'

'Minder dan drie uur.' Birgit keek op de klok. 'Dan leefde ze misschien nog toen de dader Liz belde.' Ze keek naar de psychologe, die op de laadvloer van een ziekenwagen zat en uit een kartonnen bekertje dronk.

'Theoretisch wel, ja.' Schreiner richtte zich op. 'Er is nog iets wat u wellicht zal interesseren.'

'Ja?'

'De steekrichting, de bloedsporen... alles duidt erop dat ze eerst is opgehangen en daarna pas doodgestoken.'

'Zo.' Birgit boog voorover. 'Dan zou hij van het voorbeeld van de film zijn afgeweken.'

'Niet per se.' Schreiner hurkte naast haar. Ze vond zijn nabijheid niet prettig, maar wilde hem niet voor het hoofd stoten door van hem weg te schuiven. 'Ziet u deze twee steken? Ze zijn anders dan de andere. De dader zou ze toegebracht kunnen hebben terwijl ze voor hem stond. Daarna heeft hij haar opgehangen en de dodelijke verwondingen toegebracht.'

'Maar waarom?' Birgit richtte zich op en masseerde haar slapen.

'Hoofdpijn?' vroeg Schreiner medelevend. 'Het is vast allemaal erg belastend voor u. Ik bedoel, vanwege uw collega en zo.'

Birgit keek hem aan.

'Neem me niet kwalijk', stamelde Schreiner. 'Ik wilde u niet schofferen.'

Ze wuifde zijn verontschuldiging weg. 'Het is al goed. Ik ben gewoon helemaal kapot. Ik heb het hele weekend doorgewerkt en zou wel eens lekker een avondje vrij willen hebben. Maar oké, waarom heeft de dader haar niet eerst vermoord en daarna pas opgehangen?'

'Dergelijke speculaties vallen eigenlijk niet binnen mijn werkterrein,' zei hij stijfjes, 'maar als ik ernaar moest raden, zou ik zeggen: omdat het verdomd zwaar is om een lijk aan een tak te hangen. Daar moet je heel sterk voor zijn.'

'Dat wil zeggen dat hij het gewonde slachtoffer heeft gedwongen ergens op te gaan staan en de strop om haar eigen hals te leggen?'

'Daar zou ik op gokken.'

'En daarna heeft hij het krukje of wat dan ook onder de half-dode vrouw weggeduwd en het karwei met het mes afgemaakt.'

Schreiner knikte. 'Die toedracht zou met de verwondingen overeenstemmen.'

'Oké. Bedankt.' Birgit liet Schreiner bij het lijk achter en liep naar Liz. 'Hoe is het?'

'Belabberd.'

'Je had op me moeten wachten. Het was verdomd gevaarlijk om alleen te gaan.'

'Ik wist zo zeker dat het berichtje van Georg afkomstig was.' Ze sloeg haar ogen neer. 'Maar hoe weet de moordenaar dat ik bij de zaak betrokken ben?'

'Op z'n laatst sinds de persconferentie na de vondst van het lijk van Tina Grandt weet iedereen die het wíl weten dat, Liz. Je naam werd weliswaar niet genoemd, maar Hubert heeft uitgebreid verteld dat we samenwerken met een externe deskundige, die de politie van Düsseldorf al bij meer zaken heeft geholpen. Elke idioot kan dan zelf wel bedenken dat hij jou bedoelde.'

'Maar ik...'

'Wat kun je me over de beller vertellen? Wat voor stem had hij? Hoog of laag? Oud of jong? Had hij misschien een accent? Elk detail is belangrijk.'

'Ik was zo geschrokken dat ik nauwelijks nog iets weet. En ik herinner me alleen dat de stem vreemd schor klonk. Ik denk dat hij hem had vervormd.'

'Weet je zeker dat het een man was?'

'Hm. Ik denk het wel. O god, ik vrees dat je weinig aan me hebt.'

'Misschien schiet je straks nog iets te binnen.'

'Ik begrijp er helemaal niets van.'

'Wat begrijp je niet?' Birgit ging naast haar zitten.

'De moordenaar gaf zich voor Georg uit toen hij me het sms'je stuurde. Hij schreef dat hij mijn hulp nodig had en dat ik alleen moest komen. Dat wil zeggen dat hij wist dat Georg geschorst en ondergedoken is. Maar hoe wist hij dat?'

'Dat bestaat niet!' Birgit stak haar hand uit. 'Laat me dat sms'je eens zien.'

Liz haalde haar mobieltje uit haar zak en hield het Birgit voor.

Hoi Liz. Ik heb dringend je hulp nodig. Kom naar het Schirrmacherhof bij Altenberg. Alsjeblieft alleen. Het is erg belangrijk, ik reken op je! Georg

Langzaam drong de betekenis van de woorden tot Birgit door. Toen Liz haar belde, had ze alleen aan het gevaar gedacht. Aan de eenzame ontmoetingsplek. Aan de moordenaar. Nu pas zag ze de gebeurtenis in al haar dimensies. 'O nee!' Ze werd door duizeligheid overvallen, alsof ze weer in de verlaten fabriek was. Ze greep zich onwillekeurig met haar vingers aan de laadvloer vast.

'Je weet wat het betekent?' vroeg Liz.

'Of Georg is de dader...'

'Je bent niet goed wijs!'

Birgit wuifde de opmerking vermoeid weg. 'Natuurlijk denk ik dat niet. Maar het is een van de twee theoretische mogelijkheden.'

'En de andere?'

'We hebben een lek bij de moordbrigade. Iemand vertelt de moordenaar alles over ons onderzoek.'

Dinsdag 13 oktober, 10.14 uur

'Hebt u zich er ooit voor geïnteresseerd hoe andere seriemoordenaars bij hun daden te werk gaan? Hebt u daar misschien boeken over gelezen? Of er films over gezien?'

'Nee.'

'Kent u andere seriemoordenaars?'

'Nee.'

'Maar van Jack the Ripper hebt u toch vast wel gehoord?'

'Tuurlijk. Maar die is nooit gepakt, of wel?'

'Dus u hebt zich met hem beziggehouden?'

'Nee.'

Liz schakelde het dicteerapparaat uit en stond op. Haar hele lijf was stijf en verkrampt. Ze had gehoopt dat het werk haar zou afleiden, maar ze kon het beeld van de opgehangen vrouw niet uit haar hoofd zetten.

Ze liep naar de keuken en zette theewater op. Ze verlangde naar een gezellig babbeltje met haar vriendin Judy in de tuin van haar cottage. Of een strandwandeling met David. Ze wilde hier weg, zo ver mogelijk van al die krankzinnige moordenaars vandaan.

Ze pakte een mok uit de kast, hing er een theezakje in en schonk het water erop. Ze had nagedacht. Over de verrader. En over de andere mogelijkheid. Dat Georg toch degene was die overal achter zat. Sommige details uit het daderprofiel waren op hem van toepassing. Hij was alleenstaand. Hij had problemen met de omgang met vrouwen als het langer duurde dan één nacht. Hij had een alcoholprobleem. En hij was op de hoogte van de stand van het onderzoek.

Liz viste het theezakje uit de mok, schepte er suiker in en roerde. Nee, zelfs als ze het allemaal zonder reserves in ogenschouw nam, paste Georg niet in het plaatje. Hij had er niet de persoonlijkheid voor. Geen neiging tot geweld. Geen minderwaardigheidscomplex. Geen overdreven ijdelheid. Zeer in tegenstelling tot de dader. Die wilde maar al te graag in de schijnwerpers staan. Daarom had hij de moorden voor een draaiende camera gepleegd en de filmpjes op internet gezet. De kick was enerzijds dat hij de moorden op film vastlegde, en anderzijds dat hij de films verspreidde. Om daardoor roem te vergaren. Waar hij gelukkig niet in geslaagd was.

Liz hield op met roeren. Was dat het echt? Een schreeuw om aandacht? Tot dusver had niemand de films op internet gezien, niemand had het werk van de dader bewonderd. In elk geval niet zoals hij het had gepland. Had hij daarom zijn handelwijze aangepast en haar opgebeld? Om zich ervan te verzekeren dat niemand zijn werk nog over het hoofd zou zien?

Met de mok in haar hand liep Liz terug naar de woonkamer. Ze zou straks het profiel bijwerken. Nu moest ze zich eerst met Günther Scharnowski bezighouden. Ze kon het zich niet veroorloven haar baan bij de universiteit kwijt te raken.

Ze maakte het zich gemakkelijk aan het bureau en zette het dicteerapparaat weer aan.

'Kent u nog andere moordenaars, behalve Jack the Ripper?' hoorde ze haar eigen stem op de band.

'In Amerika zijn er een hoop. Maar die worden allemaal...' Een sissend geluid.

Liz herinnerde zich dat Scharnowski op dat moment zijn vinger langs zijn keel had gehaald.

'U bedoelt de doodstraf?'

'Ja.'

'Wat vindt u daarvan?'

De vraag stond niet op de lijst die ze samen met haar collega's had samengesteld, maar soms kon je via een omweg je doel bereiken.

'Nou ja, sommige daders kunnen misschien maar beter voorgoed verdwijnen.'

'Welke?'

'Weet ik veel.'

'Hoe zit het met uzelf?'

Ook al kende Liz het antwoord al, ze hield haar adem in.

'Ik heb het waarschijnlijk wel verdiend.'

'Hebt u het verdiend om te sterven?'

'Ik denk van wel. Ik heb immers een hoop vrouwen van kant gemaakt. Ik was ook niet bang of zo. Maar...' Geritsel. Scharnowski zat met het sigarettenpakje te spelen.

'Ja?'

'Het zou ergens gek zijn op zo'n manier de pijp uit te gaan. De elektrische stoel, het hele gedoe eromheen. Dat er mensen toe zitten te kijken hoe je doodgaat en...'

Liz schakelde het apparaat abrupt uit.

Een openlijke executie voor publiek. Was dat niet precies wat de filmmoorden waren? Misschien had ze haar daderanalyse helemaal verkeerd aangepakt.

Dinsdag 13 oktober, 10.23 uur

Birgit pakte de mok aan die Miguel haar aanreikte. Ze was opgehouden te tellen. Het deed er niet toe. Haar maag brandde toch al. Maar zonder grote hoeveelheden cafeïne zou ze ter plekke in slaap vallen, en dat kon ze zich niet veroorloven. De zaak stevende op een hoogtepunt af, dat voelde ze met elke vezel van haar lijf.

'Is er al nieuws van de forensisch arts?' vroeg ze terwijl ze naast Miguel naar de vergaderruimte liep.

'De eerste vermoedens zijn bevestigd', antwoordde hij, en hij hield de deur voor haar open. 'Tijdstip van overlijden tussen negen en tien uur 's avonds. De dodelijke steekwonden zijn toegebracht toen de vrouw al aan de boom hing.'

'Al geïdentificeerd?'

'Nee.'

De vergaderruimte barstte uit haar voegen. Birgit ging bij Burghausen staan, die vooraan zijn aantekeningen stond door te nemen. 'We moeten de observatie van Ferris Bischoff beëindigen. We hebben niet genoeg bewijs tegen hem. En voor de moord van gisteravond heeft hij dankzij ons het beste alibi ter wereld.'

'Al lang gebeurd', zei Burghausen zonder op te kijken. 'Dat heb ik vannacht nog geregeld.'

Birgit zette haar handen op haar heupen. 'En wanneer hebben we dat overlegd?'

'We zijn het toch eens?'

'We leiden deze moordbrigade samen.'

Burghausen sloeg zijn blik op en keek haar met tot spleetjes geknepen ogen aan. 'Toen Liz Montario je gisteren belde, had je er geen probleem mee om in je eentje te beslissen.'

Birgit weerstond de verleiding hem vast te pakken en door elkaar te schudden. 'Dat is wat anders!'

'Dat weet ik.' Hij zette zijn bril af en begon hem te poetsen. 'Het ging om een vermeend sms'je van Stadler. Als het erom gaat een vriend op de vlucht te beschermen, gelden natuurlijk andere regels. Mens, Birgit, waarom dek je die idioot nog steeds?'

'Ik dek niemand. Ik probeer een reeks moorden op te lossen.' Birgit merkte dat het stil was geworden achter haar.

'Laten we maar beginnen', zei Burghausen.

Op dat moment stormde Zoë de kamer binnen en bespaarde haar een antwoord. 'De clip staat online.'

'Welke clip?' snauwde Burghausen haar toe.

'*Scream*. De moord van gisteravond.'

Er ging een gefluister door de kamer.

Burghausen trok zwijgend een kabeltje uit zijn zak en verbond zijn laptop met de beamer. 'Waar vind ik die clip?'

Zoë boog zich over het toetsenbord. Even later werd de startpagina van de gekopieerde filmfansite op de muur zichtbaar. Niemand zei iets toen Zoë het filmpje startte.

Een vrouw stond te bellen. Wat ze zei, was niet te horen. Er was geen geluid bij. Ze liep door de kamer heen en weer. De camera filmde door de terrasdeur van buiten naar binnen. Plotseling draaide de vrouw zich om en sperde ze geschrokken haar ogen open. Cut. Een mes stak twee keer in op de borst van de vrouw, ze gilde geluidloos en zakte op de grond neer. Weer een beeldwisseling. Het levenloze lichaam van de vrouw bungelde aan de boom in de tuin bij Altenberg. Cut. Een zwart scherm waarop een code verscheen. S88GS.

'De vuile klootzak', mompelde iemand.

Niemand sprak hem tegen.

'Is het jullie ook opgevallen dat ze tijdens het telefoneren iets anders draagt dan naderhand?' vroeg Zoë.

'Is dat zo?' Birgit knikte Burghausen toe.

Hij startte het filmpje opnieuw. Zoë had het goed gezien. Toen ze stond te telefoneren droeg de vrouw een crèmekleurige blouse. Toen de moordenaar toestak, was het een witte blouse met ruches.

'Misschien heeft de dader haar gedwongen zich om te kleden, zodat ze eruitzag als Drew Barrymore in de film', opperde Florian.

'Kan niet.' Zoë schudde haar blonde manen. 'Die droeg een trui.'

Birgit tikte peinzend met haar balpen op de tafel. Ze was nog steeds niet gaan zitten. Burghausen stond naast zijn laptop en ze wilde niet meer dan nodig naar hem opkijken. 'In het huis hebben we geen sporen aangetroffen. Bovendien ziet het interieur er heel anders uit dan in het filmpje. Het gaat om een uitspanning die alleen in de zomer geopend is. De schakelaar voor de terrasverlichting zit aan de buitenmuur. Waarschijnlijk heeft de dader het gebouw helemaal niet betreden. Er is dus met zekerheid een tweede plaats delict.'

'En een tweede tijdstip', merkte Miguel op.

'Daar wilde ik naartoe.' Birgit verzocht Burghausen het filmpje nog een keer te starten. Na een paar seconden liet ze hem stoppen. 'Hier zie je duidelijk dat dit niet het huis bij Altenberg is. Ik vermoed dat het de woning van het slachtoffer is. De dader filmde haar stiekem terwijl ze stond te bellen. Deze opnamen kunnen al dagen geleden gemaakt zijn. En gisteravond heeft hij haar ontvoerd en zijn werk in de tuin bij Altenberg afgemaakt. Daarom had ze andere kleren aan.'

'Dan vindt hij het dus niet belangrijk dat de filmpjes exact overeenkomen met de voorbeelden?' vroeg Florian fronsend.

'Misschien wordt hij slordig.' Miguel keek naar het stilstaande beeld. 'Hij heeft bij de vorige moord al een hoop gegevens achtergelaten door zich voor koper van de meubels uit te geven.'

'Maar dat heeft ons nog niets opgeleverd.' Alex Landorf vertrok zijn gezicht.

'Afwachten.'

'Strikt genomen hecht de moordenaar er al vanaf het begin weinig waarde aan dat alle details van zijn enscenering met het origineel overeenkomen', merkte Birgit op. 'De films zijn een inspiratiebron voor hem, maar niet zo belangrijk als het moorden zelf. Daar heeft Liz in haar profiel ook op gewezen.' Ze wierp Burghausen een blik toe en slikte de bijtende opmerking die op haar tong lag in. 'Denk maar aan het masker van Margaret Thatcher.'

'Klopt', viel Zoë haar bij. 'En bij de Halloween-moord klopten de haarkleur én de leeftijd van het slachtoffer niet.'

Birgit voelde iets trillen in haar broekzak. Een sms'je. Ze negeerde Burghausens argwanende blik terwijl ze het bericht opende. Het was van Marcus Schreiner van het forensisch-medisch instituut.

Birgit las het berichtje snel door en riep toen: 'De dode is geïdentificeerd. Haar naam is Siegrun Merten.'

'Wat? De regisseuse?' Florian Schenk staarde haar aan.

Birgit had die naam nog nooit gehoord, maar zag aan de gezichten van de anderen dat Florian niet de enige was die hem herkende. Ze wendde zich tot Burghausen. 'Wil jij in haar woning gaan kijken? Dan ga ik hier verder.'

Hij knikte. 'Ik neem Alex mee.'

Toen de twee weg waren, wisselde ze een blik met Miguel.

Hij schonk haar een waarderende knipoog. Ze had de gezagsverhoudingen mooi hersteld. Op dit moment had zij de overhand.

Birgit stond aan iets heel anders te denken. Het slachtoffer was regisseuse. Had het dan toch allemaal met de filmbranche te maken?

Dinsdag 13 oktober, 11.03 uur

De zon zette de bomen in een stralend licht. Een paar tellen lang baadde het hele landschap in intens geel, oranje en rood, alsof een schilder al zijn verftubes leeg had geknepen om dit moment vast te houden. Toen schoof er een wolk voor de zon, die een eind aan het schouwspel maakte.

Georg Stadler deed even zijn ogen dicht. Zijn rug brandde op de plek waar Helene hem had gekrabd, hij voelde zich uitgeput en op een prettige manier leeg en vrij. Hij had Helene in de vroege ochtenduren op een verlaten parkeerplaats in het bos getroffen. Eigenlijk had hij met haar willen praten, maar ze had zich als een uitgehongerd wild dier op hem gestort. Ze had hem overrompeld met haar hartstocht, haar honger naar liefde. De ontmoeting had zijn hoofd leeg en tegelijk zijn gedachten helder gemaakt. En vervolgens had hij een beslissing genomen.

Hij deed zijn ogen weer open en concentreerde zich op de kaart die hij op de motorkap had uitgespreid. Nee, dat sloeg allemaal nergens op. Een eenzame plek was net zo gevaarlijk als eentje vol mensen. Vooral in de vrije natuur, waar hij niet bekend was. Dan liever midden in de stad, op zijn terrein.

Hij vouwde de kaart dicht en belde Liz.

'Hallo?' Ze klonk argwanend.

'Ik ben het.'

'O, Georg. Fijn om je stem te horen. Waar zit je in vredesnaam?'

'Je weet dat ik je dat niet kan vertellen.' Meteen verscheen er een beeld voor zijn geestesoog: het restaurant, de aanblik van Liz, Birgit en Miguel samen met die kleingeestige Hubert Burghausen. Wijn. Gelach. De herinnering vrat nog steeds aan hem. 'Zijn jullie nu dikke maatjes met Burghausen? Is hij je nieuwe beste vriend?'

'Onzin! Hoe kom je daarbij? Birgit heeft constant ruzie met hem. Hij vertrouwt haar niet en neemt voortdurend beslissingen zonder haar.'

Hij snoof. 'En waarom gaan jullie dan allemaal met hem uit eten?'

'O, dat bedoel je. Ben je daarom niet komen opdagen? Die man had zich opgedrongen. Hij bestelde wijn voor ons allemaal en zei telkens weer hoezeer hij je waardeerde als collega. Wat hadden we moeten doen?'

'Arme jullie, mijn hart breekt.'

'Zeg eens, wat moet die flauwekul? Bel je me alleen op om me te beledigen?'

Hij liet de telefoon zakken, schopte tegen de bumper en begon heen en weer te lopen. *Rustig aan! Hou je in! Je wilt toch zeker niet dat ze ophangt?* Hij ademde diep in en bracht toen het mobieltje weer naar zijn oor. 'Ik wil je niet kwaad maken', zei hij op verzoenende toon. 'Ik weet gewoon niet wie ik nog kan vertrouwen.'

'Je kunt mij vertrouwen.' Ze schraapte haar keel en scheen nog iets te willen zeggen.

'Wat nog meer? Gooi het eruit! Ik kan echt wel wat hebben.'

'Heb jij mij gisteren een sms'je gestuurd?'

'Wat voor sms'je?'

'Ja of nee?'

'Nee, verdomme. Wat is er aan de hand?'

'Er is weer een dode. En de dader heeft me met een gefingeerd sms'je naar de plaats delict gelokt.'

'Fuck!'

'Er zijn niet veel mensen die het nummer van mijn privémobieltje hebben.'

'En wat concludeer je daaruit?' Hij hield onwillekeurig zijn adem in.

'Jij bent geen seriemoordenaar, Georg. Maar je zou je moeten aangeven en de zaak ophelderen. Zo wordt het allemaal alleen maar erger.'

'En hoe zit het met die Tatjana Zilke? Heb ik die dan niet vermoord? En heb ik daarna niet de verdenking op de videomoordenaar geschoven?'

'Heb je dat dan?'

Zijn muur van trots en koppigheid brokkelde snel af. 'Ik weet het niet, Liz', gaf hij toe. 'Ik heb een mes met bloedvlekken in de kofferbak van mijn auto gevonden.'

Hij hoorde haar geschrokken ademhalen. Verder niets.

'Ben je daar nog?'

'Ja.'

'Help je me de waarheid boven tafel te krijgen?'

'Hoe dan?'

'Dat zou ik je graag onder vier ogen uitleggen. Over twee uur in het park aan de Schwanenmarkt. Bij het standbeeld van Heinrich Heine. Kom op tijd. En kom alleen.'

Dinsdag 13 oktober, 11.19 uur

Op weg terug naar hun kantoor zeiden ze niets. Pas toen Birgit de deur achter zich had dichtgedaan, nam ze het woord. 'Ik word gek van die klootzak.'

'Hubert?'

'Wie anders? Hij gedraagt zich alsof hij de koning van KK 11 is.'

'Maar je hebt hem mooi op zijn nummer gezet.' Miguel liet zich op zijn stoel vallen. 'Helemaal onterecht is zijn wantrouwen natuurlijk ook niet. En wat het aantal soloacties betreft, lig je ver op hem voor.'

'Ik dacht dat jij aan mijn kant stond.'

'Eigenlijk zouden we allemaal aan dezelfde kant moeten staan', zei Miguel met een theatrale zucht.

'Droom lekker verder.' Birgit gooide haar tas op het bureau. 'Een van de slachtoffers wilde model worden. Een ander was regisseuse. Op de een of andere manier heeft het allemaal met showbusiness of film te maken. Maar ik begrijp het verband niet. Bovendien...' Ze onderbrak zichzelf. Ze had Miguel nog niet over haar verdenking verteld dat er mogelijk een lek in de brigade zat.

'Bovendien wat?'

Birgit ademde in. 'De moordenaar weet dat Georg geschorst is.'

Miguel keek haar sceptisch aan alvorens hij zijn computer aanzette. 'Hoe kom je daarbij?'

'Het sms'je dat hij Liz heeft gestuurd.'

'Dat zou je ook anders kunnen interpreteren.'

'Nou ja. Hij wil haar laat op de avond alleen ontmoeten omdat hij haar hulp nodig heeft. Kennelijk was de afzender er zeker van dat Liz erop in zou gaan. Dus weet hij op zijn minst dat Georg in de problemen zit.'

'Dat hem de leiding van de moordbrigade is afgenomen, zal vast op de een of andere manier bekend zijn geraakt. Zoiets doet snel de ronde.'

'Maar niet dat hij van moord wordt verdacht.'

'Geloof je dat de moordenaar interne informatie krijgt?'

'Misschien is het iemand van ons.'

'Dat meen je toch niet serieus?' Hij keek haar aan.

Voor ze antwoord kon geven, werd de deur opengeduwd. Hubert Burghausen stampte met een vel papier in zijn hand de kamer binnen.

'Ik dacht dat jij naar de woning van Siegrun Merten was?' Birgit keek op haar horloge. Er was nauwelijks een half uur verstreken sinds hij en Alex Landorf de bespreking voortijdig hadden verlaten.

'Die woont in Hamburg.' Burghausen rolde met zijn ogen. 'De technische dienst daar is erheen.'

'In Hamburg?' Birgit wierp een blik op de kaart van Duitsland die aan de muur hing. 'Dan is onze dader uitermate mobiel.'

'Of de binnenopnames in de videoclip zijn heel ergens anders gemaakt. Niet in haar woning, maar in een hotelsuite hier in het Rheinland.' Miguel wees naar het vel papier in Huberts hand. 'Wat heb je daar?'

'Timo Durach van KK 42 was net bij me. Ze hebben de Frenzy-video nog eens bekeken en fragmenten uitvergroot. Daarbij viel hem iets op.' Hij hield het snel omhoog en keek Birgit aan. 'Ik wilde je dit meteen laten zien.' Was dat een verzoeningspoging?

'Wat dan?' vroeg ze overrompeld.

Hij legde een afdruk op Birgits overvolle bureau. Een bewogen beeldfragment; de onderarm van de dader op ware grootte. 'De moordenaar heeft een tatoeage op zijn pols', zei ze verrast. 'Is jullie zoiets bij een van onze verdachten opgevallen?'

'Helaas niet.'

'Is het soms een draak?' Miguel boog voorover. 'Dacht ik het niet! Ferris Bischoff heeft precies zo'n tatoeage.'

'Zeker weten?'

'Heel zeker. Ik wilde hem er nog op aanspreken, maar ben het uiteindelijk vergeten.'

'Waar wachten we nog op?' Birgit sprong van haar stoel op alsof ze een stroomstoot had gehad. 'Laten we die rotzak te grazen gaan nemen! Ik wist dat er iets aan hem niet klopte.'

'Maar hij heeft een alibi voor twee van de moorden', wierp Hubert tegen.

'Dan zit Liz er gewoon naast en heeft hij toch een handlanger.' Birgit tikte op de afdruk. 'Dit zou voldoende moeten zijn voor een huiszoekingsbevel.'

'Oké. Dat regel ik. Gaan jullie maar vast. Ik stuur de collega's achter jullie aan.'

Toen ze over de Oberbilker Allee de stad uit raasden, zei Birgit peinzend: 'Die was behoorlijk bijgedraaid.'

'Hij weet dat we deze zaak alleen kunnen oplossen als we één lijn trekken.'

'Ik weet niet zeker of dat het afdoende verklaart.'

'Misschien wil hij Stadler vervangen. Ik bedoel, niet alleen wat het werk betreft.'

'Wat bedoel je daar nou mee?'

'Het was maar een idee.'

De rest van de rit zwegen ze. Ferris Bischoff deed zonder aarzeling de deur voor hen open. Toen ze hem echter vertelden dat hij gearresteerd was en ze hem de handboeien aandeden, sperde hij verbaasd zijn ogen open. Ze lieten hem aan het toezicht van twee collega's van de uniformdienst over, die net waren gearriveerd.

'Zullen we alvast beginnen?' vroeg Miguel met een blik op de trap naar de eerste verdieping. 'De anderen zullen zo wel komen met het huiszoekingsbevel.'

'Goed idee.'

Ze trokken handschoenen aan om het huis onder de loep te gaan nemen. Ze begonnen op de bovenverdieping. Een ongebruikte slaapkamer. Nog eentje, waar overal vuile was rondslingerde. Het beddengoed was door elkaar gewoeld. In de kast en de laden van de commode lagen alleen kleren. Een badkamer in groentinten met een vergeelde badkuip. Nergens iets ongewoons.

Ook op de begane grond vonden ze noch in de keuken, noch in de huiskamer aanwijzingen van de moorden. Geen filmcamera. Geen maskers. Alles zag er normaal uit. Te ouderwets en spartaans ingericht voor een jonge man. Maar dat was natuurlijk niet verboden.

Ten slotte wees Miguel naar de kelderdeur. 'Misschien vinden we daar iets.'

Birgit volgde hem met een wee gevoel in haar maag. Een kelder was geen verlaten fabriekshal; toch versnelde haar hartslag toen ze de spaarzaam verlichte trap af liepen.

Beneden aangekomen bleven ze abrupt staan.

'*Puta mierda*', mompelde Miguel.

'Wat een griezelkabinet.' Birgit liep voorzichtig verder. De kelder zag eruit als de rekwisietenkamer van een spookhuis op de kermis. Aan een muur hingen talloze maskers: duivels, heksen, monsters. Ook een paar gezichten van beroemde persoonlijkheden. En een varkenskop. De muur ertegenover hing vol messen, bijlen, hamers, kettingen en handboeien. De meeste gereedschappen leken goedkope imitaties van oude originelen. Een paar leken echter buitengewoon geschikt om mensen mee te martelen en te doden.

Miguel liep naar een grijze kast, die in de hoek op een klap-tafel stond, en floot tussen zijn tanden door.

'Wat is dat?' Birgit liep naar hem toe.

'Een 3D-printer.'

'Poeh. Ik heb gehoord dat je daar bruikbare wapens mee kunt printen.'

'Klopt. En maskers die nergens te koop zijn.'

Birgit begreep hem. 'Barry Foster.'

Dinsdag 13 oktober, 11.54 uur

Liz rende de trap naar de tweede verdieping op. Toen ze de gang naar KK 11 bereikte, liep ze bijna Alex Landorf ondersteboven.

'Hé zeg, doe even kalm aan.' Hij hield haar vast.

'Sorry. Ik moet met Birgit praten.'

'Die is weg. Huiszoeking. Het ziet ernaar uit dat we de dader hebben laten lopen.'

'Wie?'

'Ferris Bischoff.' Landorf liet haar niet eens aan het woord komen toen ze door wilde vragen. 'Hij is eenduidig geïdentificeerd in een van de filmpjes. Een tatoeage op zijn arm.'

'Dan klopt het dus inderdaad.'

'Wat?'

'Ik had een theorie over hoe het toch twee daders konden zijn. Die heb ik inmiddels geverifieerd. Het klopt.'

'Je maakt me nieuwsgierig. Koffie?'

Liz keek op de klok. 'Ik heb eigenlijk niet veel tijd. Er is nog iets wat ik met Birgit moet bespreken.'

'Ze is op z'n vroegst over een uur terug. Maar je kunt haar wel bellen.'

'Heb ik al geprobeerd.' Liz dacht na. 'Miguel is er zeker ook niet?'

'Allemaal uitgevlogen. Ik vrees dat je het met mij zult moeten doen.' Hij loodste haar zijn kantoor binnen.

Ze nam de koffie dankbaar aan. Misschien was het een stille

wenk van het noodlot. Ze vond Alex Landorf weliswaar nog steeds niet sympathiek, maar hij leek wel aan Georgs kant te staan. Had hij hem immers geen voorsprong gegeven toen hij Georg bij de stiefmoeder van Tatjana Zilke bijna te pakken had?

Landorf ging tegenover haar zitten en keek haar vol verwachting aan. 'En?'

'Ik geloof dat het een soort spel is. Of een wedstrijd. Twee moordenaars die elkaar opjutten. De codes kondigen niet de volgende moord aan, maar zijn een boodschap voor de andere dader. Een uitdaging. Ze vertellen welke filmmoord de ander moet naspelen.'

'Wow.' Landorf leek oprecht onder de indruk.

'Dat verklaart ook de verschillende films. Enerzijds klassiekers, anderzijds relatief nieuwe bloederige succesfilms.'

'En het verklaart waarom Ferris Bischoff maar voor een paar van de delicten een alibi heeft.' Landorf knikte. 'Je bent een genie, Liz.'

Ze vond zijn lof bijna pijnlijk. Temeer daar ze hem maar een deel van haar theorie had verteld. De rest hield ze liever nog even voor zich. Ze keek op de klok.

'En die andere kwestie?' vroeg Landorf. 'Je kunt me vertrouwen, Liz.'

Ze had het gevoel verscheurd te worden. De ene helft wilde weglopen, de andere wilde hem geloven. 'Je zei dat het gevaarlijk was voor Georg om op de vlucht te zijn.'

'Dat klopt.'

'Als zich de gelegenheid voordeed hem op te pakken...'

'Dat zou het beste zijn wat hem kon overkomen.' Landorf pakte Liz' handen beet. 'Soms moet je iets voor een vriend doen wat verkeerd lijkt, maar niettemin het juiste is.'

'Hij zal me erom haten.'

'In het begin misschien. Maar het zal hem al heel snel duidelijk worden dat je hem een dienst hebt bewezen.'

Liz ademde diep in. 'Hij wil dat ik hem ontmoet. Over...' Ze keek op haar horloge. 'Over iets minder dan een uur.'

Landorf ademde fel in. 'Dan moeten we snel zijn.'

Dinsdag 13 oktober, 12.41 uur

Ferris Bischoff zat zijn vingers te bestuderen toen Birgit samen met Burghausen de verhoorkamer binnenkwam. Ze hadden een hoop vragen, maar eentje had prioriteit: wie was Bischoffs handlanger en wat was hij van plan?

Burghausen nam het op zich de verdachte in te lichten over zijn rechten. De verdediger die hem was toegewezen, was al onderweg.

'We kunnen op uw advocaat wachten,' zei Burghausen, 'maar het zou heel positief voor u uitwerken als u alvast een paar vragen zou willen beantwoorden.'

Bischoff keek hem zwijgend aan.

Birgit boog voorover. 'We willen een mensenleven redden.'

'Ik weet niet waar u het over hebt.'

'S88GS.'

'Wat moet dat betekenen?'

'Een code uit een filmpje.'

Weer keek Bischoff naar zijn handen. De vingers waren vies, onder de nagels zat iets wat op aarde leek. Alsof hij in de tuin had gewerkt. 'Ik weet niets van een code.'

Burghausen sloeg met de vlakke hand op tafel. 'De video staat sinds middernacht online. Was u dat? Of uw handlanger?'

'Wat voor handlanger?'

'De man die gisteravond een vrouw met zeventien messteken heeft vermoord en aan een boom heeft opgehangen. Net als in de film *Scream*. Die kent u toch wel?'

'Natuurlijk ken ik die film. Wie kent die nou niet?'

'Verdomme, Bischoff! Doe eindelijk uw mond open. Als blijkt dat er iemand is gestorven omdat u niet op tijd hebt gepraat, dan zorg ik er persoonlijk voor dat u voor de rest van uw leven achter de tralies verdwijnt!'

Birgit keek verbaasd zijn kant op. Zo'n uitbarsting had ze van Georg wel verwacht, maar niet van de altijd correcte Hubert Burghausen.

'Vertel ons op z'n minst wat de code betekent', voegde zij er opzettelijk vriendelijk aan toe. 'S88GS. Wij kunnen er gewoon geen wijs uit worden. U bent bekend met films. Help ons.' Ze wist helemaal niet of wellicht een van de collega's al met de code bezig was, maar ijdelheid was bij de meeste mensen een zwakte. Misschien konden ze hem daarmee paaien.

'Kwaaie agent, aardige agent, hè?' Bischoff grijnsde zijn tanden bloot.

Birgit voelde dat Burghausen zijn spieren spande en legde kort haar hand op zijn arm. 'Alstublieft', zei ze tegen Bischoff.

Bischoff leunde achterover. 'Dus de politie heeft mijn hulp nodig.' Hij tuitte zijn lippen. 'Zeg nog eens alsjeblieft, smerishoer.'

Burghausen hapte naar adem.

Birgit voelde zich alsof iemand een emmer stront over haar heen gooide, maar ze doorstond zijn blik. Hij moest maar denken dat hij macht over haar had. 'Alstublieft, meneer Bischoff.'

'*Spoorloos.* 1988, George Sluizer. Een Nederlandse film. Geef toe, daar was u nooit op gekomen.'

Birgit durfde amper te slikken. 'Nee, nooit. Vertel me waar hij over gaat.'

'Een vrouw verdwijnt bij een benzinestation. Spoorloos. Haar vriend rust niet voordat hij eindelijk de man vindt die zijn vriendin heeft ontvoerd. Om erachter te komen wat er met haar is gebeurd, laat hij zich door de ontvoerder overweldigen... en komt bij in een doodskist. Levend begraven.'

'O, nee.' Birgit keek naar Bischoffs vuile handen. 'Waar?'
'Wat waar?'
'U weet heel goed wat ik bedoel.' Hoewel ze van woede en ont-
zetting het liefst tegen hem tekeer zou gaan, spande ze zich in
om op zachte en onderworpen toon te praten. 'Waar hebt u haar
begraven?'
Er trilde een spiertje in Bischoffs gezicht.
'We hebben een deal.'
Hij zweeg, liet zijn vingers een voor een knakken alsof hij alle
tijd van de wereld had.
Birgit klemde haar lippen op elkaar. Ze hoopte dat Burghausen rustig zou blijven. Bischoff stond op het punt zich met zijn
daad op de borst te slaan.
Plotseling verscheen er een brede grijns op Bischoffs gezicht.
'Jullie komen toch te laat. Dat trutje ligt al sinds vanmorgen
onder de grond. Het ging allemaal heel snel, en ik had nog niet
eens een doodskist bij mijn verzameling in de kelder. Die moest
ik eerst nog regelen. Maar ik had al langer een oogje op dat wijfie.
En ze kwam meteen. Die domme gansjes doen alles voor je als je
zegt dat je fotograaf bent en connecties hebt in de filmbranche.
Álles, snapt u?' Hij boog naar voren. 'Ik wed dat u ook alles zou
doen als ik u daar een beetje roem voor beloofde.' Hij graaide
demonstratief tussen zijn benen.
Er liep een rilling over Birgits rug. 'Waar?'
'De Urdenbacher Kämpe. Daar loopt een pad langs de Altrhein.
Recht vanaf de parkeerplaats. Na ongeveer honderd meter heb
je wat struikgewas...'
Birgit sprong overeind, Burghausen was al bij de deur. Birgit
had geen idee hoe lang je met de lucht in een doodskist kon doen.
Ze zei een schietgebedje. Deze ene keer mochten ze gewoon niet
te laat komen.

Dinsdag 13 oktober, 13.07 uur

De hemel was zo donker alsof het al schemerde. Zwarte wolken pakten zich samen en kondigden regen aan. Liz knoopte haar spijkerjack dicht en keek om zich heen. Een oude man zat op een bankje in het park voor zich uit te staren. Verder was er niemand te zien.

Alsof ze niets bijzonders te doen had, slenterde Liz naar het beeld van Heine. Een meer dan levensgroot gezicht, de ene helft in losse delen schijnbaar zinloos over het gazon verspreid. Een gespleten dichter. Symbool voor de moeizame verhouding tussen zijn geboortestad en de joodse eigengereide denker.

Liz hoorde een piepje en draaide zich om, maar er was niemand. Ze graaide in haar handtas. Een sms'je.

Nieuwe ontmoetingsplek: reuzenrad.

Shit. Ze keek onzeker om zich heen. Ergens in de buurt zat Alex Landorf met een paar collega's. Hij had haar op het hart gedrukt in geen geval contact met hem op te nemen. Wat er ook gebeurde, ze moest alles aan hem overlaten. Haar enige taak was zich door Georg het mes te laten overhandigen, zodat de situatie tijdens zijn arrestatie niet uit de hand kon lopen.

Met een goed zichtbare beweging stopte ze haar telefoon terug in haar tas en liep ze in de richting van de Bilker Straße. Het reuzenrad stond midden in het oude stadscentrum op de Burgplatz. Pas het afgelopen weekend was het weer opgebouwd voor het winterseizoen. Zou Georg daar inderdaad op haar wachten of was het weer een halteplaats op een speurtocht dwars door de stad? En zou Landorf haar in het oog kunnen houden zonder dat hij zijn dekking verloor? Wilde ze eigenlijk wel dat Landorf bij haar in de buurt bleef?

Liz vertraagde haar passen. Twijfel knaagde aan haar. Toen Landorf op het hoofdbureau op haar in zat te praten, had het allemaal heel verstandig geklonken. Maar met elke stap dichter naar de Burgplatz groeide het gevoel dat ze een kolossale fout beging die ze nooit meer zou kunnen goedmaken.

Toch liep ze door. Als het alleen om die vreselijk stijfkoppige Georg zelf ging of om de kennelijk zo schietgrage collega's, zou ze meteen zijn omgedraaid en naar huis gegaan. Het werkelijke gevaar dreigde echter van een heel andere kant.

Dinsdag 13 oktober, 13.15 uur

Toen Miguel aan het begin van het wandelpad vol op de rem ging staan, zag Birgit tussen het gele gebladerte een blauw zwaailicht. De collega's van bureau Benrath waren dus al ter plaatse. Ze moesten wel van de andere kant zijn gekomen, want hunzelf werd de weg versperd door twee rood-witte paaltjes.

'Verdorie!' Miguel keek Burghausen aan, die naast hem zat. 'Hebben we een sleutel voor die dingen?'

'Niet in deze auto', zei Burghausen.

Birgit had de kaart al opengevouwen. 'Er is een pad. Het komt wat verder zuidelijk op de provinciale weg uit. Daarlangs moeten we er ook kunnen komen.'

Miguel keerde met piepende banden en de auto schoot terug de provinciale weg op. De bestuurder van een zilverkleurige limousine moest flink op de rem, maar Miguel besteedde niet eens aandacht aan hem. Dertig seconden later bereikten ze het pad en draaiden het in. De dienstauto hobbelde over de modderige ondergrond.

Nerveus rolde Birgit de kaart in haar hand op. Dit ging veel te langzaam. Ook al waren er al collega's ter plaatse, dan wilde dat nog niet zeggen dat ze het graf gevonden hadden. Ze hadden besloten Bischoff niet mee te nemen. Hopelijk was dat geen vergissing! Hij had de plek kunnen aanwijzen.

Birgit probeerde tussen de bomen door iets te zien. Zonder succes. Het liefst had ze het portier opengeduwd en de laatste

271

meters gerend. Eindelijk bereikten ze de asfaltweg. Pakweg twee-honderd meter verderop stonden twee patrouillewagens. Miguel trapte het gaspedaal weer diep in.

Rechts lagen velden, weilanden en een stuk bos, links tussen oeroude bomen de vele moerassige armen van de Altrhein. Als Bischoff de vrouw maar niet aan die kant had begraven! Dan was het water namelijk binnen de kortste keren door de kieren in de kist gesijpeld en was de vrouw allang verdronken.

Birgit sprong al uit de auto voordat Miguel de motor had uit-geschakeld. Ze sprintte naar de patrouillewagens en zag meteen dat drie collega's in het kleine stuk bos aan het graven waren.

'Hoe weten jullie dat dit de juiste plaats is?' vroeg ze adem-loos.

'Hier was de aarde losgewoeld', antwoordde de collega die als enige geen spade in zijn handen had. 'Zoals bij een vers graf.'

'Kan ik een van jullie aflossen?' Miguel maakte al aanstalten om zijn jas uit te trekken.

'Het gaat wel', antwoordde een jonge knaap hijgend en hij veegde het zweet van zijn voorhoofd.

Birgit wipte onrustig van de ene voet op de andere. Het gejank van een sirene deed haar opkijken. Een ambulance naderde over dezelfde weg die zij zojuist hadden genomen. Het voertuig wor-stelde zich langzaam door kuilen en plassen.

'Wat doet die idioot daar?' vroeg de collega van de wacht. 'Waar-om komt hij niet langs de andere kant?'

Niemand antwoordde hem, want op dat moment klonk er een dof gebonk uit het gat. Een van de spaden had hout geraakt. Ferris Bischoff had niet diep gegraven. Er lag maar pakweg vijf-tig centimeter aarde op het kistdeksel.

'Pas op dat jullie haar geen pijn doen!' riep Birgit.

Die waarschuwing was overbodig. De mannen hadden hun spaden al weggegooid en groeven met blote handen verder. Miguel knielde naast hen op de grond. Samen legden ze een zwart gelakte kist bloot.

Zes vleugelmoeren hielden het deksel op zijn plaats. Birgit hurkte bij de mannen neer, boog over het gat heen en maakte een van de moeren los. In de kist bleef het stil. Geen geroep, geen geklop. Birgit wilde de hoop echter niet opgeven. De vrouw had vast het bewustzijn verloren.

Ze hield haar adem in toen haar collega's het deksel pakten om het op te tillen.

Dinsdag 13 oktober, 13.21 uur

Georg Stadler schrok toen hij zijn mobieltje hoorde overgaan. Hij wierp een blik op het display zonder zijn omgeving uit het oog te verliezen. Hij stond midden in het hol van de leeuw en was niet van plan zich te laten opvreten.

Een onbekend nummer. 'Ja?'

'Miguel? Inspecteur Miguel Rodríguez?'

Hij had al bijna in een reflex nee gezegd, toen hij besefte wie hij aan de lijn had. 'Aneta?'

'Ja, ik heb nieuws.'

Stadler kroop dieper in het portiek weg. 'Wat dan?'

'Ik heb Jana gesproken.'

'Dat is mooi.'

'Het wordt nog mooier. Ze heeft een foto van Georg gemaakt. Met haar smartphone.'

Geweldig! Hij zou die klootzak te pakken krijgen! 'Vraag Jana me de foto te sturen, het liefst rechtstreeks naar mijn mobiele telefoon. Wil je dat doen? Hoe sneller hoe beter.' Hij boog voorover. Vanaf de Marktstraße naderde een jonge vrouw met een rode paardenstaart.

'Ja, ik zal het tegen haar zeggen.'

'Dank je, Aneta. Ik moet nu ophangen, ik zit midden in een politieactie.' Hij stak zijn telefoon weg.

De roodharige vrouw was echter niet Liz. Verdomme, ze had er allang moeten zijn! Waar bleef ze toch?

Dinsdag 13 oktober, 13.24 uur

De vrouw lag bewegingloos op het rode velours, haar mond een stukje open. Ze zag eruit alsof ze sliep. Maar ze sliep niet.

Birgit wendde zich af. De ambulancearts stootte tegen haar aan toen hij naar het graf rende. Ze merkte het amper. Verdoofd liep ze een paar passen de weg af. Weg van de auto's. Weg van de hectische bedrijvigheid die niemand meer van nut was. Haar werk scheen haar plotseling zo zinloos toe. Altijd te laat komen. Altijd pas iets kunnen doen als er niets meer te doen viel.

'Birgit?'

Ze draaide zich om naar Miguel. Hij had aarde op zijn gezicht, maar zijn ogen straalden.

'Ze leeft nog', zei hij.

'Echt waar?' De tranen schoten haar in de ogen en ze wendde zich beschaamd af. 'Allemaal een beetje te veel', mompelde ze.

'Ik voel me net zo.' Hij legde zijn hand op haar schouder.

Ze wou dat hij een arm om haar heen sloeg. Al was het maar heel even. Toen hoorde ze een portier dichtslaan. Ze keek om. De ambulance reed weg.

Miguel pakte haar bij de arm. 'Kom, we hebben nog een hoop te doen. Waar we de hele tijd al bang voor waren, is gebeurd: die *Scream*-video veroorzaakt herrie op internet. De link is overal gepost. Op het moment is hij gelukkig niet bereikbaar, vermoedelijk doordat de server alle aanvragen niet aankan en platligt.'

'Dat heeft zo moeten zijn.'

'Er komen nu in elk geval geen nieuwe films meer bij.'

Birgit keek hem aan. 'Zolang we Bischoffs handlanger niet gearresteerd hebben, is het nog niet voorbij.'

Dinsdag 13 oktober, 13.26 uur

Liz keek een paar keer onopvallend om zich heen terwijl ze de Carlsplatz overstak, maar Alex Landorf was nergens te bekennen. Nerveus liep ze verder. Toen ze haar doel bijna bereikt had, haalde ze haar mobieltje uit haar zak. Geen nieuwe berichtjes. Ook niet van Birgit. Ze had haar een sms'je gestuurd om haar in te lichten over haar theorie van twee concurrerende daders. Ze had gehoopt dat Birgit haar zou bellen. Dan had ze Landorfs plan met haar kunnen bespreken.

Ze bleef voor het reuzenrad staan en nam haar omgeving in ogenschouw. Geen slechte ontmoetingsplek. De Burgplatz wemelde altijd van de mensen, dus als het nodig was kon je snel in de menigte verdwijnen... en in vijf verschillende richtingen vluchten.

Er werd zachtjes aan haar mouw getrokken. 'Kom mee', zei een bekende stem dicht bij haar oor.

Verdoofd volgde ze Stadler naar het reuzenrad. Hij gaf de man naast het kassahokje twee kaartjes. Een minuut later zaten ze samen in een gondel en zweefden ze rustig naar boven.

Het zweet brak Liz uit. Nu werd het pas echt moeilijk. 'Interessante ontmoetingsplek', mompelde ze.

'Hier kan niemand meeluisteren. Heb je iemand verteld dat we elkaar hier zouden ontmoeten?'

Ze keek hem aan. Hij was bleek en ongeschoren, zijn ogen waren rood. Haar hart sloeg over. 'Ik zou nooit iets doen wat jou kwaad zou doen, Georg.'

Ze hadden het hoogste punt bereikt. Het reuzenrad stopte, waarschijnlijk om meer mensen te laten instappen. Liz keek omlaag. Het was onmogelijk om Landorf of een van de andere agenten in het gekrioel te herkennen.

'Jij bent de enige die van het mes op de hoogte is, Liz. Ik kon het zelfs Helene niet vertellen. Ze is tot nu toe zo loyaal geweest. Ik ben bang dat ik haar kwijt zal raken.' Hij verborg zijn gezicht in zijn handen.

Liz raakte zijn arm aan. Woorden bleven in haar keel steken, dingen die ze hem wilde vertellen, móést vertellen. Maar haar keel zat dichtgesnoerd. 'We krijgen het wel voor elkaar', bracht ze moeizaam uit.

Hij nam zijn handen voor zijn gezicht weg en keek haar aan.

Ze voelde zich plotseling vreselijk gemeen. Ze wou maar dat ze Alex Landorf niet had ingewijd. Waarom had ze Georg niet vertrouwd, geloofd dat hij wist wat hij deed om zijn onschuld te bewijzen?

Het reuzenrad kwam weer in beweging.

'Heb je het bij je?' vroeg ze zacht. 'Het mes?'

Hij haalde zwijgend iets wits uit zijn zak, een in een zakdoek gewikkeld voorwerp. Hij sloeg de zakdoek open.

Liz hield haar adem in. 'Denk je dat het het moordwapen is?'

'Wat anders?'

De gondel was het laagste punt gepasseerd en begon aan zijn tweede rondje. Liz keek omlaag en zag een busje met donkere ramen staan. Een van de ramen schoof net omlaag.

'Geef me het mes', zei ze.

'Wat ben je van plan?'

'Geef het me gewoon.'

Hij fronste, maar stak haar toch het mes toe. Hij hield het met de zakdoek beschermde mesheft zo vast dat ze het van hem kon aanpakken. Het bebloede lemmet glom in het licht van de gondel. 'Pas op dat je het niet met je blote vingers aanraakt.'

De gondel ging weer in de richting van de grond. Precies achter Stadlers rug stond het busje met het half geopende raampje. Op dat moment zag Liz een schittering.

Het besef kwam als een hamerslag bij haar binnen. Zonder na te denken sprong ze op om Georg tegen de vloer te duwen toen de ruit van de gondel versplinterde. Scherven vlogen in haar gezicht. Een helse pijn sloeg als een vuurbal door haar borst. Ze tilde verdoofd haar arm op, greep in iets warms, iets vochtigs. Ze hoorde Georg roepen, maar verstond de woorden niet. Ze voelde nog dat het reuzenrad plotseling afremde. Daarna niets meer.

Dinsdag 13 oktober, 13.34 uur

Op weg terug naar het politiebureau schoot het Birgit te binnen dat het geluid van haar telefoon nog steeds uitstond, omdat ze tijdens het verhoor van Ferris Bischoff niet gestoord had willen worden. Ze haalde het mobieltje uit haar tas en zag dat Liz haar al meer dan een uur geleden een sms'je had gestuurd. Ze opende het berichtje.

> Je had gelijk. Twee daders! De moorden zijn een wedstrijd. Duim maar dat ik het juiste doe. Liz

Birgit kreeg een wee gevoel in haar maag. Ze belde Liz, maar er werd niet opgenomen.

'Wat is er?' vroeg Miguel, die achter het stuur zat. Burghausen was in Urdenbach gebleven om op de technische recherche te wachten.

'Liz heeft me een vreemd berichtje gestuurd.' Ze las het sms'je voor.

'Maar dat is de verklaring! Natuurlijk! De twee daders zijn geen handlangers, maar concurrenten!'

'Dat bedoel ik niet.'

Miguel ging helemaal niet op haar tegenwerping in. 'Die I.E. Carr moet de tweede dader zijn. En met de codes daagden ze elkaar over en weer uit verder te moorden.'

Birgit besefte plotseling wat dat betekende. 'Dat wil zeggen dat als Bischoff de video voor *Spoorloos* heeft geüpload voordat we hem arresteerden, I.E. Carr misschien al bezig is de volgende moord te plannen.'

Miguel sloeg af en bleef voor een verkeerslicht staan. 'Denk je dat ze elkaar persoonlijk kennen?'

'Hm. Ik kan me best voorstellen dat ze niet meer van elkaar weten dan hun gebruikersnamen. Maar het kunnen natuurlijk ook vrienden zijn die elkaar al jaren kennen.'

'Misschien hebben ze samen in de nor gezeten en toen gemerkt dat ze soortgelijke fantasieën hebben.'

'Daar kan Liz vast wel iets zinnigs over zeggen. Voor het geval Bischoff dwarsligt.' Birgit keek weer op haar mobieltje. *Duim maar dat ik het juiste doe.* Wat was Liz van plan? Had de dader weer contact met haar opgenomen? Wilde ze hem ontmoeten?

'We moeten hem meteen weer onder handen nemen, zodra we op het bureau zijn.' Miguel schakelde in de eerste versnelling en gaf gas.

'Wie?' vroeg Birgit verstrooid.

'Ferris Bischoff. Wie anders? Het lijkt me het beste dat jij het nog eens probeert. Als ik Hubert goed heb begrepen, was het vooral jouw prestatie dat Bischoff heeft verteld waar de vrouw lag.'

Maar tegen welke prijs? Birgit trok aan de col van haar trui, die opeens veel te strak leek. 'Ik weet niet of dat een goed idee is.'

'Hoezo?' Hij keek haar kort aan, maar concentreerde zich toen weer op de weg.

Hoe moest ze Miguel uitleggen wat er was gebeurd? En hoe smerig ze zich daardoor had gevoeld?

Hij keek haar weer aan. Langer deze keer. 'Wat hebben jullie me niet verteld?'

Birgit sloeg haar ogen neer. 'Ferris Bischoff is een eerder veroordeelde verkrachter. Hij heeft me... nou ja, hij heeft me heel duidelijk laten blijken wat hij van vrouwen vindt. Ik ben daarin meegegaan, omdat ik voelde dat het de prijs was die ik moest betalen om de andere vrouw te redden.'

'En Hubert zat erbij en zweeg?'

'Met moeite, ja.'

'Ik begrijp het.' Miguel haalde zijn hand door zijn haar.

Zwijgend passeerden ze de spoorbrug bij de Hüttenstraße. Toen Miguel links afsloeg, de Herzogstraße in, ging Birgits telefoon.

Ze hield hem snel bij haar oor. 'Liz?'

'Collega Clarenberg?'

'Ja?'

'U wilde toch informatie over die uitgebrande camper?'

Die was ze compleet vergeten. 'En?'

'We hebben de eigenaar helaas nog steeds niet kunnen bereiken. Zijn vrouw en hij zitten ergens in Zuid-Amerika. Maar we hebben gehoord dat de zwager een sleutel heeft. Misschien kan hij u verder helpen.'

'Ja, geeft u me zijn nummer maar.' Birgit pakte een balpen. De camper stond op het moment vrij ver onderaan op haar prioriteitenlijstje. Anderzijds leek Georg het spoor belangrijk te vinden.

'Het is trouwens een collega.'

Er trok een hete golf door Birgits lichaam heen. 'Wie is een collega?'

Miguel keek haar verbaasd aan.

'Nou, de zwager van de eigenaar. Hij werkt bij KK 11. Hij heet Alex Landorf.'

Dinsdag 13 oktober, 13.37 uur

Wanhopig rukte Georg Stadler zich het overhemd van het lijf en drukte het op Liz' schotwond. Veel te veel bloed. Veel te dicht bij het hart. Met een hand belde hij het alarmnummer, met de andere bleef hij proberen het bloeden te stelpen.

Hij liet zijn mobieltje vallen, boog zich over haar heen. 'Blijf bij me, Liz, hoor je me? Blijf bij me, verdomme nog aan toe.'

Ze zag lijkbleek en verroerde zich niet. Hij voelde haar pols. Veel te zwak.

Hij kreunde. Tranen brandden in zijn ogen.

Verdomme, hoe heeft dit kunnen gebeuren?

De gondel werd geopend en de geluiden van de wereld stroomden ongefilterd naar binnen. Geschreeuw. Muziek. Een fietsbel.

Als door een dikke laag watten hoorde Stadler nog een geluid, dat langzaam dichterbij kwam: een sirene. Hij boog nog verder voorover. 'Er is hulp onderweg, Liz. Heb je me gehoord? Er komt zo hulp.'

'Wat is er gebeurd?' bulderde een stem.

Stadler sloeg zijn ogen op. De man van de kassa torende boven hem uit. Hij was dik en droeg een T-shirt dat amper zijn navel bedekte.

'Er heeft iemand op de gondel geschoten, dat ziet u toch!'

'Goeie genade!'

Vanuit zijn ooghoek zag Stadler collega's in uniform naderen. Hij verroerde zich niet, bleef alleen zijn overhemd op Liz' bloe-

283

dende wond drukken. Ze konden hem oppakken, ze konden hem de moord in de schoenen schuiven. Of alle moorden. Als Liz het maar overleefde.

Toen hij zijn hoofd iets draaide, zag hij een donker busje tussen de rondlopende, schreeuwende mensen. Zijn maag trok samen.

Vanuit de groep uniformagenten kwam een gezicht naar voren. De dikke man met het T-shirt werd ruw opzijgeschoven. Alex Landorf stond voor de gondel. Hoe was hij zo snel hier gekomen? Weer ging Stadlers blik naar het busje. Er kwam een verdenking op in zijn door ontzetting benevelde brein.

Nee. Onmogelijk.

Op dat moment rammelde er iets op de vloer van de gondel. Zijn mobieltje. Het sms'je van Jana. De foto van de fotograaf.

Met bebloede vingers opende hij het berichtje. Boven zijn hoofd hoorde hij een stem. 'Je staat onder arrest, Stadler. Kom met je handen omhoog de gondel uit. En geen geintjes. De ambulancearts is zo hier. Laat hem zijn werk doen.'

Stadler keek naar de foto, sloeg toen zijn ogen op. En zag hetzelfde gezicht.

Dinsdag 13 oktober, 13.48 uur

'Ik snap het niet.' Birgit masseerde haar slapen. 'Het slaat nergens op.'

Miguel zat met opeengeklemde lippen naast haar. Ze hadden de parkeerplaats van het hoofdbureau bereikt, maar wilden geen van beiden uitstappen.

'Het moet een vergissing zijn. De naam Alex Landorf komt vast wel vaker voor.'

'Nee, dat is vast geen vergissing.' Miguel sloeg met zijn vuist op het dashboard. 'Je hebt zelf vanaf het begin gezegd dat iemand Georg iets in de schoenen probeerde te schuiven. Om hem kapot te maken.'

'Maar Alex? Waarom dan?' Ze schudde het hoofd. 'Die twee zijn niet echt goede vrienden, maar dat is toch nog geen reden om naaktfoto's van minderjarigen in zijn huis te leggen. En ik heb zelf gezien hoe hij de stick uit Georgs keukenla haalde.' Ze zweeg. 'Verdomme, wat ben ik stom! Natuurlijk wachtte hij tot ik keek, zodat er geen enkele twijfel zou bestaan dat hij hem op dat moment ontdekte. Die rotzak heeft me gewoon gebruikt!'

'Je kon niet weten wat hij in zijn schild voerde.' Miguel ontspande zijn vuist en strekte zijn vingers.

Er schoot een gedachte door Birgit heen. 'En de moord? O, god, denk je dat Alex ook de bewijzen van de moord op Zilke heeft gemanipuleerd om Georg die aan te wrijven?'

'Het zou kunnen.' Miguel keek naar zijn hand. 'Hij is Huberts partner. Hij was op de plaats delict.'

'Maar waarom dan?'

'Weet je dat echt niet?'

Birgit keek hem verbaasd aan. 'Nee. Jij wel, dan?'

'Herinner je je Linda Franke? Ze zat bij de technische recherche.'

'Natuurlijk herinner ik me haar. Ze was bijna een slachtoffer van de Ripper geworden. Wat heeft zij ermee te maken?'

'Alex was verliefd op haar. Dat was een publiek geheim. Ze wilde alleen niets van hem weten en probeerde Georg te versieren. Georg wees haar af en daarna ging ze alleen op onderzoek uit om hem iets te bewijzen.'

'Daarbij viel ze in handen van de Ripper.' Birgit sloeg haar hand voor haar mond. 'En geeft Alex Georg daarvan de schuld?'

'Niet alleen daarvan. Linda heeft ontslag genomen. Ze had ernstige psychische problemen. Ik geloof dat ze zelfs heeft geprobeerd zelfmoord te plegen. Op een gegeven moment is ze verdwenen. Geen idee waar ze nu zit.'

'Jeetje, dat wist ik helemaal niet.'

Miguel trok zijn schouders op. 'Dat geldt waarschijnlijk voor de meeste collega's.'

'En hoe komt het dat jij het wel weet?' Ze durfde hem nauwelijks aan te kijken. Ze schaamde zich.

'Ik heb haar een paar keer gebeld om te vragen hoe het ging.'

Birgit was sprakeloos. Waarom was zij niet op het idee gekomen haar collega te steunen? Zich er in elk geval voor te interesseren hoe het met haar was?

'We moeten er even heel goed over nadenken hoe we verder gaan', zei Miguel. 'En wie we kunnen vertrouwen. Zodra Landorf merkt dat we hem doorhebben, zal hij zijn sporen wissen. En dan kunnen we hem niets meer ten laste leggen.'

'Maar hoe...' Op dat moment zag Birgit Florian Schenk het gebouw uit komen rennen. Hij kwam met wijd opengesperde ogen recht op hen af.

Birgit gooide het portier open. Ze kreeg de kans niet eens hem te vragen wat er aan de hand was.

'Ik zag jullie in de auto zitten, en wilde het jullie persoonlijk komen vertellen', ratelde hij. 'Stadler is gearresteerd! Er was een schietpartij. Op de Burgplatz. Liz is geraakt.'

Dinsdag 13 oktober, 13.54 uur

Alex Landorf zag de dienstwagen met piepende banden van de parkeerplaats rijden en tussen het verkeer invoegen. Clarenberg en de Spanjaard op weg naar het ziekenhuis. Hij had gezien dat dat strebertje Florian Schenk naar hen toe was gerend om hun de blijde boodschap te brengen.

Landorf was zelf pas een paar minuten terug. Direct na de arrestatie van Stadler was hij vertrokken uit het oude centrum. Hij moest zorgen dat zijn versie van het verhaal de eerste was die de ronde deed op het hoofdbureau.

Achter Landorf ging de deur open. Hij trok een onthutst gezicht en draaide zich om naar zijn chef.

'Het wapen ligt bij de forensische dienst', zei Sobotta. 'Je moet er zo nog heen voor het kruitsporenonderzoek, maar ik wil eerst een samenvatting van je. Wat is er op de Burgplatz gebeurd?'

Ongehaast ging Landorf zitten. Hij wilde in geen geval nerveus overkomen. Daar had hij ook helemaal geen reden toe. Het onderzoek van het pistool. Het kruitsporenonderzoek. Allemaal routine als je tijdens je werk je wapen had afgevuurd.

Wat hij zichzelf nooit zou vergeven, was dat hij zo catastrofaal had misgeschoten. Alles was volmaakt geweest. En hij had het verprutst. Maar daar mocht hij nu niet over nadenken. Het ging er nu alleen maar om zijn eigen hachje te redden.

'Die psychologe, Liz Montario, kwam vanmorgen naar KK 11. Behalve ik was er niemand aanwezig, dus luisterde ik naar wat

288

ze te vertellen had. Stadler had contact met haar opgenomen, hij wilde haar ontmoeten. Het leek me een goede gelegenheid om hem te arresteren. Er was te weinig tijd om de BBE erbij te halen. Bovendien was ik ervan overtuigd dat een paar collega's van de geüniformeerde dienst als hulp zouden volstaan. Stadler heeft geen dienstwapen meer en ik ging er niet van uit dat de situatie zou escaleren. Vooral omdat de oorspronkelijke ontmoetingsplek een park was.'

Landorf vond dat het tijd was voor een beetje schuldbewustzijn en sloeg even zijn ogen neer. 'Mijn fout.'

'Ga door', zei Sobotta.

'Op de ontmoetingsplek kreeg Montario weer een sms'je van Stadler, kennelijk met nieuwe instructies. Ik had haar op het hart gedrukt me in geen geval te bellen, omdat ik niet wist of Stadler haar wellicht in de gaten hield. Er restte ons dus niets anders dan haar onopvallend te volgen. De collega's van de uniformdienst moesten afstand houden. Ik had voor de zekerheid de auto gepakt, want ik wist immers niet of Liz misschien ergens op de trein of in haar auto zou stappen.'

'Je eigen auto, als ik juist ben ingelicht.'

Het zweet brak Landorf uit onder de onderzoekende blik van Sobotta. 'Mijn auto heeft getinte ruiten. Ik wilde niet dat Stadler me opmerkte. Ik moest in elk geval een stuk omrijden. Via de Mühlenstraße. Ik kon natuurlijk niet door het voetgangersgebied. De collega's hielden me via de radio op de hoogte. Toen ik op de Burgplatz aankwam, stapte Stadler net met Liz in de gondel.'

'Je hebt de collega's gezegd dat ze in geen geval mochten ingrijpen voordat jij ter plaatse was. Ze hadden kunnen voorkomen dat die twee instapten.' Sobotta legde zijn handen plat op de tafel.

'Ik wilde geen fouten maken', zei Landorf bewust beteuterd.

'Dat heb je anders wel gedaan.'

Hij besloot beschaamd te knikken in plaats van zich te verdedigen.

'Verder!'

'Eerst zag alles er normaal uit. Ze leken met elkaar te praten. En toen had Stadler opeens het mes in zijn hand en ik...' Nu kwam het erop aan.

'Ja?' Sobotta's stem was scherper dan een scheermes.

'Ik herinnerde me dat Liz Montario het erover had gehad dat ze dacht dat Stadler de moord wilde bekennen. Ik begreep dat ze in gevaar was. Het zag eruit als moord-zelfmoord. Stadler wilde zichzelf van het leven beroven en zijn minnares meenemen in de dood.'

'Zijn minnares?'

'Is ze dat dan niet?'

'Geen idee, verdomme.' Sobotta wreef over zijn voorhoofd. 'Wegwezen nu. Eerst naar de forensische dienst. En dan ga je aan je bureau zitten om je verslag te schrijven. Ik wil elk detail zwart op wit. Daarna ga je naar huis en hou je je ter beschikking. Begrepen?'

'Ja, chef.'

Toen Alex Landorf de deur achter zich dichttrok, ging er een weldadige tinteling door hem heen. De roes van het succes pulseerde door zijn aderen. Hij voelde dat hij Siegfried Sobotta had overtuigd. De tegenslag op de Burgplatz had hem niet verzwakt, maar hem tot geweldige prestaties aangespoord. Wellicht kreeg hij toch nog een kans het Stadler betaald te zetten. Misschien kwam het allemaal toch nog goed.

Dat wilde wel zeggen dat hij direct naar het ziekenhuis moest om ervoor te zorgen dat de enige persoon die zijn beweringen kon tegenspreken voorgoed haar mond hield.

Dinsdag 13 oktober, 14.13 uur

Birgit slaagde er nauwelijks in Miguel bij te houden. Ze renden door de gangen van het nieuwe operatiecentrum van de universitaire kliniek, die Birgit vreselijk steriel en kil toeschenen.

Voor een glazen deur met het opschrift OPERATIEKAMERS – GEEN TOEGANG VOOR ONBEVOEGDEN hielden ze abrupt in. Daar stond een collega in uniform. En Hubert Burghausen.

'Ze zijn nog aan het opereren', zei hij.

'Weet je al iets meer?' vroeg Birgit.

Hij schudde het hoofd. 'Het ziet er niet erg goed uit. Ze heeft te veel bloed verloren.'

'Jij was wel snel hier.' Er blonk wantrouwen in Miguels ogen.

'Alex belde me.'

Birgit verstarde. Ze zag dat het Miguel evenveel moeite kostte als haar om zijn geschoktheid te verbergen.

'En hoe wist hij er zo snel van?'

Burghausen keek Miguel aan. 'Weten jullie dat niet? Hij had de leiding van de operatie.'

'Welke operatie?' vroeg Birgit toonloos. 'Ik weet niets van een operatie.'

Burghausen ademde in. 'Details weet ik ook niet. Alex had een of andere afspraak met Liz. Ze zou Georg ontmoeten en dan wilde hij op het juiste moment toeslaan.'

'Dat bestaat niet!' Birgit keek hem woedend aan.

De collega van de uniformdienst zette verlegen zijn pet recht.

Hij voelde zich duidelijk niet op zijn gemak tussen de twee fronten.

Hubert Burghausen schokschouderde. 'Zo heeft Alex het me verteld. Ze ontmoetten elkaar bij het reuzenrad. Zolang ze in de gondel zaten, kon Alex niets doen. Toen had Georg opeens een mes in zijn hand en Alex dacht dat Liz in levensgevaar was.'

'Heeft híj geschoten?' Birgit keek Burghausen door een waas van tranen aan.

'Ja.'

Birgit keek Miguel aan. Ze zag zijn gezicht wazig, maar voelde wat hij haar duidelijk wilde maken. *Niets zeggen!*

Ze wendde zich haastig af, veegde de tranen weg en draaide zich weer om naar Burghausen. 'Weet jij hoe het met Georg is?'

'Die is gearresteerd.' Burghausen keek op de klok. 'Misschien moet ik...'

'Ik wil erbij zijn als je hem verhoort.' De toon waarop ze dat zei liet er geen twijfel over bestaan dat er over dat punt niet te onderhandelen viel.

Burghausen haalde een zakdoek tevoorschijn en depte zijn voorhoofd ermee. 'We moeten wel opletten dat we ons aan alle voorschriften houden.'

Birgit pakte hem bij zijn overhemd. 'En is er een voorschrift dat zegt dat ik als hoofd van de moordbrigade niet bij het verhoor van een moordverdachte aanwezig mag zijn?'

Ze voelde dat Miguel zijn hand op haar schouder legde. 'Ik denk dat Hubert er geen probleem mee heeft als wij drieën gezamenlijk Georg verhoren. En hij zal wachten tot we weten of Liz het redt.' Hij keek Burghausen met tot spleetjes geknepen ogen aan. 'Dat klopt toch?'

De collega van de uniformdienst was discreet opzij gegaan en speelde demonstratief met zijn mobieltje. Toch was Birgit ervan overtuigd dat hij zich geen woord liet ontgaan.

Burghausen stopte de zakdoek terug in zijn zak. 'Geloof me,

de situatie is voor mij net zo onplezierig als voor jullie. Geen idee wat Alex bezield heeft. Ik wacht uiteraard met het verhoor tot jullie terug zijn. Intussen probeer ik erachter te komen wat er precies bij dat verrekte reuzenrad gebeurd is. En dan neem ik Ferris Bischoff nog een keer onder handen. Akkoord?'

'Akkoord.' Miguel deed een stap achteruit.

'Laat het me weten als jullie iets horen.' Burghausen wierp nog een blik op de glazen deur, draaide zich om en liep weg.

'Misschien hadden we hem moeten vertellen wat we over Alex te weten zijn gekomen', zei Birgit zo zacht dat hun collega het niet kon horen.

'Nee. Het is beter dat hij het nog niet weet. Alex is zijn partner. Ik wil niet dat hij hem zonder ons ter verantwoording roept en hem zo waarschuwt. Nu waant Alex zich waarschijnlijk nog veilig. Laten we het daar voor nu maar bij laten.'

'Maar Alex zou hem kunnen gebruiken. We zouden hem moeten waarschuwen.'

'En als hij ons niet gelooft? Dan werkt het helemaal averechts.'

'Toch heb ik er een rotgevoel bij.' Birgit keek Burghausen na.

'Die kerel probeert jou zwaar beentje te lichten en toch voel jij je jegens hem verplicht?'

'Wat heeft dat er nou mee te maken?'

Birgit wilde zich afwenden, maar Miguel hield haar vast. 'Zodra we terug zijn op het bureau, praten we met hem. Oké?'

'Afgesproken.' Birgit wreef over haar gezicht. 'Denk jij dat Alex heeft geprobeerd Georg dood te schieten?'

Miguel, die net zijn mobieltje had gepakt, stopte midden in een beweging. 'Zo ver zou ik niet willen gaan. Toch?'

'Ik weet het niet', fluisterde Birgit.

De deur naar de operatiekamers ging open. Een verpleegster kwam de gang in. 'Hoort u bij de neergeschoten vrouw die daarstraks is binnengebracht?'

Birgit knikte, niet in staat een woord uit te brengen.

De zuster kwam dichterbij. 'Het spijt me heel erg...'

Dinsdag 13 oktober, 14.20 uur

Georg Stadler bonkte met zijn vuisten tegen de deur. 'Hé, is daar iemand? Ik moet onmiddellijk iemand spreken! Hallo!'

Buiten bleef het stil.

Hij legde zijn voorhoofd tegen het koude staal van de deur. Hij had hier al vaak verdachten afgeleverd, maar had nooit verwacht dat ze de deur nog eens achter hém dicht zouden doen.

Hij kon het beeld niet uit zijn hoofd zetten. Liz, onder het bloed op de bodem van de gondel, armen en benen gebogen, het gezicht bleek en stil. Leefde ze nog? Waarom kwam er niemand met hem praten?

Weer sloeg hij met zijn vuisten tegen de deur. Net zolang tot hij de pijn niet meer kon verdragen. Hij liet zich op de grond zakken, probeerde te bevatten wat er was gebeurd. Alex Landorf was de fotograaf. De valse Georg. Híj had hem die foto's ondergeschoven. Maar waarom? En wat had hij met de moorden te maken? Landorf wilde hem in de stront duwen. Geen twijfel mogelijk. Hij moest Liz buiten haar medeweten gevolgd zijn. Of had ze die klootzak soms ingewijd? Waarom zou ze dat gedaan hebben?

Stadler wreef over zijn gezicht. Liz had meer dan eens geprobeerd hem over te halen om zichzelf aan te geven. Daarmee was ze niet de enige. Birgit en Miguel hadden het ook geprobeerd, zonder succes. Maar die hadden hem niet verraden. Was Liz nog kwaad vanwege dat stomme gedoe? Er was verdomme toch helemaal niets gebeurd! En ze had zich allang weer met David verzoend. Tenzij... Nee. Daar wilde hij niet aan denken.

Opeens schoot er een andere gedachte door zijn hoofd: misschien zat Landorf niet alleen achter het verhaal met die foto's, maar probeerde hij hem ook de moord op Tatjana in de schoenen te schuiven. Hij moest de collega zijn die bij de werkplaats van Kostas opgedoken was. Hij had het mes in de kofferbak gelegd. Alleen dan klopte het verhaal. Stadler deed opgelucht zijn ogen dicht. Hij was geen moordenaar. Hij had geen vrouw om het leven gebracht en het vervolgens gewoon vergeten. Hoe had hij dat zelfs maar van zichzelf kunnen denken?

Stadler sloeg met zijn vuisten tegen zijn voorhoofd. Alex Landorf had op hem geschoten. Die klootzak zou hem als een rat hebben neergeknald als Liz niet was opgesprongen en hem opzij had getrokken. Ze had de kogel opgevangen die voor hem bedoeld was geweest.

Hij kreunde. Ze moest Landorf met het wapen gezien hebben. Hij had de ontzetting in haar ogen gezien in de kwart van een seconde voor ze zich voor hem wierp.

Als Landorf van plan was geweest hem te vermoorden, als hij Liz op de een of andere manier had gebruikt om hem in de val te laten lopen, dan vormde ze een gevaar voor hem... áls ze nog leefde.

Shit! Hij sprong overeind en ging de deur opnieuw met zijn vuisten te lijf. De huid was kapotgeschuurd en elke slag deed vreselijk pijn, maar hij gaf niet op. Hij zou net zo lang tegen die vervloekte deur beuken tot er eindelijk iemand kwam luisteren naar wat hij te zeggen had.

Dinsdag 13 oktober, 14.49 uur

Birgit schaamde zich nog steeds. Ze was, werkelijk waar, huilend op de vloer van het ziekenhuis in elkaar gezakt. Miguel was naast haar op zijn knieën gevallen en had haar vastgehouden terwijl de verpleegkundige geruststellend op haar in had gepraat en de volkomen overdonderde collega van de uniformdienst haar een zakdoek had gegeven.

En dat alles alleen maar omdat ze niet had willen luisteren tot de verpleegster haar zin had afgemaakt. De laatste wilde zeggen dat het haar speet dat Birgit en haar collega's de arts die Liz had geopereerd niet zelf te spreken konden krijgen, omdat hij nog een dringende ingreep moest uitvoeren.

Bovendien was er goed nieuws: Liz leefde nog! De chirurgen hadden het projectiel uit haar long gehaald. Bij het schot was de kogel in het rechter-longhilum achtergebleven. Wat dat ook mocht zijn. In elk geval had ze de operatie goed doorstaan.

Liz had het ergste nog niet achter de rug, maar de artsen waren optimistisch. Ze was niet bij bewustzijn en het zou nog uren duren voor ze aanspreekbaar was. Daarom hadden Birgit en Miguel besloten om terug te rijden naar het hoofdbureau. Liz was in goede handen, en Georg had hun hulp nodig. Ze moesten het web stuksnijden dat Alex Landorf om hem geweven had.

Terwijl ze uitstapten hield Birgit Miguel vast aan zijn mouw. Ze had nog steeds de geur van zijn huid in haar neus en was nog bevangen van het meeslepende gevoel in zijn armen te liggen in dat bitterzoete ogenblik waarin pijn en geluk met elkaar versmolten waren. 'Ik zou je dankbaar zijn als je dit niet aan iedereen vertelde.'

Hij keek haar argeloos aan. 'Wat bedoel je? Ik begrijp niet waar je 't over hebt.'

Ze glimlachte. 'Dank je.'

Toen ze op de tweede verdieping aankwamen, kwamen Zoë en Florian op hen afgerend.

'Hoe is het met Liz?' riep Zoë.

'Als ze de komende nacht goed doorkomt, redt ze het wel.'

'Goddank!' Zoë legde een hand op haar borst.

'Wat deed ze eigenlijk met Georg in dat reuzenrad?' Florian trok een grimas. 'En hoe wist juist Alex Landorf daarvan?'

'Dat vragen wij ons ook af', antwoordde Miguel. 'Is er nog nieuws?'

'De video staat online.' Zoë veegde een blonde haarlok uit haar gezicht. 'Van *Spoorloos*.'

'Daar was ik al bang voor.' Miguel wisselde een blik met Birgit. 'En?'

'Vrij kort, nog geen dertig seconden. Hij laat de vrouw iets drinken uit een beker. Dan een scènewissel naar de kist en neervallende aarde. Helemaal aan het einde nog het dichtgegooide graf.'

'En de code?'

'Moeilijk. TTM49CR.'

'Nog geen idee?'

'Ik heb het filmpje nog maar net ontdekt. Weer een nieuwe website; de oude was al niet meer te bereiken. Maar ik heb een idee. Kom gauw mee!'

Ze liepen achter Zoë aan naar haar computer. '1949. Tot nu toe is dat de oudste film', zei ze. 'Ik heb net een lijst gemaakt waarin je de films kunt ordenen naar het jaar van verschijnen.'

Ze gingen achter Zoë staan, die aan haar bureau was gaan zitten. Birgit leunde voorover om beter te kunnen zien.

'Shit', zei Florian na een tijdje. 'Er zit er geen tussen met de beginletters TTM.'

'Dat kan niet.' Zoë scrolde naar beneden. 'Nee, inderdaad.'

Birgit kreeg een idee. 'Probeer een Engelstalige site. We moeten de oorspronkelijke titel hebben. Net als bij *Spoorloos*.'

Zoë gaf een nieuwe zoekopdracht. 'Duimen jongens, dat het geen Finse of Hongaarse film is. Als we alle talen door moeten nemen, zitten we hier volgend jaar nog.'

Het duurde geen jaar, maar amper dertig seconden. Ze zagen de titel alle drie tegelijk: *The Third Man*, van Carol Reed.

'*Jodida mierda*', mompelde Miguel.

'Eindigt die film niet met een slotscène in het riool?' vroeg Florian.

'Ja, precies.' Miguel ging voor het raam staan en keek naar buiten. 'Dat wil zeggen dat de plaats delict overal in de stad kan zijn. Als we er niet op tijd achter komen wie I.E. Carr is, hebben we geen enkele kans de moord te voorkomen.'

Dinsdag 13 oktober, 15.08 uur

Alex Landorf liet het raam omlaag zakken en keek nadenkend naar de overkant van de straat. Met de auto het terrein van het universiteitsziekenhuis oprijden vond hij te riskant. Bij alle toegangen stond een slagboom. Hij verwachtte geen problemen, maar als er iets misliep, wilde hij niet lopend moeten vluchten.

Achter hem werd getoeterd en hij sloeg rechts af de Naegelestraße in. Hij vond een vrije parkeerplaats en stapte uit. Voor de zekerheid had hij de gestolen kentekenplaten weer op de auto aangebracht. Het mocht niet door een of ander stom toeval uitkomen dat hij in de buurt van de kliniek was geweest ten tijde van Liz Montario's overlijden. Op de achterbank lag de bivakmuts. Hij trok hem diep over zijn gezicht. Dat beschermde niet alleen tegen nieuwsgierige blikken, maar vooral tegen camera's.

Met zijn handen in zijn zakken begon hij te kuieren. Voor vertrek had hij Siegfried Sobotta zijn verslag gebracht. De uitdraai was maar twee pagina's lang. Ieder woord te veel vormde een risico. Vandaar dat hij het zo kort mogelijk had gehouden.

Landorf liep het terrein op via de voetgangerstoegang aan de Moorenstraße en liep naar het grote, nieuwe ZOM II-complex. De moeilijkste opgave was om uit te zoeken waar Liz Montario lag, zonder het iemand te vragen die zich hem later zou kunnen herinneren. Daarentegen zou het een eitje zijn om de collega af te leiden die voor de deur de wacht hield. Hij had al een idee.

Boven de ingang van de protserige glazen façade prijkte het

opschrift CENTRUM VOOR OPERATIEVE GENEESKUNDE. Niemand keek naar hem toen hij het gebouw binnenging. Er was een receptie, een café en een winkeltje. En genoeg mensen die allemaal met zichzelf bezig waren. Hij liep naar een informatiepaneel en bestudeerde het.

Aan het einde van de entreehal kwamen twee vrouwelijke artsen door een deur. Uit zijn ooghoeken zag hij ze aan komen lopen. Hij ving een flard van hun gesprek op. Iets over remissie en behandelplan. Ze hadden evengoed Chinees kunnen praten. Toen ze in zijn buurt kwamen, vertraagden ze hun pas.

'Kunnen we u helpen?' vroeg er een.

'Dank u, ik heb het al gevonden', bromde hij zonder hen aan te kijken, en hij draaide zich snel om.

Hij liep de trap op naar de eerste verdieping. Vanaf de galerij had hij een goed overzicht. Nadenkend stond hij naar de cafébezoekers te kijken. Het liep allemaal niet zo makkelijk als hij had gedacht. Toen kreeg hij een idee. Hij zou de centrale van het ziekenhuis bellen. Als hoofdinspecteur van de recherche, Miguel Rodríguez. Hij kon zelfs de arts te spreken vragen die Liz had geopereerd. Of de collega die haar kamer bewaakte. Ze zouden hem alles vertellen wat hij weten moest.

Hubert Burghausen stond op toen Birgit en Miguel de verhoor-kamer binnenkwamen en keek de twee vragend aan.

Miguel knikte, meer was ook niet nodig. Een opgeluchte glimlach trok over Burghausens gezicht.

Birgit keek naar de tafel, waar Ferris Bischoff zat met naast zich een kleine, corpulente man, wiens haar met gel erin achter-over was gekamd. Zijn advocaat. Tegenover hen had hun collega Axel Stranitzky plaatsgenomen.

Hij boog zich over de bandrecorder. 'Rechercheurs Birgit Clarenberg en Miguel Rodríguez zijn de kamer binnengeko-men.'

Burghausen liep terug naar de tafel. 'Dit is Konstantin Heim-burger, Ferris Bischoffs advocaat.'

Heimburger wierp Birgit en Miguel een kritische blik toe. 'Mijn cliënt heeft besloten onvoorwaardelijk met de politie mee te werken. Uw collega Burghausen heeft me verzekerd dat dat overeenkomstig wordt gewaardeerd.'

Miguel trok zijn wenkbrauwen op. 'Wij hebben geen invloed op de strafmaat.'

'Natuurlijk niet. Daar heb ik het ook niet over.'

'Goed, dan zijn we het eens.' Burghausen wreef zich in zijn handen. 'Meneer Bischoff heeft ons zojuist verteld dat hij Lars Beck nog van vroeger kent. Ze hebben jaren geleden in dezelfde kroeg gewerkt. Vandaar dat Beck de bijlage met het Trojaanse paard zo argeloos opende.'

Birgit ging zitten. Ze had wel andere brandende vragen, maar hield zich in. Burghausen en Stranitzky leidden het verhoor. Toen ze naar Bischoff keek, wierp hij haar een schunnig knipoogje toe. Birgit klemde haar lippen op elkaar, maar bleef hem recht aankijken.

'Lars Beck weet dus niets van de moorden?' vroeg Stranitzky, die de ondervraging voortzette.

Bischoff maakte zijn blik los van die van Birgit en een verachtelijke grijns verspreidde zich over zijn gezicht. 'Die sukkel had geen idee.'

'Dan wordt het tijd dat u ons uitlegt hoe u contact legde met uw slachtoffers.'

Ferris Bischoff vertrok zijn mond. 'Doodsimpel. Daar had ik mijn trucje voor.'

'Wat voor trucje?'

'Nou ja, ik scharrelde meiden op door te doen alsof ik een beroemde fotograaf was. Dan poseerden ze voor me. Ik kon ze praktisch alles laten doen wat ik wilde.' Na een snelle blik op zijn advocaat voegde hij eraan toe: 'Dat was natuurlijk allemaal volstrekt onschuldig. Wat ik bedoel is dat ze zich uitkleedden en zo.'

'Dat begrijp ik.' Stranitzky leunde achterover.

Burghausen nam het van hem over. 'Hebt u dat bij Tina Grandt ook zo gedaan?'

'In principe wel, ja. De afspraak stond al vast toen, nou ja, toen die andere zaak ertussendoor kwam.'

'Met die andere zaak bedoelt u dat u besloot haar te doden?'

Bischoff keek zijn advocaat aan. Die knikte.

Birgit beet op haar nagels. De medeplichtige! Ze moesten weten wie de medeplichtige was! De rest kwam later wel. Ze merkte dat Miguel, die naast haar was gaan zitten, eveneens op hete kolen zat.

'Ja-a', zei Bischoff slepend. 'Ik had al een paar fotoshoots in de papierfabriek gedaan. Daar zijn een heleboel rustige hoekjes waar je volkomen ongestoord kunt werken. En met die Tina had ik al een paar dagen eerder daar afgesproken.'

'Hoe kwam u op het idee om de vrouw voor de lopende camera te vermoorden?'

Bischoff schudde zijn woeste haardos. 'Dat was vanwege die website. Waarop filmfans hun favoriete scènes uploaden. Ik had ergens een bericht gepost dat alles er veel te amateuristisch uitzag. Je zag meteen dat het goedkope namaak was. Vooral de moordscènes. En toen stuurde die kerel me een privéberichtje, buiten de site om.'

Burghausen hield zijn hoofd scheef. 'Welke kerel?'

'I.E. Carr. Die vond dat zulke filmpjes alleen gaaf waren met echte moorden. Maar dat zou niemand durven.'

'En toen?'

'Ik weet het niet, ik dacht dat hij in wezen gelijk had. En ik voelde me uitgedaagd. Dus toen heb ik die hond doodgeschoten. Met het geweer van mijn oom, dat ik had.'

'Wat zei die Carr toen?'

'Hij vond het te gek, maar zei dat het eigenlijk half werk was omdat het maar een hond was geweest.'

'En toen besloot u hem te bewijzen dat u ook een mens voor de camera kon doden.'

Bischoff knikte. 'Hij stond paf. Vooral toen hij de code begreep. Dat was namelijk mijn idee. Als hij zelf zo hoog van de toren blies, moest hij ook maar laten zien dat hij lef had. Eerst dacht ik dat hij 'm kneep, vooral toen hij opeens zei dat we elkaar per direct niet meer moesten mailen. Hij stond erop dat ik alle mails die hij me had gestuurd zou wissen. Maar toen, een paar dagen later, kwam ik die andere video tegen: *Halloween*. En toen wist ik dat die gast het serieus meende.'

'En verder weet u niets over I.E. Carr? U hebt in uw berichten nooit over persoonlijke dingen gepraat?'

303

'Nee. Met geen woord.'

'Geen enkele aanwijzing van zijn werkelijke naam?'

'Nada.'

'Hebt u die mails gewist?'

'Ja.'

Burghausen keek Axel Stranitzky aan. 'Die zouden toch nog ergens op de computer te vinden moeten zijn?'

Bischoff stootte een minachtend lachje uit. 'Vergeet het maar, man. Die berichten heb ik nooit gedownload, die stonden alleen op de server. Daar kom je niet meer bij.'

Birgit zag aan de triomfantelijke blik in Bischoffs ogen hoeveel plezier hij erin had dat de mails reddeloos verloren waren. Blijkbaar bewonderde hij zijn mededader zozeer dat het vooruitzicht dat I.E. Carr er ongestraft mee wegkwam hem een euforisch gevoel gaf. Het leek hem niet eens te kunnen schelen dat hij zelf levenslang achter de tralies zou zitten.

Gefrustreerd bedacht Birgit dat het volgende slachtoffer ergens in het riool zou worden doodgeschoten. Ze had Zoë en Florian gevraagd na te trekken hoeveel toegangen er waren en welke de dader in het bijzonder geschikt zouden kunnen lijken. Maar de kans dat ze de goede plek vonden was nagenoeg nihil. Er lag meer dan vijftienhonderd kilometer riool onder de stad. Ze hadden evenveel kans om het deel te vinden dat de dader voor zijn moord uitkoos als om de hoofdprijs in de lotto te winnen.

Dinsdag 13 oktober, 15.34 uur

Op een gegeven moment had Stadler het toch opgegeven, nadat hij urenlang zijn vuisten op het staal van de deur had stukgeslagen. Ze hadden hem zijn horloge en zijn mobieltje afgenomen en hij had geen idee hoeveel tijd er voorbij was gegaan.

Toen er buiten opeens voetstappen klonken en de deur werd ontgrendeld, kon hij het nauwelijks geloven. Hij werd naar de tweede verdieping gebracht. Geboeid. Met een stoïcijnse blik onderging hij de vernederende procedure. Hoofdzaak was dat hij de kans kreeg met iemand te praten.

Hij werd de verhoorkamer binnen geduwd. Toen hij daar niet alleen Hubert Burghausen, maar ook Birgit en Miguel ontdekte, haalde hij opgelucht adem. Birgit zag eruit alsof ze al dagen niet had gegeten of geslapen en ook Miguel maakte een afgepeigerde indruk. Zelfs aan Burghausen kon je de inspanningen van het onderzoek aflezen.

'Hoe is het met Liz?' vroeg Stadler terwijl men zijn handboeien losmaakte.

'Ze heeft de operatie goed doorstaan', zei Birgit.

Dat was een pak van zijn hart. 'Is er iemand bij haar?'

'Er staat een collega voor haar kamer.'

Dat stelde Stadler niet werkelijk gerust. 'Hij zal proberen haar te vermoorden.'

'Wie?' vroeg Burghausen scherp.

'Alex.'

'Pardon?' Burghausen stootte een vreugdeloos lachje uit. 'Hoe kom je daar nou bij?'

'Ik ben bang dat Georg gelijk heeft', zei Birgit. 'We hebben aanwijzingen dat Alex Landorf degene is die Georg de foto's in de maag heeft gesplitst.'

Stadlers knieën knikten van opluchting. Hij had niet durven hopen dat Birgit en Miguel zijn vage aanwijzingen zouden opvolgen. Hij had beter moeten weten. Ze waren twee van de beste speurders die hij kende. En ze waren zijn vrienden. Hoeveel wijn Burghausen, de slijmbal, er ook tegenaan gooide.

'Nou maak je me nieuwsgierig.' Burghausen ging zitten en sloeg zijn armen over elkaar.

Birgit en Miguel gingen op de stoelen naast hem zitten en Stadler tegenover hen.

Hij keek Birgit aan. 'Heb je iets gevonden over dat kenteken?'

'De camper is van zijn zwager.'

Sprakeloos schudde Stadler zijn hoofd.

'Zou iemand me kunnen uitleggen waar dit over gaat?' kwam Burghausen ertussen.

Birgit knikte naar Stadler. Zo beknopt als hij kon vertelde hij over zijn onderzoek in Praag. Burghausen sperde een paar keer zijn mond open, maar liet hem uitpraten.

'Die aansteker zat in mijn broekzak. Hij moet bij de spullen zitten die ik moest inleveren toen ik in de cel werd gestopt. Als Alex hem niet heeft laten verdwijnen. De sms met de foto zou nog in mijn mobieltje moeten zitten. En de contactgegevens van Aneta ook. Die klootzak zei overigens tegen haar dat hij Georg heette.'

Zonder iets te zeggen stond Burghausen op en liep naar de deur. Hij zei iets tegen een collega die op de gang stond. 'Je spullen worden gehaald', zei hij, nadat hij weer was gaan zitten. 'Alex houdt er dus een smerige hobby op na. En om zich in te dekken heeft hij jouw naam gebruikt. Dat had ik nooit achter hem gezocht.'

'Ik vrees dat de zaak niet zo simpel is', zei Miguel.

'Hoezo?'

'Alex heeft Georg niet gebruikt om zijn eigen vuile spelletjes te coveren. Hij heeft het allemaal alleen gedaan om Georg een loer te draaien. Het is allemaal één grote wraakoefening.'

'Wraakoefening? Waarvoor dan?'

'Linda Franke.'

Een vlaag van begrip schoot over Hubert Burghausens gezicht. Stadler kreeg het opeens ijskoud. 'Wat? Ik begrijp niet...'

'Ze was zijn grote liefde', zei Miguel. 'Wist je dat niet?'

Hij schudde zijn hoofd zonder iets te zeggen. Haalde zich de avond voor de geest waarop hij Linda zo bot een blauwtje had laten lopen. En aan wat er daarna was gebeurd. *Shit*.

'De vraag is nu of Alex ook de plaats delict aan de Moskauer Straße heeft gemanipuleerd om Georg niet alleen die schunnige foto's, maar ook de moord in de schoenen te schuiven.'

'Waarom zou hij dat doen?' Burghausen sloeg zijn armen weer over elkaar. 'Dat heeft toch geen enkele zin! Waarom zou hij al die moeite doen voor die foto's terwijl hij hem de schuld kan geven van een moord? Nee. Alex kan dat niet allebei hebben gedaan.'

'Misschien heeft hij het niet zo gepland', zei Birgit. 'Maar toen die tablet op de plaats delict werd gevonden... toen de gelegenheid zich aandiende, heeft hij die gebruikt.'

'Het mes.' Stadler bande de gedachte aan de fatale date met Linda Franke uit zijn geheugen. 'Vermoedelijk heeft hij dat zelf ontdekt en laten verdwijnen. En later heeft hij het in mijn kofferbak verstopt.'

'Wat voor mes?' vroeg Birgit. Ze zag er verontrust uit.

'Ik neem aan dat hij het mes bedoelt waarmee hij in het reuzenrad zat te zwaaien.' Burghausen schoof zijn bril op zijn voorhoofd.

Stadler haalde diep adem. *Blijf rustig!* 'Ik zat er niet mee te zwaaien. Ik liet het Liz zien.'

'Waar had je het vandaan?' Burghausen leunde naar voren.

'Ik had mijn auto bij een kennis neergezet.' Stadler keek naar zijn handen. Er kleefde bloed aan. Liz' bloed, vermengd met het zijne. Hij had tot bloedens toe met zijn vuisten op de celdeur geslagen. 'Die kennis vertelde me dat er iemand van de politie was geweest die de auto wilde zien. Dat moet Alex zijn geweest. Hij heeft het mes in de kofferbak gestopt, waar ik het later vond.'

'Waarom liet je Liz dat mes zien in het reuzenrad?' vroeg Miguel.

'Ze wilde het zien. Ik gaf het haar aan.'

'Zou je dat ook per abuis als een aanval hebben kunnen opvatten?' zei Miguel, erop terugkomend.

'Dat zou kunnen.' Stadler rukte zich los van de aanblik van zijn bebloede handen. 'Hoewel... ik gaf het haar aan met het heft naar haar toe. Nee, eigenlijk kon je dat niet verkeerd interpreteren.'

In de stilte die na zijn woorden viel werd er aangeklopt. Een collega kwam binnen en gaf Hubert Burghausen een doorzichtige plastic zak aan. De laatste schudde de inhoud ervan op tafel uit. Stadler liep zijn spullen na. Zijn horloge, zijn portefeuille, sleutelbos en de aansteker die Aneta hem had gegeven.

'Het mobieltje is weg', stelde Burghausen vast.

'In de gondel had ik het nog.' Stadler probeerde zich voor de geest te halen wat er was gebeurd. 'Het lag op de vloer. De sms van Aneta kwam precies op het ogenblik waarop Alex me aanhield.'

'Dan zou het dus bij de in beslag genomen bewijsstukken kunnen liggen', zei Miguel.

'Ik vrees dat het daar ook niet ligt.' Birgit staarde naar de voorwerpen op tafel. 'Als Alex heeft gezien dat zijn eigen gezicht op het display stond, heeft hij dat ding zeer zeker laten verdwijnen. Zelfs al wist hij niet meteen wat het te betekenen had.'

'We hebben in elk geval de aansteker.' Stadler draaide hem

om met een balpen, zodat de anderen de inscriptie op de onderkant konden lezen. 'Kijk. L.F.'

Miguel floot. 'Dat is Linda's aansteker.'

'Dat zou kunnen.' Burghausen maakte met zijn mobieltje een foto van de inscriptie. 'Maar zeker weten we het niet.'

'Jawel.' Miguel keek hem aan. 'Ik weet het zeker. Ik heb hem bij haar gezien. We hebben het er zelfs over gehad. Het was een cadeautje van een ex-vriend, als ik het me goed herinner.'

Burghausen trok een wenkbrauw op. Ze hoorden de radertjes in zijn hoofd bijna kraken. Toen knikte hij. 'Oké. Ik denk dat het tijd wordt dat we eens met Alex praten. Ik bel hem op. Hij heeft eerder een verslag bij Sobotta ingeleverd. Ik zeg gewoon dat we daar nog wat vragen over hebben. Zonder er veel ophef over te maken.'

Dat beviel Stadler niet. 'Alex is niet achterlijk. Hij heeft ons allemaal om de tuin geleid. Als hij onraad ruikt, duikt hij onder.'

'Net als jij, hè?'

'Au.'

'Je bent nog niet uit de problemen, Georg.'

'Je wilde hem toch niet nog langer vasthouden?' Birgit keek hem verbijsterd aan.

'Nee, natuurlijk niet. Zoals de zaken nu staan zijn alle potentiële bewijzen tegen Georg besmet.' Hij wendde zich tot Georg. 'Maar aan een tuchtzaak ontkom je niet.'

'Op dit moment is dat het minste van mijn problemen, dat kan ik je wel vertellen.'

'Vergeet niet dat we nog een seriemoordenaar moeten zien te vinden', kwam Birgit ertussen.

'Laat me daar dan bij helpen.'

'Je bent geschorst, Georg.' Burghausen schudde zijn hoofd.

'Wees toch niet zo'n kutbureaucraat!' Stadler sloeg met zijn vuist op tafel en kromp ineen van de pijn.

Burghausen sprong overeind. 'Je hoeft mij niet te zeggen hoe ik mijn werk moet doen! Wie heeft zich hier in zijn grenzeloze zelfoverschatting in de nesten gewerkt?'

'Wat ben je toch een klootzak, Hubert!'

'Hou verdomme op met die flauwekul!' Birgit spreidde haar armen. Haar ogen fonkelden van woede.

Miguel stond op. 'Birgit heeft gelijk. En wat Georg betreft, denk ik dat we met Sobotta moeten gaan praten. Tot dat moment hebben we hem nodig als getuige.'

Birgit keek van de een naar de ander. 'Gaat dat lukken zonder dat jullie elkaar in de haren blijven vliegen?'

Burghausen frunnikte aan zijn bril. Stadler perste zijn lippen op elkaar. Die sukkel kon hem gestolen worden. Hij voelde Birgits blik en balde zijn vuisten. In zijn hoofd stak een storm op. Aarzelend stak hij zijn hand uit naar Burghausen. 'Sorry.'

Burghausen aarzelde even, maar gaf hem een hand. ''t Is al goed. Laten we die klootzakken te grazen nemen!'

Dinsdag 13 oktober, 15.43 uur

De wereld leek alleen uit zwarte gordijnen te bestaan. Steeds als Liz een van de wapperende sluiers opzijschoof, was er daarachter weer een volgende. Een eindeloze reeks blauwzwart glanzende zachte doeken. Niets ervoor. Niets erachter.

Aan het eind van haar krachten gaf ze op. Toen ze weer wakker werd, probeerde ze het weer. Deze keer leken de sluiers al lichter en ze dacht dat ze er licht doorheen kon zien. Ze vocht zich door de lagen stof tot ze het gevoel had dat ze haar armen niet meer kon optillen.

Opeens werd ze verblind door fel wit licht. Ze kneep haar ogen stijf dicht. Langzamerhand wende ze aan het licht. Voorzichtig deed ze haar ogen open. Nog meer licht. In plaats van zwart was alles om haar heen nu wit.

Ergens in de buurt klonk eentonig gepiep. Steeds hetzelfde geluid, steeds van dezelfde plaats.

Liz voelde dat ze door vermoeidheid dreigde te worden overweldigd. Maar ze dwong zichzelf haar ogen open te houden. Ze moest wakker blijven. Ze moest erachter zien te komen waar ze was. Langzamerhand tekenden zich in het wit om haar heen omtrekken af. Een muur. Een raam. Een tafel.

Opeens bewoog er iets links van haar. Ze kon het nauwelijks zien, het was meer voelen, een kleine verandering in het licht. Een schaduw.

Ze probeerde vergeefs haar hoofd om te draaien. Waarom was alles zo zwaar?

311

De schaduw kwam dichterbij en verscheen in haar blikveld. Vaag herkende Liz een bivakmuts, een donker jack en een voorwerp in de hand van de gestalte. Een glimmend, langwerpig voorwerp.

Ze kreeg het tegelijk warm en koud van angst. Er klopte iets niet, al kon ze niet zeggen wat. Ze wilde wegrennen, terug naar de schaduwen achter de gordijnen, zich verstoppen tussen de donkere, zachte plooien. Ze deed haar ogen dicht. En daar werd ze al door het eerste gordijn omhuld, het trok haar mee naar het rijk der schaduwen. Ze hoorde iets knakken, ver weg, als in een andere wereld, en toen nam de oneindige duisternis haar in zich op.

Woensdag 14 oktober, 09.13 uur

Alex Landorf ging wijdbeens voor het raam staan en liet het uitzicht op de rijen huizen op zich inwerken. Hij had zich in lang niet zo goed gevoeld. Gistermiddag, toen hij aan het bed van Liz Montario stond, was hem eindelijk duidelijk geworden wat hij werkelijk wilde. Het was doodeenvoudig en evengoed geniaal.

Uiteindelijk was het kinderspel geweest om Liz' kamer binnen te komen. En tegelijk een meesterzet. Na zijn telefoontje als 'hoofdinspecteur Rodríguez' had hij de juiste gang snel weten te vinden. Met een snelle blik om het hoekje had hij zijn collega zien zitten, die verveeld op zijn mobieltje zat te tikken.

Hij had nogal lang moeten wachten voor zich een gelegenheid voordeed: een verpleegkundige die bezig was met een kar vol flessen bronwater en helemaal aan het eind van de gang twee mannen die blijkbaar een kamer zochten.

Bliksemsnel was hij uit zijn schuilplaats achter een buitensporig grote potplant vandaan gesprongen en had hij de verpleegster een klap met een fles bronwater gegeven. Toen was hij bij de bewusteloze vrouw neergeknield en had luidkeels om hulp geroepen.

Zoals hij had verwacht was zijn collega meteen naar hem toe komen rennen. 'Wat is er aan de hand? Wat is er gebeurd?'

Landorf bleef naar de vrouw kijken, zodat de man zijn gezicht niet kon herkennen. 'Die kerel heeft die vrouw zomaar neergeslagen. En toen ging hij ervandoor. Die kant op.' Landorf wees de gang in. 'Daar! Daar loopt hij! Schiet op!'

313

Zijn collega rende erop af en pakte onder het rennen zijn portofoon.

Landorf was meteen de andere kant op gerend met in zijn hand de injectiespuit die hij eerder uit een behandelkamer had gepikt. Hij wist dat hij weinig tijd had. Zijn collega zou de afleidingsmanoeuvre snel doorhebben. Een minuut, hooguit twee. Voldoende om Liz een dodelijke hoeveelheid lucht in haar ader te spuiten.

Landorf wendde zich van het raam af en slenterde door de ruime woonkamer. Georg Stadler had beslist een exquise smaak. De leren bank was van een duur designmerk, de hifi-installatie was topklasse. Precies zo zou Landorf zijn eigen huis inrichten. Als hij de poen ervoor had. Nee, hij wilde niet zomaar een woning, hij wilde dit appartement. Meteen al toen hij er voor het eerst binnen was gekomen, had het tegen hem gepraat. Als een mooie vrouw die veroverd moest worden. 'Neem mij!' had de woning tegen hem gefluisterd, en hij had beloofd later terug te komen. En hij had woord gehouden.

Met een glimlach op de lippen strekte hij zich uit op de bank. Hij streek voorzichtig over het witte leer en dacht aan Liz. Toen ze daar zo volkomen weerloos voor hem had gelegen, was het besef bij hem bovengekomen. Het besef dat alles op een duel moest uitlopen. Man tegen man. En Liz Montario zou de hoofdprijs zijn.

Woensdag 14 oktober, 10.24 uur

Birgit haastte zich het gebouw uit, sloeg de hoek om en dook de wirwar van eenrichtingsstraten van Unterbilk in. Een kille wind rukte aan haar haar en woei onder de rok die ze, ondanks het naargeestige vooruitzicht dat ze deze morgen wellicht nog in de riolen moest rondstruinen, had aangetrokken.

Nog maar even rust. Het bureau leek wel een gekkenhuis. Sinds het nieuws bekend was geworden dat niet Georg, maar Alex Landorf de boosdoener was, deden de wildste theorieën en geruchten de ronde over de beweegredenen achter zijn wraakoefening.

Zoals Georg al had gevreesd was Landorf ondergedoken. Niemand had er enig idee van waar hij zat. Thuis was hij niet en in het huis van zijn zwager in Mettmann ook niet. Er was een opsporingsbevel naar zijn busje uitgegaan, maar dat had nog niets opgeleverd.

De vorige middag had zich in het ziekenhuis een vreemd voorval voorgedaan. Een verpleegster was door een onbekende neergeslagen. De bewaker voor de kamer van Liz had daarop een paar minuten zijn post verlaten. Toen hij terugkwam, had alles er normaal uitgezien. Met Liz ging het goed, ze was diep in slaap geweest. Officieel werd de ex-vriend van de verpleegkundige verdacht, maar daar geloofde Birgit niet in. Ze wist zeker dat Alex Landorf achter de aanslag zat. Misschien had hij te weinig tijd gehad. Maar hij zou het weer proberen, dat wist ze zeker.

315

Birgit kwam op het Friedensplätzchen en ging op een bankje zitten. Ze deed haar ogen dicht en stelde zich voor dat ze op een verlaten strand was. Het hielp niet. In plaats van golven die haar blote voeten omspoelden, kwamen beelden uit haar nachtmerrie van de afgelopen nacht bij haar boven. Ze had gedroomd dat ze Miguel betrapte op seks met Linda Franke – op Birgits eigen bureau, tussen haar handtas en haar favoriete koffiebeker. Toen was Linda opeens in Georg Stadler veranderd, die met de broek op de enkels over het schrijfblad gebogen stond en haar verlegen aangrijnsde. Ten slotte was Georgs gezicht veranderd in dat van Alex Landorf. Toen was ze gillend wakker geworden. Een blik op de wekker had haar laten weten dat het vijf uur in de morgen was. Desondanks had ze zich uit bed gesleept. Het risico dat ze nog meer enge dromen kreeg was haar te groot geweest.

Abrupt stond Birgit op van het bankje. Tijd om terug te gaan naar het bureau. Misschien was er intussen nieuws uit Golzheim. Zoë en Florian hadden ontdekt dat er in de buurt van het Nordpark een oud stuk kanaal was dat niet meer werd gebruikt, maar kon worden bezichtigd. Een ideale plaats voor I.E. Carr om er zijn scène uit *The Third Man* na te spelen. Geen stank, geen natte voeten en geen personeel dat hem er kon verrassen.

Hoewel de moordenaar theoretisch iedere andere toegang kon gebruiken, hadden ze besloten de ingang van het bezoekerskanaal in de gaten te houden. Met een beetje geluk betrapten ze I.E. Carr op heterdaad.

Toen Birgit de Lorettostraße in liep, zag ze Miguel in een winkel verdwijnen. Birgit gluurde naar binnen en zag nog net dat Miguel zich losmaakte uit een omhelzing met een man. In de kwart seconde waarin ze geschokt achteruitdeinsde, zag ze een lange, donkere paardenstaart, een markant zuidelijk gezicht en een roze overhemd, de mouwen omgeslagen tot de ellebogen. En een hand die onmiskenbaar intiem Miguels heup omvatte.

Woensdag 14 oktober, 11.27 uur

Het reuzenrad was weer vrijgegeven voor gebruik. Het stond kalmpjes te draaien, de lichtjes fonkelden tegen de grijze herfstlucht, gezichten drukten tegen de raampjes. Slechts één gondel was leeg. Die was nog afgesloten op last van de politie. Het kapotte raam was afgedekt met plasticfolie.

Georg Stadler legde zijn hoofd in zijn nek om de loop van de gondel met zijn ogen te volgen. Hij vroeg zich af hoeveel mensen in het reuzenrad wisten wat hier was gebeurd. In elk geval leek niemand ergens bang voor te zijn. Hij wendde zijn blik af en keek naar de plaats waar het busje had gestaan. Aan de krijtsporen op de grond was te zien dat de technische recherche hier elke centimeter had opgemeten.

'Ik vind het hier maar griezelig.' Helene stak haar arm door de zijne. 'Laten we ergens anders naartoe gaan.' Ze keek op haar horloge. 'Ik heb nog een half uur voor ik weg moet en dat wil ik liever niet doorbrengen op de plaats waar jij bijna was vermoord.' Ze moest voor een lezing naar München en zou daar blijven slapen.

'Oké dan.' Hij gaf haar een kus. 'Wat stel je voor?'

'Een warme chocolademelk lijkt me precies wat ik nodig heb. Mijn handen zijn ijskoud. Om de hoek is een hartstikke leuk café.'

'Goed dan.' Met een zwaar gemoed scheurde hij zich los van het reuzenrad. Zijn hoofd stond niet naar warme chocolade-

317

melk. Hij wilde zijn werk doen. Er liepen twee moordenaars in de stad rond. Een van hen was van de politie en had het op hem voorzien. Weliswaar had zijn chef de schorsing niet opgeheven, maar hij had aangegeven een oogje dicht te zullen knijpen als hij Stadler op de gang van KK 11 tegen het lijf liep. Dat was het beste wat hij Stadler te bieden had. Er hing hem immers nog een tuchtzaak boven het hoofd en de verdenking in de zaak van Tatjana Zilke was ook nog niet helemaal weggenomen. Er mochten dan geen bewijzen tegen hem zijn, maar hij had nog steeds een motief en geen alibi. Om er nog maar van te zwijgen dat ze het gebruikte wapen bij hem hadden aangetroffen. In elk geval had Kostas Alex Landorf geïdentificeerd als de man die aan de Mustang had gezeten.

Ze wisten een tafeltje aan het raam te krijgen. Helene bestelde warme chocolademelk zonder slagroom en Stadler een espresso.

'Ik weet dat je op hete kolen zit', zei ze met haar beker in de hand. 'Daarom ben ik des te blijer dat je toch met me mee bent gegaan.'

'Ik hoop dat we dit nog eens kunnen doen als alles achter de rug is. In alle rust.'

'Dat zou ik ook willen.' Ze zette de mok neer. 'Wat ben je zo meteen van plan?'

'Eerst wil ik naar mijn appartement. Ik weet nauwelijks nog hoe dat eruitziet. En daarna ga ik nog even naar Liz in het ziekenhuis.' Hij was er 's morgens al geweest, maar toen was ze nog diep in slaap geweest.

'Ze is belangrijk voor je, hè?'

'Ze heeft de kogel opgevangen die voor mij bestemd was.'

'Dat is geen antwoord op mijn vraag.'

Stadler keek haar verbaasd aan. Ze glimlachte, maar hij zag iets in haar ogen. Iets wantrouwends. Iets loerends. 'Je bent toch niet jaloers, hè?'

Helene keek naar haar vingers. 'Zou ik daar dan reden toe hebben?'

Opeens werd het hem duidelijk. 'Is het omdat ik haar wel over dat mes heb verteld en jou niet? Verdomme, Helene, ik was vreselijk bang je kwijt te raken. Je hebt zo veel meegemaakt. Maar dat mes...'

Ze knikte en pakte zijn hand. 'Jij bent mijn thuis, Georg. Ik geef je niet meer op.'

Hij keek haar niet-begrijpend aan.

Ze glimlachte. 'Het thuis waar Dorothy zo wanhopig naar op zoek is in The Wizard of Oz. Ik heb het nooit gehad. Niet werkelijk. Ik ben opgevoed door pleegouders, voor wie ik alleen maar een statussymbool was. Het arme weeskind dat ze uit het tehuis hadden gered.'

'Ik ben ook al jong mijn ouders kwijtgeraakt.' Hij sloeg zijn ogen neer. De herinnering aan zijn kille, wrede grootvader die hem had opgevoed bezorgde hem een brok in de keel. 'Ik weet niet zeker of ik weet wat het is. Een echt thuis, bedoel ik.'

'Dat gaan we samen uitzoeken.'

'Ik ben bang dat dat geen eenvoudige zaak zal zijn. Je zult geduld met me moeten hebben. Ik ben een moeilijk te temmen eenling.'

'Dat neem ik op de koop toe. Zolang ik je maar met niemand hoef te delen.' Ze boog zich naar hem toe en kuste hem. 'Alles komt goed', fluisterde ze. 'Alles komt goed, dat zul je zien.'

Woensdag 14 oktober, 21.03 uur

Birgit rekte zich uit en geeuwde. 'Poe hé, ik krijg er een houten kont van. Ik zou graag even een blokje om gaan.'

'Zet dat maar uit je hoofd.' Miguel nam zijn laatste slok koffie en kneep zijn kartonnen bekertje samen. 'We mogen in geen geval het risico lopen dat hij ons ziet.'

'Dat is vast al gebeurd, vandaar dat hij niet meer is komen opdagen.'

Ruim een uur geleden had een waarnemingsteam een verdachte persoon opgemerkt die rondhing voor de afrastering van het terrein waar de toegang tot het gesloten deel van het kanaal was. Toen er versterking kwam van het hoofdbureau was de persoon er alweer tussenuit geknepen, maar misschien was dat alleen maar om zijn slachtoffer naar de plaats delict te lokken. Sindsdien wachtten ze in drie verschillende gewone auto's buiten gezichtsafstand op het startsignaal. Behalve Birgit en Miguel waren Zoë en Florian, Hubert Burghausen en Axel Stranitzky ter plaatse.

De wijk in Golzheim was een van de beste wijken van de stad. Er stonden alleen maar witte villa's, pal tegen het Nordpark aan; de eerste rij had bovendien een prachtig uitzicht op de Rijn. De straten waren er leeg en stil, er kwam hier niemand toevallig langs. Reden te meer om niet op te vallen.

'Afwachten.' Miguel geeuwde.

Birgit keek hem van terzijde aan. Hoewel de straat maar spaarzaam werd verlicht, kon ze zijn gezicht goed zien. Hij maakte een volkomen ontspannen indruk en straalde een innerlijke tevredenheid uit die Birgit niet begreep. Was hij zo goed gehumeurd omdat hij net zijn minnaar had ontmoet? 'Is je vriend eigenlijk al terug?' vroeg ze zo terloops mogelijk. 'Ik bedoel die van dat huis in Oberkassel.'

'Nee, die is nog weg tot eind van de maand. Ik hoop dat Georg er geen al te grote puinhoop van heeft gemaakt, ik ben nog helemaal niet gaan kijken.'

Birgit overwoog hoe ze de volgende vraag zou stellen. Of ze die zou stellen. Of ze het antwoord eigenlijk wel wilde weten.

'Is er nog iets?'

Ze schudde haastig haar hoofd. 'Nee. Ik dacht alleen... misschien hadden we Georg op de hoogte moeten brengen. Het was oorspronkelijk immers zijn zaak. Straks krijgen we hier de grote finale terwijl hij nietsvermoedend in het ziekenhuis aan Liz' bed zit.'

'Hij weet het.'

'Je hebt met hem gepraat?' Birgit zag een auto aan komen rijden. Haar spieren spanden zich. De auto reed een oprit in. Vals alarm. 'Waarom heb je me dat niet gezegd?'

'Ik heb er niet aan gedacht. Ik heb hem opgebeld omdat ik wilde weten hoe het met Liz was.' Hij maakte een geïrriteerde indruk. 'Zo belangrijk is het toch niet?'

'Nee.' Ze wreef over haar gezicht. 'Ik hou dat wachten hier niet meer uit. Ik zou willen dat er eindelijk iets gebeurde.'

'Geen zorg. Ik weet zeker dat we I.E. Carr vandaag nog te zien krijgen.'

'Ik niet.'

'Waarom niet?'

Birgit telde op haar vingers. 'Het terrein is omheind, de toegang tot de trap is bovendien afgesloten met een stevig traliehek en een deur met veiligheidsslot. Drie zware hindernissen. Hoe moet de dader daar met zijn slachtoffer binnen zien te komen? En waarom zou hij het hier proberen terwijl hij overal elders alleen maar een putdeksel hoeft te lichten?'

'Omdat je lang niet overal rechtop kunt staan. En omdat dit kanaal gegarandeerd droog staat.' Miguel tuurde door de voorruit. 'Maar ik ben bang dat je gelijk hebt.'

Op dat moment kraakte de radio. 'Denken jullie dat er nog iets gaat gebeuren?' Dat was Burghausen.

'Ik denk het niet', antwoordde Miguel.

'Birgit?'

Ze aarzelde. 'Akkoord. We kappen ermee. Maar er blijft een team hier.'

Miguel keek op zijn horloge. 'Dan kan ik toch nog even naar mijn feestje.'

'Wat voor feestje?'

'Mijn neef uit Cádiz is op bezoek. Hij is jarig vandaag. Ik heb vanmorgen even koffie met hem gedronken omdat ik zag aankomen dat ik het feest zou mislopen.'

'Je neef', mompelde Birgit suffig en ze dacht aan de man met het roze overhemd. Wat was ze toch een sufferd!

Miguel keek haar met gefronst voorhoofd aan.

Ze maakte een gebaar. 'Laten we gaan.'

Terwijl Miguel de auto startte, voelde ze haar maag samentrekken. Ze wierp een laatste blik op het donkere terrein en hoopte dat ze de goede beslissing hadden genomen.

Woensdag 14 oktober, 21.19 uur

Georg Stadler wierp een blik op de klok. Al meer dan vijf uur zat hij bij Liz op de kamer en werkte hij zich door stapels berichten en verhoren heen. Hij wilde begrijpen hoe de zaken met elkaar samenhingen. De moorden, Alex Landorfs wraakactie, Tatjana Zilkes rooftochten en afpersingspraktijken. Het was een wirwar van losse gebeurtenissen die op een bepaalde manier toch met elkaar samenhingen.

Hij luisterde. Buiten op de gang was alles stil. Sobotta had de bewaker teruggetrokken omdat hij ervan overtuigd was dat Alex Landorf nu andere zorgen had dan een getuige het zwijgen op te leggen. Er bestond immers veel belastender bewijs tegen hem dan haar verklaring.

Maar Stadler was er niet zo zeker van of Landorf de hele zaak zo rationeel beschouwde. Daarom hield hij nu kantoor in het academisch ziekenhuis. Hij had met moeite toestemming gekregen met de nodige ordners in het kleine kamertje te trekken, maar Stadler had zich niet laten wegsturen.

'Neemt u de schuld op u als er iets gebeurt?' had hij de arts gevraagd.

'We houden de patiënt in de gaten. Ze is in goede handen.'

'Hoe vaak gaat u bij haar kijken? En hoeveel tijd heeft iemand nodig om haar met een kussen te smoren?'

De arts was bleek geworden. 'Ik dacht...'

Stadler had zich voorovergebogen. 'Kunt u garanderen dat haar niets overkomt?'

Toen had de arts toegegeven.

Dus had Stadler het zich in het kamertje gemakkelijk gemaakt. Tijdens het doornemen van de dossiers had hij aantekeningen gemaakt en geprobeerd een soort chronologische ordening aan te brengen in alles wat er was gebeurd.

Helemaal aan het begin stond het plan van Alex Landorf hem te ruïneren. Stadler nam aan dat Alex oorspronkelijk niet meer van plan was geweest dan hem alleen de foto's onder te schuiven. Als hij ze op het goede moment van de usb-stick op zijn werkcomputer had overgezet, was dat al voldoende geweest. Dan was Stadler uitgeschakeld geweest. Beroepsmatig en privé.

Maar toen was die serie moorden ertussendoor gekomen en had hij zijn plan uitgebreid. De filmmoorden waren punt twee op Stadlers lijstje. Ze waren begonnen met het doodschieten van de hond. Daarna was het razendsnel gegaan. Stadler had nog niet eerder met een reeks moorden te maken gehad die elkaar vanaf het begin zo snel opvolgden. Gewoonlijk lagen de eerste paar moorden weken, maanden of zelfs jaren uit elkaar. En pas na verloop van tijd werden die perioden korter. Het kwam waarschijnlijk doordat ze met twee daders te maken hadden die een wedstrijdje deden. Op die manier hadden ze elkaar tot een adembenemend tempo opgezweept.

Stadler bladerde door het verslag van Ferris Bischoffs verklaring. Als die niet had gelogen, was de onbekende die zich I.E. Carr noemde de drijvende kracht geweest. Die was het grote raadsel in deze zaak; zijn beweegredenen waren voor Stadler volkomen onbegrijpelijk. Bischoff was makkelijker te doorgronden: die werd gedreven door een combinatie van geldingsdrang, gewetenloosheid en uiterste bereidheid tot geweld. Zonder uitzondering waren zijn slachtoffers jonge, aantrekkelijke blonde vrouwen die hij met een voorgewende identiteit als sterfotograaf had meegelokt. Zijn voorgeschiedenis stemde daarmee overeen; hij had wegens verkrachting een – veel te korte – gevangenisstraf uitgezeten. Stadler vermoedde dat hij meer vrouwen verkracht had, maar daarbij niet was gepakt. En dan was er nog het griezelkabinet in zijn kelder. Daar had de technische recherche niet alleen de maskers en martelwerktuigen gevonden, maar ook de kleding van zijn slachtoffers. Blijkbaar was het een fetisj van hem om de vrouwen steeds in precies één kledingstuk gekleed achter te laten en de rest mee te nemen als trofee. Bij de verkrachting waarvoor hij gezeten had, was hij precies zo te werk gegaan. Dat de dode vrouw in het hotel, die Bischoff niet kon worden aangerekend, ook alleen een slip had aangehad, lag er blijkbaar aan dat zijn mededader zich precies aan het voorbeeld uit de film had gehouden.

Bischoff was een sociopaat volgens het boekje. I.E. Carr moest dat potentieel hebben herkend. En de moorden hadden Bischoffs perverse fantasieën tot nieuwe hoogten opgeslingerd.

Bij Carr zag de zaak er heel anders uit. Die maakte een meer beheerste indruk dan Bischoff. En hij leek aan een heel ander soort vrouwen de voorkeur te geven. De nog niet geïdentificeerde dode vrouw uit het hotel en Siegrun Merten waren allebei brunettes – en bepaald ouder dan Bischoffs slachtoffers. Maar dat was dan ook vrijwel alles wat ze van de onbekende wisten.

Stadler nam zijn lijsten door. Waarom had Carr een mededader gezocht? Was hij oorspronkelijk van plan geweest om Bischoff tot de moorden te verleiden en zelf alleen maar toe te kijken? Volgens de verklaring van Bischoff was het zijn eigen idee geweest om zijn mededader uit te dagen met een code. Waarom was Carr daarop ingegaan?

Stadler keek in zijn koffiebekertje. Leeg. Hij verlangde hevig naar een grote slok Alt. Zijn blik dwaalde af naar Liz, die onbeweeglijk in bed lag. Het leek alsof ze al uren niet meer had bewogen. Hij keek op het display van zijn mobieltje. Miguel had zich nog niet gemeld. Hij had Stadler beloofd van zich te laten horen als er bij het kanaal iets was gebeurd.

Berustend boog hij zich weer over zijn aantekeningen. Het

grootste raadsel had hij in de verste verte nog niet opgelost: Tatjana Zilke. Hij omcirkelde haar naam. Hoe paste zij in het hele verhaal? Wat type betreft kon ze een slachtoffer van Carr zijn, maar waarom was er van haar moord dan geen video? En waarom had ze op de avond van de moord zijn tablet bij zich gehad, die ze al weken eerder uit zijn huis had gepikt? Had ze op hem staan loeren om hem af te persen? Maar waarmee dan? En waarom had ze het niet gedaan?

Wie Tatjana ook had vermoord, Alex Landorf had de moord in elk geval gebruikt om Stadler meer dan alleen een paar smerige foto's in de schoenen te schuiven. Hij moest de ingeving hebben gekregen toen de tablet op de plaats delict was opgedoken.

Stadler gooide de pen op tafel. Behoorlijk stom dat hij er nu niet met Liz over praten kon. Waarom werd ze niet wakker? Hij stond op, liep naar het bed en keek naar haar gezicht, dat met talloze snijwonden was bedekt. De scherven van het raam van de gondel. Voorzichtig raakte hij haar arm aan. De verpleegkundige had hem gezegd dat ze niet meer in coma lag. Hoe kon ze nu zo diep slapen? Gefrustreerd liep hij terug naar de tafel. Hij zou hier blijven, hoe lang het ook duurde. Op een gegeven ogenblik moest ze toch weer wakker worden. Maar hij moest wel koffie hebben, want anders viel hij zelf in slaap. Het café was rond deze tijd allang dicht. Maar er was wel een automaat. Bijna precies onder Liz' kamer, op de begane grond. Als hij een beetje voortmaakte, was hij in vijf minuten heen en terug.

Woensdag 14 oktober, 21.52 uur

De radio-oproep kwam toen ze door de Elisabethstraße reden. 'Verdachte personen op het bouwterrein bij metrostation Bilk.'

'Shit!' Birgit keek Miguel aan.

'Denk jij wat ik denk?' vroeg hij, terwijl hij gas gaf.

Birgit knikte en pakte de radiomicrofoon. 'Rechercheur Clarenberg hier. Het zou iets voor KK 11 kunnen zijn. Laat onze collega's even op ons wachten.'

Er stond een surveillancewagen dwars op het spoor toen ze op het bouwterrein aankwamen. Birgit zag meteen dat het hekwerk was doorgeknipt.

'Is er iets te zien?' vroeg ze haar collega's, meteen nadat ze was uitgestapt.

'Nee. Niets.'

Birgit keek om zich heen. Rechts een groot warenhuis, links een winkelcentrum. Allebei op dit tijdstip uitgestorven. Zelfs in de tot middernacht geopende snackbar was niemand te zien. Haar blik dwaalde af naar de ingang van de tunnel. Een duister gat in het niets. Haar hart begon sneller te kloppen. 'Als het om onze verdachte gaat, is uiterste voorzichtigheid geboden. Hij is zeer gevaarlijk.'

Ze stapte door het gat in het hek en de anderen kwamen achter haar aan.

Toen ze bij de ingang van de tunnel kwamen, trok Birgit haar pistool. 'Vermoedelijk heeft hij een gijzelaar', zei ze. 'De veiligheid van de gijzelaar heeft de hoogste prioriteit.' Ze wees naar een van haar collega's. 'Wacht alsjeblieft hier bij de ingang. Wij gaan naar binnen.'

Gedrieën slopen ze verder, een zaklamp in de ene hand, een pistool in de andere. Birgit liep voorop. Voor haar uit hoorde ze duidelijk voetstappen en een mannenstem die iets onverstaanbaars riep. Ze versnelde haar pas, maar hield de zaklamp omlaag gericht. Ze wilde niet zomaar om zich heen schijnen en zichzelf daarmee voortijdig verraden. Bovendien wilde ze niet over de spoorrails struikelen.

Opeens ging de lichtkegel over een schaduw, een beweging in een nis. Vlak boven hun hoofd fladderde iets weg.

Birgit kromp geschrokken in elkaar. Opeens was ze weer in de oude fabriekshal. Voor haar stond de moordenaar met een bebloede bijl in zijn hand. Het zweet brak haar uit, haar hart bonsde, haar vingers beefden.

Lieve hemel, nee! Niet nu!

Ze rende verder, maar ze kon niet meer zien waar ze liep. De omtrekken van de tunnel vervaagden en de muren kwamen op haar af.

Liz deed haar ogen open en merkte geschrokken dat er weer een vreemde gestalte aan haar bed stond. Toen herkende ze Georg Stadler.

'Je bent zowaar wakker', zei hij.

Ze probeerde iets terug te zeggen, maar kon alleen een gorgelend geluid voortbrengen.

'Doe maar kalm aan. Anders val je van de inspanning meteen weer in slaap.' Hij kwam op haar toe en ging op de rand van het bed zitten. 'Blij te zien dat het weer goed met je gaat. Het scheelde geen haar.'

Liz voelde dat de tranen haar in de ogen sprongen. 'Het spijt me zo, ik heb me vreselijk dom aangesteld', mompelde ze.

'Ssst. Daar hebben we het niet meer over. Ik was net zo dom bezig als jij.' Hij pakte haar hand.

'Heeft hij bekend?' Ieder woord was een krachttoer, maar ook een stap terug naar het leven. 'Heeft hij gezegd waarom hij...'

'Alex? Nee. Hij is ondergedoken. In elk geval ben ik voorlopig ontlast.'

'Dat is fijn.' Ze likte over haar droge lippen. 'En dat mes?'

'Dat heeft die schoft waarschijnlijk in mijn auto gelegd.'

Liz probeerde overeind te komen; zittend kon ze makkelijker praten. Maar een helse pijn schoot door haar borst en ze viel terug op het kussen. 'Maar waar had hij het vandaan?'

'Ik denk dat hij het op de plaats delict heeft gevonden en achterover heeft gedrukt.'

Ze keek hem peinzend aan. Haar borst brandde, ze was kotsmisselijk en haar hoofd ging tekeer alsof ze de hele nacht had zitten pimpelen. Geen beste omstandigheden om het gesprek vol te houden dat ze met hem voeren moest. Maar ze had geen keus. Ze moest met Georg praten, ze kon niet wachten tot het beter ging. 'Kun je me wat water brengen?'

Snel greep Stadler de fles die op het nachtkastje stond en schonk een glas in. Voorzichtig bracht hij het naar haar mond. Ze dronk gretig.

'We hebben je mobieltje niet gevonden', zei hij, terwijl hij het glas terugzette. 'En helaas hebben we geen contactgegevens van David. Daarom konden we hem ook niet op de hoogte brengen. Van je vader wist ik niet of je dat eigenlijk wel wilde.'

'Jullie hebben toch niet...'

'Nee.'

'Mooi.' Liz deed haar ogen dicht. De laatste keer dat ze haar vader had gezien, was hij degene geweest die in het ziekenhuis lag. Ze had geen goede herinneringen aan die gelegenheid. Ze keek Stadler aan. 'Ik neem aan dat Alex mijn mobieltje heeft meegenomen. Zou je me een vervangend exemplaar kunnen bezorgen? Jij weet inmiddels hoe dat moet.' Ze probeerde te grijnzen, maar zelfs dat deed pijn. 'Dan bel ik David zelf even.'

'Zal ik voor zorgen.' Hij wreef over zijn kin. 'Voel je je fit genoeg om over de zaak te praten? Ik heb een paar theorieën waar ik graag je mening over zou horen.'

'Ik moet je eerst iets anders zeggen. Het is belangrijk.'

Hij fronste zijn voorhoofd. 'Oké, brand maar los.'

'Ik moet een eind verder terug', begon ze. 'Ik kwam erop toen ik nog eens naar de opnamen van mijn gesprekken met Günther Scharnowski luisterde.'

'Scharnowski? De serieverkrachter en moordenaar? Wat heeft die met onze zaak te maken?'

'Niets.' Liz voelde hoe de vermoeidheid weer bezit van haar

nam. Ze moest opschieten. 'Hij bracht me alleen maar op een idee.'

'Wat voor idee?'

'In de jaren zeventig en tachtig had je een moordenaarsduo in de VS dat overal angst en paniek zaaide. Ed en Joe Burns. Vader en zoon. Nooit van gehoord?'

Stadler haalde zijn schouders op. 'Ik geloof van niet.'

'Die twee vermoordden willekeurige vrouwen. Ze drongen op klaarlichte dag huizen binnen, vermoordden hun slachtoffers, laadden het lijk in de auto en dumpten het ergens buiten. Als ze een vrouw in gezelschap aantroffen, vermoordden ze ook haar man of vriend.' Liz stokte even. Het praten viel haar zwaar. 'Er is maar één persoon die de daders is tegengekomen en het overleefde. Een klein meisje. Ze vermoordden haar moeder en het meisje werd weken na de moord ergens aangetroffen. Lichamelijk ongedeerd, maar volledig in de war.'

Liz merkte dat Stadler maar half zat te luisteren. Hij leek erop gebrand nu eindelijk over de lopende zaak te praten. Maar het ging over de lopende zaak. Of althans het beginpunt ervan.

'Ed Burns, de vader, stierf tegen het eind van de jaren tachtig aan kanker', ging ze verder. 'Zijn zoon ging alleen verder met moorden, tot ze hem in 1999 eindelijk oppakten. Hij werd ter dood veroordeeld, maar zat nog vijftien jaar in de dodencel. Het vonnis werd vorige maand voltrokken. Ik las erover in de krant, omdat de zaak-Burns me natuurlijk in psychologisch opzicht interesseerde.' Liz onderbrak zichzelf weer, uitgeput van het vele praten. En haar hoofd voelde aan alsof het elk ogenblik kon ontploffen.

Stadler deed zijn mond open.

Ze stak een hand op. 'Laat me uitpraten, alsjeblieft, je zult het dadelijk begrijpen. Bij de terechtstelling waren zoals gebruikelijk familieleden van de slachtoffers aanwezig. Daar was ook dat meisje bij. De enige die het overleefde. Haar moeder kwam overigens uit Duitsland; vandaar dat ze het destijds het beste vonden om haar terug te sturen. Omdat ze verder geen familie had, werd ze door een welgesteld Hamburgs echtpaar geadopteerd en nam ze hun achternaam aan. Ik denk dat de terechtstelling iets bij dat meisje heeft losgemaakt. Het verdrongen trauma moet opeens weer zijn losgebroken. En nu moordt zij zelf. Vermoedelijk zijn haar slachtoffers niet willekeurig gekozen, maar zijn het mensen die haar ooit een keer iets verschrikkelijks hebben aangedaan. Vandaar de naam I.E. Carr. Ik heb me er het hoofd over gebroken wat die moest betekenen en op een gegeven moment schoot het me te binnen: het is een toespeling op een beroemde horrorfilm waarin het ook om de wraak van een vernederd meisje gaat. Je hoeft alleen de letters te verwisselen.'

Nu had ze Stadlers aandacht. 'Welke film?'

'*Carrie.*'

'En hoe kom je erop dat juist dat meisje, wier moeder in de jaren zeventig in de Verenigde Staten is vermoord, onze moordenaar is? Dat is toch decennia geleden? Dan is ze nu over de veertig. Waarom zou ze juist hier en nu haar wraakactie houden?'

'Zoals ik al zei, vermoed ik dat de terechtstelling de boel in gang heeft gezet.'

'Maar hoe kom je uitgerekend op haar?'

'Omdat ze de hele tijd voor onze neus rondliep. Ze dook de dag na de moord op en was voortdurend in de buurt. In het oog van de orkaan en toch onzichtbaar. Waarschijnlijk was ze voortdurend van alle details van het onderzoek op de hoogte.'

'Hoe bedoel je? Waar heb je het over?' Stadlers gezicht verried dat hij de waarheid al vermoedde, ook al verzette hij zich ertegen die te aanvaarden.

'Het spijt me erg, Georg.' Liz kneep in zijn hand.

'Wat spijt je?' snauwde hij.

'De naam van het meisje was Helen Thomas. Het echtpaar dat haar adopteerde heet Weigand. Helene is I.E. Carr.'

Woensdag 14 oktober, 21.59 uur

Als door een muur van mist onderscheidde Birgit twee gestalten. De grootste droeg een lange jas en stond met zijn rug naar haar toe op het spoor, geen vijf meter van haar vandaan. Hij hield iets in zijn rechterhand. Birgit kon in het schokkerige licht van haar Maglite niet zien of het een zaklamp of een wapen was. De kleinere gestalte stond met de armen omhoog tegen een bulldozer of een graafmachine. Birgit zag een bleek gezicht in het duister van de tunnel; het was niet meer dan een wit ovaal, maar ze had de indruk dat het een vrouw was. Ergens knipperde een rood licht. Dat moest de camera zijn. Weer fladderde er iets om Birgits hoofd. Of verbeeldde ze zich dat maar? Het beven werd sterker.

Op dat ogenblik maakte de man een schokkerige beweging en bijna tegelijk klonk er een schot. De echo galmde oorverdovend in de tunnel. Birgit sprong in dekking en schoot op de aanvaller. Het zweet liep in haar ogen en ze veegde met haar linkerhand over haar voorhoofd. Met de rechter hield ze haar pistool steeds op de dader gericht.

Waarom was het zo donker in dit vervloekte hol? Terwijl ze in dekking sprong had ze haar zaklamp verloren. De lichtbundels van haar collega's schoten heen en weer en suggereerden bewegingen die er helemaal niet waren. Birgit concentreerde zich op de grote schaduw, de man in de jas. Hij was de dader. Van de vrouw was niets meer te zien. Had de man haar neergeschoten?

Opeens draaide de schaduw zich om en kwam op haar af. *Shit!* Meer schoten vielen. Het geknal en gehuil leek van alle kanten tegelijk te komen. Birgit weerstond de verleiding haar oren dicht te houden, richtte en schoot. De man wankelde, hij was geraakt.

Iemand schreeuwde, maar Birgit verstond niet wat er werd geroepen. Er piepte en knalde iets. Birgit wreef zich in de ogen. Nog steeds zag alles er vaag uit. De man in de jas was in elkaar gezakt, Miguel en de surveillant wierpen zich op hem. Van de vrouw was niets meer te zien.

Een duizeling beving haar. Ze zocht steun tegen de muur. Net toen het schemerige gevoel verdween, draaide Miguel zich met wijd opengesperde ogen naar haar om.

Woensdag 14 oktober, 22.10 uur

Het lukte Georg Stadler nog net om op tijd het gebouw uit te geraken. Nauwelijks was hij buiten of hij keerde zijn maag om op het trottoir. Hij braakte tot er niets anders meer uit kwam dan galsappen. Toen kwam hij bevend overeind.

Fuck! Fuck! Fuck!

Liz moest zich vergissen. Hij wankelde een paar passen weg van de gevel en tastte naar zijn mobieltje, maar hij had alleen de goedkope telefoon met prepaidkaart bij zich, waarmee hij niet kon internetten.

De gedachten raasden door zijn hoofd als kometen op ramkoers. Op de avond dat hij Helene voor het eerst had ontmoet, was ze net teruggekomen uit Californië. Zogenaamd van een filmfestival. Drie dagen eerder was Joe Burns terechtgesteld.

Maar waarom? Achter het masker dat op de hulpeloze vrouw op de hotelkamer instak probeerde hij zich het gezicht van Helene voor te stellen. Onmogelijk. Hij deed zijn ogen dicht, hoorde haar stem in zijn hoofd, voelde haar huid onder zijn vingers, rook weer de geur van haar haar.

Hij balde een vuist en sloeg tegen zijn voorhoofd. Op zijn rug brandden de schrammen. Ze had hem gemerkt, zoals een katachtig roofdier zijn territorium. Hij herinnerde zich hoe ze hadden gevreeën in zijn auto. Haar passie. Haar begeerte. Wat hij haar in de roes van zijn gevoelens had toevertrouwd. Goeie god, wat had hij gedaan? Opnieuw sloeg hij tegen zijn voorhoofd. Toen belde hij Birgit. Niets. Hij probeerde Miguel. Weer niets.

Het kanaal! Ze moesten bij de toegang in Golzheim zijn. En als Liz zich niet vergiste, was Helene daar ook. Fuck!

Stadler keek achter zich naar de glazen gevel van het gebouw. Kon hij het wagen Liz alleen te laten? Zonder twijfel lag ze allang weer te slapen. En hij zou niet meer dan een uur weg zijn. Maar hij moest erheen. Hij moest het zeker weten.

Hij liep naar de parkeerplaats waar de Sierra stond. Zijn Mustang stond nog bij de technische recherche. Hij was nog maar net op weg toen Miguel hem terugbelde.

'Station Bilk. Op het bouwterrein.' Meer zei hij niet.

Stadler gaf gas. Zijn maag protesteerde nog steeds en van het vermoeden dat er iets verschrikkelijks was gebeurd kreeg hij een brok in zijn keel.

Toen hij de Karolingerstraße overstak, kwam er een ambulance van de andere kant. Hij probeerde er niet aan te denken dat Birgit gewond kon zijn. Of Helene.

Toen hij aankwam bij de onderdoorgang bij het metrostation, remde hij abrupt af. Enkele politiebusjes stonden kriskras op straat, collega's renden heen en weer, zetten de straat af, een paar leken naar sporen te zoeken.

Stadler sprong uit de auto. Miguel was het eerste bekende gezicht dat hij ontdekte. Toen Stadler vlak bij hem was, keek de Spanjaard op. Zijn gezicht stond strak van de spanning.

'Wat is er gebeurd?' vroeg Stadler buiten adem.

'We kregen de volle laag hier.' Miguel haalde een hand door zijn haar. 'Het slachtoffer heeft een schotwond opgelopen en de moordenaar is ons door de vingers geglipt.'

Donderdag 15 oktober, 06.24 uur

Het hete water deed haar goed. Het kon de slaap die ze tekort was gekomen niet vervangen, maar het verwarmde haar bevroren lichaam. Birgit bleef onder de douche staan tot ze het gevoel had dat haar huid oploste in het water.

In de woonkamer stond nog de halfvolle fles wijn. Nadat ze twee uur in bed had liggen woelen, was ze weer opgestaan en had ze geprobeerd zich op te kalefateren met rode wijn en het nachtprogramma van de tv. Dat was niet echt gelukt.

Alles wat mis kon gaan, was misgegaan. Het ergste was dat ze op het slachtoffer had geschoten in plaats van op de dader. Een bijna fatale vergissing! Maar ze was ervan uitgegaan dat de dader een man moest zijn en het slachtoffer een vrouw. Wie had kunnen vermoeden dat I.E. Carr een vrouw was? Gelukkig had ze de man niet levensgevaarlijk verwond.

De moordenares was hen door de vingers geglipt. Het was haar gelukt de tunnel in te vluchten en bij een van de nog in aanbouw zijnde perrons naar boven te klimmen. Ze was gewaarschuwd door Georg, zonder dat hij het had beseft. Daarom was ze niet naar het kanaal gegaan maar naar de metrotunnel.

Helene Weigand was I.E. Carr. Birgit kon er nog steeds met haar hoofd niet bij. Ze had de vrouw maar één keer kort gezien, toen ze Stadler met de usb-stick had geconfronteerd. Ze kon zich niet eens precies herinneren hoe Helene eruitzag. Desondanks kwam het haar onbegrijpelijk voor. Georg moest volkomen van de kaart zijn.

Birgit liep naar de slaapkamer, droogde zich af en pakte schone kleren uit de kast. Ze aarzelde. Een broek of een rok? Het liefst had ze een extra ruime joggingbroek en haar favoriete trui aangetrokken. Maar dat was helaas geen optie. Naar verwachting zou ze vandaag nog bij de chef op het matje worden geroepen. En niet alleen bij hem. Ze had haar pistool al afgegeven, de kruitsporentest had ze dezelfde nacht nog over zich heen laten komen. Ze hoefde nu alleen nog een verslag te schrijven zonder daarin melding te maken van paniekaanvallen, gezichtsstoornissen en bevende handen.

Zuchtend koos Birgit voor een rok en een T-shirt met lange mouwen en een blouse eroverheen. Er waren ogenblikken in het leven waarop het zin had je vrouwelijkheid uit te dragen.

Ze had net haar handtas gepakt toen er werd aangebeld. Ze keek eerst ongelovig naar de deur en herinnerde zich toen dat ze met Miguel had afgesproken dat hij haar om zeven uur kwam ophalen. Haar auto stond nog op de parkeerplaats bij het hoofdbureau; de vorige avond had een collega van de surveillance haar thuisgebracht, omdat de noodarts haar een licht kalmeringsmiddel had ingespoten.

Ze wierp een snelle blik in de spiegel en trok de deur open. Geschrokken deinsde ze terug. 'Miguel! Ik dacht dat je beneden wel op me zou wachten.'

'De voordeur was open. En ik wilde even met je praten.' Hij deed een stap naar haar toe.

'Kan het niet in de auto?' Birgit keek over haar schouder. De fles wijn stond nog op tafel in de woonkamer en verder was het er ook niet bepaald netjes opgeruimd.

'Ik zou graag even binnen willen komen.'

Birgit greep onwillekeurig naar haar hals. 'Goed dan.'

Ze gingen de woonkamer binnen, waar ze allebei bleven staan.

'Weet je al wat je in je verslag gaat zetten?' vroeg Miguel zonder omwegen.

Birgit zakte in. Hij had het dus gemerkt. Dan was hij zeker niet de enige. Verdomme.

Ze rechtte haar rug en sloeg haar armen over elkaar. 'Ik begrijp je vraag niet.'

'Ik zou alleen onze verklaringen op elkaar willen afstemmen. Ik zal zeggen dat er volgens mij eenduidig sprake was van een bedreigende situatie en dat ik de indruk had dat de mannelijke persoon gewapend was.'

'Zo was het ook', zei Birgit met gesmoorde stem.

'En dat het gevaar moest uitgaan van de man, op grond van wat we over de moorden wisten', ging Miguel onverstoorbaar door. 'We moesten er rekening mee houden dat hij op de vrouw zou schieten. We wilden het leven van het vermoedelijke slachtoffer beschermen. In deze omstandigheden was er geen tijd meer de dader te waarschuwen.'

'Wat dacht je?' snauwde ze. 'Hij begon te schieten.' Haar vingers waren verdoofd van de kou. De uitwerking van de warme douche was allang in rook opgegaan.

'Hij niet, Birgit.'

Birgits maag kromp samen. 'Hij niet? Hoe kan dat? Ik heb het schot duidelijk gehoord.'

Hij liep naar haar toe, pakte haar handen en keek haar in de ogen. 'Alle schoten werden met een enkel wapen afgevuurd, tot het magazijn leeg was. Jij bent de enige die geschoten heeft, Birgit.'

Donderdag 15 oktober, 16.37 uur

Het regende. En geen klein beetje. Al uren viel een eindeloze stroom water neer op de stad, alsof de hemel de aarde liet onderlopen.

'Wat een pestweer', mompelde Stadler en hij wendde zich af van het raam.

'Heb je het gevoel dat je ertegen opgewassen bent?' Miguel keek op zijn horloge. 'We moeten dadelijk weer op pad.'

'Nou en of ik ertegen opgewassen ben.' De afgelopen nacht was zijn wanhoop omgeslagen in woede. 'Ik kan nauwelijks wachten.' Hij ving een onderzoekende blik op van Birgit. 'Maak je geen zorgen. Ik zal haar geen haar krenken. Ik wil graag zien dat ze wordt veroordeeld.'

Birgit knikte nauwelijks merkbaar. Ze zag er bleek en oververmoeid uit. Haar ogen waren rood. Geen wonder ook. Waarschijnlijk had ze de hele nacht geen oog dichtgedaan.

Toen Hubert hem de naam van het slachtoffer had verteld, was er meteen een klik geweest. Mirko Solling was de jongen geweest die Helene had vernederd door haar liefdesverklaring over de geluidsinstallatie van de school te laten horen. En ook het verband tussen Siegrun Merten en Helene Weigand was intussen gevonden. Jaren geleden had Helene geprobeerd als regisseur aan de bak te komen, maar veel succes had ze daarbij niet gehad. Toch was ze een keer genomineerd geweest voor een prijs. Bij de prijsuitreiking had Siegrun Merten naast haar gezeten en haar verklapt dat ze uit zekere bron wist dat Helene de prijs zou krijgen. Van opwinding was Helene voortijdig het podium op gerend. Daar hoorde ze dat de naam van Siegrun Merten werd voorgelezen. Sindsdien was iedere prijsuitreiking een martelgang voor Helene geweest, want er had altijd wel iemand een flauwe grap ten koste van haar gemaakt.

En nu zochten ze koortsachtig naar een andere vrouw uit het verleden van Helene Weigand, zodat ze eindelijk het slachtoffer in het hotel konden identificeren.

Miguel gaf het teken tot vertrek en ze liepen de trap af naar de auto's. Stadler zou alleen met de Sierra de binnenstad in rijden. Hij had Helene gevraagd hem voor het café aan de Burgplatz te ontmoeten omdat er iets te vieren was. De binnenstad was nou niet de beste plaats voor een arrestatie, maar het café was de enige plek waarvan Stadler zeker dacht te weten dat die geen wantrouwen bij Helene zou wekken. Ten slotte hadden ze voor haar zogenaamde reis naar München afgesproken hier nog een warme chocolademelk te drinken als alles achter de rug was.

Een paar collega's in burgerkleding waren al op hun post. Birgit en Miguel zouden buiten gezichtsafstand in de auto wachten tot Stadler hun het teken gaf in te grijpen. Hij droeg een microfoontje. Het afgesproken teken was 'Ik heb een verrassing voor je.'

Stadler parkeerde de Sierra in de garage onder de Kunstsammlung. Terwijl hij met de paraplu in zijn hand over de Mühlenstraße naar de Rijn liep, belde hij het ziekenhuis. Het ging goed met Liz. Hij had haar 's morgens het beloofde mobieltje gebracht, maar ze had nog niet met David gebeld.

'Schuif het niet te lang voor je uit', raadde hij haar aan.

'Ik heb tot nu net geslapen. Ik ben nog steeds zo ontzettend moe', zei ze. 'Het moet aan de medicijnen liggen. Ik bel hem zodra zijn werkdag voorbij is, ik wil hem niet storen onder zijn werk.'

'Braaf meisje.'

'Haha.'

'Ik moet ophangen. We gaan er dadelijk op af. Ik bel je later nog.'

'Wees voorzichtig! Deze keer ben ik niet in de buurt om mezelf tussen jou en de kogel te gooien.'

'Ik zal goed oppassen, ik beloof het je. Oké?'

Er kwam geen antwoord meer, ze had al opgehangen.

Hij keek op het display. Twee minuten voor vijf. Mooi zo. Hij wilde in geen geval overdreven op tijd zijn. Hij liep langs de dienstauto waarin Birgit en Miguel zaten. De ramen waren beslagen en hij kon van zijn collega's alleen vage omtrekken onderscheiden.

Even later stak hij de Burgplatz over. De paraplu benam hem het zicht op het reuzenrad. Zoveel te beter. Vlak voor hij bij het café aankwam, stapte hij in een reusachtige plas water. Zijn rechterschoen was meteen doorweekt. Ook dat nog! Vloekend tuurde hij door de ramen van het café. Helene was er nog niet. Hij ging met zijn rug naar de deur staan en keek naar haar uit.

Vijf minuten gingen voorbij. Tien minuten. Vijftien minuten. Intussen waren niet alleen zijn rechtervoet, maar ook zijn beide benen van boven tot onder kletsnat. Verkeerd trefpunt. Hij pakte zijn mobieltje. Geen berichten. Hij koos haar nummer. Onbereikbaar. *Shit.*

Hij hield zijn mobieltje bij zijn oor alsof hij stond te bellen. 'Ze is nergens te bekennen', zei hij tegen de microfoon in de kraag van zijn jasje. 'En haar mobieltje staat uit. Ik vrees dat er vandaag niets meer gaat gebeuren.'

Hij wachtte nog tien minuten. De kou kroop omhoog in zijn benen. Morgen zou hij vast met koorts in bed moeten blijven.

'Die komt niet meer', mompelde hij ten slotte.

Nog een keer keek hij naar alle kanten om zich heen. Maar het enige bekende gezicht dat hij in de menigte die zich door de regen haastte kon onderscheiden, was dat van Miguel, die zijn handen opstak en het teken gaf de actie af te blazen.

Donderdag 15 oktober, 17.24 uur

'Nee, David, alles is echt in orde! Maak je alsjeblieft geen zorgen.'
Liz keek naar het raam. Regen kletterde tegen de ruit. 'Het is
hier echt Engels weer, ik lig lekker in bed en laat me verwennen.'
  'Toch ga ik proberen een vervanger voor de praktijk te krijgen. Ik wil graag zelf komen kijken of het goed met je gaat.'
  'Stijfkop.'
  Hij lachte. 'Kijk, dat klinkt nu echt overtuigend. Dat is de Liz
van wie ik hou.'
  Liz hield de telefoon dichter tegen haar oor. Het idee David bij
zich in de buurt te hebben deed haar hart sneller kloppen. David
was heerlijk ongecompliceerd. Hij slaagde er altijd weer in zelfs
de vreselijkste tegenslagen in het leven een komische noot mee
te geven. 'Ik weet niet goed wat ik van die liefdesverklaring moet
vinden.'
  'Ik kom snel langs en leg het je persoonlijk uit. Morgen is het
immers al vrijdag; ik kan in elk geval het weekend naar je toe
komen. Bereid je er dus maar op voor dat ik op z'n laatst zater-
dagmorgen aan je ziekenhuisbed sta.'
  'Daar verheug ik me op.' Liz spitste haar oren. Ze hoorde iets
op de gang. Ze hoorde weliswaar voortdurend voetstappen, maar
nu stopten ze voor haar deur. 'O, ik geloof dat ik bezoek krijg.'
  'Die politieagent?'
  'Hij controleert regelmatig of alles in orde is, omdat de kerel
die me heeft neergeschoten nog vrij rondloopt.'

343

'Ik dacht dat hij je per abuis had geraakt?' David klonk plotseling ernstig.

Liz beet op haar lip. Ze had hem een gekuiste versie van de gebeurtenissen gegeven, om hem niet ongerust te maken. 'Dat klopt ook', zei ze snel. 'Maar Georg heeft het waandenkbeeld...'

De kamerdeur werd opengeduwd en een man in een witte jas kwam achterstevoren naar binnen. Hij trok een rolstoel achter zich aan.

'Alles oké?' vroeg David bezorgd.

'Ik moet ophangen, er is net een verpleegkundige binnengekomen om me naar de röntgenafdeling te brengen. Er is iets met mijn arm. Het zou kunnen dat ik hem bij de val gebroken heb.'

'Bel je me daarna nog even?'

'Ja, hoor.' Ze verbrak de verbinding en legde de telefoon op het nachtkastje.

Op dat moment draaide de verpleegkundige zich naar haar om.

Liz verstarde en haar blik schoot naar het mobieltje.

De verpleegkundige schudde zijn hoofd. 'Waag het niet, Lizzy.'

Donderdag 15 oktober, 18.13 uur

Het was opgehouden met regenen en de laagstaande avondzon liet de natte oppervlakken glimmen. Birgit sloot het raam van de toiletruimte en bekeek zichzelf in de spiegel. Ze zag eruit als een geest. En zo voelde ze zich ook. Niet dood, niet levend, maar iets ertussenin.

Ze had haar verslag ingeleverd. Vanochtend al. Nog steeds geschokt door wat Miguel haar had verteld, was ze die ochtend meteen aan haar bureau gaan zitten en had ze geprobeerd in zo nuchter mogelijke bewoordingen samen te vatten wat er in de tunnel was gebeurd. Wat er echt was gebeurd. En dat had maar heel weinig te maken met wat zij had ervaren.

Wanneer deze zaak was afgehandeld, zou ze haar trauma serieus onder ogen moeten zien. Niet door dwaze uitstapjes naar leegstaande fabrieken, maar met behulp van therapie. Anders zou ze op den duur niet tegen haar werk opgewassen zijn. Als ze haar baan trouwens niet al kwijt was.

Ze wendde zich van de spiegel af en verliet de toiletruimte. Miguel was met twee mannen van de technische recherche op weg gegaan naar Helene Weigands woning in de hoop daar aanwijzingen te vinden waar ze zich had verscholen. Georg was op weg naar het ziekenhuis om te kijken hoe het met Liz ging. Ze zou zelf ook, samen met Hubert Burghausen, naar het ziekenhuis gaan om Mirko Solling te ondervragen. Ze moesten weten hoe het Helene gelukt was hem de tunnel van de ondergrondse

345

in te lokken. Wellicht had hij ook een idee waar ze zou kunnen zitten.

Op de gang botste Birgit bijna tegen Burghausen op.

'Kom gauw mee!' riep hij zonder in te houden. 'KK 42 heeft iets voor ons.'

Birgit probeerde hem bij te houden. 'Wat voor iets?'

'Een nieuwe videoclip van I.E. Carr, als ik het goed begrepen heb.'

Birgits hartslag versnelde. 'Heeft ze weer een moord gepleegd?'

Bij wijze van antwoord klopte Burghausen op Timo Durachs deur en duwde die open. 'Zeg alsjeblieft niet dat we weer een dode hebben.'

Timo schudde zijn hoofd. 'Het spijt me.'

Ze gingen achter hem staan. Op zijn beeldscherm was de startpagina van de filmfansite te zien.

'Is die verrekte site nou nog niet uit de lucht?' mompelde Burghausen.

'Dit is de kopie van de kopie. Maar de eerste kopie is sinds gisteren ook weer bereikbaar. Sindsdien houden we continu in de gaten wat er op die pagina's gebeurt.' Timo draaide zich naar hen om. 'Daardoor hebben we de video in elk geval meteen gevonden.'

'Dus hij is nog maar net geüpload?' vroeg Birgit.

'Tien minuten geleden, ongeveer. Zijn jullie er klaar voor?'

'We hebben volgens mij geen keus.' Burghausen keek even naar Birgit.

Ze knikte. 'Start hem maar.'

Timo klikte in het venster en stelde de modus voor volledig scherm in.

Birgit herkende meteen het gezicht van Helene Weigand, al was haar haar wat korter op de foto die Stadler hun had gegeven.

Helene glimlachte in de camera. Achter haar was de hemel blauw; de zon scheen. Een lichte bries bracht haar kapsel in de war. Verdomme, waar zat ze?

Ze begon te praten. Anders dan bij de voorgaande filmpjes zat hier wel geluid bij. 'Er was een tijd, nog niet zo lang geleden, dat ik dacht mijn thuis te hebben gevonden. Mijn plaats in deze wereld. Maar dat was natuurlijk een vergissing.' Ze lachte vreugdeloos. 'Daarom zal ik het verhaal precies zo afsluiten als het vanaf het begin gepland was. Jullie krijgen me niet te pakken.' Ze haalde een hoofddoek uit haar handtas, bond die om haar hoofd en knoopte hem onder haar kin vast. Daarna zette ze een zonnebril op.

'O, nee', mompelde Birgit. 'Die film ken ik.'

Een beeldwisseling. Helene zat aan het stuur van haar cabriolet. De camera filmde haar schuin van achteren, zodat haar wapperende hoofddoek en het uitzicht door de voorruit te zien waren. Ze moest haar smartphone aan een van de achterste hoofdsteunen hebben vastgemaakt. De auto raasde over een smalle kronkelweg een berg af.

'Shit, waar is dat?'

'In elk geval niet in de buurt', antwoordde Timo. 'Zwitserland, zou ik denken, maar het kan overal in de Alpen zijn.'

'Wat is ze van plan?' Burghausen trommelde met zijn vingers op Timo's rugleuning.

'Ze speelt *Thelma & Louise*. In een dubbelrol.' Birgit wist niet of ze ontzet of woedend moest zijn.

De cabriolet raasde op een buitengewoon scherpe bocht af. Daar voorbij dook de helling steil omlaag. Helene remde niet, maar gaf gas en reed rechtdoor. Terwijl de auto door de vangrail schoot, stak Helene haar middelvinger voor de camera op. Na een vreselijk lange seconde, waarin ze de afgrond tegemoet suisde, stopte de film.

'Ze heeft haar zelfmoord op internet gezet.' Er klonk een vleugje bewondering in Timo's stem door. 'Wat een einde.'

Donderdag 15 oktober, 18.27 uur

Georg Stadler incasseerde een afkeurende blik van de verpleegkundige in de lift toen zijn mobieltje luid rinkelde. Hij stapte
snel uit en nam het gesprek aan.

'Birgit? Wat is er?'

'Waar ben je?'

'In de kliniek. Is er nieuws? Hebben jullie Alex gevonden?'

'Alex niet.'

Stadler bleef zo abrupt staan dat iemand tegen hem op botste.

'Kijk toch uit, verdorie!' snauwde de man hem toe, waarna hij
zich verder haastte.

Stadler besteedde geen aandacht aan hem. 'Hebben jullie
Helene gevonden? Is ze gearresteerd?'

Birgit zweeg.

'Wat is het nou? Moet ik er dan alles uittrekken?' Hij zette
zich weer in beweging.

'Kun je niet hierheen komen? Het is nog niet zo gemakkelijk
via de telefoon.'

Stadler had Liz' kamer bereikt, maar bleef voor de deur staan.
'Wat het ook is, Birgit, ik kan het wel aan.'

'Ze is dood, Georg.'

Zijn hart sloeg een slag over. 'Dood?'

'Ik vind het heel erg.'

'Onzin! Dat hoef je niet erg te vinden. Ze was een seriemoordenaar.' Hij drukte zijn hand tegen zijn buik. De pijn trok door
tot in zijn ingewanden.

Birgit zei niets.

'Hoe is ze gestorven?' vroeg hij met schorre stem.

'Ze heeft zelfmoord gepleegd. Ken je *Thelma & Louise*? De road-trip-movie met de twee vrouwen die er ten slotte een eind aan maken door met hun cabriolet een afgrond in te rijden?'

Stadler leunde tegen de muur naast de deur. 'Heeft ze dat gedaan?' fluisterde hij, volkomen van zijn stuk.

'En ze heeft het gefilmd.'

'Hoe heeft ze dat gedaan?'

'Precies weten we het nog niet. Ze heeft in elk geval haar zelfmoord live op internet gezet. Knap benauwend.'

'Shit.' Stadler boog voorover. 'Waar?'

'Daar zijn we nog niet achter. Ze moet het ergens in de Alpen gedaan hebben. We vragen op dit moment bij alle in aanmerking komende districten na of er een overeenkomstige melding van een ongeval is.'

Stadler liet zijn arm zakken. 'Zou het nep kunnen zijn?'

'Bedoel je dat ze haar dood in scène heeft gezet?'

'Zou dat kunnen?'

'Het zag er verdomd echt uit, Georg. Maar ik ben geen expert.'

'Ik kom naar het bureau zodra ik even bij Liz heb gekeken. Ik wil die film met eigen ogen zien.' Hij stopte zijn telefoon weg, klopte aan en stapte de kamer binnen.

Een eindeloze seconde lang dacht hij dat hij zich van deur vergist had. Toen zag hij op het nachtkastje de bloemen staan die Birgit had meegebracht. Het mobieltje dat hij voor Liz had gekocht lag ernaast. Maar het bed was leeg. Geen spoor van Liz.

Donderdag 15 oktober, 18.52 uur

Birgit had een gigantisch brok in haar keel toen ze in Flingern uit de auto stapte. Ze had het gevoel dat elk moment dat ze niet naar Liz zocht een verloren moment was. Maar ze had alles gedaan wat in haar vermogen lag. De zoektocht naar Alex Landorf was verder uitgebreid. Die had absolute prioriteit. Een foto van Liz was naar politiebureaus in het hele land gemaild. Ondervragingsteams onder leiding van Georg probeerden in het ziekenhuis getuigen te vinden.

In elk geval had de angst om Liz haar losgerukt uit haar zelfmedelijden en haar teruggehaald naar de werkelijkheid. Er waren dringender problemen dan de vraag of ze door gisteravond haar baan kwijt zou raken.

Hubert Burghausen onderbrak haar gepieker. 'Daar gaan we.' Grimmig kijkend gooide hij het portier aan de bestuurderskant dicht.

Birgit liep met hem mee naar het huis. Miguel had een interessante vondst gedaan in de woning van Helene Weigand en gezien de laatste ontwikkelingen wilden ze zich daar zelf een beeld van vormen.

Stadler zou naar hen toe komen zodra hij met de ondervragingen in het ziekenhuis klaar was. Birgit had niet veel hoop dat iemand Liz en haar ontvoerder had opgemerkt. Ze was het liefst zelf naar het ziekenhuis gereden, maar daar kon ze niets voor Liz doen. In de woning van Helene lagen misschien antwoorden op de vraag of ze inderdaad zelfmoord had gepleegd. Tot dusver hadden ze namelijk nog geen bevestiging ontvangen. Zodra ze zeker wisten dat Helene Weigand dood was, konden ze zich volledig op Alex Landorf richten. Dan was hij de laatst overgebleven tegenstander in het spel.

Miguel stond bij de voordeur op hen te wachten. 'Is het waar dat Liz uit het ziekenhuis is verdwenen?'

'Helaas wel, ja.'

Miguel vloekte in het Spaans. Birgit verstond er geen woord van, maar het klonk vervaarlijk. 'En nog geen spoor van Alex?'

'Helemaal niets.' Burghausen liep Miguel met op elkaar geklemde lippen voorbij.

Birgit volgde hem en keek om zich heen. Een kleine hal, rechts een half geopende deur naar de slaapkamer, ertegenover een tweede deur, waarachter vermoedelijk de badkamer lag. De rest van de woning leek uit een enorme splitlevelruimte te bestaan, die eruitzag alsof ze zo uit een designcatalogus kwam. Ze was chic en duur ingericht en akelig geslachtsneutraal. Nergens lag iets wat duidelijk aan een vrouw toe te schrijven was. Geen lippenstift, geen modetijdschrift, geen haarelastiekje. Er lag helemaal niets, behalve een witte wollen deken op een witte leren bank naast een witte boekenkast. De kleur wit leek hoe dan ook te overheersen. Alleen de boekruggen in de kast brachten wat afwisseling, net als de drie grote filmposters die boven de bank hingen. *The Exorcist. Oldboy. The Dark Knight.* Birgit vroeg zich af of het Helenes lievelingsfilms waren of dat ze de donkergekleurde posters uit decoratief oogpunt had gekozen. In elk geval deden ze op de witte wand denken aan dreigende zwarte gaten.

'Dit hier is interessant.' Miguel wees naar de salontafel, waarop drie mobieltjes in bewijszakjes lagen. 'Die telefoons moet ze haar slachtoffers afgepakt hebben.'

Birgit kwam nieuwsgierig dichterbij. 'Enig idee van wie ze waren?'

'Twee ervan stonden aan. Daarvan konden we de eigenaar vaststellen. Al is van deze hier de accu inmiddels zo goed als leeg.' Hij pakte een zakje op met daarin een zilverkleurige smartphone. 'Hij is van een zekere Mia Hartley. Ik heb haar net gegoogeld. Societyverslaggeefster. Wat dat ook mag betekenen. Afgaande op de foto op haar blog zou ze het slachtoffer uit het hotel kunnen zijn.'

Burghausen keek naar het mobieltje en haalde toen het zijne tevoorschijn. 'Is er een verband met Helene Weigand?'

'Nog niet.'

Burghausen toetste een nummer in en gaf de naam van de verslaggeefster door aan de collega's op het hoofdbureau. Misschien was ze als vermist opgegeven. Toen hing hij op. 'En de andere telefoon?'

'Hou je vast.' Miguel keek hen uitdagend aan.

'Geen spelletjes', beet Burghausen hem toe.

'Dan niet.' Miguel haalde zijn schouders op. 'Die is van Tatjana Zilke.'

'Wat?' Birgit zakte van verbazing bijna op de witte bank neer.

'Hoe komt Helene Weigand aan het mobieltje van Tatjana Zilke?' vroeg Burghausen fronsend.

'Op dezelfde manier... als ze aan de andere mobieltjes is gekomen, denk ik', antwoordde Miguel rustig. 'Door haar te vermoorden.'

'Maar van die moord was toch helemaal geen videoclip. Dat begrijp ik niet.'

Miguel keek Hubert Burghausen niet eens aan, maar begon door het plastic zakje heen op de toetsen te drukken.

Birgit beet op haar onderlip. 'Op de avond dat Georg Tatjana Zilke ter verantwoording riep, was Helene bij hem. Kennelijk was het de barman in de kroeg opgevallen dat Zilke naar Georg stond te kijken. Stel nou dat ze niet naar Georg, maar naar Helene stond te staren?'

'En waarom zou ze dat gedaan hebben?' Burghausen leek niet overtuigd.

'Misschien kende ze Helene van vroeger. Alle slachtoffers van Helene Weigand waren oude bekenden.'

'Maar ze is hen niet toevallig tegengekomen; elke moord was tot in de puntjes voorbereid', zei Burghausen met stemverheffing.

'Misschien had Helene Weigand die avond een afspraak met Tatjana Zilke', pareerde Birgit. 'Alleen wat later. Na haar ontmoeting met Georg. Maar om een of andere reden kwam Tatjana te vroeg en zag ze hen samen.'

'Hier heb ik het', riep Miguel ertussendoor. 'Dit wilde ik jullie laten zien.'

'Wat dan?' Burghausens humeur leek steeds verder te verslechteren.

'Ik heb haar contactpersonen bekeken. Raad eens wie ze het laatst ge-sms't heeft voordat ze vermoord werd!'

'Helene?' vroeg Birgit.

'Precies. Ik heb hier de berichtjes die ze met elkaar uitgewisseld hebben. Luister maar eens:

> Tatjana: Vanavond tijd?
> Helene: Heb een afspraak.
> Tatjana: Een vent?
> Helene: Een smeris.
> Tatjana: Echt? Naam?
> Helene: Georg Stadler. Ken je die?
> Tatjana: Nooit van gehoord.

Dat was kort na zes uur. Twee uur voordat Helene die afspraak met Georg had.' Miguel liet het mobieltje zakken.

'Waarom loog Tatjana?' Birgit streek een pluk haar achter haar oor. 'Ze kende Georg toch?'

'Mij zou het veel meer interesseren wat die twee vrouwen met elkaar te maken hadden.' Miguel liet zijn blik door de woning gaan. 'Enerzijds de academica in goeden doen. Filmexpert met aanzien. Anderzijds de voortijdig schoolverlater. Dievegge. Afperser. Wat hebben die twee met elkaar? Ze waren niet eens van dezelfde leeftijd.'

'Wellicht is afperser het sleutelwoord', zei Burghausen. 'Tatjana Zilke moet iets van Helene Weigand hebben geweten en haar daarmee hebben afgeperst. Het heeft vast iets met haar verleden te maken. De moord op haar moeder.'

'Hoe kun je iemand afpersen met het feit dat haar moeder vermoord is?' Birgit liep naar het raam en keek naar buiten alsof het antwoord daar in de lucht hing.

'In elk geval heeft Helene het geheim gehouden', merkte Burghausen op. 'Daar moet een reden voor geweest zijn.'

'Ze heeft er Georg niets over verteld.' Birgit wendde haar blik van de wolken af. 'Maar dat wil niet zeggen dat ze het voor al haar kennissen verzweeg. Bovendien zou Helene vast geen vriendschappelijke sms'jes uitwisselen met iemand die haar afperste.'

'Maar waar kenden ze elkaar dan van?' Miguel legde het zakje met de telefoon terug op de salontafel.

'Moeten we dat weten?' antwoordde Birgit. 'Ze waren vriendinnen. Punt.'

'En hoe is Tatjana gestorven?'

'Misschien was het een ongeluk. Doodslag in een opwelling. De twee hadden ruzie en toen...'

'Twee vriendinnen hebben zo'n slaande ruzie dat een van de twee een mes trekt en de ander doodsteekt?' Miguel trok een gezicht. 'Waar zou die ruzie dan over gegaan zijn?'

Birgit had een idee. Maar voor ze het kon uitspreken, kwam Jürgen Tremmler vanaf het hoger gelegen niveau van de woning naar hen toe, met een dossiermap in zijn gehandschoende handen. 'Wellicht vinden jullie dit interessant.'

Ze keken hem verwachtingsvol aan.

'Een adoptie-akte.'

Burghausen wuifde hem weg. 'We weten al dat Helene Weigand geadopteerd is.'

'Daar gaat het hier niet om.' Jürgen keek hen tussen zijn ruige haarslierten door aan. 'Dit gaat over een drie weken oud meisje, dat op 5 april 1987 geadopteerd is. Door een echtpaar Zilke uit Gemünd in het kanton Euskirchen.'

'Was Tatjana Zilke ook geadopteerd?' Birgit kreeg steeds meer het gevoel in een draaimolen te zitten. De puzzelstukjes van deze zaak vlogen zo snel voorbij dat ze niet de tijd kreeg om ze tot een geheel samen te voegen.

Jürgen stak zijn hand op. 'Wacht, ik ben nog niet klaar. Het belangrijkste komt nog. De naam van de biologische moeder is Helene Weigand.'

Donderdag 15 oktober, 19.44 uur

Hij had nooit gedacht dat het nog erger kon worden. Nooit. Liz was om hem door een wraakzuchtige collega ontvoerd. De vrouw van wie hij had gemeend te houden was een seriemoordenares. Dat moest het dieptepunt zijn. Had hij gedacht.

Hij had zich vergist.

Georg Stadler balde zijn handen tot vuisten en drukte ze tegen zijn voorhoofd. Tatjana Zilke was de dochter van Helene. Hij was eerst met de dochter en daarna met de moeder naar bed geweest. Hoe diep kon een mens zinken?

Waarschijnlijk had Helene haar dochter vanwege hem om het leven gebracht. Het moest vreselijk voor haar geweest zijn. Ze had net een leuke man leren kennen. Een man met wie ze zich een relatie kon voorstellen, op wie ze verliefd was geworden. Toen dook haar dochter op, die ze pas een paar weken geleden had teruggevonden, en liet haar een tablet zien die bewees dat zij met die man naar bed was geweest.

De technische recherche had twee foto's op de tablet gevonden die Tatjana gemaakt moest hebben terwijl hij sliep. Hij lag naakt in bed, dekens en kussens nog verfrommeld na de seks, kledingstukken over de vloer verspreid.

Stadler liep naar het raam en duwde zijn voorhoofd tegen de koele ruit waarachter de lichtjes van de stad schitterden. Hij had teruggerekend. Helene was pas vijftien geweest toen ze Tatjana kreeg. Hij zou nooit te weten komen of ze het kind graag had willen houden of dat ze het bereidwillig ter adoptie had afgestaan. In elk geval had ze haar dochter een paar weken geleden opgespoord. Misschien was de voltrekking van het vonnis in Californië de aanleiding geweest. Misschien had het besef dat de moordenaar van haar moeder terechtgesteld zou worden haar eraan herinnerd dat ze zelf ook moeder was.

En toen had ze haar eigen kind gedood. En als het klopte dat ze het – zoals Georg vermoedde – om hem had gedaan, dan was ook duidelijk waarom Helene zich zo aan hem had vastgeklampt en hem haar thuis had genoemd. Ze had haar dochter voor hem opgeofferd.

Stadler deed zijn ogen dicht en duwde zijn koortsige voorhoofd nog harder tegen de koude ruit. Inmiddels waren ook de sporen op het mes uit de kofferbak van de Mustang geanalyseerd. Het bloed was van twee personen: Mia Hartley en Tatjana Zilke. In beide gevallen was het mes het moordwapen. En de vingerafdrukken op het heft waren weliswaar weggeveegd, maar niet volledig. Ze hadden er een duimafdruk af kunnen halen. Die was van Helene Weigand. Niet Landorf, maar zij had het mes in zijn kofferbak gelegd. Landorf kon het niet eens gehad hebben. Mia Hartley was een dag na Tatjana vermoord en Landorf was nooit in het hotel geweest. Helene had het mes weg kunnen gooien. In plaats daarvan had ze het in zijn auto verstopt. Maar waarom? Had ze hem tot haar handlanger willen maken, hem nog nauwer aan haar willen binden?

Stadler schrok op toen er hard op de deur werd geklopt. Hij had zich teruggetrokken in zijn kantoor nadat Birgit hem via de telefoon had ingelicht. Hij wilde werken. Liz vinden. Maar zijn gedachten draaiden alleen maar om Helene.

Weer werd er geklopt.

'Wat is er nu weer?'

De deur ging open. Sobotta stond op de drempel. 'Ik hoor dat je definitief vrijgesproken bent van de moord op die Tatjana Zilke.'

Stadler antwoordde niet.

Zijn chef leek ook geen antwoord te verwachten. Hij stak hem zijn wapen en zijn legitimatie toe. 'Onder die tuchtzaak kom je niet uit. Maar tot dan kan ik je medewerking niet missen.'

Donderdag 15 oktober, 20.27 uur

Liz had geen idee hoe lang ze al in de kofferbak lag. Buiten moest het inmiddels donker zijn, want er scheen geen sprankje licht door de kieren. Haar handen waren voor haar borst geboeid. Ze voelde dat haar verband vochtig was. De wond was weer opengegaan.

De auto moest op een eenzame plek staan. Het was niet alleen donker, maar ook volkomen stil. Liz probeerde zich te herinneren wat er was gebeurd. Er was een man haar kamer binnengekomen die ze voor een verpleegkundige had aangezien. Pas toen hij zich omdraaide, had ze Alex Landorf herkend.

Hij had haar geen tijd gegund om om hulp te roepen. Met twee lange passen was hij bij haar geweest en toen had hij een stinkende lap tegen haar gezicht gedrukt.

Daarna was ze hier weer bijgekomen. Ze had geprobeerd wakker te blijven, maar moest al na een paar minuten opnieuw zijn ingedommeld. Hoe lang zou dat geleden zijn? Waar had Alex haar heen gebracht? Wat was hij met haar van plan?

Liz kreunde. De pijn werd steeds heviger. Ze had al lang weer haar medicijnen moeten krijgen. Een deel van haar wilde alleen maar dat ze weer in slaap zou vallen. Het zou heerlijk zijn niets te hoeven voelen. Geen angst, geen pijn. Het andere deel wilde echter wakker zijn wanneer Landorf het deksel van de kofferbak opende, klaar om zich te verdedigen en niet van plan zonder strijd op te geven.

Buiten knerpte iets. Voetstappen op kiezels.

Liz hield haar adem in. Was dit het moment? Ze had geen plan, alleen de ijzeren wil om te overleven.

Haar ontvoerder bleef bij de kofferbak staan.

Liz beeldde zich in dat ze hem hoorde ademen. Maar dat was onmogelijk. Het moest haar eigen adem zijn die van de wanden van de krappe kofferbak terugkaatste.

Weer knerpten de kiezels. De voetstappen verwijderden zich.

Liz sloot haar ogen, ontspande zich. Alleen even uitrusten. Niet in slaap vallen, alleen kracht verzamelen. Ze merkte dat ze wegdommelde, maar kon de energie niet opbrengen om zich tegen de slaap te verzetten.

Vrijdag 16 oktober, 09.16 uur

Vol ongeloof staarde Georg Stadler naar het beeldscherm. Een e-mail van I.E. Carr. Vier minuten geleden binnengekomen. Inclusief een bijlage van zeven MB. Stadler legde zijn vingers op de toetsen, maar aarzelde. Iets weerhield hem ervan het bericht te openen.

Het moest om een vervalsing gaan. Of om een truc. Kon je een e-mail zo versturen dat hij pas op een later tijdstip aankwam?

Stadler sprong op van zijn stoel en begon als een gekooide leeuw door zijn kantoor te ijsberen. Zo had hij de halve nacht doorgebracht, niet in staat te slapen of zelfs maar tot rust te komen. Hij was niet naar huis gegaan. Hij wilde hier zijn als er nieuws kwam over Liz of Alex Landorf. Bovenal vreesde hij zijn lege, eenzame appartement. Hij wilde daar niet alleen zijn met zijn pijn.

Na nog een tiental rondjes over de versleten vloerbedekking nam hij een beslissing. Hij wierp een blik op zijn monitor om zich ervan te verzekeren dat de e-mail geen fata morgana was en belde Birgit.

'Komen jullie even naar mijn kantoor?'

'Nu meteen?'

'Ja, verdomme.'

'Miguel heeft net een collega uit Zwitserland aan de telefoon. Er is een melding van een ongeval die wel eens zou kunnen kloppen. Geef ons nog vijf minuten.'

Stadler gooide zijn mobieltje op zijn bureau. Een melding van een ongeval. Dus Helene was echt dood. Hij balde zijn hand tot een vuist en probeerde het brandende gevoel in zijn ogen weg te knipperen. Hij zou geen traan om Helene laten.

Hij concentreerde zich op het beeldscherm. Helene moest het mailtje op een of andere manier met vertraging hebben verstuurd. Of het kwam van iemand anders. Van Alex? Natuurlijk! Die smeerlap wilde hem murw maken. Het was heel simpel om een e-mailaccount aan te maken onder de naam I.E. Carr.

De deur werd opengeduwd.

'En?' vroeg Stadler toen Birgit en Miguel nauwelijks een voet over de drempel hadden gezet.

'Een uitgebrand wrak in een ravijn in het kanton Graubünden', zei Miguel. 'Er is een bergingsteam onderweg, maar de plek is kennelijk heel moeilijk bereikbaar. Het kan nog wel een paar uur duren voor we zekerheid hebben.'

'En wat heb jij?' Birgit keek hem bezorgd aan.

'Post van I.E. Carr.'

'Wát zeg je?' Birgit ging naast hem op een stoel zitten.

'Een mailtje met bijlage. Een paar minuten geleden binnengekomen. Ik heb het nog niet geopend.'

'We zouden Timo Durach erbij moeten halen. Er kan wel van alles in die bijlage zitten. In het ergste geval een virus dat het hele intranet van de politie lamlegt.'

'Ik was al bang dat jullie dat zouden zeggen.' Stadler wreef over zijn voorhoofd.

'Hoezo bang?' Miguel bukte zich en wierp een blik op het beeldscherm.

'Wat nou, als het...'

'Je bedoelt dat het een persoonlijk bericht voor jou zou kunnen zijn?' onderbrak Birgit hem. 'Iets wat wij niet hoeven te zien?'

Hij trok hulpeloos zijn schouders op. 'Het was maar een idee.'

'Zou Helene een serieus gemeende persoonlijke afscheids-boodschap aan jou versturen als I.E. Carr?'

'Je hebt gelijk.' Stadler greep de vaste telefoon op zijn bureau en drukte de sneltoets voor het kantoor van Timo Durach in. 'Dat zou ze niet doen.'

Het duurde bijna een uur voordat Timo het sein veilig gaf. De e-mail was leeg, geen tekst, niet één woord. In de bijlage zat een korte videoclip.

Stadler, Birgit en Miguel gingen achter Timo staan terwijl hij het filmpje afspeelde.

Al bij de eerste beelden moest Stadler zich inhouden om niet weg te lopen. Alex Landorf zat aan een keukentafel. Op de stoel naast hem stond een kartonnen doos. Op de achtergrond was een aanrecht te zien, een magnetron, een keukenbar met daarop een luxe koffiemachine. Het was niet zomaar een keuken.

'Die klootzak is mijn huis binnengedrongen!'

'Sst!' Birgit legde haar vinger tegen haar lippen. 'Hij zegt iets.'

Timo speelde de video nog een keer vanaf het begin af.

'Goedemorgen, Georg. Bedankt dat je me dit prachtige appar-tement ter beschikking hebt gesteld. Er gaat niets boven een gezellig thuis, nietwaar? Maar genoeg gekletst.' Hij legde zijn hand op de kartonnen doos. 'Het wordt tijd. Voor de laatste twee slachtoffers. Vanmiddag om twaalf uur. Kom alleen, anders zie je Liz nooit meer terug.'

Vrijdag 16 oktober, 10.51 uur

Zo stil als ze kon sloop Birgit achter de mannen van de BBE aan de trap op. Stadler liep naast haar, Miguel zo dicht achter haar dat ze zijn adem in haar nek voelde. Ze voelde zich vreemd naakt zonder wapen, maar ook bevrijd.

Op de overloop onder het appartement van Stadler bleven ze staan. Stadler gaf de leider van de BBE zijn sleutel. Door de balustrade heen zag Birgit dat een van de mannen in beschermende kleding en met een helm op de deur ontsloot en voorzichtig openduwde.

In het appartement bewoog niets. Na elkaar stroomden de mannen geluidloos naar binnen, hun wapens in de aanslag. Nog steeds bleef het stil.

Toen klonk geroep van binnen. 'Veilig.' En kort daarna nog een keer. 'Veilig.'

Stadler en Miguel liepen achter de mannen aan naar binnen. Ook zij droegen kogelvrije vesten en hielden hun Walther P99 in de hand. Birgit bleef achter. Zonder wapen zou ze pas over de drempel stappen als het hele appartement was doorzocht. Met bonkend hart stond ze voor de open deur.

Het definitieve sein veilig kwam snel. Veel te snel.

Miguel kwam naar buiten en wenkte haar dichterbij. 'Alles is gecontroleerd, er is niemand.'

Natuurlijk hadden ze er niet serieus op gerekend dat Landorf nog steeds in Stadlers appartement was. Toch hadden ze het zekere voor het onzekere moeten nemen.

Toen Birgit het appartement binnenstapte, kwamen de mannen van de BBE haar alweer tegemoet. Hun werk zat erop.

Ze vond Stadler en Miguel in de keuken. Ze hadden handschoenen aangetrokken. Er liep een rilling over Birgits rug toen ze naar de stoel keek waar Landorf een paar uur geleden nog op had gezeten.

'Ik had nooit gedacht dat ik nog eens mijn eigen appartement zou moeten doorzoeken', bromde Stadler met een verstard gezicht en hij trok een willekeurige la open.

Toen ze voor de deur stonden te wachten tot de BBE paraat was, hadden ze erover gespeculeerd of Landorf ergens in het appartement een aanwijzing zou hebben achtergelaten over de ontmoetingsplaats. In de videoclip had hij alleen de tijd genoemd, maar geen locatie.

'Wacht!' Miguel raakte Stadlers arm aan. 'Kijk eerst eens goed rond. Ik geloof niet dat hij de aanwijzing verstopt heeft.'

'Goed dan.' Stadler duwde de la weer dicht en draaide langzaam om zijn as. 'Ik ging er eigenlijk van uit dat de kartonnen doos die in de video naast Alex op de stoel stond de sleutel zou zijn. Maar die staat hier kennelijk niet meer.'

Birgit inspecteerde de woonkamer en keek daarna in de slaapkamer rond. Met elke minuut die verstreek groeide haar vermoeden dat ze hun tijd verspilden.

Na twintig minuten intensief zoeken stopten ze.

'Er is hier niets', stelde Birgit gefrustreerd vast. 'Geen briefje, geen plattegrond, absoluut niets.'

'En geen spoor van de doos', vulde Stadler aan en hij gooide woedend de handschoenen op de tafel. 'We hebben nog maar een half uur de tijd. Dat halen we nooit. Die klootzak lacht ons gewoon uit.'

'Misschien is het niet de bedoeling dat we die doos vinden', zei Miguel. 'Misschien schuilt de betekenis helemaal niet in de inhoud. Wat zei hij toen hij zijn hand op het deksel legde?'

'Weet ik niet meer.' Stadler liep naar zijn huisdeur toe, de anderen volgden hem.

'We moeten de video nog een keer bekijken', zei Birgit terwijl Stadler achter hen de deur op slot deed. 'En op elk detail letten.'

Ze waren al een verdieping lager toen Miguel zo abrupt bleef staan dat Birgit tegen hem op botste.

'Wat is er?' vroeg ze. 'Heb je een idee?'

'Niets.' Hij ontweek haar blik en rende achter Stadler aan de trap af.

Maar Birgit liet zich niet voor de gek houden. Ze had gezien hoe bleek hij was geworden.

Vrijdag 16 oktober, 11.31 uur

Op weg terug naar het hoofdbureau belde Stadler Timo Durach en zette zijn mobiel op de luidspreker, zodat de anderen mee konden luisteren.

'Heb je nog iets op de video ontdekt?' vroeg hij zonder inleiding.

'Ik neem aan dat jullie in je appartement geen geluk hadden?' stelde de computerexpert een wedervraag.

'Anders zou ik je toch niet bellen?'

'Dat dacht ik al.' Timo schraapte zijn keel. 'Ik heb inderdaad iets ontdekt. Op de doos. Ik heb een stilstaand beeld vergroot.'

Dus toch de doos. Stadler hoorde Miguel zacht kreunen en wierp hem een verbaasde blik toe. Miguel staarde echter met opeengeklemde lippen uit het raam.

'De korte versie, als het kan', vroeg hij aan Timo. 'We hebben niet veel tijd meer.'

'Natuurlijk. Nou dan: op de doos staan getallen. Ze zijn nauwelijks te zien als je de film gewoon afspeelt, maar in vergroting zijn ze goed leesbaar.'

'Wat voor getallen?'

'Coördinaten: 51.264036 en 6.850312.'

Eindelijk! 'Dat is de ontmoetingsplek. Heb je de coördinaten in Google Earth ingevoerd?'

'Dat wilde ik net gaan doen toen je belde. Een momentje.' Er was zacht getik te horen.

Stadler zette de auto langs de kant van de weg.

'Aaper Wald', klonk het minder dan een minuut later via de telefoon door de stille auto. 'Het zweefvliegveld. Weten jullie waar dat is?'

'We zijn al onderweg. Bedankt, Timo.'

'Stop!'

'Wat nog meer?' Stadler stuurde de auto terug het verkeer in, keerde met piepende banden en gaf gas.

Het mobieltje viel op de vloer bij zijn voeten. Timo zei iets, maar Stadler verstond er geen woord van.

Met een hand graaide hij de telefoon van de vloer terwijl hij op een kruispunt door oranje raasde. 'Wat zei je, Timo?' riep hij.

'Ik heb nog iets ontdekt aan de doos', klonk het antwoord. 'Het deksel is niet helemaal dicht. Door de spleet zie je een pluk rode haren.'

Vrijdag 16 oktober, 11.49 uur

Ze waren er bijna. De auto raasde door de Fahneburgstraße. Birgit beet op haar onderlip. Miguel had nog geen woord gezegd sinds ze Timo hadden gesproken. Hij hield zijn vuist tegen zijn mond gedrukt, zijn gezicht was verstard.

'Als er iets is wat we moeten weten, is dit je laatste kans om het te vertellen.' Birgit tikte Miguel op zijn schouder.

Hij draaide zich naar haar om. Zijn ogen waren bloeddoorlopen.

Ze schrok. 'Wat is er verdorie aan de hand?'

'Ken je de film *Seven?*' vroeg hij toonloos.

De auto slingerde toen Stadler het stuur omgooide. De twee mannen wisselden een blik. Zonder vaart te minderen sloeg Stadler de Bauenhäuser Weg in, een smalle eenbaansweg die veel als wandelpad werd gebruikt.

'Hé! Praat tegen me!' Birgits stem sloeg over en ze werd door paniek bevangen.

Miguel pakte haar hand, maar keek haar niet aan. 'In die film worden mensen vermoord die voor de moordenaar steeds een van de doodzonden belichamen. Twee agenten, Morgan Freeman en Brad Pitt, zitten achter hem aan. De moordenaar geeft zichzelf aan voor hij alle zonden heeft afgewerkt. Maar dat maakt deel uit van zijn plan. Hij zegt tegen de agenten dat hij hen naar de laatste twee slachtoffers zal brengen, de belichamingen van afgunst en toorn, en rijdt met hen naar een afgelegen plek. Kort na aankomst van de mannen wordt een pakket afgeleverd. Daarin zit het hoofd van de zwangere vrouw van Brad Pitt. Daarop schiet de agent de moordenaar neer en daarmee zijn alle zeven doodzonden afgehandeld. Het plan is volbracht.'

Er liepen tranen over Birgits wangen, maar ze veegde ze weg. 'Dat heeft hij niet gedaan', mompelde ze verbijsterd. 'Dat heeft hij niet gedaan.'

Miguel kneep in haar hand en zei niets. Hij liet haar pas los toen Stadler plotseling vol op de rem ging staan. Een busje met getinte ruiten versperde hun de weg. Rechts stond een lage beukenhaag, links lagen pas gekapte boomstammen. Ze konden onmogelijk om de hindernis heen rijden.

'Verdomme, wat is dat nou?' stootte Stadler uit.

'Alex' auto.' Miguel trok zijn wapen uit de holster en stapte uit.

Stadler deed hetzelfde. Voorzichtig naderden ze het voertuig.

Birgit zocht dekking achter de dienstauto en nam de omgeving nader in ogenschouw. Het lichte beukenbos groeide aan weerskanten tegen de helling op. Als Alex zich daarboven achter een boom verschool, kon hij hen een voor een afschieten als konijnen.

Stadler opende het linkerportier van het busje. Er gebeurde niets. Hij draaide zich om naar Birgit. 'De auto is leeg, maar we krijgen hem hier niet weg.'

'Kunnen we vanaf de andere kant bij het zweefvliegveld komen?'

'Dat duurt te lang. We moeten lopend verder.'

Ze begonnen te rennen. Net als in de tunnel van de ondergrondse zag Birgit alles wazig. Maar nu was het geen paniekaanval. Telkens wanneer ze de tranen wegveegde, kwamen er weer nieuwe. Ze kreeg het beeld niet uit haar hoofd. De kartonnen doos. De rode haren. Die verrekte film.

Ze waren bijna boven aan de helling en verderop was de speeltuin aan de rand van het zweefvliegveld al te zien toen Stadlers telefoon overging. Zonder in te houden hield hij hem tegen zijn oor. Toen stopte hij alsnog. 'Zeg dat nog eens.'

Hij verbrak de verbinding en draaide zich naar hen om. 'Dat was Timo weer. Zijn collega's hebben Helenes zelfmoordvideo onder de loep genomen. Hij is nep.'

'Wil dat zeggen dat ze nog leeft?' vroeg Birgit, die haar handrug langs haar natte gezicht haalde.

'Daar ziet het wel naar uit.'

'Dat dacht ik al', hoorde Birgit Miguel mompelen.

Ze draaide zich naar hem om. Hij tuurde het bos in. Ze volgde zijn blik. Aan een tak bungelde een man. Hij was zonder twijfel dood.

Vrijdag 16 oktober, 11.58 uur

'Ze heeft Alex vermoord.' Stadler liep voorzichtig een paar stappen het bos in. Hij moest overal op bedacht zijn. Dit spel kende geen regels.

De slanke beuken stonden niet heel dicht bij elkaar en er was weinig struikgewas, alleen wat kreupelhout en wat taxussen met glimmende, groene naalden.

De dode hing maar een paar centimeter met zijn voeten boven de grond, zijn borst was met bloed doordrenkt.

'Net als de vrouw in Altenberg', zei Birgit zacht.

Stadler wreef over zijn gezicht. Waarom had hij niet doorgehad hoe ziek Helene was? Hij had van een monster gehouden en er niets van gemerkt. Hij ramde zijn vuist tegen een boomstam.

Birgit stak haar hand naar hem uit.

Hij wuifde haar weg. 'Ik wil haar te pakken krijgen.'

'Dat willen we allemaal.' Miguel stak zijn mobieltje terug in zijn zak en kwam bij hen staan. 'Ik heb Hubert ingelicht. Hij stuurt de cavalerie en de technische recherche.'

Stadler keek op zijn horloge. 'We hebben geen tijd om op versterking te wachten.'

Ze begonnen weer te rennen, terug naar het pad en de resterende tweehonderd meter naar het zweefvliegveld.

Al van ver zagen ze een gestalte in het gras staan. Ze was in een donkere cape gehuld, waar een zwarte broek en zwarte laarzen onder uitstaken. Voor haar gezicht droeg ze een zwart masker.

De wind speelde met haar kastanjebruine haar, haar armen hingen losjes langs haar lichaam. In haar rechterhand hield ze een pistool.

Een meter of twee bij haar vandaan stond de doos in het gras. Het deksel was open. Rode haren glansden in het zonlicht.

Er trok een pijnscheut door Stadler heen alsof hij in volle vaart op een rijdende trein was gebotst. Hij kreunde luid en trok op hetzelfde moment zijn wapen. 'Beest dat je bent!' brulde hij. 'Monster!'

Naast zich hoorde hij Birgit snikken. Miguel had ook zijn wapen gericht.

De gestalte verroerde zich niet. 'Ik vind het heerlijk als je zo temperamentvol bent, Georg.' De stem dreunde hol over het veld. Helene moest ergens een luidspreker hebben neergezet.

Stadlers wijsvinger krulde zich om de trekker. Hoewel er pure haat in hem opborrelde, was zijn hand heel rustig. 'Loop naar de hel!'

'Niet schieten!' Birgit duwde zijn arm omlaag.

Hij weerde haar af en legde weer aan.

'Georg, luister naar me!' Weer probeerde ze zijn arm vast te pakken.

Hij hield haar echter met zijn andere hand op afstand. 'Hou op met die onzin!'

Een waanzinnig gelach schalde hen tegemoet. 'Wat is er, Georg? Durf je niet? Je hebt te veel vrouwen in je leven die je vertellen wat je moet doen. Dat maakt een sterke man tot een waardeloze sukkel.'

'Ik laat me door niemand vertellen wat ik moet doen!' Stadler kromde zijn wijsvinger.

'Laat je niet provoceren', fluisterde Miguel hem toe. Hij had zich een paar passen van Birgit en Stadler verwijderd en liep langzaam opzij, buiten de focus van Helenes aandacht. Als ze het al had gemerkt, leek het haar niet te storen. Ze was kennelijk heel zeker van haar zaak.

'Luister alsjeblieft naar me', smeekte Birgit vanaf de andere kant. 'Schiet niet.'

'Geef me eens één reden', snauwde Stadler, die zijn wapen op Helenes borst gericht hield.

'Wat is er, lafbek?' Helenes stem sloeg bijna over. 'Ben je soms net zo laf als je kleine psychologe? Ze bedelde en smeekte. Kroop als een goedkope hoer op haar knieën voor me heen en weer. Mijn god, wat verachtelijk.'

'Omdat het...' begon Birgit.

Maar Stadler hoorde haar niet meer. Helenes stem dreunde door zijn hoofd. *Verachtelijk, verachtelijk.*

Hij vuurde. En voelde op hetzelfde moment dat Birgit zijn arm wegduwde.

Het schot miste doel.

'Het is Liz!' riep Birgit. 'Niet schieten! Het is Liz!'

Vrijdag 16 oktober, 12.12 uur

Birgit rende naar de gestalte toe. Het kon haar niet schelen dat Helene waarschijnlijk ergens in de struiken zat en op haar richtte. Ze moest naar Liz. Iets anders telde niet.

Ze wierp een vluchtige blik in de doos en zag meteen de bal van piepschuim onder de rode pruik. Een seconde later trok ze de gestalte het zwarte masker van het gezicht.

Liz staarde haar met wijd opengesperde ogen aan. Ze was gekneveld. Haar bleke gezicht was met vuil besmeurd en zat onder de bloedkorsten.

Birgit keek langs Liz' lichaam omlaag en zag dat er een dik touw om haar middel zat, waarmee ze aan een in de grond geslagen ijzeren stang vastgebonden was. Haar armen waren tegen haar lichaam vastgebonden, zodat ze die niet kon bewegen. Het pistool zat met tape aan haar rechterhand vastgeplakt.

Birgit omhelsde haar vriendin. Weer werd ze verblind door tranen, maar deze keer van opluchting.

Pas toen er weer een schot over het veld klonk, liet ze los en ging ze hectisch met de touwen aan de slag. Ze moest Liz uit de vuurlijn halen. Vanuit haar ooghoeken zag ze dat Stadler en Miguel zich op de grond hadden geworpen en op het struikgewas aan de andere kant van het veld schoten.

Een kogel sloeg twintig centimeter naast Stadler in de grond en deed aarde opspatten. Daarna kwam er niets meer uit de struiken. Het werd stil. Akelig stil. Toen had Birgit de knoop los en zakte Liz in haar armen. Ze liet haar vriendin voorzichtig op de grond zakken en trok de knevel uit haar mond. Liz hapte naar adem.

Birgit zag dat Georg en Miguel op de struiken toe renden en ertussen verdwenen. Nog steeds was er niets te horen. Verdorie, wat was daar aan de hand?

Liz kreunde toen ze probeerde overeind te gaan zitten. 'Ik vrees dat de wond is opengesprongen.' Ze drukte haar hand tegen haar borst.

Birgit maakte haar blik los van de struiken. 'Geen zorgen, in het ziekenhuis lappen ze je wel weer op.'

'Ik was zo bang dat Georg zou schieten.' Liz trok met bebloede vingers de bruine pruik van haar hoofd. 'Hoe wist je...?'

Birgit glimlachte. 'Je linkerhand. Je hebt de gewoonte je vingers te kruisen als je gespannen bent. Ik ken niemand anders die dat doet.'

Een schot doorbrak de beklemmende stilte. Het kwam uit het bos, enkele meters beneden het veld. Birgit keek om. Waar zaten Georg en Miguel? Haastig bevrijdde ze Liz van het pistool en controleerde ze het magazijn. Leeg. Als Helene hier opdook, waren ze hulpeloos aan haar overgeleverd.

Vrijdag 16 oktober, 12.15 uur

Stadler zag de schim nog net tussen de bomen verdwijnen. Hij was Miguel uit het oog verloren, maar die moest heel dichtbij zijn.

Met zijn wapen in de aanslag volgde Stadler Helene het bos in. Na het weidse open veld had hij het gevoel een duistere grot binnen te gaan. Elke schaduw vormde een bedreiging, achter elke boom kon de dood loeren.

In dit deel van het bos groeide meer kreupelhout dan in het gedeelte waar ze Alex' lijk hadden gevonden. De grond was drassig en oneffen, twijgen sloegen Stadler in het gezicht, braamranken rukten aan zijn broekspijpen.

Na een paar passen bleef hij staan om te luisteren. Niets.

Net toen hij wilde doorlopen, kraakte er een schot. De kogel floot vlak langs zijn oor. Hij wierp zich op de grond en sloeg met zijn heup hard tegen een boomwortel, maar hij negeerde de pijn. Hij kroop voorzichtig achter een boom en wachtte. Alles bleef stil. Toen plotseling een knakkend geluid, nog geen tien meter voor hem.

Stadler richtte zich zo stil mogelijk op en keek om de boom heen.

Zijn hartslag versnelde. Helene stond volkomen onbeschut op een open plek en keek in zijn richting. Ze droeg dezelfde jas als op de avond dat ze elkaar hadden leren kennen. Haar handen staken in de zakken.

Hij kwam achter de boom vandaan, zijn wapen in de aanslag. 'Je staat onder arrest. Steek je handen boven je hoofd!'

Ze glimlachte bedroefd. 'Wil je me dat echt aandoen, Georg? Je houdt van me.'

Met zijn linkerhand stabiliseerde hij zijn rechterhand, maar hij kreeg het beven niet onder controle. 'Handen boven je hoofd! Nu meteen!'

'Ik ga niet naar de gevangenis, Georg. Alsjeblieft, dat kan ik niet!' Haar groene ogen glansden vochtig.

Stadler klampte zich aan zijn wapen vast. *Je bent een politieman. Je neemt een moordenares in hechtenis. Dat heb je al tientallen malen gedaan.*

Ze opende haar mond. Haar lippen vormden zijn naam.

'Alsjeblieft, Helene!' Zijn keel was zo droog dat hij slechts kon fluisteren. 'Doe het niet.'

Opeens blonk er iets in haar ogen op. Triomf. Kilte. De overtuiging dat ze gewonnen had. Met een ruk trok ze haar rechterhand uit haar zak en richtte een pistool op hem.

Adrenaline gierde door zijn lijf. Hij richtte op haar hart en schoot. *O, mijn god, nee!* Op het laatste moment rukte hij het wapen opzij. De kogel sloeg in een boom achter Helene in.

Ze schoot niet terug.

Stadlers hart bonkte. Zijn handen waren nat van het zweet.

'Waarom heb je dat gedaan?' Helenes ogen flonkerden van woede. 'Waarom heb je me niet neergeschoten?'

Omdat ik me niet meer door jou laat gebruiken.

'Ik geloof in de doodstraf, Georg. Geloof jij in de doodstraf?'

'Wat ik geloof, doet niet ter zake. Laat je wapen vallen!'

'Stomme klootzak!' Helene haalde de trekker over en Georg dook achter de boomstam weg. Ze vuurde tot het magazijn leeg was en gooide het wapen toen met een grote boog in de struiken.

Stadler veegde verdoofd langs zijn voorhoofd. Hij wist niet zeker of ze hem geraakt had. Zijn hele lijf was verdoofd en stijf, zijn handen trilden onbeheersbaar en zijn oren tuitten.

Op dat moment kwam Miguel de open plek op rennen. Wezenloos keek hij van Stadler naar Helene, zijn Walther P99 schietklaar. 'Alles in orde?' vroeg hij Stadler zonder zijn blik van Helene af te wenden.

'Ik geloof het wel', antwoordde Stadler schor. Hij voelde in elk geval geen pijn.

'Omdraaien!' riep Miguel.

Helene liet zich zonder verzet in de boeien slaan. Voor Stadler haar wegbracht, keek ze hem met grote ogen aan. 'Ik zou alles voor je gedaan hebben', zei ze. 'Alles. Maar je hebt nooit van me gehouden.'

Zaterdag 17 oktober, 10.24 uur

Hijgend rende Liz door de donkere gang. Hoe ze zich ook haastte, ze raakte steeds verder achter op de andere vrouw. Liz probeerde nog harder te lopen, maar de afstand werd groter en groter. Ze moest de vrouw inhalen, maar ze wist niet meer waarom dat zo belangrijk was.

Ze bereikte een trap die door een glazen koepel naar boven leidde. De vreemde vrouw was al een etage boven haar. Ze bleef nu staan en draaide zich naar haar om. Liz schrok. Ze zag eruit als een heks. Haar neus was lang en krom, haar gezicht bleek en ingevallen, de ogen gloeiden als withete kolen. De heks hield iets omhoog.

'Wil je dit hebben?' Ze lachte kakelend. 'Kom het dan maar halen!'

De schrik sloeg haar in alle ledematen. Het was haar hoofd, dat de heks aan een pluk haar omhooghield.

'Dat is van mij!' brulde ze. 'Geef terug!'

De heks lachte alleen maar nog harder. Haar stem werd duizend keer door de koepel weerkaatst. Toen wendde ze zich af en liep verder. Wanhopig wilde Liz haar volgen, maar ze kwam niet verder. Haar voeten leken aan de treden vastgeplakt.

Ze gilde. En werd wakker.

Nog in de war door de droombeelden keek ze om zich heen. De tafel met bloemen, de inbouwkast, de deur naar de badkamer. Ze was in haar kamer in het ziekenhuis. Gelukkig! Liz blies haar adem uit. Het was allemaal maar een droom.

Alles?

Liz hoorde beweging naast haar. Geschrokken draaide ze haar hoofd naar die kant.

'David!' Haar hart begon sneller te kloppen.

Hij boog over haar heen, pakte haar handen vast. 'Wat haal je toch allemaal uit?' fluisterde hij, en hij kuste haar vingers.

'Ik ben zo blij dat je er bent.'

'Ik ook. En ik blijf hier tot ik je mee naar huis kan nemen. Telkens als je in Duitsland bent, kom je in levensgevaar te verkeren.'

Iemand schraapte zijn keel.

Liz keek op en zag Stadler, die bij de deur stond, zijn handen diep in zijn jaszakken. 'O, jij bent er ook.'

'Je inspecteur was zo vriendelijk me van het vliegveld te halen.'

Je inspecteur. Liz glimlachte dankbaar naar Stadler. Er schoot een herinnering door haar hoofd, aan een avond waarop hij haar voor een grote vergissing had behoed.

'Dan ga ik maar', zei hij. 'We zien elkaar wel weer.' Hij stak zijn hand op, knikte David toe en verdween.

'Een aardige kerel', zei David en hij ging bij haar op de rand van het bed zitten. 'Ik begrijp best dat hij een goede vriend van je is.'

Was hij dat? Een goede vriend? Daar had Liz nog nooit over nagedacht. Misschien moest ze dat bij gelegenheid eens doen. Maar niet vandaag.

Zaterdag 17 oktober, 10.37 uur

Stadler liep met lange passen de ziekenhuisgang door. Die David was een sympathieke kerel. En hij was goed voor Liz, dat was duidelijk. Hij zou voor haar zorgen. Stadler duwde de glazen deur open. Voor hem was er wat dat betreft niets meer te doen. Goed zo. Dan kon hij in alle rust zijn eigen wonden likken.

Bij zijn auto stond iemand te wachten. Toen hij dichterbij kwam, herkende hij Birgit. 'Hé. Wat doe jij hier? Alles in orde?'

'Hoe is het met Liz?'

'Heel goed, geloof ik. David is bij haar.'

Birgit keek hem aan. 'En hoe is het met jou?'

Hij schokschouderde. 'Een paar ervaringen rijker, zou ik zeggen.'

Ze trok haar wenkbrauwen op.

Hij koos ervoor de onuitgesproken vraag te negeren. 'Rijd je mee?'

Ze stapten in. Een tijdlang reden ze zwijgend richting binnenstad.

'Helene weigert met haar advocaat te praten', zei Birgit ten slotte. 'Ze herhaalt alleen maar constant jouw naam.'

Stadler ademde diep in en uit. Het was nog niet voorbij. Het zou nooit voorbij zijn. Nooit helemaal. Daar moest hij mee leren leven. *Ander onderwerp, graag.* 'Ik ben erachter gekomen wat Mia Hartley haar heeft aangedaan. Het slachtoffer in het hotel.'

'Heeft Helene het je verteld?'

'Nee. Ik heb het op internet gevonden. Al op de dag dat ik contact met haar zocht. Maar ik was het vergeten. Het speelde toen geen rol. Als je Helene Weigand googelt, struikel je al snel over allerlei links naar een aanstootgevend filmpje.'

'Wat voor filmpje?'

'Van een lokale politicus op een uitgelaten fuif, waarop hij een dronken vrouw aanspoort, die op de keukentafel staat te strippen. Helene.'

'O jee.'

'Wellicht wilde Mia Hartley eigenlijk de politicus te kijk zetten, maar in plaats daarvan werd de aandacht op Helene gevestigd. Ze had destijds kennelijk een baan aan de universiteit in het vooruitzicht. Vanwege het filmpje is dat niet doorgegaan.'

'Dat is balen.'

'Maar geen reden om iemand te vermoorden.' Stadler remde voor een rood verkeerslicht. 'Weet iemand eigenlijk hoe het met Linda Franke gaat?'

'Een oudere collega heeft nog contact met haar. Ze heeft inderdaad een zelfmoordpoging gedaan.'

Het licht sprong op groen. Stadler schakelde feller dan nodig naar de eerste versnelling. Hij wist niet zeker of hij zich het verwijt in Birgits stem nou inbeeldde of niet. Gaf ze hem daar soms ook de schuld van?

'Maar inmiddels heeft ze rust gevonden', vertelde Birgit verder. 'Ze is getrouwd, verwacht een kind en woont aan de Bodensee.'

Ze kwamen aan bij het hoofdbureau.

'Waar heb je vannacht geslapen?' vroeg Birgit toen Stadler het parkeerterrein op reed. 'Ik heb geprobeerd je thuis te bereiken, maar dat lukte niet.'

'Bij Miguel.'

Ze kromp ineen en beet op haar lip.

Hij was haar geen verklaring schuldig, maar hij had het gevoel dat ze er behoefte aan had. 'Ik kon het gewoon niet opbrengen naar huis te gaan.'

Ze antwoordde niet.

'Hé, wat is er?'

Ze aarzelde. 'Helemaal aan het begin van het onderzoek, toen je net was ondergedoken, stelde Hubert me een vreemde vraag.'

Stadler reed achteruit een parkeervak in. 'Wat voor vraag?'

'Of jij en Miguel... of jullie iets met elkaar hadden.'

Hij staarde haar aan. 'Dat was toch zeker een grapje, of niet?'

'Hij bedoelde het niet als grapje.'

Stadler schakelde de motor uit. 'En wat denk jij?'

Ze trok haar schouders op. 'Na deze zaak heb ik het gevoel dat ik helemaal niets meer weet. Ik voel me leeg. Uitgeput.'

Hij boog voorover om haar gezicht beter te kunnen zien. 'Je denkt toch niet echt...'

Ze wuifde zijn vraag weg. 'Vergeet het maar. Ik ben gewoon ontzettend moe.'

Er kwam een idee bij hem op. 'Te moe om vanavond uit te gaan?'

Ze keek hem verbaasd aan.

'Ik ben je nog een etentje schuldig.'

Er verspreidde zich een glimlach over haar gezicht. 'Dat klopt.'

'Is dat een ja?'

'Dat ligt eraan.'

'Maak je geen zorgen. Ik ben niet van plan te gaan koken.' Hij grinnikte.

'O, daar ben ik niet bang voor. Vergeet niet dat ik je koelkast heb gezien.'

'Ik begrijp het.'

'Maar ik wil ook geen pizza. Je hebt me iets chics beloofd.'

'Dan moet je je zwarte jurkje aantrekken.'

Ze rolde met haar ogen. 'Dat heb ik niet eens.'

'Je hebt nog tot vanavond zeven uur de tijd om te gaan shoppen.'

Zaterdag 17 oktober, 18.51 uur

Birgit wierp een laatste blik in de spiegel. Zoë had fantastisch werk geleverd. Ze had haar niet alleen geadviseerd bij het kopen van een jurk, maar ook haar haren opgestoken, waardoor ze eruitzag als een filmster.

'Schouders naar achteren', vermaande Zoë haar.

Birgit trok een grimas. 'Hopelijk stijgt het Georg niet naar het hoofd dat ik me zo voor hem optut.'

'Niet voor hem', verbeterde Zoë haar. 'Je doet het voor jezelf. En voor niemand anders.'

'Oké.' Birgit duwde de deur van de toiletruimte open. 'Daar gaan we.'

Zoë grinnikte. 'En kom vooral niet op het idee iets anders te bestellen dan het duurste gerecht van de kaart.'

Birgit liep lachend de trap af. Een minuut later liep ze het parkeerterrein op. Hoewel het fris was, liet ze haar omslagdoek een eindje naar beneden glijden terwijl ze tussen de auto's door slenterde.

Stadler stond naast zijn auto te wachten. Hij droeg nog dezelfde kleren als die ochtend. Birgit voelde zich plotseling overdressed. Zijn mond viel open toen hij haar in het oog kreeg. 'Wow! Je ziet er fantastisch uit.'

'En ik heb honger.'

'Dat komt goed uit. Ik heb een tafel gereserveerd in een van de beste restaurants van de stad.'

'Waar wachten we nog op, dan?'

Hij krabde aan zijn hoofd en keek plotseling verlegen. 'Ik heb goed nieuws en ik heb slecht nieuws.'

O, *nee*. Dat kon hij haar niet aandoen! 'Wat is er?'

'De chef wil met me praten.'

'Nu?'

'Hij was er niet van af te brengen.'

'Het is zaterdagavond.' Birgit wierp een blik op de vele ramen van het hoofdbureau. Er brandde nergens licht.

'Ik heb geen keus.' Hij haalde zijn schouders op. 'Maar je hebt het goede nieuws nog niet gehoord: het etentje kan gewoon doorgaan. Ik heb voor vervanging gezorgd. Je krijgt ook zonder mij een fantastische avond.'

'Vervanging?' O, *god*. Toch zeker niet Hubert Burghausen? Of, erger nog, Marcus Schreiner. 'Ik weet het niet, Georg...'

'Ah, daar heb je 'm al.'

Met een brok in haar keel draaide Birgit zich om.

Voor haar stond Miguel in een chic donkerblauw pak en een wit overhemd. Hij glimlachte. 'Ik hoop dat je niet al te zeer teleurgesteld bent.'

Birgit klampte zich aan haar handtas vast en probeerde niet te gaan blozen. 'Nee, natuurlijk niet.'

'Daar ben ik blij om.'

Stadler wierp Miguel de sleutel van de Mustang toe.

Miguel hield het portier voor haar open.

Ze was blij dat ze zat. Haar benen hadden haar niet veel langer kunnen dragen. Terwijl Miguel om de auto heen liep, wierp ze een blik uit het zijraampje. Stadler stak zijn hand op en knipoogde naar haar.

Zaterdag 17 oktober, 19.07 uur

Stadler wachtte tot de Mustang om de hoek verdwenen was en kwam toen in beweging. Hij had eigenlijk een taxi willen nemen, maar het voelde goed om te lopen. Eenmaal op de Mannesmannufer had hij zijn ritme gevonden. Zijn benen bewogen bijna vanzelf. Op het zwarte oppervlak van de Rijn glinsterden de lichtjes van de stad. De aanblik van het water had iets rustgevends. De rivier had al heel veel voorbij zien komen en was er nog steeds.

Zonder zijn tempo te verlagen wendde Stadler zijn blik van het water af en keek hij naar voren. Op de Burgplatz draaide het fel verlichte reuzenrad voor de avondlucht rond. Zijn borst trok samen. Maar dat duurde maar heel even. Hij had het overleefd. Hij was er nog. Net als de Rijn.

Hij weerstond de verleiding naar een van de kroegjes in de oude binnenstad te lopen. In plaats daarvan kocht hij brood en eieren bij een kiosk. Geen overvloedig maal, maar het was een begin. Elke stap telde, hoe klein ook.

Last but not least

Opnieuw hebben een hoop mensen me met hun vakkennis geholpen de laatste hand aan mijn verhaal te leggen. Ik dank forensisch arts dr. Frank Glenewinkel, hoofdinspecteur van politie Klaus Dönecke, hoofdinspecteur van de recherche Thomas Waldmann, 'Frosch' van de Chaos Computer Club, de heren Caspari van het Abwasseramt en locatiescout Leandro Klewe. Dank aan Christine Klewe voor het proeflezen en Martin Conrath zoals altijd voor heel de rest.

Ik heb weliswaar een heel fijne werkkamer, maar ik schrijf mijn romans grotendeels in kroegjes en cafés. Dit boek is vooral op de volgende plekken tot stand gekomen: The Café at Foyles (Londen), Café W (Greenwich, Londen), Trafalgar Tavern (Greenwich, Londen), Café Libresso bij Stern-Verlag (Düsseldorf), Kaffeepiraten (Düsseldorf), Schlosscafé (Düsseldorf-Benrath), Geissel (Düsseldorf), Mildner's (Heidelberg). Veel dank voor de lekkere koffie en de geweldig inspirerende sfeer.

Van KAREN SANDER bij
dezelfde uitgever verschenen:

De vrouwenhater

Vertaald door Ans van der Graaff en David Orthel

Een vrouw wordt vermoord in haar appartement. Rond-
uit afgeslacht. Hoofdinspecteur Georg Stadler moet onmiddellijk denken aan een eerdere zaak. Is hier een seriemoordenaar aan het werk? Geen van zijn collega's hecht
geloof aan zijn thesis, er zit namelijk al iemand in de cel
voor die andere moord.

Stadler roept de hulp in van een psycholoog. Liz Montario heeft het afgelopen jaar op spectaculaire wijze een
reeks moorden opgelost. Ze neemt de opdracht aan, hoewel ze zelf bedreigd wordt. Iemand schrijft haar anonieme brieven. Iemand die erg veel over haar weet. Te veel.

Er volgen nog meer moorden. Liz vraagt zich af: gaat
het hier werkelijk om een seriemoordenaar? Of is dit een
moordenaar die zich als seriemoordenaar voordoet?

Wie niet horen wil...

Vertaald door Ans van der Graaff en David Orthel

Een weggelopen tiener is vermoord. Doodgemarteld. Verminkt. In de mond van het slachtoffer zit een stukje krant,
een cynische groet aan de onderzoekers: *Wie niet horen wil,
moet voelen...* Nog voordat het team de woorden kan ontcijferen, verdwijnt een jong meisje.

Hoofdinspecteur Georg Stadler voelt aan alles dat het
niet bij één moord zal blijven en krijgt opnieuw hulp van
psychologe Liz Montario, die gespecialiseerd is in het analyseren van boodschappen van moordenaars. Maar Montario heeft het moeilijk. Ze moet haar aandacht over twee
zaken verdelen. En haar vorige samenwerking met Stadler,
de zaak van de Ripper-moorden waarin uiteindelijk haar
broer de dader bleek, heeft diepe wonden geslagen. De
ervaren speurder Stadler en de jonge profiler Montario, het
blijft een duo van uitersten: van aantrekken en afstoten,
van negeren en luisteren. Want wie niet horen wil...